绿 宝 石
Fall into your light

U0529909

长命百岁
（上）

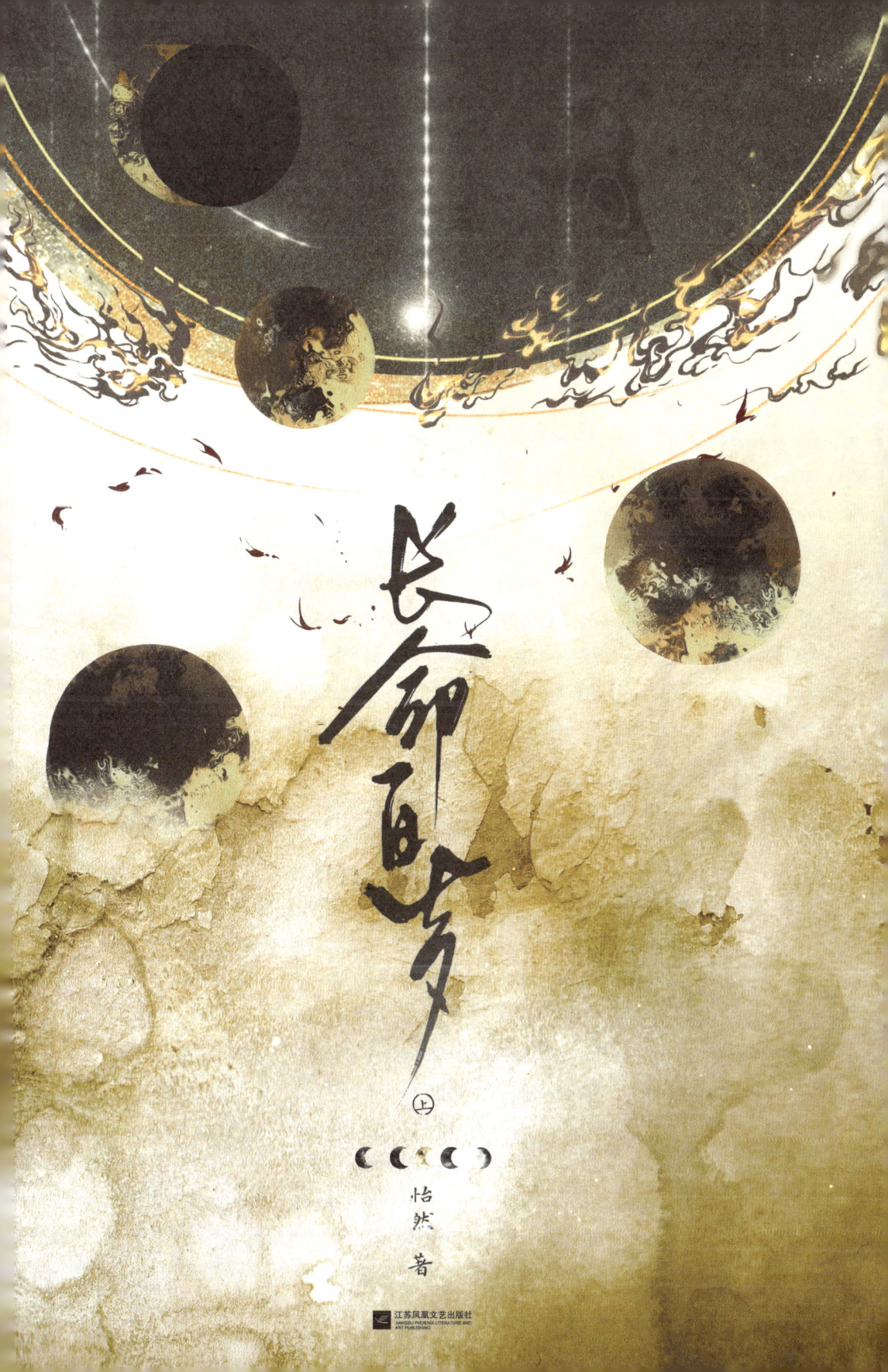

怡然 著

江苏凤凰文艺出版社

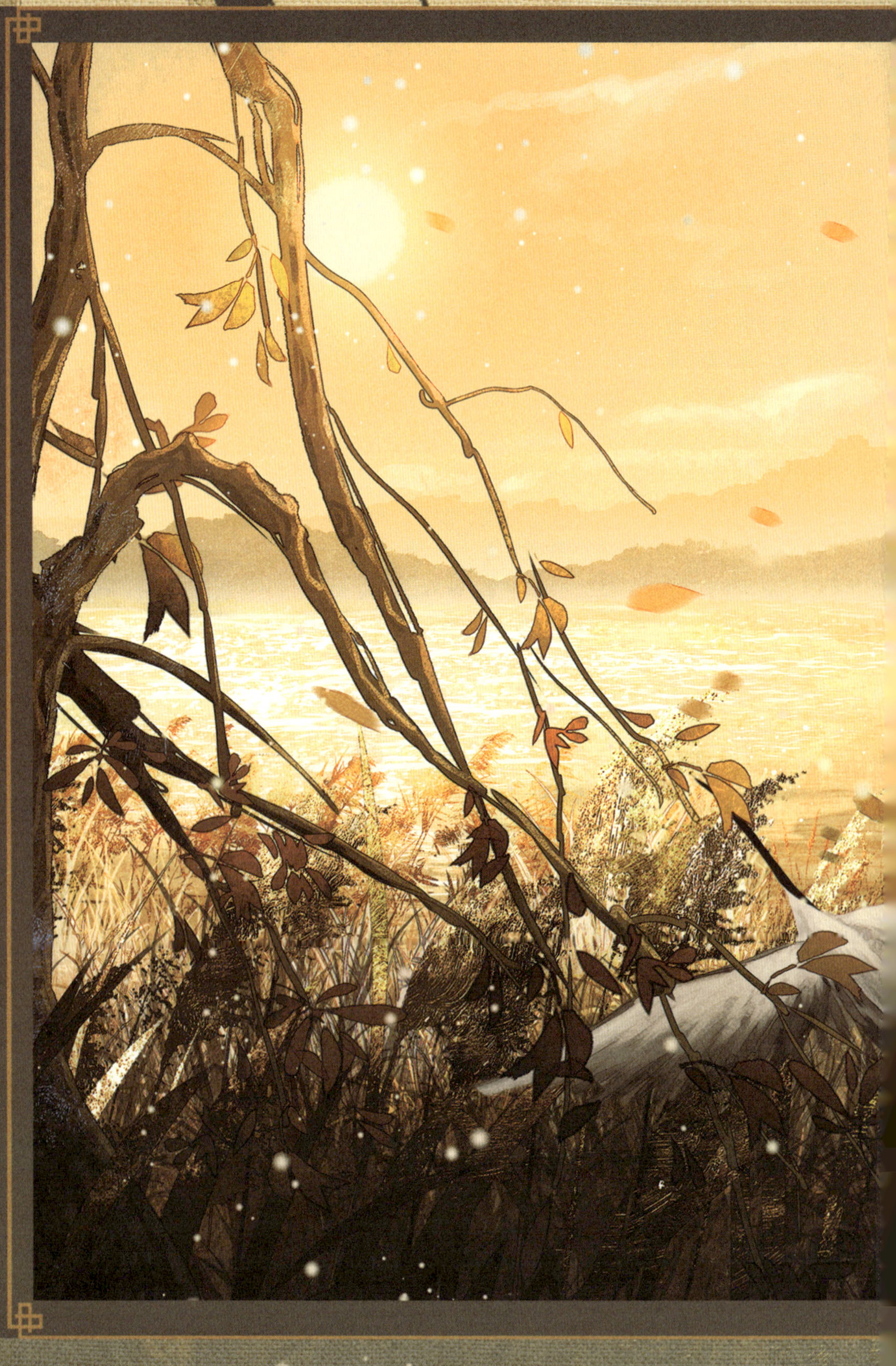

长命万岁

在我这里没有谁对谁错，
是非公道在你们各自的心里，
我这里只求一个真相。

| 第二十四章 交锋·321 | 第二十五章 书年·334 | 第二十六章 故事·346 | 第二十七章 清白·358 | 第二十八章 周也·370 | 第二十九章 归京·375 |

| 第三十章 探狱·388 | 第三十一章 是你·402 | 第三十二章 孤心·414 | 第三十三章 家宴·429 | 第三十四章 情动·443 | 第三十五章 站队·457 |

| 第三十六章 郑家·471 | 第三十七章 虚惊·486 | 第三十八章 神婆·502 | 第三十九章 锣声·518 | 第四十章 诱饵·533 | 第四十一章 完婚·548 |

| 第四十二章 坦诚·563 | 第四十三章 人心·579 | 第四十四章 提亲·593 | 第四十五章 嫡庶·608 | 第四十六章 花魁·622 |

目录

引子 001

第一章 谢府 002
第二章 错了 015
第三章 找人 029
第四章 休书 042
第五章 惩罚 056

第六章 父亲 071
第七章 裂开 085
第八章 遇险 099
第九章 高人 113
第十章 黑狗 126
第十一章 李家 142

第十二章 查亲 156
第十三章 戍精 170
第十四章 宁氏 184
第十五章 抄家 197
第十六章 三人 210
第十七章 废物 224

第十八章 路遇 238
第十九章 大齐 253
第二十章 珍姐儿 267
第二十一章 希望 280
第二十二章 刺杀 293
第二十三章 引蛇 306

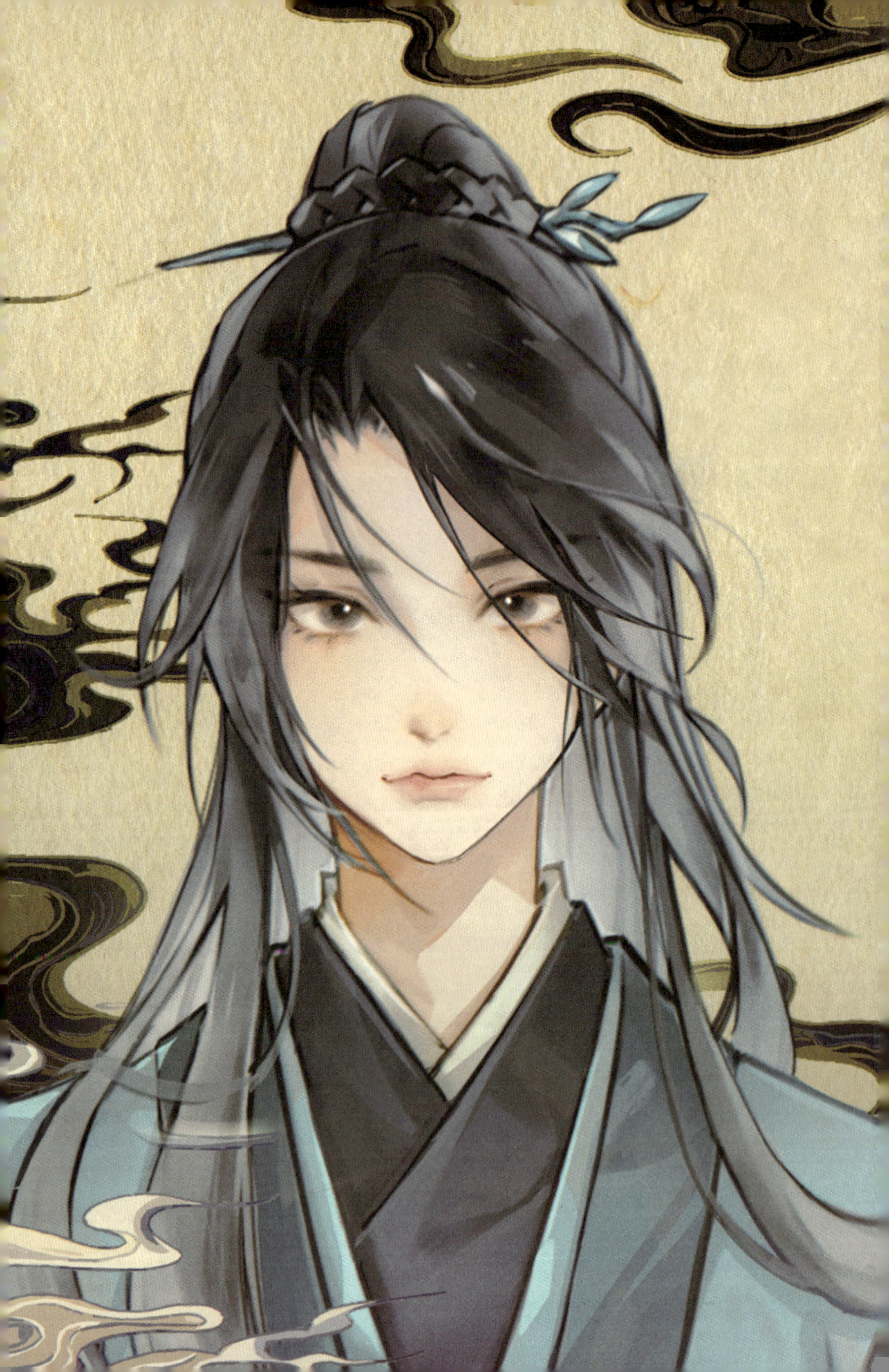

引子

边陲。

云南府。

晏三合一身孝服跪在棺材边，棺材里躺着她的祖父。

祖父是在睡梦里走的，走得无病无灾。

晏三合不觉得悲伤。

他这一生荒腔走板到末路，临了能这么痛快，也算苦尽甘来。

最后一晚，晏三合支开旁人独自守着灵堂。

明早棺材入土，他们祖孙俩今生的情分就算到头了，她还是舍不得。

晏三合往火盆里扔了几张白纸。

火光跳动中，她听到一声细小的咔嗒声。

这是什么声音？

她还没回过神来，又一声咔嗒声。

这一回她听清楚了，像有什么东西裂开了。

晏三合赶紧从地上爬起来，拿过油灯走到棺材边凑近一照，瞬间五内俱焚。

刚刚还盖得严严实实的棺木，这会儿裂开一条缝，那缝越裂越大，竟露出了半张脸。

"祖父？"

晏三合一声惊叫，从梦中睁眼醒来，满鬓汗湿。

第一章 谢府

京城。

马车在百药堂门口停下，晏三合付了车资，拎着伞走进去。

伙计在柜台里面招呼："姑娘配什么药？"

晏三合掸了掸身上沾着的雨丝："我要配两钱无色无味，入水即溶，能让人喝下去——"

"您快打住吧！"伙计指着门口的招牌，"这里是药铺，治病救命的，不是谋财害命的。"

"喝下去没什么感觉的……补药。"

伙计一愣，忙赔笑道："白芷有味；珍珠粉无味，可惜不易溶；最好用上等的白参，无色无味，只是这价格贵了些。"

晏三合从包袱里掏出十两银子："够吗？"

"够了，够了！"伙计收了银子，拿起一杆小秤，转身从抽屉里称出两钱白参，"姑娘坐会儿，我到里间让师傅给您现磨。"

晏三合点点头，刚要找把椅子坐下，突然发现药铺里还有一人。

那人一身武将打扮，歪着脑袋，大腿翘二腿，半坐半倚在角落的一把太师椅里，正用一种近乎探究的目光看着她。

晏三合皱皱眉头，在一旁坐下。

那道视线还黏在她身上，有些不依不饶的劲儿，她冷冷地回看过去，那人半点不心虚地挪开了视线。

就在这时，帘子后头传来了说话声。

"听说没有？城东头的季老爷前儿个被罢官了。"

"这季家也真够倒霉的，年前死了老太太，年后孙子病了，孙女被退婚，可真够邪门的。"

"别是沾了什么不干净的东西吧？"

"呸呸呸，别乱说……"

一抹不易察觉的狐疑在晏三合的眼底漫开，她不动声色地往帘子后面扫了一眼。

不多时，伙计从帘子后头走出来，手里多了个小纸包："磨好了，您收着。"

晏三合走过去把纸包往怀里一收："请问，谢道之的府邸在哪里？"

"谁？"伙计怀疑自己听岔了，忍不住又问一遍。

"谢道之。"

伙计脸上不显，心里却掀起巨浪，这姑娘和谢家是什么关系？满京城敢直呼谢老爷名字的人可没几个。

"出门左拐，穿过四条巷，再往前走一刻钟就到了，不远。"太师椅上的人声音不高不低，染着几分笑意。

晏三合抬眼，在和他四目相对时，面无表情地回了两个字："多谢。"

那人摸摸鼻尖，虚咳一声，没说话。

晏三合转身往外走，在门边停住脚步，犹豫好一会儿，到底开了口："让季家人把墓挖开，看看老太太的棺材是不是裂了。"

伙计只觉得脚下一软，抬头，哪还有什么姑娘的身影，只看到一截苍青色的衣角："三爷，那姑娘——"

"有意思！"被称为三爷的男子懒洋洋地换了一条腿翘起来。

…………

雨势渐大。四条巷连盏灯都没有，两边是高墙，轮廓黑魆魆的，有些瘆人。

晏三合握伞的手很稳，步子也稳。

那人说得没错，穿过四条巷，再走一刻钟，谢府朱红色的大门在灯笼的光里熠熠生辉。门口一左一右两只石狮子，虎虎生威。

晏三合收了伞，一步一步走上台阶，站定后，纤细的手指握住了环扣。

砰！

砰！

砰！

她略等了一会儿，厚重的朱门吱呀打开一条缝，里面探出一张国字脸，脸上堆满了褶皱。

"找谁？"

"谢道之！"

"放肆，我家老爷的名字也是你能直呼的，走，走，走……快走！"

晏三合手上一使劲儿，将快要合上的朱门撑开一条大缝。

"国字脸"被她的力气唬了一跳，借着门口灯笼的光，这才正儿八经地打量起眼前的人来，只几眼心里就有了谱。

"找我家老爷有什么事？"

"大事。"

你就扯吧！"国字脸"撇撇嘴，嘴角的嘲讽藏不住。这身段，这模样，八成是府里哪个爷们儿的相好。我老王头替谢家看了几十年的门，这样的人见得多了。一个个的仗着模样好看，削尖了脑袋想进谢家门，臊不臊？

"谢府的门第，就算是个妾，也不是你们这些外头的女人能够着的，姑娘看着是个聪明人——"

"闭嘴！"晏三合冷飕飕的目光看着他。

老王头心里"哎呀"一声，不妙，没有哪个爬床的女人敢直呼老爷姓名，还敢让他闭嘴。眼前这位……莫非肚子里有了野种？

老王头叫来个小厮，低声叮嘱了几句。那小厮一溜烟便跑没了影，片刻后，又气喘吁吁地跑回来。

"叫啥名字？我没记住。"

"你只要告诉谢道之，我姓晏，海晏河清的晏。"晏三合反剪着手，声音比这夜色还淡三分。

…………

这一等便是足足大半个时辰，老王头耐不住冷，早进屋暖和去了。

晏三合站在屋檐下，听着滴滴答答的雨声，神色有几分恍惚。

脚步声近了，小厮领着个中年男子过来，男子身形微胖，腆着个肚子，油光满面。

谢府能有这面相的应该是总管。

谢总管走到晏三合跟前，盯着她的脸看了半响，鼻孔朝天道："跟我来。"

晏三合撑起伞，一言不发地跟上去。

正月十五刚过没几天，府里的花灯还没撤下，她走一路，花灯看一路。

晏三合暗暗惊心，令她惊心的不是谢府的气派、富贵，而是沿路竟没见着一个下人。这绝不正常。

唯一能解释的是，谢道之已经猜到她会是什么人。

"到了。"谢总管手一指，"进里屋等着吧。"

晏三合没着急进去，撑着伞在院子里慢慢地溜达了一圈后，在谢总管面前站定。收起伞，她抬头。

谢总管心头一跳。好好的姑娘家，怎么长了这样一双眼睛？漆黑的眼睛笼着一层寒气，眼珠子一转不转，看着……忒瘆人！

晏三合勾了下唇，轻轻吐出两个字："有劳。"

溜达半天，就为说这两个字？谢总管的脸都绿了。

晏三合却已转身走进内堂。

内堂里，灯火通明。所有的布置、摆设都在告诉晏三合一个事实——这里是权势滔天的内阁大臣府。

连杯热茶都没人给她送，一个时辰后，院子外头的灯亮起来，有人背着手走进正堂，正是谢道之。

和晏三合想象中的一样，这人有副好皮相，哪怕白发蓄须，也不掩周身的贵气。

晏三合起身迎过去，微微一颔首。

谢道之面无表情地从她身侧走过，袍子一撩，坐下。

谢总管见晏三合站着不动，呵斥道："晏姑娘，见到我家老爷，怎的不行礼？"

行礼？晏三合眉梢一挑，缓缓转过身，就在谢道之的眼皮子底下走到八仙桌的另一边，诡诡然坐下。

"大胆！"

"怎么？"晏三合仰头，"你们谢府的椅子是摆设？"

谢总管差点被这话活活噎死。

他正要再骂，突然谢道之沉沉的目光看过来，那声骂在他喉咙里打了个滚，生生咽下去。

空气一下子凝固住。许久，谢道之终于抬起眼皮，不咸不淡地扫了晏三合一眼："你姓晏？"

"没错。"

"从哪里来？"

"云南府，福贡县。"

"你千里迢迢来找本官有什么事？"

"我为晏行而来！"

果然不出所料。谢道之心中连连冷笑："你和晏行是什么关系？"

"亲人。"

"什么样的亲人？"

"我唤他祖父。"

"你今年多大？"

"十七。"

"晏行他……"谢道之手指在桌上点了点，"怎么了？"

晏三合偏过头看着他："一个半月前，他去世了。"

死了？谢道之紧绷的双肩微不可察地松下来，他掩唇咳嗽一声："可是寿终正寝？"

晏三合一点头："生老病死，都算寿终正寝。"

谢道之微微皱眉，这话不该从一个十七岁的年轻姑娘口里说出来，太老成了！

"他临终前留了什么话给我？"

"没话。"

"他有什么事情交代我去做？"

"并无交代。"

谢道之眼中虚伪的温和一下子淡了，本能地流露出如临大敌一样的戒备。晏行一没话，二没事，晏行孙女来找他做什么？

他慢悠悠地抚着胡须，用一种循循善诱的口气道："我和他有过几面之缘，并不太熟。"

晏三合还是看着他，只是目光沉了下来："你和他只有几面之缘吗？"

"本官难道会诓你？"

晏三合轻轻咬出两个字："诓了。"

"放肆！"谢道之一拍桌子，怒不可遏。

他下意识地就想唤人进来，治治这吃了熊心豹子胆的东西，余光却扫见晏三合突然站起来。

她走到谢道之面前，目光与他对视。

谢道之只觉得心头一跳。

"不能放肆也要放肆了。"晏三合声音平静,"谢道之,你曾经姓晏,叫晏行父亲。"

父亲?四十八岁的谢道之听到这两个字,愣了片刻后,突然哈哈大笑:"世人谁不知我谢道之一岁半就死了父亲,是由寡母一手带大,休得胡言乱语!"

晏三合刚要说话,却见谢道之脸一沉:"你此刻能和我说上话已是看在那几面之缘的分儿上,否则……你只怕连谢府的门都进不来。"

晏三合瞳仁倏地一缩,她料到这趟的事情不会太容易,却没想到谢道之会把话说得这么绝。

"来人!"

被晏三合的话吓得血都冷了半截的谢总管噔噔噔地跑过去:"老爷。"

谢道之厉声道:"安排晏姑娘住一晚上,明日一早让账房支一千两银子给她。"

一千两?谢总管惊了:"老爷,这么多?"

谢道之的表情十分嫌恶:"她从云南府来,来趟京城不容易,想必以后也没机会再来了。"

"是!"

"谢——"

"晏姑娘!"谢道之声音沉重如铁,目光如剑似刀,"这里是谢府!"

五个字,上位者的气势便摆出来,晏三合用力一咬牙齿,将到嘴边的话抵了回去。

谢道之还有后半句话没出口——"容不得你放肆!"

从正堂出来,晏三合撑着伞若有所思。谢道之几次三番不让她把话说下去,可见那段往事他根本不想承认。不想承认是心虚,还是为了他堂堂谢内阁的脸面?

晏三合看了眼走在前面的谢总管,又扭头看看身后跟着的两个护院,事情恐怕没那么简单!

她思忖间,已来到一座僻静的院落。

谢总管朝院子扬了扬下巴:"就这里了,请吧!"

"慢着。"

谢总管半眯起眼睛看着晏三合,脸上一副"这人怎么这么不识相"的表情。

"不识相"的人抬眼,半点没有眼力见儿道:"我要热水。"

谢总管:"……"

谢总管向护院递了个眼色,随即又把另一个护院叫到跟前,低声交代几句后匆匆离开。

晏三合在院里略站了一会儿,便径直走进屋里。

屋里没有点灯,她也懒得去点,找了一把最近的椅子坐下,盯着地上的青石砖,满腹心事。

谢道之这人能做到内阁大臣,心机和手段都不会简单。留给她只有一晚上的时间,下一步,她要怎么办?

寂静中,月光在屋里流泻开来,苍青色的身影一动不动,单薄而孤独。

"姑娘,热水来了。"两个婆子抬着热水走进院子,见屋里黑漆漆的,扯着嗓门先喊了一声。

晏三合心中微微一动。

"姑娘怎么不点灯？热水放哪里？"

"随便。"

晏三合走到桌前把灯点亮，低头从包袱里掏出五两银子。

俩婆子放下热水，看到晏三合手里的银子，眼睛候地亮了。

晏三合把银子塞到其中一人手上："天冷，两位妈妈打些热酒喝。"

那人赔笑："那可多谢姑娘了。"

另一人也笑："姑娘看看还缺些什么，都可以和我们说。"

"不必。"晏三合停顿一下，"我就打听一件事……"

…………

书房里。

谢道之坐在太师椅上，老僧入定似的。

谢总管推门进来："老爷。"

谢道之回神："安顿好了？"

"好了。"谢总管走到近前，低声道，"老爷，她借着要热水趁机打听老夫人的生辰八字，说是要给老夫人点长明灯。"

"哼！"谢道之的手握成拳头。

谢总管能做到心腹，最会的便是揣摩主子的心思："老爷，要不要小的——"

"暂时不必。"谢道之截断他的话，"那个院子多放点人，明日一早，你亲自带人送她出城，等确定她出城后你再回来。"

"是！"

谢道之疲倦地摆摆手："去跟夫人说今日我歇在书房。"

"是！"

"慢着！"谢道之神色一肃，"这件事情，如果有第三个人知道，后果是什么——"

谢总管赶紧扑通跪下："那姑娘一派胡言乱语，老奴早就不记得她说了什么，请老爷放一万个心。"

谢道之端起茶盅，喝了口茶，幽幽道："老谢啊，我自是信你的！"

…………

晏三合等热水慢慢变凉，才起身洗漱。洗去一身风尘后，她把包袱往怀里一抱，蜷缩着腿坐在椅子上，慢慢闭上眼睛。

困意袭来，她已入梦，梦里仍旧是晏行。晏行教她读书，给她讲五湖四海的奇闻轶事，给她酿桃花潭的桃花酿……

梦并不长，晏三合醒来才发现自己只睡了两个时辰。

她愣了一会儿神后，放下怀里的包袱，轻手轻脚地走到窗边，悄没声地推开一扇窗。

晏三合瞳孔骤然扩大。

院子里不知何时多了七八个护院，这些护院怀里抱着刀，蜷缩在屋檐下，正闭着眼睛打瞌睡。

这都备上刀了？晏三合无声地冷笑。

……………

谢总管心里藏着事，一夜没睡安稳。挨到天微微亮，他穿戴洗漱好，想着老爷昨天晚上睡在书房，打算先去书房瞧一眼。

他刚到院门口，脚还没跨进去，抬头冷不丁看到一个人的背影。

谢总管差点没疯，她怎么会在这里？

"你给我站住！"

晏三合没料到谢总管这个时候会来，谢府太大，她摸着谢道之的书房，耽误了好些时间。她转过身，眉毛微微扬起，脸上丝毫没有被人抓包的尴尬。

谢总管恶狠狠地盯着她："晏姑娘，这地儿可不是你能待的，想要银子就跟我来！"

晏三合勾勾唇，不仅没跟过去，反而大步往书房走。

谢总管只觉得浑身的汗毛都竖起来，赶紧冲过去拽人。

他刚拽住她一条胳膊，便觉得膝盖处一痛，还没看清是怎么回事，人已经扑通跪下去。

"晏三合！"谢总管疼得破口大骂，"你可别敬酒不吃吃罚酒。"

"一大早的，谢总管想让谁吃罚酒呢？"温润的声音在院门口响起，男子走进来，一身天青色直裰，整个人如朗朗明月。

晏三合抬眼，目光略一扫过便收了回来。

那男子的目光却留在了晏三合身上，这姑娘他从未见过，哪家的？

"一大早的，大爷怎么来了？"谢总管挣扎着爬起来，噔噔噔地跑到谢而立跟前。

"听说父亲昨儿在书房歇着，我过来看看。"谢而立沉吟片刻，"这位是——"

谢总管急得冷汗都冒出来了，一边是老爷的交代，一边又是长子长孙，谢府未来的当家人，哪边都得罪不起。他灵机一动，忙道："一个打秋风的远房亲戚，嫌昨儿拿的银子不够，大爷不用理会，交给老奴处理就行。"

谢而立狐疑地看了晏三合一眼："姑娘如果嫌银子还不够的话，可以和我说。"

"我和你说不着。"晏三合没时间再耽误，转身对着书房门道，"谢道之，你生父的确是在你一岁半的时候病逝的，但是四年后，你母亲——"

门呼的一声被拉开。谢道之脸上透着森冷的杀伐之气："来人，此女子诬陷朝廷命妇，满嘴胡言乱语，给我绑起来。"

"话都不敢让我说完，你在怕什么？"晏三合眉眼间陡然凌厉，口气中有种让人不敢轻举妄动的冷硬。

"你母亲姓杨，单名一个'慧'字，一月初九的生辰，永和初年，嫁给安徽府水东县名士晏行为继室，时年二十五岁，晏行就是你的继父。"晏三合展开手里发黄的帖子，"这张合婚庚帖上写得清清楚楚，白纸黑字，你还有什么话说？"

谢道之一张老脸白得瘆人："来人，把这人给我绑起来！"

他一声令下，外头拥进来八九个护院，手里明晃晃的刀尖对准了晏三合。

晏三合冷笑："怎么，想杀人灭口吗？"

谢道之能官居内阁，手上不沾点人血，那是不可能的："杀了你又如何？"

"谢道之，你真当我会毫无防备就踏进谢家的门吗？"

晏三合黑沉沉的瞳仁冰凉刺骨，不知为何，谢道之的心虚虚地跳了一下，但众目睽睽之下，他怎会被一个毛还没长齐的女子给威吓住？

"一个个还愣着干什么？"

"父亲！"谢而立突然大喊一声，眉头紧皱，道，"时辰不早，该上朝了。"

"上朝"两个字加了重音，谢道之听出其中的深意，一下子怔住。

"姑娘！"谢而立转身看向晏三合，"早朝耽误不得，先让父亲上朝，有什么事等他下朝再说，你看如何？"

转眼间峰回路转，晏三合不仅没有松口气，脸色还变得异常苍白，这位谢府大爷想做什么？缓兵之计吗？

"谢总管！"谢而立温和道，"你陪着这位姑娘下去休息，好好招呼，别怠慢了。"

谢总管捏着一手心的冷汗："是！"

....

院子里只剩下父子二人面对面枯站着，好半天，谢而立都没有办法消化刚刚听到的消息。

老太太竟然嫁过人？这怎么可能？他活到二十五岁，从来没听到过一点风声，可那姑娘说得有鼻子有眼的，还有庚帖为证，不像假的啊！

"父亲，她说的可是真的？"

谢道之看着长子，脸色由白转青："真的假的以后再说，眼下我们有一件更重要的事情。"

谢而立当然知道重要的事情是指什么，刚刚他突然拦在中间，用了一招缓兵之计，也是顾忌这个。

父亲中举后，皇上感动于老太太守寡替朝廷培养出一名举人，御赐一座贞节牌坊，作为天下女子的榜样。如果她再嫁的消息传出去，便是妥妥的欺君之罪，轻则丢官，重则抄家流放。

谢而立声音一改温润，变得又沉又冷："父亲，老太太年纪大了，经不得事，早做防备。"

谢道之只觉得欣慰。大儿子平日里瞧着没什么脾气，骨子里却杀伐果断。最重要的是，什么时候该进，什么时候该退，他拿捏得清清楚楚。

"你刚才就是不叫住我，我也不会对她怎么样。"

"我知道，父亲只是想吓一吓她？"

谢道之点点头，在内阁当差这些年，什么大风大浪没见过，一个女子他还没放在眼里。

晏三合如果是冲着银子来的，那他就给足银子封嘴；如果是为了认亲而来，他大可把人圈养在府里，大不了将来陪一副嫁妆。

昨天晚上，他没让她把话说完，出手一千两，就是想先摸摸她的底牌。这一摸，果然摸出了东西，她手上竟然有合婚庚帖。这东西可不是要钱、要嫁妆就可以打发的，那是要命的！

他再往深里想，她一个姑娘家，哪来的胆量敢威胁堂堂内阁大臣？背后有没有人？如果有人，又会是谁？

"满京城，敢直呼我谢道之姓名的人不多；京中女子，能一脚把谢管家踢趴下的也不多。"谢道之抚须，"这女子看着年纪轻轻，身上却处处透着诡异。老大！"

"父亲！"

"你派人去通知老夫人，让她在庙里多住几天，不要急着回来。"

"是！"

"府里的护院通通上岗，她那个院子多派些人，死死守住了，别让她离开半步。"

"父亲放心，由谢总管亲自看着，人丢不了。"

"还有，你把手里的事情放一放，去趟老三的衙门，让他们的人帮着查一查，这人何时入的京？去过哪些地方？有没有同伴？"谢道之咬牙，"都要给我一桩一桩查清楚了！"

"是！"

…………

还是原来的那个院子，只是这会儿院子里连只苍蝇都飞不进来。

晏三合穿着一件苍青色单衣，头发像男人一样束起，在院子里慢悠悠地踱着步。

谢总管搬了把竹椅往庭院中一放，坐下后，目光死死地盯着她。

他哪里知道，晏三合脚下慢悠悠，脑子却转得比谁都快。

她拿出合婚庚帖，目的是想逼一逼谢道之。这一逼，让她明白了两件事：头一件，哪怕有真凭实据，谢道之都不会承认和晏行的关系；第二件，这人说翻脸就翻脸，是个狠角色！

如果不是她灵机一动，抛出那句"真当我会毫无防备就踏进谢家的门"，谢道之能当场活宰了她。想想也对，如果他不是狠角色，又怎么能做出当年那桩龌龊之事，让祖父死了都还放不下。

让她捉摸不透的是谢府那位大爷。

这人在关键的时候出来打圆场，到底是为了什么？帮她？不可能。人家始终是父子。

不对！他用的是缓兵之计，为的是腾出时间暗中调查自己口里的"防备"是什么。

想明白这一点，晏三合原本还算稳当的表情终于变了。这父子俩都是人精啊！

她可以肯定的是，谢家人根本查不出什么，那一句本来就是她胡诌的，目的是虚张声势。那么接下来就会出现两种结果：一种是谢道之因为摸不出她的深浅而心存忌惮，另一种就是破釜沉舟，先杀人灭口再说。

晏三合扭头，看着门口的那些带刀护院。

她的身手翻个墙，对付一两个不懂武功的人，还能凑合，对付这么多人……只有死路一条。

晏三合这会儿很后悔，早知道这一趟这么艰难，就该把那个懂武功的丫头带来，也不至于落得现在这样进退不得的地步。

"谢总管，热茶来了。"

"放着吧！"

晏三合思绪被打断，脚步也停下来，扭头，见谢总管一手托着茶碗，一手用茶盖拨着。她心念一动，转身走进屋里。

这姓晏的想要干什么？谢总管手一抖，茶水差点洒他一身。

就在他刚把茶碗放下，想要跟进去瞧个明白时，晏三合出来了，手里多了把太师椅。

谢总管的屁股又坐下去。

只是还没等他坐稳，那太师椅便啪的一声放在竹椅边上，晏三合抖了抖青衫，无声地坐下。

太师椅比竹椅高出大半截不止。两人并排坐着。一个坐得四平八稳，像主子；一个屈着腿，像下人。

谢总管狠狠地咬了下后槽牙，刚要站起来，也去屋里搬把太师椅，却见晏三合手指在太师椅靠背上敲了敲。

他抬头的同时，她低下头，用只有两个人能听到的声音开口："让我猜猜，你家老爷这会儿在做什么？"

不等谢总管变脸，晏三合已经给出答案："应该是在派人查我！"

谢总管："……"她怎么会知道？

"可惜啊，他什么也查不到。"

不可能！我家三爷在五城兵马司当差，虽说昨儿傍晚出京了，但衙门里有的是兄弟！你晏三合进京做了什么，见了什么人，都瞒不过他们的眼线。谢总管用一声"哼"做出回击。

晏三合仿佛没有听到那声"哼"，把头又往谢总管那边凑近了一点："……给你家老爷带句话。"

这话几乎就是在谢总管耳边响起，他没感觉到一股热气，反而觉得浑身的汗毛都竖了起来。

"我要有个三长两短，你们谢家人也都活不长！"

"……"

"不信，只管试一试！"

谢总管感觉喉咙被一只大手死死地掐住了，一个字都说不出来。他噌地站起来，头也不回地跑出院子。

…………

"她果真这么说？"

"千真万确！"谢总管这会儿心都还怦怦跳呢，"大爷，咱们动手吧，这人留着绝对是个祸害。"

谢而立垂着眼睛不说话。

那姑娘是昨天晚上从南城门入的京，孤身一人，先在百草堂配了服药，而后来的谢家。如果只是这样，他并不忌惮，偏这姑娘穿过了四条巷。

四条巷多年前发生过惨案，死了很多人，阴森森的，别说是夜里，就是大白天都不大有人敢走这条巷子。

谢而立突然想到了什么："给那院里送饭了吗？"

谢总管："送了。"

谢而立："她吃了没有？"

谢总管冷哼："吃得比谁都香，一粒米都没剩下。"

这么胆大，看来是有所恃啊！谢而立拍拍谢总管的肩："还是等父亲下朝后再做决定，你去半路迎他。"

"是！"

"不用了！"事情太大，谢而立等不及，"我亲自去接父亲回府。"

…………

"姑娘，我家老爷有请。"

晏三合走出房门，在谢总管面前故意停住了。

谢总管下意识地身形一退，恭恭敬敬地做了个请的手势。

晏三合黑眸亮起来，下人的态度就是主子的态度，态度这么恭敬，看来这一招虚张声势是管用的。

推开书房门，如晏三合所料，父子二人都在。

谢而立看她进来，笑道："晏姑娘，坐吧。老谢，上茶。"

热茶端上来，谢总管掩门退出去。

晏三合端起茶碗，用茶盖拨了拨，慢慢送到嘴边，动作行云流水。

谢道之摸不着她的深浅，朝儿子看了一眼。

谢而立温和道："我父亲下朝回来了，晏姑娘有什么事，只管说出来，谢家不是不知礼的人，一切都好商量。"

晏三合放下茶碗，看向谢道之："你承认吗？"

四个字让父子俩同时变了脸色。

谢而立咳嗽一声："晏姑娘需要父亲承认什么？"

晏三合神色有些讽刺："承认和晏行曾经是父子。"

这话儿子没办法回答，是逼着老子站出来，谢道之脸色十分难看。承认，是万万不能的；不承认，又摸不清这人的真实来意。

被逼到这个份儿上，谢道之的忍耐算是到了极限："晏姑娘，我劝你还是老老实实说明来意，否则，就别怪本官不客气。"

"请便！"晏三合懒洋洋地回了两个字，从怀里掏出早上没有送出去的合婚庚帖，放在小几上。

她手腕一转，又端起边上的茶碗，怡然自得地品茶，一边品，一边还点了几下头，脸上的神情仿佛在说：嗯，这茶不错！

她这般无所畏惧倒把谢家父子给镇住了。

无所畏惧才最可怕。她一个人一条命，死了也就死了，但谢家一百多口人，老的老，小的小，他们赌不起。

谢道之能爬到现在这个位子，靠的就是审时度势，能屈能伸。哪怕他这会儿心里恨不得掐死晏三合，可该服软时照样服软，这也是和儿子事先商量好的。

"我承认。"

终于承认了！晏三合在心里咆哮一声，语气森然道："那么之前你为什么要否认？"

谢道之脸色阴沉，没想到自己承认了，她还要刨根问底。

"所以！"晏三合幽幽道，"你一直在撒谎。"

"为什么要承认？"谢道之被彻底激怒，表情变得狰狞无比，"我恨他，我恨不得他死全家。"

书房里死一样寂静。

良久，晏三合突然笑了："果然是你害死了他们。"

"你这话是什么意思？"谢道之噌地站起来，"我什么时候害过人？"

晏三合从袖中拿出一个信封，递过去。

谢道之不明白她要做什么，从信封里掏出里面的信，目光一扫，眉头就紧紧皱起来。这字化成灰他都认识，是晏行的，只是这信里的内容……

"我兄弟身患重病，父亲带他进京求医，祖父写信求你，希望你看在往日的情分上帮一帮。"晏三合道，"你恨着祖父，恨着晏家，不让他们进门倒也罢了，偏你还让巡捕把他们关进牢里五天。"

这话一出，连一旁的谢而立都脸色大变。

"你们不是一直好奇我来谢家做什么吗？"晏三合双手往前一撑，眼中似有灼灼烈火，"我只想为死去的人讨个说法。"

"你兄弟死了？"谢道之大惊失色。

"京城的牢狱，那是什么地方？他一个病重的孩子怎么撑得下去？"晏三合顿了顿，"他就死在牢里，我父亲眼睁睁地看着他咽了气。"

谢道之："……"

泪光在晏三合眼中一闪而过："母亲伤心过度，很快就走了。又过两年，轮到我父亲。"

"……"谢道之面如死灰。难怪她不要钱，难怪她有恃无恐，原来是因为三条亲人的性命。

晏三合慢慢抬起头，眼珠子一动不动地看着谢道之："当年你父亲死后，你们母子穷得连饭都吃不饱，四处流浪，你母亲跪地求人才进晏家做下人，我说得对不对？"

谢道之："……"

晏三合："晏家家大业大，家里的用人都使唤不完，你们能留下来是晏行看你们母子二人可怜，你承认不承认？"

谢道之："……"

"你不知恩图报也就算了，竟然还恩将仇报。"晏三合死死地看着谢道之，自胸口震出一声笑，"你还是人吗？你还配做个人吗？"

望着晏三合像深井的黑眸，谢道之突然感觉有一股凉气顺着他脊椎慢慢升到了头顶："不是我做的，我没有见过他们。"

晏三合："如果不是你，巡捕怎么会把他们父子二人抓起来？"

谢道之："……"

晏三合："平生第一次进京，谁和他们有仇？"

谢道之："……"

晏三合："是你自己说的，你恨不得他死全家。"

谢道之："……"

他一个字都答不上来。我做过吗？好像没有。我没有做过吗？这又分明是我行事的风格。

书房里再次陷入死一般的寂静，火盆里有炭叭的一声裂开，仿佛是死去的晏行对谢道之的控诉。

谢而立不怎么有底气地问了一句："父亲，这到底是怎么回事？"

谢道之看着儿子，眼睛有些失神。许久，他还是摇摇头，一字一句地回答："不是我做的。"

像有千万根细针扎进骨髓里，晏三合彻底怒了："你还是不承认吗？"

"晏三合！"谢道之也怒了，用力一拍桌子，"我虽然恨他恨得要死，但用这样的手段对付一个生病的孩子，我万万做不出来。"

"谢府做不出来的事很多，但做得出来的事也不少，比如……"晏三合冷笑连连，"杀人灭口！"

"我父亲没有说谎。"谢而立走到晏三合面前，言辞诚恳至极，"晏姑娘，请你相信他。"

"我为什么要相信他？"

"因为我们家也有个生病的孩子。"书房里的气氛剑拔弩张，谢而立让自己的语气尽量温和，"我三弟生下来就是个病秧子，从小到大不知花了多少银子，求了多少名医，都说他活不长。"

晏三合："所以呢？"

"将心比心，我父亲就算再恨你祖父，再恨晏家，也不会对一个生病的孩子下手。"谢而立皱眉，"这里面，会不会有什么误会？"

好一个将心比心。晏三合盯着他，努力想从他脸上找出一点破绽来："那么，误会在哪里？"

谢而立拿起信，快速地扫几眼："姑娘可还记得他们进京求医是哪年的事？"

晏三合："永和八年。"

谢而立心头狠狠一跳，猛地向谢道之看过去，谢道之已脱口而出："什么月份？几日进的京？"

晏三合："几日进的京，我不知道，但他回到家中已是冬天。"

"冬天？"谢道之沉吟半响，突然扭头向谢而立看过去，目光往下一压。

晏三合看不清他眼中的深意，但谢而立心如明镜，顿了顿，道："晏姑娘，你来谢府就只为此事，没有别的？"

晏三合想着此行的目的："若说没有别的，那我就是在诓你，但如果这件事情不弄清楚，别的一切都没有意义。"

"这话是什么意思？"谢而立眼尾顿时凌厉。

晏三合眸色深深："给我一个真相，我们再谈别的。"

这事不简单。谢而立向谢道之看过去，用眼神询问下一步要怎么办。

谢道之沉默良久，无论这女子的目的是什么，这三条人命的事情绝不能赖在他身上，必须查清楚。

"老大，你马上去五城兵马司和锦衣卫的牢狱里各走一趟。"

"我这就去。"

"谢总管。"

谢总管推门进来："老爷。"

谢道之："把门房的人都给我叫来。"

"是！"

"晏三合，"谢道之声音低沉，"你向我讨说法，我给你说法，但如果这事不是我做的，你当如何？"

晏三合微仰着下巴，脖颈是一道倨傲的弧线："如果不是你做的，我当跪地向你磕头认罪。"

"好！"谢道之大喝一声。

第二章 错了

"老爷，府里四个门的人都在这里。"

谢道之目光一肃，所有人都战战兢兢地垂下了头。

府里大小事务，内里有大奶奶和总管，外头都是大爷在打理，老爷从不插手过问。

今儿个老爷亲自问话，还把人叫到书房的院子里，一定是出了什么大事。

"后门、偏门的人不需要问，他们第一次登门，又带了书信，不会走那两扇门。"

谢道之微微诧异地看了晏三合一眼："偏门和后门的人退下。"

下人中，有人神色大喜，赶紧退出去；留下来的七八个，则心里跟打鼓一样。

"永和八年夏，你们有谁见过——"话到一半，谢道之发现自己说不下去，谢府光一天上门的人就有几十个，别说九年前的事情，就是一个月前上门的人，他们也很难记住几个。

"谢道之，借你书案一用。"晏三合不等他应声，转身走进书房。

谢总管头皮一炸，赶紧跟进去："老爷的书案上都是重要的东西，你——"

"磨墨！"

"……"

谢总管：我忍！

墨磨好，晏三合一手提笔蘸墨，一手拿过桌案上的宣纸……不过短短时间，一个中年男子的头像便跃然纸上。

谢道之接过画像狠狠地吃了一惊，下意识地咬紧后槽牙。笔墨丹青，如行云流水绕素笺，分明就是晏行一笔一画教出来的。

"怎么就一张，你兄弟的呢？"

晏三合目光微微一闪："他已经死了九年，我早已忘了他长什么样。"

有画像，事情就好办多了。

"永和八年夏，你们回忆一下，谁见过这人，带着一个生病的男孩，见过此人的赏银五十两。"谢道之发了狠，"瞒而不报的，仗五十，赶出谢府。"

下人们的眼睛噌一下亮起，又噌地暗下去。

所有人盯着那张头像，在脑海里绞尽脑汁地想，五十两呢，谁和钱过不去！然而足足一盏茶的时间，没有一个人开口。

冷茶撤去，热茶换上来，谢道之不想再浪费时间，朝谢总管递了个眼神。

谢总管重重地咳嗽了一声："都没见过吗？"

"小的是真没见过啊！"

"小的也没见过。"

"……这都几年了，真记不得了！"

谢总管心头大喜，脸上却不敢露出半点："晏姑娘，都没见过，你看——"

"谢总管！"晏三合站起来，"这不是投胎，你急什么？"

谢总管："……"差点没被噎死。

晏三合走到谢道之身侧，淡淡地开口："敢不敢让我来问？"

谢道之知道她不会那么容易死心，索性大大方方道："你问。"

"既然都不说，那就只好用我云南傈僳族的古法了。"晏三合抱臂，"谢总管，你去打盆清水来。"

谢总管见老爷冲他一点头，忙应了声："是。"

水端来，晏三合从怀里掏出个小纸包。她走到水盆前，打开纸包，把里面的白色粉末撒进去。

肉眼可见，那粉末遇水就化，水的颜色很快就恢复了原样。

谢道之惊了："这是什么？"

"眼镜蛇的胆晒成的粉，然后由傈僳族的女巫念咒九九八十一天。"晏三合语速很慢，几乎是一个字一个字地往外进，"没说谎的，不会有事，就当喝了口凉水；说谎的人，先是腹痛，接着穿肠烂肚，一个时辰后七孔流血而亡。"

"……"所有人都被吓得两腿直打战，什么蛇胆粉，明明就是穿肠毒药。

"野蛮啊！"谢总管嘀咕。

晏三合目光一扫："就从谢总管开始吧！"

"凭什么是我？"

"谢总管迎来送往，许是瞧见了呢。"

"你——"谢总管一咬牙走到盆边，也不用碗，直接端起盆就喝，咕咚咕咚两口下肚，除了冰肚子外，没有任何感觉，"我没瞧见！"

晏三合淡淡地扫他一眼："下一个。"

正门、角门一共八个门房。他们一看谢总管半点事情都没有，原本打战的腿又站得笔直起来，不做亏心事，不怕鬼敲门，喝！

谢总管看着前头七人喝完了水都好好的，凑在老爷耳边低声说："老爷，瞧好吧，准打脸！"

听他这么一说，谢道之的表情也轻松了点。只要人没上门，那三条人命就不能算在他头上，至于怎么进的牢，那就是另外一回事了。

然而就在这时，突然咣当一声，盆被踢翻在地。

门房中资历最老的老王头像疯了似的，挥着拳头哇哇大叫："我不喝，我不要喝，我没有看到。"

"……"谢道之刚刚还轻松的神态荡然无存，他起身怒道，"说，你有没有看到？"

"老爷，老爷——"老王头扑通一声跪倒在地，脸急成猪肝色。

谢道之一见这个情形，心里哪还有不明白的："其他人都给我出去。"

"是！"所有人逃也似的退出去，还没走远，就听见院子里一声怒吼——

"说！"

"小的……小的……"老王头身子抖得跟筛糠似的，"小的见过这爷儿俩。"

谢道之一屁股跌坐在椅子上，整个人像被霜打过的茄子。

晏三合走到老王头面前，蹲下："你把事情一五一十地告诉我，或许我还能给你求个情，不然你这把年纪被赶出去，连个落脚之地都没有，很惨。"

老王头看着面前这张脸，抹了一把老泪："他们……他们是傍晚上的门，那孩子的脸蜡黄蜡黄的，一看就是得了病。那个男人比画像上年轻一点，衣服穿得很怪。"

"然后呢？"

"他们手里拿着信，说是……说是找老爷，我……我……"老王头心惊胆战地看了谢道之一眼，"我没敢让他们进门！"

晏三合站起来，冷冷地看着谢道之："你还有什么话说？"

谢道之一张脸煞白，胸口一起一伏，突然起身冲过去，抬腿就是一脚："连个信都不报，就把人关在门外，谁给你的狗胆？我谢道之一世英名都毁在你身上了。"

老王头被直接踹倒在地，嗷嗷了两嗓子，哭喊道："老爷忘了，是你交代不让我开门的啊！"

"你说什么？"谢道之目眦欲裂，一把揪住他的前襟，"给我再说一遍！"

"七月十六，"老王头混浊的双眼突然睁大，"老爷，是永和八年的七月十六啊，我……我怎么敢开门，怎么敢啊！"

"……"谢道之呼吸突然急促起来，七月十六，竟然是七月十六，怪不得会被巡捕关到牢里。

他颓然松开手，踉跄着往后退了几步，整个人像一下子老了好几岁。

晏三合眼神一凛："永和八年的七月十六发生了什么？"

"哎呀，我的姑奶奶啊！"谢总管满脸惊恐，"这你就别问了。"

"为什么不能问？"晏三合逼视着他，"谢府做了什么亏心事，不能问？"

"你……"谢总管感觉要被活活逼疯，头一扭，找主心骨去了，"老爷，你看……"

谢道之的目光越过他，定定地看着晏三合良久。

"谢总管。"

"老爷！"

"把老王头带下去，你亲自在院门口守着，谁也不许靠近半步。"

"是！"

门一合上，院子便空荡下来。

谢道之深吸一口气："晏三合，这事只能说是阴错阳差！"

"怎么个阴错阳差法？"

"永和八年的中元节，京城四条巷发生过一桩惊天大案，前武卫将军郑玉的府邸一夜之间被人血洗。"谢道之语气沉重，"除了出征的老将军和他四个贴身侍卫外，郑家余下一百八十人通通惨死。"

晏三合眉心蓦地一跳。

"此案惊动朝廷，天子雷霆大怒，命锦衣卫、刑部、大理寺、都察院四部联手彻查，一时间京中风声鹤唳，人人自危。"谢道之目光闪动了几下，"我作为内阁重臣，被皇上叫进宫里，离开前交代夫人和谢总管关闭四门，谁也不许出，谁也不准入，一切等我从宫里回来再说。"

"为什么？"晏三合声音冰凉。

"朗朗乾坤，天子脚下，这些歹人连郑将军府都敢屠戮，还有什么是他们不敢做出来的？更何况，案子刚刚发生，凶手连个影子都没有找到，我怎么敢拿一府老小的性命开玩笑？"谢道之想到从前的事，手不自觉地抖了下，"还有一个更重要的原因，我家老三病重，已经快不行了。"

晏三合目光低垂，所有情绪都敛在那双黑眸里："你在宫里待了几天？"

"三天。"

三天后，谢道之从宫里出来，两只眼睛都熬红了，回家直奔老三房里，见他安安静静地睡着，长松一口气，一头栽在了榻上。

晏三合沉默良久，道："那么，他们被抓进牢狱又是怎么回事？"

"京中戒严，五城兵马司负责巡街，锦衣卫负责抓人，应该是在街上发现了他们。"

"无辜百姓也抓？"

"咱们华国有个不成文的规矩，特殊时期，只要是可疑人员，一律先抓再放。"

"所以……"晏三合冷笑，"只怪他们命不好？"

"你若不相信，可等我大儿子回来，虽然是九年前的事，但只要是坐过牢的人，什么时候被抓，什么时候被放，都有案底记得清清楚楚。"谢道之说，"这是大事，我没必要说假话。"

晏三合再度沉默。她目光盯着脚下的青石砖一动不动，素来挺得很直的后背似乎也因为这个打击而弯折了些，硬生生透出几分纤弱。

"谁是凶手？"

"啊？"她声音太低，谢道之乍一听没听清楚。

"谁是杀害郑家一百八十口的凶手？"

"进书房说吧，外头太冷，这事说来话长。"

谢道之走进书房，此刻已近黄昏，书房里昏暗一片，他先点了灯。

晏三合跟着进来，在窗边站定。

"凶手是大齐国的流亡国君吴关月父子。皇上派郑玉将军出兵平定大齐，此战大胜，老将军把吴家人杀了个血流成河，不巧被吴关月父子逃脱了。"谢道之在太师椅上坐下，颓然道，"五年后，这父子俩报仇来了。"

"现在凶手拿住了吗？"

"拿住了几个杀手，吴姓父子还没有归案。放心，锦衣卫一直在暗中追查，总有把人抓到的一天。"

"为什么是郑将军府？"

"啊？"

"冤有头，债有主，还轮不到他。"

"晏姑娘！"谢道之吓得神魂俱裂，"话不能乱说，小心惹祸。"

晏三合慢慢抬起头，烛火映在她脸上，脸一半在光影里，一半隐在暗处，有种说不出的阴森寒意。

"父亲！"温润的声音在外头响起，"兵马司那头，我查到了。"

·019·

"你进来！"

谢而立推门进来，径直走到晏三合面前："晏姑娘，这事的确是场误会。"

晏三合："你说。"

"七月十六京城戒严，五城兵马司在街上发现父子二人。"谢而立把手里的一卷案宗递到晏三合面前，"第六页，上面记着他们入狱和出狱的时间，你弟弟死在牢狱里，这事也有记录。"

晏三合面色严肃，站着一动不动。

谢而立知道她不相信，又道："正常来说，牢狱里死的人，尸体都扔乱坟岗，但因为他们父子二人是无辜的，所以允许你父亲把尸体带回去。"

晏三合垂在身侧的手用力握成拳头："没有任何说法吗？"

谢而立一怔，明白过来这话里的意思后，又道："大案当前，五城兵马司和锦衣卫也是奉命行事。这事……只能说太不巧了！"

每一个字都像匕首刺在晏三合的心头。

她接过案卷，翻到第六页，一个字一个字地读过去，然后跌坐在椅子上。她就这么坐着，整个人一动不动。

谢而立还想再说点什么，父亲冰冷的眼神扫过来，他赶忙退让到一旁。

谢道之洗清了冤屈，还一下子占了上风，按理应该感觉轻松，然而，他的心头还悬着一把刀，这女子来向他讨要说法的真正目的还没有说出来。

"晏姑娘，我知道你很难接受这个事实，但真相就是如此。"谢道之这一回决定采取主动，"说阴错阳差也好，说命运不济也好，总而言之，这一切与我无关。"

晏三合被这两句冰冷的话拉回现实，她缓缓地抬头，注视着谢道之的瞳孔："如果没有那个案子，如果不是七月十六，你会让他们进府吗？"

"这话没有任何意义。"谢道之脸一沉，"你要的说法，我已经给你，下面该你兑现承诺了。"

"父亲，晏姑娘只是想寻一个真相，别的不说，单单这份执着就让人感动。"谢而立叹了口气，道，"磕头赔罪就不必了，就请晏姑娘把真实的意图说出来吧！"

一个唱白脸，一个唱红脸，配合得相得益彰。

晏三合看着父子二人，目光说不出地清冷，双腿一屈跪地，不等两人反应过来，砰砰砰，三个头已经磕完。

"我不喜欢欠人东西。"晏三合起身，"还清了心里踏实。"

她五官中眉眼最动人心魄，却也最让人心悸，谢家父子看着她满目的清冷，竟都愣住了。

"下面我要说的话有些诡异，你们最好有个心理准备。"晏三合声音不带任何情绪，"祖父去世，停灵七天，最后一天晚上突然棺裂。"

"什么？"谢而立惊得脱口而出。

晏三合淡淡地扫他一眼："民间有个传说，棺木合不上是因为死人生前有无法开口的念想，时间一久，念就成了心魔。"

"这这……这……"谢而立惊讶到了极点，扭头一看，发现老父亲脸上比他还震惊。

晏三合："我请来高人，高人说祖父咽气前脑子里想的是一封信。"

谢道之指着书案上的信："就是这封？"

晏三合："我把祖父的遗物整理了一遍，他的书信不多，能让他心里有念的应该只有这一封。"

谢道之感觉自己的脚有些发软，但又隐隐猜到些什么："那你到谢家……"

"高人说，必须解开心魔。"晏三合静静地看着他，"这才是我来谢家真正的目的！"

谢道之彻底惊住，活了大半辈子，还是头一回听说有这么稀奇的事情。只是这姑娘背手而立侃侃而谈的样子，为什么看上去如此淡然、老成？她一点都不害怕吗？

"什么是解心魔？"他问。

"找出他心里的死结，想办法把这个结解开。"

"如何解魔？"

"解结还须打结人。"

"我……是他的心结？"

"那封信是他的心结，信是写给你的，祖父生前并不知道三条人命的真相，在他心里……"晏三合顿了顿，"你就是那个打结的人。"

谢道之心头一悚："我要怎么做？"

"沐浴，更衣，点香，在一炷香的时间里，你把事情的前因后果说清楚就行。"

谢道之看着她森森的眼眸，犹豫着问："说清楚棺木就能合上？"

"前提是……"晏三合道，"你是心甘情愿替他解心魔。"

谢道之心中倏地一动："如果我不是心甘情愿呢？"

晏三合似乎一点都不惊讶他会有这么一问："如果不是心甘情愿，这心魔就解不了。"

"解不了……"谢而立插话，"会怎么样？"

晏三合："祸及儿孙。"

谢道之："……"

谢而立："……"

"现在，选择权在你手上。"晏三合转身拉开门，脚步一顿，却没回头，"我在院子外头等你的答复。"

人心是这个世界上最复杂的东西，善和恶都在一念之间。

谢道之会怎么选择，她不知道。她只明白一件事，祖父如果在天上看到听到这一切，定会后悔这些年对这封信的耿耿于怀。

祖父！她在心里轻轻唤了一声。这样的结果，你看到了吗？甘心吗？能放下吗？一场误会，三条人命，一生执念，多不值！

太不值了。

…………

书房里，谢道之不说话，喝着茶。

谢而立站在边上不敢吭声。父亲这些年做官，早就养成了说一不二的性子，府里只有老太太的话还能听上一两句，旁人是劝不动的。

"老大。"

"父亲。"

谢道之站起来，背着手走到窗边往外看一眼，转身压低了声："你让她把老太太的合婚庚帖交出来，写个保证书，再按个手印，我就替晏行化念，否则……"祸及晏家儿孙，关他什么事，他又不姓晏。

谢而立只觉得眼前豁然开朗，人心难测，那东西落在别人手里终究是个祸害，保不齐就被人利用了。

现在趁着那姑娘有求于谢家，把东西拿回来烧了，就算是一了百了了。哪怕那姑娘以后后悔，想从谢家讹点什么，也没有真凭实据，真正的周全。

谢而立虽不知道父亲为什么恨晏行，但心里是由衷地敬佩："委屈父亲了。"

"成大事者，有所忍，有所舍。"谢道之走过去拍拍儿子的肩，"一个晏行和谢家比起来微不足道。"

谢而立："儿子学到了。"

"让人备水吧！"

"是！"

…………

"晏姑娘，你看如何？"

晏三合淡淡地"哦"了一声，道："庚帖给你可以，那保证书又是什么东西？"

谢而立道："老太太年岁大了，有些陈年旧事我们不想让她再想起，白白添堵。"

"话说得直白一点，别绕弯。"

这话很不中听，谢而立却只是笑笑："事情一了，两家再没什么瓜葛，这谢府的门，劳烦姑娘以后绕道走。"

原来是为这个，晏三合嘴角露出一丝极淡的冷笑："好！"

"爽快！"谢而立拍了一下掌，"外头太冷，姑娘到耳房歇着。"

"不必！"晏三合道，"事情早了早好，麻烦准备一张祭台、三盘瓜果、两个烛台、一个香炉。"

谢而立："香呢，要备几炷？"

晏三合："我带了香来。"

千里迢迢还带香过来？谢而立狐疑地看了她一眼。

…………

阴沉了一天的天气，在夜晚散去了云，露出了月。

月色下，临时搭建的祭台坐北朝南，烛台已经点着，火苗一跳一跳，映着晏三合的脸，有些诡异。

书房门吱呀一声打开，谢道之走出来，沐浴后的他换上了一件崭新的衣袍。

晏三合等他走近，从包袱里掏出一炷香递过去。

谢道之接过那炷香："是先点着？"

"点香，插香，说话。"晏三合退后半步，把祭台前的方寸之地让出来。

她的目光没有看向谢道之，反而死死地盯着他手里的那炷香，表情似乎有些紧张。

一旁的谢而立和谢总管看到她这个表情，不知为何，心一下子揪起来。

谢道之深吸一口气，把香凑到烛火上去点。

一息，两息，三息……

"奇怪啊，这香点半天怎么点不着？"谢道之急得喃喃自语。

"那是因为……"晏三合道，"你还恨着他！"

谢道之拿香的手一颤，香落在了地上。

"没有……"谢道之嘴唇微微发抖，"我是诚心的。"

"诚不诚心，香能知道！"晏三合把香捡起来，"告诉我，你为什么恨他？"

谢道之目光躲闪，脚下意识地往后退了一步。

晏三合往前逼近一步："你不说，这个心魔就解不了，心魔解不了，那张合婚庚帖我就不能给你。"

这话如同压倒骆驼的最后一根稻草，谢道之清晰地感到自己的心扑腾，扑腾，一下一下，跳出一个"恨"字。

"晏三合，这心魔我不解了，我就要眼睁睁地看着你们晏家儿孙倒霉。"

"完全可以！我祖父这一支，除了我，已经没有别人，但是……"晏三合话锋一转，"既然有合婚庚帖，那就是娶，不是纳，如果没有休书，你们谢家也逃不掉！"

"父亲！"

"老爷！"

谢而立和谢总管同时发出一声惊呼。

谢道之狠狠地打了一个寒战，心头山呼海啸起来。

晏三合盯着他的眼睛，用一种几乎称得上诱惑的声音轻轻问道："告诉我，你为什么恨着他？！"

为什么？谢道之脸上露出十分痛苦的表情。沉在心底最深处的疤痕突然被撕开，任他是什么了不得的人物，官做得再大，都是会痛的。

亲生父亲病逝后，家里穷得叮当响，连落葬的银子都是借来的。母亲长得好看，年纪轻轻守了寡，村里有多少男人想得到她就有多少女人恨她。

日子过不下去，母子二人就只能四处漂泊。他们最难的时候和叫花子没两样，能吃上一口饱饭，是谢道之那几年最大的心愿。

转折出现在他六岁时。

母亲认识了晏家的下人，求她帮忙进晏家做短工，因为长得好看，又识得几个字，晏行把她收了房，没有酒席，没有喜轿，就是让母亲穿了件新衣裳。他甚至分不清母亲算续弦，还是妾。

晏行出身世家，还做着官，有钱有权，圆房没几天，晏行便强行命令他改姓晏。理由很简单：你吃晏家的，喝晏家的，晏家就是你的天。

他心里一百个不愿意，可为了能吃饱饭，只能认了。

他改了姓，晏行也没有给他好脸色，处处找碴儿，处处严厉，但凡他有丁点的错，就要挨板子。因为没名没分，他甚至没有资格上桌吃饭。

母亲也因为他常常被晏行骂教子无方，在那个家里处处小心翼翼，处处低三下四。而他这个拖油瓶，哪怕被晏行几个儿子欺负得满身是伤，也只能一声不吭。

母亲盼他有出息，想让他进晏家族学读书，晏行不同意，母亲跪在雪地里苦苦哀求。整整一天一夜，她就那么跪着，直到冻晕过去，晏行才肯松口。

六岁，他第一次体会到权力和家世是能逼着人低头的。

他摸着母亲像死人一样冰冷的手，一滴泪都没有，只在心里暗暗发誓，一定要好好读书，一定要出人头地。

整整两年，他每天只睡两三个时辰，头悬梁，锥刺股，哪怕是除夕，他都是一个人在灯下苦读。

就在他一心以为只要自己拼命努力，就能改变命运，让晏家人对他们母子高看一眼时，晏行毫无理由地把他和母亲赶了出去。

他永远记得那一天。雪下得很大，身后的朱门砰的一声合上，热泪从母亲的眼眶里流下来。她哭得泣不成声。

那一刻，他对晏行恨到了骨子里，发誓总有一天要把晏行狠狠地踩在脚底下，报这折辱之仇。

"晏三合！"谢道之目光像要吃人一样看着她，"这就是他的真面目，我不该恨吗？不该吗？！"

晏三合黑沉的瞳仁像被什么定住了，她一言不发。

谢而立听得心里惊涛骇浪："父亲，后来呢？"

"后来？"谢道之心里升腾起快意，冷笑道，"不用我动手，晏家就像被下了降头，败了个彻彻底底。"

"怎么败的？"

"我们离开后的两个月，晏行就被贬官，抄家，流放到了云南。"

"他一个人去的？"

"小儿子跟着一道去了。"

"那晏家其他人呢？"

"落魄的落魄，早死的早死。"谢道之冷笑连连。

四十年啊，转瞬即逝，如今他身居高位，晏家的那些人和事早已不在心上。要不是晏三合找上门，要不是她一而再，再而三地逼问，那两年的时间，他权当做了一场梦。

然而点香的那一刻，他清醒了。

不是梦。那些都是刻在他心上的惨烈碎片，是沉在他血液里的痛苦回忆，是长烟落日、明月落红都不能阻挡的恨意。而这恨的尽头就是晏行。

"谢道之！"沉默许久的晏三合用十分平静的目光看着面前的男人，"我从云南府赶到京城用了四十天时间。进你们谢家，这是第二天，换句话说，现在还剩下七天的时间。"

她口气也平静得没有任何波澜："未经他人苦，莫劝他人善，我还是那句话，选择权在你手上。当然，还存在一种可能性，老太太拿到了那封休书。"

谢道之有一瞬间的愣怔，仿佛不敢相信这话是从晏三合嘴里说出来的。

"两个时辰，足够你问清楚老太太当年的事情，并做出决定。"晏三合低咳一声，"两个时辰后，我会离开谢府，时间不多，你抓紧。"

一种难以形容的滋味在谢道之的心头蔓延开来。

当年的圆房办得极为潦草，若不是晏三合拿出合婚庚帖，他根本不知道母亲原来是继室。二人被赶出晏府，母亲除了哭，什么都没对他说，更别提休书不休书了。

他冷笑一声，甩手进了书房。

谢总管忙不迭地跟进去，谢而立却看着晏三合没有动。这人半个字不提晏行的过错，只把利弊摆在台面上，用一招以退为进逼父亲做出选择，真是冷静啊！

冷静吗？晏三合心里早就已经沸腾得不像样子。

她心说：祖父你活过来吧，活过来告诉我这一切不是真的，是谢道之胡诌的。你怎么能那样对他们母子呢？你的风骨呢？你的清高呢？你引以为傲的不与世人同流合污呢？通通是假象吗？

晏三合闭上眼，她第一次觉得京城冰寒的夜是那么冷，冷得她连牙齿都在打战。

…………

谢道之的书房从来没有像这两天这样，一次又一次地陷入死寂。他也很久没有像今天这样，感觉人生进不得，退不得，怎么做都是为难。

"父亲！"谢而立喉结颤动几下，"实在不行，我亲自走一趟，去寺里问一问老太太。"

"不必！"谢道之太清楚老母亲的心，晏行就是她人生大半辈子过不去的一道坎儿，这事提都不能提，"老太太年岁大了，惊动不得，真惊出个好歹来……"自己守孝三年，想要再复起就难了，这个险他万万不能冒！

"那万一……"谢而立不敢把话说下去。万一没有休书……万一那些倒霉真的会落在谢家头上……

"依老奴看，"谢总管咬牙道，"那人就是在危言耸听，什么棺材裂开，什么化念，通通是骗人的，甭信！"

"如果是真的呢？"谢而立眼睛骤然迸出寒光。

"这——"谢总管垂下脸，不敢去看大爷的眼睛。

谢道之脸上很平静，平静得令人心惊胆战。

他一岁半死了父亲，八岁被赶出晏家，从孤儿寡母相依为命，到现在儿孙绕膝；从连个落脚之处都没有，到现在的高门大户……他付出了多少，这一路的艰辛有多少，手上沾了多少人的血，脚下踩了多少人的尸体……他心里清清楚楚。这些为的是什么，不就是为谢家的儿孙吗？

老太太年轻的时候为了他可以给人下跪磕头，可以委身晏行，可以在雪天里一跪就是一夜，他怎么就不行？

你应该可以的，谢道之在心里对自己说。你瞧瞧——你的大儿子多么出众，他完完全全是你的翻版；老二虽然性格闷，不讨喜，但为人孝顺、听话；老三就更不用说了，从小吃了那么多的苦药，命都差点没了，你舍得再让他倒霉？还有你的女儿、你的孙子……你一个都舍不得！

谢道之轻轻叹气，便是为了他们也应该放下，也只能放下："老大，你知道晏家是怎么被抄的吗？"

谢而立摇摇头。

"他这人自负自傲，眼睛长在头顶上，根本看不到别人，也容不下别人。"谢道之至今都忘不掉这人眼神轻飘飘地看过来时眼里的那种轻蔑，让六岁的谢道之感觉自己在他面前连灵魂都变得卑微了，"当年晏家养了几个门客，其中有个门客想去京城做个小吏，求晏行帮个忙，写封推荐信。"

"晏行没写？"

"不写倒也罢了，他竟然还当着所有人的面数落了那人一通，那人羞愤地离去，一转身投奔晏行的政敌，很快就把他搞倒了。"谢道之昂起头冷笑，"他这辈子起点那么高，最后却活成了这样，说白了就是因果报应，这报应不光在他身上，也在他儿孙身上。"

"父亲说得对，给人留一线，就是给自己留一线，也是给儿孙后代留——"谢而立的话突然断了，他眼露惊讶道，"父亲——"

"这世界上的父母大抵都是一样的，我就算不为着老太太，也该为着你们兄妹几个。"谢道之走到窗户边，手一推，冷风灌进来。

"儿子！"他指着窗外晏三合单薄的身影，"你给我牢牢记住，最好的报仇不是杀人放火，是你永远站在高处，你的儿孙永远站在高处。"

谢而立只觉一股热意从眼眶涌出来："父亲，儿子记下了！"

"去和她说，我会放下。"

"是！"

烛火再一次点着。

谢而立想着父亲的忍辱负重，再看着晏三合那张近乎冷漠的脸，素来温和的他也忍不住说："这事完了，你要好好给我父亲磕几个头。"

晏三合："要不要给他立个长生牌位啊？"

"那倒不必。"谢而立冷笑，"只要你永远别再进我谢家的门！"

"这简单。"晏三合把香递到谢道之手上，退到一旁。

谢而立咬咬牙，担心地看着谢道之："父亲！"

"你也退下！"

"是。"

谢而立大步流星地走到晏三合身边，负手站定，压着声道："你给我说到做到，否则……"

晏三合猛然抬眼，双眸冷若寒冰，谢而立被她的目光一慑，心中狠狠一滞。

就在这片刻间，谢道之已深吸一口气，把香往烛火上凑。

火光跳动，香头隐隐有了火，他长长地嘘出一口气，然而这口气还没完全嘘出来，他只觉得手上一颤，那香突然断成两截。

"晏姑娘，这是怎么回事？"谢道之吓得心头狠狠一颤，"我是很诚心的，我都已经放下了。"

"……"

"晏姑娘……晏三合，晏三合！"

月色下，晏三合目光虚空，脸上的表情似惊讶，似恐惧，又似不解。

香点不着，是点香的人心不诚；香突然断了，那就意味着晏行的心魔不是这封信，她从头到尾都弄错了。可怎么会弄错呢？那可是儿子、孙子、媳妇三条至亲的命啊！

晏三合喉咙里发出一句含混不清的疑问："哪里错了呢？"

谢道之看着晏三合这副样子，心情一下子从忐忑变成惶恐。

这女子从踏进谢家起，一言一行都老成极了，根本不像一个十七岁的少女。

她逼他承认和晏行的关系……拿出几十年前的合婚庚帖……查三条人命的旧事……抛出什么棺木合不上，什么化念，什么心魔……一会儿香点不着……一会儿香断了……会不会都是假的？她是不是另有什么目的？

好似一盆冰水迎面扑来，谢道之狠狠地打了个激灵后，冲过去用力拽住晏三合的胳膊："说，你到底是什么人？来谢家到底有什么目的？"

胳膊上的痛意让晏三合回过神来，她看着面前的人，声音虚得像从地狱里飘上来的："错了，竟然错了。"

"什么错了？"谢道之怒吼，"你把话给我说清楚！"

"我和你说不清楚。"

"说不清楚就别想走！"

晏三合胳膊肘一屈，正中谢道之的肋骨，把他疼得退后半步，倒吸凉气。

这变故快得就在眨眼间，甚至边上的两人都没看清楚是怎么回事，晏三合已经把包袱背在了身上："事情有变，我没有时间和你们解释，先告辞！"

"来人，快来人！"谢道之脸上是滔天的怒意，"给我抓住她，别让她跑了。"

晏三合脸上闪过决绝，脚下一滑，滑到了谢而立身边，袖子轻轻一抖。

锋利的匕首抵在谢而立的脖子上，冷得让他生生打了个寒战："晏姑娘——"

"闭嘴！"晏三合声音陡然拔高，"谢道之，想要你儿子平安无事，就立刻让所有人退下，给我准备一匹上好的快马。"

谢道之怎么都没有料到，短短眨眼的工夫事情会变成这样，震惊之余，还没想到要怎么应对，却听谢而立"哎呀"一声。

匕首往前逼近了半寸。

"都给我快点，否则——"

浑身的血液都冲到了谢道之的头顶："都别动，一个都不许动。谢总管，备马，快备马！"

谢总管跟跟跄跄地跑出去，不想脚下一绊，摔了个狗吃屎。哪还顾得上叫疼！他手忙脚乱地爬起来，一颠一颠地跑出院子，一边跑，一边大喊："马呢？快把马牵过来。"

他这一嗓子让谢府炸开了锅，不过片刻，整个谢府上上下下都知道大爷被一个女人劫持了。

晏三合推着谢而立往外走。

谢而立心突突地跳，倒不是因为害怕，而是晏三合推着他走得太快了，几乎是用跑的，把谢家护院都甩在了后面。

很快就到了大门口，谢而立急促地倒着气，心里却还想着搏一搏。

"劝你老实点，刀枪无眼。"

她声音冷得像脖子上的刀，谢而立立刻放弃了搏一搏的念头。

他们很快就到了大门口，门槛外一匹棕色的马正摇晃着脑袋。

晏三合一把揪住谢而立的后背，用尽全身的力气往后一甩，然后跃过门槛，跳过几层台阶，纵身扑到马背上，两腿一夹，马嘶鸣一声，飞奔出去。

"大爷——"

"大爷——"

"都给我滚开！"谢而立怒吼，自己撑着地面爬起来，疯了似的冲出去。哪里还有晏三合的影子？

谢而立懊恼地一跺脚，正要喊人去追，却听有人大喊："快看，老太太回来了。"

谢而立一愣，怎么这个时候回来了？他朝身后拥上来的护院们暗示了几下眼色，转过身努力浮出一丝微笑。

马车缓缓地停下。

帘子掀开，数个奴仆扶着一位雍容华贵的老妇人下车。

老妇人看到长孙带着人迎在门口，便朝身后的儿媳妇吴氏瞪眼："叫你别说，偏你还往家里送信，大冷的天，何苦让大爷等在外头，你不心疼你儿子，我还心疼我孙子呢！"

吴氏心里也正纳闷，目光一偏，愕然道："儿子，你的脸怎么了？"

谢而立这才觉得右边脸火辣辣地疼，一摸竟摸到了一手血。

他正想着要怎么解释才能让老太太不起疑心，却听门里的父亲一声怒吼："那妖女人呢，抓到了没有？！"

完了，这下什么都瞒不住了！

第三章 找人

小厅里，灯火通明。

谢府老祖宗杨氏看着儿子："老爷是铁了心要瞒着我这把老骨头？"

"母亲，不过是府里进了贼——"

"你当我真是老糊涂了？"老太太拿拐杖砰砰砰地戳着青石砖，"一个女贼也值得我大孙子亲自动手，下人都死绝了？"

谢道之说也不是，不说也不是，头痛欲裂。

老太太见儿子还是死死闭着嘴，怒急反笑："罢罢罢，我也不问了，来人，收拾东西，这府里没我老太婆的容身之处，我去庄上住着。"

"母亲！"谢道之哪受得住这个话，扑通跪倒在地，咬牙道，"儿子说给你听还不成吗？"

"父亲！"谢而立惊呼。

"事情到这个份儿上，不该说也只能说了。"

谢而立一听这话，还有什么不明白的，那女人说的话真真假假也弄不清楚，稳妥起见，还是得问一问老太太休书的事。

谢道之起身，亲自给老太太奉了杯茶："母亲听了别激动。"

老太太接过茶，嗔怨道："你瞒着不说，我才激动。"

怕你听了更激动啊！谢道之在心里叹了口气："两天前夜里，咱们府上来了个女子，这人自称是晏行的孙女，她——"

啪——茶盏掉在地上，溅了一地的碎渣。

"你……你说什么？谁的孙女？"

谢道之硬着头皮往下说："晏行的孙女，叫晏三合，她——"

"人呢？"老太太一把揪住儿子的手，"她人呢？在哪里？"

"母亲，你听我把话说完。"

"我不要听你说。"老太太突然声嘶力竭地大喊，"我要见到她的人，你把她给我找来。"

"祖母别激动。"

谢而立见老太太不对劲儿，忙上前安抚道："她是来报丧的，报完丧人就回去了。"

老太太一怔，目光转到孙子身上："晏行……死……死了？"

谢而立点点头。

"他竟然——"老太太眼睛一翻，人直挺挺地往后倒去。

"母亲！"

"祖母！"

父子俩一个抱人，一个掐人中，手忙脚乱。

·029·

半响，老太太悠悠地醒过来，目光落在谢道之身上，两行浊泪从眼角滑落："快去把人找回来……快去！"

谢道之怒不可遏："母亲，那人——"

"那人我要是见不着……"老太太两片嘴唇抖得跟什么似的，半天才从牙齿缝咬出一句话，"我死都不会闭眼的！"

父子二人被这话震得五内俱焚。

"老大！"谢道之思忖片刻后，到底还是妥协了，"你亲自带人去找，别动静太大！"

这根本不用交代，谢而立心里比谁都明白这事的轻重。

他转身走到院子，压着声对谢总管道："马上挑十几个身手好的护院跟我走。"

谢总管："是！"

这一声"是"刚刚应下，只听外头有人大喊："三爷回来了！"

数丈之外，男子一身干练的武将打扮，偏偏走得慢慢悠悠，手里若是多把扇子，活脱儿一个春日赏花观柳的贵族公子，一派风流倜傥。

见自家大哥迎上来，他桃花眼一眯，脸颊一侧的酒窝若隐若现："我就说远香近臭吧，才走两天，大哥就已经这么想我了。"

"谢知非！"

谢知非脸上的风流倜傥通通飞了出去。

大哥平常叫他"老三"，心情好时叫他"阿非"，连名带姓地叫……他最近好像没把谁家的姑娘给气哭啊。

谢知非态度老实地跑上前，在看到自家大哥的半张脸后一怔："大哥，你的脸怎么了？"

"先不说这个，立刻帮我找个人，姓晏名三合，找到了带回府。"谢而立把谢总管往前一推，"老谢跟你去，他见过那人。"

"不就是找个人嘛，至于这么急？大哥你还没说你的脸——"

"我的好三爷啊。"谢总管一拍大腿，"大爷的脸就是被那人伤的，是个狠角色啊！"

谢知非脸色唰地冷下来，转身朝等在远处的心腹命令道："通知所有兄弟，全城搜寻一个叫晏三合的男人。"

"三爷，不是男人，是个女子！"

谢知非挑起眉梢看了谢总管一眼。一个女子？伤了大哥？还是……狠角色？嘿，有点意思啊！

…………

十几匹快马如离弦之箭直奔甜水巷，甜水巷是京城龙蛇混杂的地方，巷子里头三教九流的人都有。

谢知非翻身下马，街角三五个小叫花子立刻围过来。

"三爷，她往南城门去了。"

"骑一匹棕色的马。"

"身后背一个包袱。"

"那马骑得可快了。"

谢总管一听,赶紧扯扯自家爷的衣角:"准是跑出城了,三爷,快追啊!"

"追!"谢知非一声令下,却没急着上马,而是从怀里掏出几两银子往小叫花那边一抛,"拿着打酒喝!"

"谢谢三爷!"

"三爷,找姑娘的事你这还是头一回。"

"三爷,你瞧上人家了?"

谢知非桃花眼一挑:"滚!"

他出城门,上官道,一口气奔出十五里,路上连个鬼影子都见不着,倒是吃了一嘴的冷风。

谢知非直觉不太对,一勒缰绳,马在原地打了两个圈,停了下来。他翻身下马,走到谢总管跟前,把人从马上揪下来:"这女子是从哪里来的京城?"

"说是云南府!"

"云南府?"谢知非脸一沉,"你怎么不早说?!"

"这不是急着找人,没寻着机会吗!"谢总管的脸比黄连还要苦。

谢知非一挥手:"回程。"

"三爷,三爷!"谢总管都快急哭了,"不能回程啊,老太太发话了,这人要是找不着——"

"她没出城。"

"不可能啊,明明——"

"闭嘴!"谢知非揪住谢总管的前襟,"云南府离京城十万八千里,她就背一个小包袱,一没吃,二没喝,怎么赶路?"

谢总管被问住了。

"如果我是她,今儿晚上就应该吃饱喝足,备足干粮,买身衣裳,明儿一早再出发。"

"可……南城门的侍卫明明瞧见那人出城了。"谢总管眉头皱得能夹死苍蝇,"难不成她又折回来了!"

"这叫声东击西,"谢知非啪地给了谢总管后脑勺一巴掌,"为的就是避开你们这些蠢货。"

谢总管:"……"

谢三爷手一松,扭头冲心腹道:"朱青。"

"三爷!"

"搜查南城门附近所有客栈,一个都不要给我放过。"

"是!"

"三爷!"

谢总管嘴皮子一动:"如果是为了避开咱们,她不应该随便找个犄角旮旯对付一晚上吗？"

"老谢啊！"谢三爷脸上一副"你已经没救了"的表情，"人不能只长肥肉，不长脑子。这么冷的天，你给我对付一晚上试试？"

谢总管："……"

谢三爷看着谢总管那张吃瘪的脸，心头微微一悸，知道声东击西，那女子的确不怎么简单！

"这人来家里做什么？怎么就伤了我大哥？"

说到这个，谢总管肚子里的苦水噌噌噌直往外冒："三爷啊，你是不知道啊，头一回见这人，我就觉得不对劲儿，哪有大冬天只穿一件单衣的——"

"说重点。"

"这就是重点啊，三爷，她一进谢家门，就直呼老爷的名字……"

…………

"姑娘，你要的热水来了。"

"这里是十斤干粮，厨房统共就这些了。"

"这是小的年前才做的新袍子，料子不太好，但我娘针线活儿不错。"

"多谢！"

晏三合又给了二两赏钱，伙计喜得嘴都咧开了。

门掩上，晏三合走到窗边，支起窗框，看着远处一点灯光，有些心神不宁。

哪怕她日夜不停地赶路，也得整整一个月才能赶到云南府。七七四十九天之约肯定是来不及了。

这还是其次。最重要的是，那封信根本不是祖父心魔所在，一切都得推倒重来，这又得耽误时间。

晏三合心里千愁万绪，眼眸却反而灼热起来，里面仿佛藏着一簇烈火。

人都有两面，一面善，一面恶，但祖父的两面在她心里差了十万八千里，这并不正常。

也好，晏三合心想，她终有一天会找出其中的原因。

她简单洗漱后，换上了伙计的衣裳，又将头发高高束起，最后才熄灭了灯，抱着包袱蜷缩在椅子上。

时间珍贵，今儿晚上一切准备妥当，明儿她一睁眼就能出发，丁点都不耽误。

客栈的环境虽然简陋，但比起谢府来，晏三合觉得这里更安心些。黑暗中，她的呼吸渐渐绵长起来……

不知过了多久，晏三合倏地睁开眼睛，目光落在门闩上，下一瞬，她冲到窗前，撑起窗户，探头一看——惨淡的月色下，有几个黑影正慢慢围上来。冲她来的！是谢家人！

晏三合把包袱往身上一系，轻手轻脚地将窗户撑开，咬咬牙，身子翻了过去。飞檐走壁是不会的，爬树的本事倒是可以，她敢从二楼往下跳，凭的就是胆子大。

晏三合咬着牙，脚一寸一寸往下够，等双手实在撑不住，松开，人砰的一声落了地。

"哒——"晏三合顾不得疼，贴着墙壁往北边走。

这是一条暗巷，根本看不到一个人，暗巷的尽头是条大街。到大街上就有选择了，随便往哪个胡同一躲，犄角旮旯里一钻，树上一藏，她就安全了。

晏三合选客栈的时候探得很清楚，防的就是谢府的人阴魂不散，有些事情和他们解释不清。

她跑得很快，眼看着就要跑到暗巷的尽头，突然，脚下一个趔趄，所有的动作霎时顿住。

巷子口，男人一只脚着地，一只脚踩着墙，双手抱在胸前，目光静静地看着她。

晏三合余光往后一扫，只见远处几条黑影正向她赶过来。

瓮中捉鳖！

晏三合用力地喘了几口气，烦躁又低沉地"啧"了一声，认命地垂下头。

谢知非见她不动了，缓缓勾起一抹笑。可真好奇啊，一个会忽悠、会吓人、会跳窗、会爬墙，还会劫持打伤自家大哥的女子，到底长什么样？长着三头六臂吗？

他放下屈着的那条腿，冲女子身后已经赶到的朱青他们摆摆手，然后一步一步，慢悠悠地走过去。

那人依旧低垂着头，穿一件男式的衣裳，偏偏身形消瘦撑不起来，整个人显得有些不伦不类。

谢知非摇摇头，懒洋洋地笑了。

"别说，"他满口不正经，"姑娘你扮男人还挺像，就是这小脸蛋——"

晏三合猛地抬起头，两道目光像两把匕首般直射出去。

"……"他后半句话一下子卡在喉咙里。

是她？在百药堂买药的那个奇怪女子。谢知非脸色倏地变了。

是他！在百药堂给她指路的那个男人。晏三合脸色也倏地变了。他和谢家是什么关系？

谢总管气喘吁吁地跑过来，一脸恨不得把人吃了的表情："三爷，就是她把大爷挟持弄伤的，哼，还换了件男人的衣服，没用，化成灰我都认得。"

谢府老三？快病死的那个？晏三合若有所思地眯起眼睛。这人长得人高马大，脸部的每根线条都荡出爷们儿的阳刚之气，哪有半分病气？谢府的人在说谎！

恰好这时，一抹月色落在晏三合身上，越发显得那脸那唇苍白极了，但她眼中的冷硬如同没有温度的岩石，让人不寒而栗。

谢知非活了二十年，还是第一次看到这样的眼神。他眉梢略略上扬："姑娘金枝玉叶，不如跟我回谢府吧，喝喝茶，聊聊天，岂不比在这里吹冷风好？"

晏三合不说话。

她生平最讨厌两种人，一是风流，二是纨绔。

这人一双桃花眼，笑容轻浮，和那句"就是这小脸蛋"放在一起回味，妥妥的风流纨绔，让她由衷地从心里涌出一股厌恶。

"三爷，和她废什么话，直接绑走。"

谢三爷瞄了眼谢总管，目光落在晏三合身后的包袱上："你姓晏？"

"……"

"今年多大了？"

"……"

"家里还有些什么人？"

"……"

"我的三爷啊！"谢总管彻底听不下去了。虽说这女子长得不错，但三爷你也得分分主次，看看场合，家里都急成啥样了，你还在这里问东问西？

"谢总管，怜香惜玉懂不懂？"谢三爷叹气，"算了，你要是懂也不会一把年纪还打光棍。"

谢总管："……"

谢三爷客客气气地做了个请的手势："姑娘，请吧！"

晏三合沉默片刻，径直从他面前走过去。

被当作空气的谢三爷似乎半点也不恼，笑了笑，冲朱青他们一抬头，无声地说出两个字："收工！"

…………

走出暗巷，晏三合才发现巷子外头还埋伏着好些人，这些人的穿衣打扮和谢府的护院不大一样，瞧着倒像官家的人。

她冷冷一笑："谢家我不去，让谢道之过来见我！"

"你做梦还没醒呢！"谢总管诈尸了，"你以为你是个什么东西，敢——"

"不想让谢家倒霉，就照着我的话做。"晏三合指了指身后的客栈，"我就在那里等他，你们可以派人守着，别让我等太久，我这人没什么耐心！"

说完，她手一背，在所有人瞠目结舌的表情中再度走进了客栈。

嚣张得无法无天啊！

"三爷！"谢总管越看越气，"别怜香惜玉了，两条腿打折了拖回去吧。"

谢知非这会儿才总算明白过来，这个狠角色到底狠在哪里。他饶有兴趣地笑笑，朝身后的朱青道："回去一字不漏地说给老爷、大爷听，由他们定夺。"

朱青头一点，人已消失在夜色中。

谢知非掏出一块腰牌，扔给手下："通知这家客栈的老板，兵马司查案，客栈征用了，立刻让所有客人离开，安置的费用谢府三爷掏。"

"是！"

"三爷啊，你还真信啊，她就是装神弄鬼——"

"谢小花，你给爷消停些！"谢知非笑眯眯的俊脸彻底冷了下来，"用你的猪脑子想想，满京城有几个人能把我爹耍得团团转，敢伤我大哥，还能把你谢管家气得快升天？"

谢总管："……"

谢知非："瞧瞧她选的客栈，像缺银子的人吗？"

谢总管："……"

"三爷不怕她装神弄鬼。"谢知非整整衣衫，"三爷就怕她说的句句是真。"

谢总管："……"

…………

朱青去得快，来得也很快："三爷，老夫人亲自来了，老爷和大爷跟着，他们一会儿就到。"

"哦？"谢知非若有所思地摸了摸下巴，冲谢总管招招手。

谢总管心虚地跑过去："三爷。"

"瞧见没有？老祖宗都亲自出面了。"谢知非眉头一皱，"趁等他们的这个当口，你把这姑娘进府说了什么，做了什么，详详细细地再说给我听一遍。"

…………

谢府是老太太进门的时候，客栈已经清得干干净净，一个外人都没有。饶是这样，谢道之还是让所有人退到巷口，让谢总管亲自守着大门。

"老太太腿脚不好，老三你去把人叫下来。"

"是！"

谢知非跑上二楼，刚要伸手敲门时，门吱呀一声打开。

他"啧"了一声，目光轻轻地扫过晏三合那身苍青色单衣，笑道："哟，真巧啊！"

晏三合不接话，侧身从他面前经过。

"等一下！"

晏三合扭头，冷冷地看着他。

"那个……"谢知非摸摸鼻子，似笑非笑，"白参的粉竟然还能派上这等用场，好招啊！"

晏三合稳稳当当地收回视线，转身走下楼梯。

谢知非："……"合着三爷我在她眼里就是空气？

大堂里除了谢家父子外，还多了位雍容华贵的老太太，晏三合目光扫过后，不近不远地站定：如果没料错，老太太应该是祖父曾经的继室——杨氏。

谢老太太的神色十分激动。她撑着桌子站起来，往前走两步，盯着晏三合上上下下地打量，那目光就像黏在了晏三合身上。

"老祖宗！"谢知非跳下楼梯，把她搀扶住，笑道，"哪有这样盯着人家姑娘看的，非被你吓跑不可。"

"我——"

"来来来，有什么话坐下说。"谢知非一抬下巴，话里透着刺，"晏姑娘也坐吧，这一晚上又是骑马又是跳窗可真够累的，快坐，都坐！"

晏三合没坐，从袖中掏出那张泛黄的合婚庚帖，凑到烛火前轻轻一点。火苗轰的一下蹿起来，三下两下就把那庚帖烧了个干净。

谢家人的脸色齐刷刷地变了，似乎不敢相信令他们心惊胆战的东西就这么轻飘飘地化成灰了。她想干什么？

就在这时，晏三合又从袖中掏出一张纸来，放在桌上："你们要的保证书，我按了手印。"

谢而立惊诧："晏姑娘——"

"哦，倒忘了。"晏三合目光扫过谢而立半边脸，手伸到袖中又掏了掏，这回掏出一张银票来，足足五百两，"你的医药费。"

她把银票放在桌上，往后退了几步，声音淡而有力："这下应该两清了吧！"

所有人："……"

晏三合一昂头："我可以走了吗？"

客栈的烛火很亮，少女脸上每一个细微的表情，所有人都看得清清楚楚。如果没有看错的话，刚刚她昂头时嘴角带着不屑的表情。

她还敢不屑？谢道之好不容易平复的怒火又被点着了："晏三合，这京城不是你想来就来，你想走就能走的地儿，也得看看我答应不答应。"

晏三合："你要拦我？"

谢道之一拍桌子，霍然起身："你不把所有事情说清楚，就别想走出这个屋子。"

晏三合："还有什么是你不明白的？"

谢道之："那香是怎么回事？好好的为什么会断？"

晏三合非常坦诚："你不是他的心魔，我弄错了，所以香断了。"

"晏三合，"谢道之咬牙，"不是一句弄错就能把事情一带而过的，你三番五次地戏弄我，还伤我儿子，这事——"

"老祖宗，你怎么了？"

谢知非一声惊呼打断了谢道之的话，谢道之扭头一看，只见老太太脸色煞白地盯着半截红烛，眼珠子一动不动。

"母亲？"

谢老太太半点反应都没有，整个人像是灵魂出窍一样。

谢道之不由得吓了一跳，刚要去掐老太太的人中，却见她目光一转，慢慢转到了晏三合身上。

"姑娘，你刚刚烧的是什么？"

晏三合："你们的合婚庚帖。"

"他……他……他——"话突然停住了。

离得最近的谢知非见老太太的脸色从煞白一下子涨得通红，吓得赶紧伸手去揉老太太的后背。

谢老太太缓过一口气，急着往下说："他为什么还收着？"

"我也想知道！"我也想知道，祖父留着合婚庚帖、留着那封信有什么意义？是因为愧疚吗？还是有别的原因？

晏三合不想多看谢家人一眼："不管你们信或是不信，事情就是这样，各位，我可以走了吗？"

又想走？谢道之冷冷道："走不得！"

晏三合一眼就看穿谢道之心里在想什么，手一指："问你母亲，我祖父可有休书给她。如果有，谢家平安无事；如果没有……"她倏而浮出冷笑，"我劝你们还是早点让我离开，查清祖父真正的心魔是什么，否则——"

谢道之瞳孔骤然紧缩。这话的意思再明显不过，棺材盖不上是真的，化念是真的，心魔是真的，你们谢家有可能被牵连也是真的。

"母亲，"谢道之目光一转，"晏行可曾给你休书？"

"他——"谢老太太的脸惨白得不成人样，握着拐杖的手慢慢抓紧，露出一根一根凸起的青筋。

"母亲，你倒是说啊！"谢道之突然暴怒。

他和晏三合数次过招，每一次都被逼到了绝路上，深更半夜还要屈尊到这个鬼地方，堂堂皇帝近臣被拿捏到这种程度，简直就是平生一大耻辱。更何况这事还牵扯到谢府一家老小。

谢老太太死死地咬着牙关，就是不说话，眼泪大颗大颗掉个不停，目光谁也不看，就看着晏三合。

许久，她哽咽着问："孩子，你和我这个老婆婆说句实话，你挟持我家大孙子，把他弄伤是不是——"

"母亲！"谢道之大吼一声，"说这些没用的做什么！晏行到底有没有给过你休书，这才是人命关天的大事。"

话音刚落，只见谢老太太突然抬手，拐杖狠狠地抽过去，直接敲在谢道之身上。

谢而立："祖母！"

谢知非："老祖宗！"

两道惊呼声中，谢老太太缓缓地站起来，看着儿子咬牙切齿："晏行也是你叫的？"

"……"

"你给我跪下！"

谢道之愣愣地看着面前的老妇人，压根儿不敢相信这一记是她打下来的。他从小到大，她没碰过他一根手指头。

"你给我跪下！！！"老太太把拐杖敲得砰砰砰地响。

谢道之看着老母亲虽然力竭，手却死死抓着拐杖不放的样子，终是心头不忍，双腿一屈，跪下。

老太太见状，颓然跌坐在椅子上，慢慢垂下眼睛："当年他写了休书给我，只是被我撕了。"

这话一落，连晏三合素来寡淡的脸上也浮现出不可思议的神色。她竟然撕了？为什么？

谢道之只觉得背后冷风飕飕，心里说不出地绝望："母亲，你这是为什么啊？"

谢老太太张了张嘴，到头来只轻轻地叹出一句："我想……想给自己留一点念想。"

"他都弃你而去了，你还留着这点念想做什么？"谢道之吼得撕心裂肺，"母亲，你糊涂啊！"

"我是糊涂。"谢老太太看着儿子，一脸的悲怆，"我装了整整四十年的糊涂，够了，不想再装了，再装下去，到阴曹地府我都没脸去见他。"

谢道之一下子瞪大了眼睛。母亲在说什么？为什么他一个字都听不懂？

"儿啊！"谢老太太整个人剧烈地发抖，喉咙里拼命压抑着哽咽，"他从来没有对不起我们，是我们娘儿俩欠他太多，还不清，几辈子都还不清！"

"老祖宗，这到底是怎么回事？"

谁欠谁啊？谢知非听得莫名其妙。

谢老太太看了一眼小孙子，眼神里有豁出去的决绝。

四十年了，哪怕抽筋扒皮，哪怕年华老去，她还是记得每一个细节，不敢忘！不能忘！

许多年前的一个冬日，刚下过一场大雪，她和儿子蜷缩在破庙里，这是他们刚找到的一个容身之处，虽然四面漏风，但好歹还能挡挡风雨。

干粮只剩下最后几块饼，母子二人分了一块，在火上烤烤，就着雪水咽下去，算是填饱肚子。

儿子六岁，正是启蒙读书的时候，她虽是个寡妇，没什么见识，却也知道要想出人头地，就得让孩子读书识字。

离开谢家屯前，她左思右想，犹豫再三，还是用家里的三只老母鸡和村东头的教书先生换了两本书，一本《大学》，一本《中庸》。

儿子机灵，拿着书一路要饭，一路问人，大半年下来，书上面的字竟识了个大概。

那天夜里，儿子像往常一样把书小心翼翼地从怀里拿出来，大声朗读。读累了，他往草垛子上一躺，缩在她怀里倒头就睡。

她却无论如何都睡不着。眼看这天一天比一天冷，要是再找不到个落脚之地，只怕就该冻死在这冰天雪地里了。

她草草睡了两三个时辰，天不亮，悄没声地爬起来，想去外头地里寻寻，看看能不能扒出点吃食来。

她刚走出破庙，却见门口站着一个人，穿得体面极了。

见她出来，那人吹出一口冷气，从怀里掏出个腰牌："那个……你想不想进晏家当下人？想的话，明儿就带着这腰牌上门。"

她愣住了，不相信会有这样的好事。

"嘿，瞧你还不信！"那人喉咙里重重地咕哝一声，以示不爽，"不用签卖身契，活契就行，每个月一两月银，包吃包住，放心吧，我不是拐子。"

她这才又惊又喜，扑通一声跪倒，冲着那人连连磕头。

"得，你也甭跪我，回头给我家老爷多磕几个头才是正经。"那人搓着手，跺着脚道，"我家老爷昨儿路过这里，听到你家儿子读书，说是读得好听，让我一早过来候着你们。你们命好啊！"

等她真正进了晏家门，才知道自己是得了好造化。

晏家家大业大，光下人就有上百个，她被安排进了浆洗房，管事还分了他们母子二人一间小屋。屋子虽小，但遮风挡雨，被褥实实在在是用棉花做的，她和儿子还是头一回能用上这么暖和的被子。

足足过了大半个月，她才看到那人口里的老爷。他三十出头的年纪，长得斯斯文文、白白净净，一身的书卷气，像是从画里走出来的。

她不敢多看，忙跪下磕头。

"你们母子二人虽然一贫如洗，却还不忘读书上进，这是打动我的地方。"那人居高临下地看着她，"晏家不养闲人，日后你好好做活儿，用心教导儿子，总有苦尽甘来的一天。"

他声音很冷，透着十足的傲气，说完便让她退下。

她退到外间，想着他的善心，又跪在院子里磕了三个头方才离去。

她干活儿总比别人勤快，每回洗到他的衣裳，更是多用几分心，若是遇着线头脱落的地方，则悄悄地补上两针。

他的过往渐渐由下人传到她耳中。

他从小天资聪颖，性格冷淡、高傲，十八岁娶妻，不曾纳妾，膝下三子一女。三十岁发妻染病早逝，他没有再续娶，除了做官外，一心沉溺于书画和游山玩水。

又有人说他脾气不大好，性子也怪，高兴起来会多说几句话，心情不好，十天半个月都懒得开口，晏府上上下下没有几个不怕他的。

她也怕他，但又不是那么怕。一个能被孩子读书声打动而大发善心的男人终归是个好人，好人是不需要怕的！

洗衣房的活计不重，她忙完了就跑去隔壁的针线房帮忙。

针线房有个绣娘，是专门替他做衣裳的。有一回绣娘染了风寒，赶不及做针线活儿，见她针线活儿出众，便把他的衣裳丢了过来。

她知道他喜欢竹子，就在那件衣裳的袖口多绣了两片竹叶。她绣得很用心，几乎是栩栩如生。

几天后，他又将她找来，还是一个站，一个跪。

他看她良久，突然问："你有何事求我？"

她惊慌于自己的小心思被他看穿，又羞又愧，却还是大着胆子开口道："求老爷教我儿读书。"

他长久沉默。

她跪在地上只看得到他的脚。他脚上穿着上好的皂靴，一点一点地在地上轻轻打着拍子。她感觉自己的心也随着那拍子一跳一跳。

"你抬起头来。"

她依言抬头。

四目相望的时候,她看到他的眼睛微微一亮,然后他又沉默良久,命她离开。

走出院子,她低下头,迅速用手背擦了擦嘴唇。没有人知道,她为了来见他咬破了手指,挤出一点血涂在嘴唇上,为的就是让自己看起来更好看些。

是的,她用了十成的心机。

进到晏家,虽然母子二人衣食无忧,可儿子就算再聪明,也没法子自学成才,得找先生教啊。

晏府有族学,只有姓晏的孩子才能进去读书,下人的孩子就是削尖了脑袋都走不进那扇门。

她知道自己是好看的,要不然也不用被逼着离开谢家屯。可这一路风餐露宿有多难,和叫花子抢饭吃有多难,孤儿寡母受人欺负有多难⋯⋯

她明白自己必须再找个男人做依靠,也明白只有他这样的男人才能成为自己的依靠。

她奢求不多,只要能吃饱饭,只要儿子能进族学读书,别说给他做妾,就是做婢女,做牛做马,她也愿意。

一连数天,他没有任何动静。

就在她以为事情黄了的时候,一顶小轿落在屋前。她欣喜若狂,换上了下人递来的新衣裳,坐进小轿,一路被人抬进正院。

他等在房里。

她走上前无声地下跪,由衷道:"我一定安守本分,好好侍候老爷。"

他没说话,手伸到她的颈边,手指一挑,把盘扣解开⋯⋯

男人女人之间就那么一点事,她在来的路上都琢磨透了。他是冷的,那自己就得是热的;他是孤傲的,那自己就得是主动的;他话少,她就得一句勾着一句⋯⋯

"母亲,"谢道之听到这里不由得失声惊叫,心中有惊涛骇浪,"你⋯⋯你竟然——"

"儿子,"老太太知道他想说什么,"这世道给女人走的路不多,在家从父,出门从夫,夫死从子,可你那时还太小,我没有别的选择。"

"可——"

"可是为什么要瞒着你?"老太太流下泪来,"这世上有哪个做母亲的愿意让自己的孩子小瞧了去?你要是知道是我不要脸地算计了他,你这辈子在晏行面前都不会抬起头。"

"呵!"

一声不合时宜的冷笑声响起,不用猜也知道是晏三合发出来的。

这要换成一刻钟前,谢道之铁定要拍桌子,此刻,他却死死咬牙忍住了。

"晏姑娘,我这老太婆让你瞧笑话了。"

"我不会瞧任何人的笑话。"后面的话,晏三合没有说出口。要不是因为想解祖父的心魔,你们当我愿意在这里听这些让人火大的陈年旧事?明明是你算计了人,到头来却让儿子误会是祖父逼迫了你，你儿子倒是能抬起头了，我祖父呢？他的名声呢？

"老太太，你接着往下说吧。"晏三合说这话时黑沉沉的眸子里有着不一样的光。

谢知非瞧得很清楚，这光是听完老太太那一番话后刚刚燃起来的。这性格……挺刚啊！

谢老太太盯着晏三合，目光半寸都舍不得挪开。这张脸和他没有半点相似之处，但这性子可真像啊！

"做了他的人，就算没名没分，我们娘儿俩在晏家的地位也水涨船高。"

"那合婚庚帖又是怎么回事？"谢知非问。

老太太脸色风云变幻几下后，带着掩藏不住的伤感。

她做了他的枕边人，哪怕没名没分，母子二人在晏家的地位也不一样了。换院子，添奴仆，添衣裳，添首饰……她成了杨氏，儿子成了少爷。

晏府多了个少爷，还是个有几分傲气的拖油瓶，府里上上下下有几个人能叫得诚心，说闲话的、暗里下绊子的、明里欺负的，天天在她眼皮子底下发生。

她不敢在他面前提起，夜里等他睡着后，背过身一个人偷偷抹眼泪。

他察觉后问她怎么了，她死死咬着牙关不说话。

女人的眼泪是对付男人最好的武器，尤其是像他那样清高到骨子里的男人。果不其然，几天后，他便命令儿子改姓晏。

这消息一出来，整个晏府都震动了。

谢是外人，晏是自家人，这孩子如果是个姑娘，大不了将来陪副嫁妆，但偏偏是个儿子，那可是要和晏家人抢家产的。

晏府的人都怕他，不敢在他面前说三道四，但发妻的娘家人不干了，几个大舅子找上门质问。

他什么话也没说，冷冷地甩出那张连她都不知道的合婚庚帖。

有庚帖，那就是续弦，是名正言顺的晏夫人，几个大舅子一看，很有默契地闭上了嘴。

他们闭嘴是有原因的。发妻死后，他一个人单过了五年，连个暖床丫鬟都没有，续娶的女人只是用一顶小轿抬进门，酒席都没有摆一桌，那女人是个下人，没有娘家的助力。一个又没本事又不得宠的女人，拿什么来给拖油瓶儿子抢家产？

而她呢？她在他面前连抬起头的勇气都没有，只想找个地洞钻下去。

"既然睡到我的床上，那便是我的人，我的人我能欺负，旁人不行。"他的声音又冷又傲，"这庚帖不是为你，是为你儿子，他于读书上有些天赋，想进晏府族学读书只有改姓晏。"

她猛地抬起头，定定地看着他。

"只是他这性子太过刚硬，过刚易折，须得千锤百炼方能成才，慈母多败儿，日后我不会给他好脸色看，至于你……"他嘴角浮现出一丝冷笑，"半路夫妻本就不是一条心，你算计我也好，利用我也罢，都无所谓，只是心思不要摆得太深，深了就没了人味；也不要太假，白白让人厌恶。"

她终于明白晏府的人到底是怕他什么。不是冷，不是傲，更不是脾气古怪，而是他太聪明，太通透。你的小心思、小动作根本瞒不过他的眼睛，你用阴谋，他还你阳谋；你用算计，他还你不屑。

她简直无地自容，手脚并用地爬过去，脸埋在他的皂靴上："老爷，从今往后我再也不算计你半分，再也不了！"

谢老太太说到这里，突然想到什么，回了神："你进晏府族学是他早就定下来的，之所以我要跪，一是跪给你看，一是跪给晏家的人看。"

谢道之看着她，神情愣愣的。

"你对改姓一事耿耿于怀，对他敢怒不敢言，这些他都看在眼里，他说恨能激起一个人的上进心，有了这股劲儿，你才能走得更远，爬得更高，至于晏家……"谢老太太叹气，"我从一个婢女短短日子做了他的枕边人，晏家几个孩子再怎么不服气，明面上也得叫我一声'母亲'。你改姓晏尚且不甘，我抢了他们生母的位子，他们能甘心让你进族学读书？我越惨，他们才会越得意，才能容得下你。"

谢道之的脸已经不能用面如死灰来形容。

"老祖宗，后来你们怎么被赶出晏家了？你又为什么要撕了那份休书？"

谢知非这一问，让谢老太太刚刚平静一点的情绪瞬间又激动起来："不是赶，不是赶——"

谢道之像是不敢相信自己听到的："母亲，你说什么？"

"儿子！"谢老太太悲泣道，"这是他给咱们娘儿俩的大恩，大恩啊！"

第四章 休书

那日晏行从衙门里回来，便进了书房。

她等到子时始终不见人来，正打算先歇下时，他命她到书房去。

书房里，一灯如豆。他背手站在窗前，似乎遇到了什么难事，眉头紧拧着，脸上一丝表情也没有。

她不敢吱声，只帮他把冷茶倒了，添了盅热茶。

她把茶捧过去，他没接，目光落在她身上好一会儿，才冷冷道："休书我已经写好，你收拾收拾带着你儿子离开吧。"

手上的茶盅碎了一地。她惊慌失措，跪倒在地，哭喊道："我做错了什么，老爷要休我？"

他沉着脸不说话，眉眼间戾气深重。

她急了，也顾不上什么脸面不脸面，拿起地上一片碎碴，就往手腕上刺。

他一把拦住。

她看出他的心软，瞪大了眼睛："老爷要休我，不如直接让我死了算了。"

四目相对，她头一次没有躲闪。

良久，他拍拍她的后背："朝廷可能要动我，晏家只怕是难保。"

"什么？"她吓得目瞪口呆。

"能走的，我会安排他们走；不能走的，那是他们的命。"他的声音波澜不惊，"你拿着一纸休书离开，谁也不会为难你。"

"我不走，我死都不会走。"

"想想你儿子，想想他的前途。"他说话从来都一针见血，"你是个最实际、最会算计的女人，怎么这会儿却糊涂了呢？"

"老爷，我哪里是糊涂，我是——"

"是什么都不重要。"他冷冷地打断，"重要的是你要明白一点，你儿子才是你将来唯一能依靠的人。"

"那你怎么办，少爷们怎么办？"

"妇道人家，少管男人闲事，管好你自己就行。"

他突然呵斥，声音和从前一样严厉，她却从里面生生听出几分柔情来。她快疯了："好好的怎么会这样，老爷这是得罪谁了啊？！"

"下作小人！"他的目光像淬了毒，"但无论重来多少次，我都一样会把他骂得狗血淋头。"

"老爷不为着自个儿，也该为着一府的人着想。"她几乎口不择言，"为什么不能忍一忍呢？与人留一线，就是给自己留一线啊！"

"忍一忍？"他闭上眼睛，深深呼了口气，又睁开，"你跟我两年，我是那种能忍的人吗？"

他不是，也不屑，他的眼睛里揉不得一粒沙子，同床两年，她把他的性子摸得清清楚楚。

他徐徐转过身，眼睛黑沉："我在京城的钱庄存了一笔钱，不多，也就两千两，你们母子省着些花，这几年是够的，后面就看你们的造化了。"他话锋陡然一转，"但如果想让那孩子有大出息，就别让他过好日子，这孩子的性子我看得很清楚，须得在逆境中才能奋起。"

她感觉自己的心都要裂开了，疼得不行，顾不得矜持，扑过去死命抱住了他："老爷，老爷啊！"

他没有推开，声音轻柔地唤了一声她的全名："杨慧，我这性子是娘胎里带来的，改不了，也不想改，人活一辈子图的是什么，不就图个万事随心吗？"

"老爷是万事随心了，可路也走绝了，你让我们怎么办？"她嘴上埋怨，手臂却抱得更紧。

这世道是怎么了，为什么走到绝路的从来都是好人？那些坏人呢？

"不到绝路不逢生，或许我这性子也因此改了呢？"他自嘲般一笑，轻轻推开她，"去吧，拿着休书明日就走。"

她泪眼婆娑地看着他，长久地看着，就是不肯挪步。

他微眯起眸子，眼底的情绪都敛进去："不要觉得有愧于我，有朝一日你儿子有权有势时，记得伸手帮一帮我那几个不成才的小畜生，就够了。"

她抹了一把泪，转身走到书桌前，拿起那张休书，撕了个粉碎。

"你——"

"我进你院里不过只用一顶小轿，用一顶小轿抬进来的人不过是个妾，赶个贱妾，哪需要休书？"她仰头看着他，准确无误地捕捉到他眼中的震惊，"老爷，我这辈子断不会再跟别的男人，若你平安无事，若晏家还有我们母子的容身之处，你床边留个位置给我。"

他皱皱眉头，目光变得不那么透亮，像蒙上了一层水汽。

"若你真有事……"她哭得说不下去，"那……那就当是我给自己留了个念想。"

若非如此，我便活不下去！人生太长了，如果连一点念想都没有，一点盼头都没有，那些望不到头的苦日子，那些寂寂无眠的长夜，可怎么熬啊？！

他冷傲的脸上头一次冲她露出温柔、怜惜的笑，然后他说了他今生对她说的最后一句话："哪里精明，分明也痴得很。"

她也回了一句今生对他说的最后的话："都是跟你学的。"

说完，她跪地向他行大礼，然后一边流泪，一边走进漫天的大雪中。

翌日。

晏府厚重的朱门砰的一声合上，像锋利的尖刀重重地刺向她的胸口。真痛啊！

她压抑了许久的情绪一下子崩溃，她号啕大哭，茫茫天地，终于又只剩下她和儿子两个人了。

最后一个字讲完，老太太反而止住了泪。

对她而言，这些事情重新回忆一遍，每一个画面都是她对他的怀念与愧疚。

"这才是全部的真相，压在我心里整整四十年。"她如溺水般喘着粗气，"儿子，他不欠我们，是我们欠了他，还不清，几辈子都还不清。"

一片死寂中，谢道之发现自己耳鸣了。他听不清周围任何的声音，只觉得心口很疼，疼得他胃里一阵一阵痉挛。

有人在拍他的肩，他抬头，看到是老三，老三的眼睛里满是担忧，嘴一张一合，正说着什么。可他还是听不清。

很奇怪，虽然他什么都听不见，在晏家那两年的经历却一幕一幕如画般浮了上来。

晏行骂他的字写得像狗爬……说他站没站相，坐没坐相……劈头盖脸地把他写的文章扔过来……骂慈母多败儿，不想在晏家待着就滚出去……

谢道之摸着桌子的一角强撑着站起来，眼眶充血地盯着老太太："为什么不早说？为什么要瞒我这么久？我……我有机会帮到他的，有机会的啊！"

谢老太太眼角的纹路深极了，那不是养尊处优的面相，而是被某件事情深深折磨的面相："那个劳什子牌坊压在我头上，我敢说吗？那可是欺君之罪啊！"

轰的一下，谢道之又耳鸣了。

当年，礼部来询问母亲守寡的事，他对晏行恨之入骨，想也没想就说母亲的的确确是守寡养大他的。

原来是我错了！谢道之只觉得心头有什么东西涌上来，嘴一张，喷出一口血。

"父亲？"

"儿子！"

兄弟俩一左一右扶住他。

谢而立正要喊谢总管请太医时，谢道之死死地拽住儿子的手："别喊，这口血吐出来就好了。"

谢而立一扭头："老三。"

谢老三忙把温茶送到谢道之嘴边："父亲，漱漱口吧。"

谢道之推开茶盅，目光转向晏三合。那是怎样的一种眼神，愧疚、难过、后悔……无数种情绪交织在一起，哪里是语言能道尽的？

"晏姑娘，他……他这些年……是怎么过来的，能和我说说吗？"

"说就不必了。"晏三合眉眼间丝毫没有触动，"他那性子也不屑与你说道。"

"晏姑娘！"谢道之只觉得有把匕首狠狠地戳进心口，痛得他悲戚地大喊一声。

兄弟二人突然感觉手上的分量变重，知道父亲再也支撑不住，忙把他搀扶到椅子上。

谢知非扭头看一眼晏三合。够狠啊！

"既然真相大白，你们也没必要在我面前要死要活。"晏三合还有更狠的，"一来与我说不着，二来他人死了，看不见，真觉得愧疚的话，等日后到了阴曹地府，当面和他说。"

所有人："……"

"我还有事，可以走了吗？"晏三合目光一冷。

"孩子，"她越是如此，谢老太太心中越是愧疚，撑着拐杖站起来，"是我谢家对不住他，对不住你们，我给你磕头赔罪！"

"祖母！"

"老祖宗！"谢三爷赶紧把茶盅一搁，扶住谢老太太，用力地按坐下去，"您凑什么乱啊，要磕头赔罪也是我们兄弟二人来，晏姑娘，你说是不是？"

晏三合不说话。

自讨没趣，谢三爷"哎"了声，依旧一副好脾气："赶紧的，坐稳了，我替老祖宗、替我亲爹给你多磕几个头，十个不够，磕一百个，一百个不够，咱来一千个，总能——"

·045·

"你叫什么？"晏三合冷冷地打断。

"三爷我这脸长得真是……"谢三爷摸了自个儿一把，"姓谢自不必说了，名知非，字承宇，就咱们俩这关系，叫我承宇就行。"

"我和你没关系，谢知非，下面的话，你听好了。"她的口气前所未有地正经，"这世上最不值钱的就是对死人的悔意。三十三重天，一重一个境界，他的境界，你们够不着，我也够不着。"

晏三合眼神慢慢犀利起来："我没时间在这里和你们掰扯，他的心魔一日不除，事情就一日不算完。老太太撕了休书，按理还是他的枕边人，你们谢家接下来要小心。"

谢三爷突然想起季家的事情，惊声道："晏姑娘，难道——"

晏三合："季家可以当前车之鉴。"

谢三爷："……"她怎么知道我想的是季家？

"没有化解的办法，只有自求多福。"晏三合冰冷的眼神看着谢三爷，"我的话，你可都记住了？"

她哪里是对他说的，分明是说给谢家人听的，谢三爷重重地点了几下头。

"青山不改，绿水长流，我与你们谢家后会无期！"

"喂，怎么就后会无期了呢？我——"

"滚开！"晏三合眼球充血，不再是冷冷清清的漆黑，红得吓人，几欲滴出血来。

谢知非本能地往边上让了让，晏三合擦着他的衣角，走上楼梯。

门一关，泪滑下来，她捂着嘴，浑身剧烈地颤抖，喉咙里发出像野兽濒临绝境般的呜咽。

多么讽刺！你事事为他们考虑周全，一颗真心付出得坦坦荡荡，可他们呢，可有半点真心给你？你傻不傻？傻不傻啊！

晏三合终于撑不住，抵着门背慢慢蹲了下去。

她突然想到他最后那个晚上，明明已经睡下，却又披了衣裳到她房间坐下，欲言又止。

她乐了："您有话就直说。"

他也乐："我有这么明显？"

她斜过眼："瞎子才看不出来。"

他笑意变淡，叹了口气："如果事事入心，人是没法子往前走的，该放下的要放下，否则苦的是自己。"

她偏过脸："好好的，说这些做什么？"

他站起来，揉揉她的头："再不说，以后怕没机会了，你我祖孙一场，我总是盼着你好的。"

所以，你那话是向我道别的？可是，你不也没放下？还有，你到底放不下什么？晏三合狠狠地擦了把泪，拿起桌上的包袱，往身上一系，顺着楼梯走下去。

她一步一步走得很稳，到了大堂连眼风都没向谢家人投过去，径直拉开了大门，踏进无边的夜色中。

晏三合离去的那一幕是消了音的,对老太太和谢道之来说,却是致命一击。

这活脱儿又一个晏行,傲气和自负都融进了骨血里,明明一肚子委屈和难受,却不对外人说半个字,有的只有漠然和无视。

良久,谢老三回过神来,扯了扯谢而立的衣裳:"大哥!"

谢而立看着沉浸在悲伤中的老太太和已然没了魂的父亲,深吸了口气,道:"谢总管。"

"大爷。"

"把老太太、老爷先安置回去,再派人去请裴太医过来,床前一刻都不要离开人。"

"是!"

"慢着!"

"大爷还有什么吩咐?"

"今晚的事情命所有人闭嘴,太太、大奶奶那头也不要透露丁点风声,只说老爷和老太太见了个故人,心绪有些激动。"

"那大爷脸上的伤——"

"那故人对咱们家有些误会,如今误会都说开了。"

"是!"

谢总管一招手,立刻过来几个护院。

老太太被人扶起的时候,突然一把抓住大孙子的手:"老大——"

"祖母放心。"谢而立知道老太太的心结,"都交给我,我会安排妥当。"

两位老的几乎是被人抬走,客栈里只剩下兄弟二人,两人你看我,我看你,半天都没言语。

能言语什么呢?哪怕做得再不对,也是自个儿的长辈。

做哥哥的到底先开了口:"说吧,季家是怎么回事?"

"这还用我说啊,大哥你不早就知道了。"

"我问的是这个吗?"谢而立脸一沉,"什么叫前车之鉴?"

"那天我出城,在裴家的百草堂给兄弟们配几服跌打药,遇着了这姑娘。"谢老三一拍额头,"对了,她来咱们家的路还是我指的呢!"

"四条巷?"谢而立没好气,"你倒是指了一条好路。"

谢老三眼神一闪,硬着头皮瞎扯:"我这不是因为她说什么棺裂不棺裂的,觉着这姑娘胆子挺大,想吓唬吓唬她嘛!"

谢而立神情顿时紧张起来:"棺裂又是怎么回事?"

谢老三摸摸鼻子:"店里伙计在说季家倒霉的事,那姑娘就说把墓挖开看看是不是棺裂了。"

谢而立眉心一跳:"难道季家也——"

"也不也的我不知道,反正她说是前车之鉴,咱们就当前车之鉴来听。"

季家倒霉的事，谢而立一清二楚，眉头紧皱着，心说事情大大地不妙。

"大哥！"谢老三往椅子上一坐，满脸的认真，"别的都可以往后放放，当务之急是找出她祖父的心魔，这事牵扯着咱们谢家，我得去帮她。"

谢而立下颌线条绷得紧紧的，不说话。

"衙门里多我一个不算多，少我一个不算少，再说，我是谁啊，我是谢三爷啊，谁和我计较上衙不上衙？"谢三爷脸上难得正经，"你没听她说吗？晏家就剩下她一个，一个姑娘家查这查那的，多不方便，再说了，时间也急啊。"

谢而立还是不说话。

"就现在这情形，她要是真倒霉出了事，老祖宗，还有咱爹，还不得羞愧得一头撞死。"谢三爷长睫微微一动，"对了，她说她祖父的心魔是一封信，这是哪个高人说的？这高人是怎么知道的？我可得见见那高人，万一弄错了呢？"人不是什么正经人，话却句句是正经话。

谢而立心里松动："这么大的事情，我得和父亲——"

"商量什么商量？父亲保着自己不跳河就不错了。"谢三爷噌地站起来，"那姑娘可是会点拳脚功夫的，趁现在走得还不远，我能追上，晚了……她的边我都摸不着。"

"行了，你多带些人，药和钱都要带够，顾着自个儿的身子，别累着，有什么事情给家里捎个信。"

这算同意了。

谢知非走过去，拍拍自家大哥的肩，桃花眼笑得斜入鬓角："又舍不得了不是！"

"……"谢而立一噎。这小子真是三天不骂就皮痒。

…………

皮痒的谢三爷目送大哥离开，一转身，眉眼间落下冷霜。

朱青见状，忙上前："爷！"

谢三爷："城门不到开的时候，她这会儿是出不去的。"

朱青："我这就派人去守着。"

谢三爷："顺道把银子和药一并带上，天亮后我们在南城门见。"

"爷要去哪里？"

"不去哪里！"谢三爷慢悠悠道，"有些事情冲击力太大，你家爷要好好消化消化，想一个人……静静。"

朱青："……"爷素来喜欢热闹，最恨一个人待着，这会儿要静静？

"发什么愣，还不快去！"谢三爷一脚踹过去。

朱青赶忙闪开数丈，刚要上马，却听到一声"回来"。

"爷！"

"她往哪条巷子走了？"

"丁一跟着呢，往那头去了。"

谢三爷眉毛支棱起来，思忖片刻后，冲朱青又道："你等一下，还有件事情你要帮我去做。"

"爷吩咐！"

……………

晏三合没走几步，就发现身后有人跟着。

是谢家人。她没理会。还有两个时辰开城门，她也懒得再找一家客栈，直接上南城门门口等着。

深夜的街巷一团漆黑，像是看不到尽头。她走得很快，忽然，两个黑影迎面走来，与她擦肩而过的时候，其中一个突然撞了她一下。

"不好意思，我兄弟喝多了。"

喝多了？怎么没有酒味？

晏三合刚一皱眉，那两人便狂奔起来。

扑通！干粮掉在地上，晏三合这才发现自己的包袱不知何时被人划了个洞，里面的银票不见了踪影。

晏三合在心里咒骂一声，赶紧追上去。

她还没追出几步，就见身后跟着的那人突然伸出一条腿，把其中一个绊倒了。

另一个回头看了同伙一眼，正在考虑是回去救呢，还是自己先撤，突然后腰一痛，人已经被踹倒在地上。

"想跑？"谢知非蹲下去，从那人怀里掏出银票，数了数，"啧"一声，"没想到晏姑娘带的盘缠挺多，大户人家啊！"

晏三合在原地沉默很久才走上前，冲他伸出手。

谢知非没给，双手抱臂，似笑非笑。

晏三合无视他脸上的表情，眼珠子一定，目光沉了下去。

嘿！连句话都不说，就想从三爷我手里拿东西？谢知非眼神轻慢，心道，我倒要看看咱俩谁扛得过谁！

片刻后，他对着那双黑沉的眼睛心里已经不太有底气，心说：要不我先低个头？

他唇角勾出一个漂亮的弧度，十分不要脸地道："晏姑娘啊，三爷虽然皮厚，但也禁不起你这么看，会脸红的。"

"多谢！"晏三合一个字不多，一个字不少，表达了谢意，深里的意思是——滚远点！

谢三爷笑意不减，脚一抬，脚下那人趁机往前一扑，连滚带爬地跑了。

那头的丁一见自家爷把人放了，也低呵道："滚！"

等人滚远，谢三爷才轻笑一声："给可以，但有个条件，我们谈谈。"

晏三合面无表情。

谢三爷好像不太明白什么叫冷场："你看啊，这还没出京城呢，就又是小偷又是抢劫的，忒危险，不如……我陪姑娘回去啊？"

他低下头："你看我，长得又好，脾气又好，打不还手，骂不还口，没事还能给你说个笑话，解个闷什么的……"谢三爷吹捧起自己来，脸都不要了，"简直就是结伴同行最佳的选择，没有之一。"

边上的丁一捂住耳朵，听不下去了！

"对了，路上的一切开销，我都包了，姑娘要喝汤，我坚决不给干粮；姑娘想吃咸的，我坚持不吃甜的。"

"你叫什么？"

"嘿，你这人怎么这样，我的名字这么难记吗？"谢三爷不乐意了，"谢知非，谢承宇，你喜欢叫哪个？实在不行，叫阿非也行啊，听着亲切。"

"谢知非。"

晏三合忽然莞尔一笑，谢知非的心跳很不合时宜地漏了一拍。

也就是这一拍的时间，晏三合屈起腿往上一抬，这一抬正中谢三爷大腿的酸筋。

他本能地弯下腰，她伸手一够，银票已经到晏三合手上。

"不敢劳驾！"她冷冷地扔下一句，扭头离开。

"喂，你怎么能恩将仇报呢！"谢知非一边揉着自己的大腿，一边嚷嚷，目光沉沉地看着她单薄的背影，脸上哪还有半分油腔滑调？

丁一见自家主子吃瘪，忙跑过去："爷！"

谢三爷摆摆手表示没事，压低声道："刚刚那两人等在街角，一人二两银子的好处。"

丁一："……"

"傻愣着干什么，还不快去！"

当他乐意呢，那姓晏的性子又冷，脾气又臭，他要不这么干，怎么和她搭上话？搭讪也是一门学问啊！

谢三爷在心里叹了口气，长腿一迈，去追晏三合。

晏三合已经到了南城门，城门上数只灯笼高挂，风一吹，摇摇晃晃，像是鬼火。

她找了个背风的角落，包袱往地上一放，自己坐上去，闭眼打瞌睡。有脚步声走过来，她睁眼一看，又是那个风流纨绔谢什么非。

"啧，忒不讲究。"谢知非眉头一蹙，"大姑娘家家的，怎么能往地上坐，当心着了凉气。我一个大男人就不一样，想坐哪里坐哪里。"

他在晏三合身旁坐下，舔了下嘴角，道："我坐你外边，帮你挡着点风啊！"

晏三合咬咬后槽牙。

"对了，你饿不饿？"

"……"

"穿这么一件单衣不冷吗？"

"……"

"银票藏好了没有？别再被人偷了。"

"……"

"晏三合，回答别人的话是一种良好的品性。"

晏三合冷冷地扫他一眼："不打扰也是品性。"

谢三爷的脸皮大概是城墙做的，而且是最厚的那一种："别人我不打扰，你是谁啊，你可是我们谢家大恩人的孙女，我要不把你照顾好，老祖宗能活吞了我。"

谢三爷用脚碰碰晏三合的脚："来，商量商量，咱们回云南府是骑马呢，还是坐车？马跑得快些，就是冷；要不坐马车吧，也不慢，还暖和。"

"……"

回答他的是一片死寂。

"你不说话，我就替你做主了，咱们就坐马车。"谢三爷话锋突然一转，"话说，你请的高人是谁啊？他怎么就知道晏祖父死前想的是一封信？"

晏三合两条秀眉微微一拧。

谢三爷脸上掠过一丝不易察觉的轻松，终于摸到了这人的脉门。

"按理说，高人是不会出错的，怎么到了晏祖父这里就……难道……莫非……"他故意拖长了调了，叹口气，道，"你请的不是什么高人，充其量也就是个骗钱的神棍？"

"你懂什么？"晏三合脸色不由得一变，"既然请到了，就不会出错，这世上有几个人能看到死人心里想什么？"

谢三爷头皮有些发麻。她说的是看到，而不是感觉到、感应到，难不成那高人长着一双火眼金睛？

"可偏偏就是出了错啊！"谢三爷故意咳嗽了两声，"要不你详细和我说说？我也不是非要打听，就是怕你小姑娘家被人骗了去。"

晏三合扭头看着他，良久不语。

谢三爷无声地笑了下："说了别这么看着我，真的会脸红。"

你糟蹋了"脸红"这个词。晏三合一手撑着地，一手捞起包袱，站起来就走。

"晏三合！"谢三爷动作比她更快，拦住她，低头在她耳边轻声道，"你是不是从来都听不进去别人的话？"

晏三合偏过脸，避开他的鼻息："姓谢的人说话，我不想听。"

谢三爷："……"

"让开。"

对方没让，依旧挡在她面前。

晏三合很快反应过来，这人是打算和她耗上了："谢什么非。"

"谢知非！"

"谢知非，"晏三合嗓音压着火，"我没有那么大度，你明白这话的意思吗？"

能不明白吗？父亲把恩人当仇人，老太太为了保住儿子的官位将真相生生藏了四十年。阴错阳差只是安慰自己和别人的借口，事实怎样，谁的心里都有一杆秤。

到这个份儿上，谢三爷也词穷了，长腿往边上一收，让出了半个身位。

晏三合正要抬腿，那条长腿又挡了回来。

"你别动,我走。不过……"谢三爷舔了舔唇,不甘心地又补了一句,"你这样对我,我其实挺冤的。"

你冤什么?晏三合冷笑。真正冤的人已经在下面一家三口团聚,他们还想喊一声冤呢,老天给他们机会了吗?不是什么事情都能一笑泯恩仇。

既然不用走,晏三合把包袱一扔,又坐了下去,也懒得再去看那个风流纨绔作什么妖,只一心盘算着那封信的事。

还有什么事情是需要用信来传达,又让祖父长久无法诉之于口,只能郁结于心,以致死后心念成魔的呢?

是留下来的两个儿子、一个女儿吗?

晏家被抄后,还留有一些祖宅祖田,祖父之所以把两个年长的儿子留下,是因为这些田产并不薄。但三年后一场突如其来的瘟疫打乱了这一切,兄弟二人染上瘟疫,都没有熬过去,未及娶妻就先后离世。

女儿在晏家出事前就嫁了人,晏家被抄时,她已有八个月的身孕,消息传来,她当场羊水就破了。婆家人在关键的时候舍了大人,保了孩子。

晏三合可以想象这一封又一封的信传到祖父手中,他是怎样痛不欲生。可他没有倒下,他还能读书,还能画画,还能走遍云南府的山山水水,由此可见,他的心结不是他们。

不是他们,又会是谁?会不会是那个让晏家被抄的下作门客?

如果是他,又怎会难以开口?这仇明明白白地摆在晏家和祖父的心口上啊。

晏三合生平第一次感觉那个和蔼可亲的老头儿其实和她隔了十万八千层的肚皮,一层肚皮一个秘密。老头儿,你真正的秘密在哪里?

谢知非并没有走远,双手抱臂,以一个十分慵懒的姿势盯着不远处的晏三合。她就这么倚墙坐着,暗夜的风吹起她的单衣,她丝毫没有冻得瑟瑟发抖。

为什么呢?谢三爷彻底看呆了,这姑娘是少根筋还是怎么的?她怎么就不觉得冷呢?

…………

谢府。

太医刚走,谢道之就躺不住,挣扎着从床上爬起来。

谢总管忙上前扶住:"老爷。"

谢道之推开他的手,虚弱道:"大爷回来了?"

"刚刚回府。"

"叫他过来。"

"是!"

片刻后,谢而立已经站到谢道之跟前:"父亲。"

"你让老三跟着去了?"

"是。"

谢道之迟疑片刻，道："光让老三跟着还不够，咱们家也得动起来，否则——"

谢而立想着季家的事："父亲，怎么个动法？"

"没想好。"谢道之把脸埋进掌心，"我脑子里一片混乱。"

"父亲先别急，这事已然这样了，咱们就得朝前看。"谢而立安慰道，"明儿还要上早朝，您先——"

"不好了，老爷。"谢总管突然推门进来，"老太太烧起来了。"

谢而立大吃一惊："裴太医呢？"

"已经走了。"

"怎么突然烧起来了？"

"刚刚还好好的。"

谢道之一拍床沿："拿着帖子再去请裴太医来。"

谢总管："是！"

"父亲先歇着，我去老太太那里看看——"

"老大！"谢道之一把抓住儿子的手，脸色发白，"你说，会不会是报应来了？"

谢而立尾椎骨顿时生出一股寒气："应该不会吧，不是还有几天的时间。"

"这种神神鬼鬼的事情有什么一定？"谢道之有气无力，"万一提前了呢？"

谢而立："……"

足足过了好一会儿，父子二人都没有开口说话，他们听见各自的心跳——

怦！怦！怦！

…………

晨曦一点点透出来。

晏三合揉了揉坐麻的腿，等腿上的麻劲儿过了一点，才走出巷子。

城门还没开，但出城的马车已经开始排队，她跟在队伍的最后面。

不远处，谢知非摸着下巴："你们说，三爷我是脸皮再厚点呢，还是动点歪门邪道？"

朱青一脸"爷，你饶了我吧"的神情。

丁一认真思考了会儿："歪门邪道吧，爷的脸皮已经够厚了，也没见管用！"

谢三爷手指冲丁一用力点儿下，扭头冲朱青道："扣他一个月月银。"

朱青："好！"

丁一："……"

谢三爷不去看丁一快苦出水来的脸，正要走上前，余光扫见谢总管直向他奔来，不由得神色一变："出了什么事？"

谢总管神色间带着掩饰不住的惊慌："三爷，老太太回去就病倒了，裴太医说凶险。"

"什么叫凶险？"

"裴太医文绉绉地说了一大堆，我也听不明白，大爷说让三爷抓紧点。"

谢三爷心头一跳："你的意思是——"

谢总管点点头。

谢知非当下愣在原地，季家的倒霉好像也是从哪个人生病开始的："我哥还有什么话？"

"大爷让三爷凡事自个儿当心。"

谢知非当机立断道："朱青，丁一！"

"爷！"

"爷！"

谢知非："准备出发。"

丁一手冲着晏三合背影一指："那她呢？"

"你不是让爷用歪门邪道吗？"谢知非道，"爷听你的话。"

丁一："……"那我被扣的月银呢？

谢知非快步走到晏三合面前，掏出腰牌，往前一举："五城兵马司办案。"他嗓音喑哑，整个城门口的人却听得清清楚楚，"晏三合，你跟我走一趟吧。"

"……"晏三合愣了一下，还没反应过来，胳膊已经被一只大手拽住。

"得罪了！"

谢知非把她拽出队伍，一直拽到城门口，冲守城门的侍卫又一举腰牌。

那些人一瞧是谢府三爷，赶紧把厚重的朱门往边上拉开。

朱青赶着马车穿过城门，又"吁"的一声勒住缰绳，停在路边。

谢知非一指那车："上车。"

晏三合没动，低头看了眼胳膊上的鬼爪子，眼神带着钩刺："这么急，你们谢家谁出事了？"

本来谢三爷对老祖宗生病的事情将信将疑，心说会不会是凑巧，她这么一说，谢三爷差点骂出来。

他及时制住了这份冲动，喉结滑动几下，故作淡定道："可以啊，料事如神！"

晏三合一怔。她本来是想探一探谢府三爷心急火燎的原因，就随便说了这么一句，却不想还真探出了点什么。

"还不到时间，和祖父的事情无关。"

"你这么确定？你又不是那高人。"

晏三合看着他不说话，谢知非这才意识到自己说了句蠢话。晏三合是晏行嫡亲的亲孙女，她都没有倒霉，还盛气凌人地在和他说话，哪轮得到谢家呢！

"不管有关无关，这事都迫在眉睫。我知道你不待见谢家人，但现在你也看到了，我有官职在身，这一路有我跟着，省心省事省力，更重要的是……"谢知非缓缓道，"你姓晏，按理头一个倒霉的就该是你，怎么个倒霉法，你难道不怕？还敢孤身一人？"

晏三合："……"

"看得出来，你们祖孙感情非同一般，你自己想想，你要真出点什么事，他在棺材里躺着也不安生啊！"

晏三合："……"

"这样吧，我给你两个选择，你可以选择自己爬上车，也能选择被我绑上车。"谢知非一笑，桃花眼斜飞起来，但话里的每一个字都透着狠劲儿。

看来这人是甩不掉的。晏三合心里翻滚几下，用力一甩胳膊，飞快地走到马车前，一撩车帘坐上去。

谢三爷盯着那晃动的帘子好一会儿："出发！"

"是！"

朱青几个人刚要动，只听见远处传来沉沉一嗓子。

"谢五十，你给爷站住。"

一人一马飞奔而来。

谢三爷一瞅来人，心说：这祖宗怎么来了？

"祖宗"姓裴，名笑，字明亭，是裴太医的嫡长子，百药堂的东家，谢三爷从小玩到大的奶兄弟。

裴笑翻身下马，气冲冲地走到谢知非面前："说，你要跟哪个小婊子私奔？"

谢三爷皱眉："你从哪儿得的消息？"

"怎么着？"裴笑挑衅似的看着他，"竟然还是真的？"

谢三爷不好说太多，咳嗽一声："不是你想的那样，我奉我大哥的命出城办个差事。"

裴笑脸一板："敢情这小婊子不是你的人，是你大哥的？你替你大哥背锅？"

"裴——明——亭！"

裴明亭沉浸在"谢老大有奸情"的兴奋中，完全忽视谢三爷眼里已经不大能憋住的怒火："你大哥的眼光应该不会太差，我瞅一眼去！"

谢知非头皮一麻，赶紧伸手去抓，哪知那人脚底跟抹了油似的，比泥鳅还滑手："姓裴的，你给我站住。"

姓裴的嘎嘎嘎地踩着皂靴，跑到马车前，猛地掀开了车帘。

他还没瞧清楚车里的人是方的还是圆的，突然伸过来一只脚，照着他心口就是一记踹。

"哎哟！"

马车里的人发出一声冷笑后，又甩出一个字——"滚！"

裴笑狠狠地摔了一下，又被骂"滚"，扭头难以置信地看着冲过来的谢知非。

谢知非在他暴怒前一把捂住了他的嘴，眼神中带着哀求："祖宗，你行行好，你是知道我最怕谁的。"

裴祖宗瞪着两只冒火的大眼睛：真是你大哥的？

谢知非只当没看见他眼睛里的深意，扭头丢给朱青一记眼神。

朱青手一扬，马车疾驰起来。

谢知非这才伸手把裴笑从地上拽起来，帮他拍拍身上的灰："我尽量早去早回。"

裴笑半天才倒过一口气，伸手冲他用力点几下：你哥怎么突然好起这口？忒粗鲁了。

谢知非只能硬着头皮眨了下眼睛：我能怎么着？

裴笑：算了，爷给你这个混球王八蛋面子。

谢知非：就不能好好说句人话？

裴笑翻了一个白眼，转身就走，突然，后领被揪住："你干什么？"

谢知非压着声道："通知季家人，想办法开一下老夫人的棺，看看是不是裂开了，要是裂了，找高人解一解。"

裴笑愣愣地看着他。

"我说的不是玩笑话，你给我赶紧的。"谢知非松手，身子轻巧地翻到马上，双腿一夹，追着前面的马车而去。

他身后传来裴笑的暴怒声——

"不是玩笑话是什么？"

"你个王八蛋，居然想开人家棺材？"

"有你这么疯的吗？"

"还要我赶紧的……赶紧让我被季家人揍啊！"

"谢五十，你就是个缺德鬼——"

第五章 惩罚

一路狂奔五百里，人和马都得喘口气。

傍晚时分，终于到了一座官驿，谢知非掏出腰牌，让人备上一桌酒菜。朱青、丁一则去后面喂马。

晏三合没进驿站，反而往外走。谢家的马车大是大，但缩在里面一天，腿也吃不消，她要让腿活动活动。

谢知非刚要交代一句"别走远"，突然刮起一阵风，吹起遍地的风沙。

少女走在风沙里，夜色落在她身上，背影说不出地纤细、单薄。谢知非盯着那背影看了好一会儿，才转身去后面看马。

"朱青，你不觉得那姑娘怪得很吗？"

"哪里怪？"

"穿得怪，我一个大男人要这么穿，非得冻死。"

"……"

"你瞧见没？她几乎不说话。"

"……"

"还有，穿得那么普通，身上银票倒有好几张，别是偷来的……哎……也不知道爷心里有没有数。"

"……"

"你怎么不说话？"

"因为，爷就在咱们身后站着。"

丁一吓了一大跳："爷！"

爷冲他咧嘴一笑，背着手走了。

丁一："……"完了，我下个月的月银都保不住了！

谢知非走得心不在焉，对晏三合若有若无的异样感始终挥之不去。

总觉得像是在哪里见过，他心想。

…………

晏三合走累了，蹲在地上，手上拿着一根树枝，在地上计算着到云南府的时间。

谢家的马和车都是上等的，行进的速度极快，照这么跑下去，最多一个月。

"吃饭了。"是纨绔的声音。

晏三合站起来，顺势用脚在地上抹了几下，面无表情道："我有干粮。"

"怕我下毒？"谢知非嗤笑一声，"姑娘连棺材合不上都不怕，不是这么胆小的人吧？"

晏三合懒得听他鬼扯，把手里的树枝一扔，从他面前大大方方地走过去。

进了驿站，她找了个角落坐下，从包袱里掏出干粮。

跟进来的谢三爷皱了皱眉，端起桌上的蘑菇汤，放到晏三合面前的桌上："就着热汤啃干粮，这胃里也舒服些。"

"端走！"

谢三爷端起汤喝了一口："这下放心了吧！"

晏三合："……"

"这干粮瞧着还不错，让我尝一口。"他话说完，也不管晏三合同意还是不同意，直接就从她手里掰了一点，放进嘴里，"果然还不错。"

晏三合："……"她想把那碗汤泼他脸上。

"爷，吃饭，菜要冷了。"

"来了！"

谢知非回到自己桌前，接过朱青递来的筷子和碗，便吃起来。

赶了一天路，啥都没吃，他是真饿了。三碗饭，转眼就干完，他用帕子抹了抹嘴，起身坐到另一张桌子边喝茶。

这时，朱青、丁一几个人才敢坐下来用饭。

谢知非用茶漱了口，命令道："两个时辰的休息足够了，时辰一到，立刻出发。"

朱青和丁一异口同声："是。"

谢知非目光一斜:"晏姑娘的意思呢?"

晏三合淡淡地点头。

她这么配合,谢知非倒有些意外,他把茶盅放在桌子上,目光肆无忌惮地打量她。

晏三合察觉到,不动声色地背过身,这真是她活十七年最讨厌的男人。

谢三爷丝毫没有被讨厌的自觉性,下巴一抬:"伙计。"

"谢大人有什么吩咐?"伙计颠颠地跑过来。

"有没有纸和笔?"

"谢大人这是要……"

"给家里写封报平安的信。"

"谢大人这才出来一天,就给家里写信,那往后的日子怎么办,岂不是要天天一封?"

"你懂什么?"丁一眼一横,"那是家中老太太、老爷不放心我家爷,再说了,天天一封又如何,我家爷乐意写啊!"

那伙计就等着他这么说,好继续往下夸:"谢大人可真真是孝顺啊,难得,难得。"

谢大人笑盈盈地自谦道:"也谈不上孝顺,主要是我这身子骨差了点,儿行千里,父母担忧,让长辈们图个安心吧!"

话音刚落,晏三合噌地站起来。

所有人都被她这动作吓了一跳。

伙计不明就里,问:"姑娘……要什么?"

晏三合不回答,目光挪到谢知非的脸上,眼一眨不眨:"你把刚刚的话再说一遍,一个字不许少,一个字不许漏。"

这话,仿佛一条浸了水的鞭子,把所有人抽得跳起来。

丁一怒道:"你以为你是谁,敢对我家三爷这么说话!"

晏三合不仅这么说话,做得还更过分。她冲到谢知非面前,在所有人都没反应过来的目光中,一把揪住他的前襟:"快说!"

谢知非看着她黑沉沉的眼珠子,冲已经围过来的丁一他们一摆手:"我说,谈不上孝顺,主要是我这身子骨差了点,写信让长辈们图个安心吧!"

安心?安心??晏三合松开手,眼神茫茫然定在某一处,一动不动了。

谢知非等了一会儿,见她没反应,赶紧咳嗽一声。她依旧没反应。

他再咳。她还是没反应。

"爷,她会不会被鬼上身了?"丁一惴惴不安地问。

谢知非没说话,脸上隐隐多了份冷峻。

他又等了一会儿,见晏三合仍旧是那副三魂掉了二魂的模样,果断地伸出手。

就在这时,晏三合猛地一颤回了神,目光扫见有只大手离她胸口只有两三寸的距离。

她目眦欲裂:"下作!"她想都没想便抬起了脚。

"三爷，小心！"

"三爷，挡下！"

惊呼声中，谢三爷反应堪称神速，腰先往后一拱，接着双腿往边上一跳，险险避开。

他惊魂未定，晏三合的拳头已经挥过来。

这下避不开了，一拳正中他的鼻梁。一片死寂中，两道鼻血缓缓流下来。

谢三爷心说自己之前还是看走眼了，这人何止是狠角色，简直就是……活土匪啊！

素来好脾气的朱青都看不下去了："晏姑娘，我家三爷叫了你好几遍。"

丁一愤愤的："你以为你是谁啊，京里想让我家爷调戏的姑娘一个挨着一个排队呢！"

晏三合恶心得要命，双手掸掸衣裳，生怕衣裳上沾了谢三爷的什么东西。

朱青、丁一感觉比自己受了侮辱还火大，正要再说呢，三爷刀子似的目光便扫过来。两人赶紧退回去。

谢三爷用袖子抹抹鼻血："其实，他们也没说错，姑娘虽然长得很好，在我眼里却是不够看的。"

晏三合拧眉看着他，似乎不太明白"不够看"的意思。

"我发誓！"谢三爷举起手，"我的的确确对你没有半分意思，刚才纯粹就是个误会，我原本是想拍拍姑娘的肩。"

"你少碰我！"晏三合转身走出了驿站。

谢三爷："……"

"爷，血又流下来了。"

谢三爷一摸，忙叫喊道："快，快帮爷止血。"

驿站里瞬间忙作一团。

晏三合走到外间，冷风一吹，脑子瞬间清楚很多，祖父生前的事再一次走马观花般闪过，直闪到最后一幕，她果断地摇了摇头。不对！应该是自己想歪了，祖父无论如何都不会是那个心念。

她重重地匀了几口气，转身走进驿站。

所有人看到她进来，都觉得头皮阵阵发麻。

驿站伙计看了眼自己的裆下，踩着碎步往角落里挪。

晏三合无视所有人种种，冲着正在拿冰块敷鼻子的谢三爷一点头："准备出发。"

谢知非惊了："现在？"

晏三合："还要挑黄道吉日？"

谢知非："……"他深吸一口气，"两个时辰还没到，连轴赶路吃不消。"

晏三合学他的样子，嘴角勾起一抹笑，可惜是冷笑，仿佛在说：怎么，你们谢家又不急了？

谢知非只当没看见，试探道："晏姑娘刚刚问我那句话，是想到了什么？"

晏三合："不是。"

谢知非根本不信。刚刚她冲过来的时候，眼睛里分明有着什么。而且，明明说好休息两个时辰，这会儿她突然又说要出发……

"那……晏姑娘问话的目的是什么？"

晏三合："你没必要知道！"

谢知非："……"嘿！竟然也有我谢三爷聊不下去的天！

…………

又是一夜疾驰，人和马都快散架了。

他们找驿站吃饭、喂马、休息，然后继续出发。一连五天，天天如此，别说是养尊处优的谢三爷，便是朱青、丁一几个人，都暗下直喊吃不消。

晏三合的脸更是一天比一天难看。

到了第五天的时候，她两个眼眶深深地凹陷下去，苍青色的衣衫挂在身上空空荡荡，再配着眼下的青色，很有几分女鬼的模样。

众人嘴上没说什么，但看她的目光和前几天大不一样。

尤其是谢知非，别人也许不太清楚晏三合从哪里来，但他是一清二楚的。

她花四十天从云南府赶到京里，这会儿又一口气不停地再赶回去，不喊苦不喊累。一个姑娘家怎么做得到？

这日傍晚又到了一座官驿。

谢知非窥了眼晏三合没有半分血色的脸："再这么没日没夜地赶路也不是办法，今晚休整三个时辰，时辰不到，谁都不许走。"

晏三合听了没说话，走到一旁默默啃起干粮。

谢知非看着她，一种无力感近乎残忍地爬上心头："晏姑娘，就不能赏个脸，和我同桌吃顿饭吗？"

"不能！"

"理由呢？"

"我对着谢家人吃不下去。"

谢知非："……"他有种浑身的血都被凝住的感觉。

就在这时，朱青匆匆进来："爷，老爷来信，刚刚送到的。"

谢知非接过信，飞快地扫几眼后，桃花眼慢慢上扬，终于露出一点笑。

"爷，是不是老太太身子好些了？"朱青问。

"能喝半碗薄粥。"谢知非看着晏三合，目光意味深长，"就这样，她还叮嘱我照顾好晏姑娘，别让晏姑娘受委屈了。"

"担不起！"晏姑娘冷冷地回他三个字。

同行五天，谢知非多多少少摸着些晏三合的性子。不提起谢家，她哪怕脸色再冷也没事，但只要一提谢家，这人身上就长出无数的刺。

这个时候，他就应该有多远躲多远。

"拿纸笔来。"谢知非算算日子，已经四天没给家里捎信，净忙着赶路了。

朱青问店里的伙计要了纸笔："爷多写几句，老太太收着信，一开心说不定病就好了。"

"爷！"丁一上前磨墨，"别报喜不报忧，咱们这趟差事——"

"就你话多！"谢知非担心这话被晏三合听去，忙呵斥住，但还是不太放心，偷偷用余光瞄她。

这一瞄，他的心咯噔一下。晏三合两只漆黑的眼珠子一动不动，手里的馒头掉地上也没察觉。又来了！

谢知非这回有了点经验，上前几步，伸出手在她面前晃晃："晏姑娘？晏姑娘？"

晏姑娘眼眶慢慢泛红，好像是受了天大的委屈似的，里面渗出一点水光来。

只是这委屈来得快，也去得快。片刻后她又咬牙切齿起来，那牙齿咬得咯咯响，仿佛在用力地撕咬着什么。

谢知非惊得连呼吸都止住了。莫非被丁一说中了，她真的鬼上身了？

晏三合其实听到他喊她了，可心口像是被匕首硬生生地划成了两瓣，一半是难以置信，另一半是匪夷所思，合起来是痛彻心扉，痛不欲生。

她用力地掐了自己一把，颤着声道："回京城。"

谢知非惊得下巴都要掉地上了："你……你说什么？"

"回——京——城！"

谢知非脑子飞快地一转："你已经——"

晏三合："不确定。"

谢知非："那回去是——"

晏三合冷笑："你不想试一试？"

谢知非心跳突然加速。我话都还没说完，她怎么知道我要说什么？

晏三合见这人愣怔着不动，自顾自去拿包袱，手刚碰到边，那包袱已经被人抢了过去。

"等一下！"谢三爷神色紧张，"你有几成把握？"

"一成。"

"一成？！"谢二爷这五天来一直在心里憋着的明火、暗火、天火、地火齐齐烧了上来，"万一不对，你这一来一回岂不是耽误时间？"

"万一对了呢？"

"……"

晏三合目光逼视着他："你赌得起吗？"

"……"

"你们谢家赌得起吗？"

"……"

"你那要死要活的老祖宗赌得起吗？"

"……"谢三爷一张俊脸上连汗毛孔都叫嚣着崩溃，这哪里是什么活土匪，明明就是活阎王。

"那个……"谢三爷用力地喘了几口气，决定再垂死挣扎一下，"能不能透露一下，那一成把握是什么？"

"你没必要知道！"

"……"谢三爷一张俊脸瞬间烧得通红，迎风一吹都能冒烟了，什么好脾气，什么嘴甜，什么世家少爷的风度……滚一边去吧！

难怪那精明、油滑的谢小花都要跳脚，他这会儿也暴躁得想杀人！

…………

官道上，数匹骏马飞快地奔跑着，扬起片片尘土。

日头升起，又落下；大风刮起，雨落下。一连四天，车和马都没有再停下来过，以最快的速度向京城赶去。

直到那架结实的马车发出咯嗒咯嗒几声后，两个车辚辘轰然裂开，才逼得所有人停下来。

晏三合从车里爬起来，虽然灰头土脸，但一脸镇定："不用修了，我骑马。"

谢三爷跳下马车："修修很快的，耽误不了多久，离京城还有五六百里呢，这鬼天瞧着像又要下——"

"话真多！"晏三合从他手中抽过缰绳，脚往马镫上一踩，人已到马背上，疾驰而去。

谢三爷："……"他吐出一口带着血腥的痰，舔舔牙，"爷活这么大，还是头一回见这样的女子。"

"爷，她能算女子吗？"丁一撇嘴，"这天底下的女子都像她这样，我宁可打一辈子光棍。"

"少废话！"谢三爷瞪眼，"车扔了，马解套骑走，别耽误时间。"

…………

谢府，潓恩堂。

谢而立站在院门口，来来回回踱着步。

"来了，来了，人来了。"

谢而立神色一喜，忙迎上去："裴叔，您来了！"

裴太医打趣道："我这几天净往你们谢家跑，腿都跑细一圈了，说吧，这回又是谁病了。"

谢而立苦笑："还是老太太，傍晚说心口不舒服，早早就歇下了，到了这会儿竟然喊不醒。"

"我瞅瞅去。"

"您请！"

裴太医进到东厢房，冲床前守着的夫人吴氏行了个礼。吴氏忙将床头的位置让出来。

裴太医三指落下，脸色慢慢凝重起来。

吴氏担忧道："怎么样？"

裴太医没说话，又凝神诊了好一会儿，才冲吴氏一点头，示意她到外头说去。

到了外间，裴太医皱眉道："按理说，老太太前几天都能下地走路了，这病应该没什么大碍，只是今日这脉象——"

吴氏："脉象怎么了？"

裴太医摇摇头："比那几天似乎还要凶险一些。"

"怎么又凶险了呢？！"吴氏一声惊呼，"她昨儿个还和我们说说笑笑呢。"

裴太医也不知道说什么好，只安抚道："年纪大了，反反复复是常有的事，夫人早做打算。"

吴氏脱口问道："最坏的打算是什么？"

裴太医硬着头皮回答："该备的东西都先预备下吧！"

吴氏惊得不由自主地退后半步。

裴太医见状，冲谢而立道："这药方我就不另开了，就照原来的吃，大爷若不放心，不妨再去请别的太医来给老太太瞧瞧。"

谢而立只觉得万箭穿心。裴叔是太医院排得上号的，给谢家看了二十年的病，还从来没有诊错过，哪还需要再请别的太医。

七七四十九天已过，谢家真的要倒霉了吗？难道老太太是头一个？如果真是这样，那么下一个会轮到谁？

…………

送走裴太医，吴氏拉住儿子，忧心忡忡道："得赶紧派人通知你父亲。"

"母亲，我去吧。"

谢道之这几日在书房养病，除了老太太和大儿子外，别的人一概不理会。

吴氏没松手："你父亲心里是不是藏了什么事？"

谢而立含混道："母亲不必担心，父亲那里有我。"

"你们是不是有事瞒着我？"吴氏虽不管事，但在府里总有几个耳报，心里很清楚应该和那日老爷嘴里的那个"妖女"有关。

"母亲，"谢而立口气稍稍放重了些，"这个当口别胡思乱想，照顾好老太太要紧，真要有个什么，父亲丁忧三年，仕途也就没了。"

吴氏一听关乎男人的仕途，什么也不敢再问，匆匆进去服侍。

谢而立一甩袖子，直奔父亲书房。

书房里。

谢道之半倚半躺着，见儿子来也没起身，整个人像被抽走了精气神。

谢而立把裴太医的话重复一遍，问："父亲，眼下怎么办？"

谢道之木然道："你问我怎么办，我能有什么办法？"

·063·

"父亲！"谢而立急了，"总得拿个主意啊！"

"拿什么主意，找不到他的心魔，我能拿什么主意？我……我……这是报应，这都是报应啊！"谢道之猛地咳嗽起来，一张老脸涨得通红。

"老爷，大爷！"谢总管火急火燎地推门进来，"刚刚三爷派人送信回来，说他们在回来的路上了。"

"好端端的为什么要回来？"谢而立大惊失色，"晏三合她人呢？"

"说是一道回来了！"

"可是找到了——"话说到一半，谢而立眉头突然皱起来。

不对啊！她自己说晏行的心魔跟谢家无关，又回京城来做什么？难不成……这心魔还在谢家？

谢而立整个人蒙了："父亲，你看——"他话又说不下去了。

父亲嘴唇一动一动说着什么，偏偏没一句话是听得明白的，整个人沉浸在他自己的世界里。

谢总管："大爷，这事到底怎么办？"

谢而立虽然震惊，但很快反应过来："备车，我出城迎迎他们。"

"大爷！"谢总管一把揪住他的衣袍，"可万一——"

"老爷，老爷，不好了，大事不好了。"下人跌跌撞撞地冲进来，"老太太连药都喂不进去了，夫人让奴婢来请老爷过去。"

"什么？"谢而立脸色大变，转身走到床边，用力晃了几下谢道之，大声吼道，"父亲，老太太不好了，你倒是醒醒啊！"

"命，都是命，他来索命了。"谢道之冲着儿子惨然一笑，"你们信不信，下一个就是我，就是我啊！"

"父亲——"

"嘘，别喊。"谢道之一掀被子，撑着床沿哆哆嗦嗦地爬起来，"来人，替我更衣，我去送送老太太。"

"老爷啊——"谢总管扑通跪倒在地，泪当场流了下来。

"这会儿哭什么？"谢道之幽幽地看谢总管一眼，"等老太太和我走了，你们再哭也不迟。"

谢而立只觉得天塌地陷，眼前的一切剧烈地晃动起来。乱了！一切都乱了！

…………

雨点子夹着冰粒子狠狠砸下来。

谢知非抹了一把脸上的雨水，扬起鞭子抽了下，很快就与晏三合的马并行："晏三合，雨大了，要不要找个地方避一避？"

晏三合偏过头看他一眼，刚张口，便呛了一嘴的风雨。她痛苦地摇摇头，示意不用了，继续走。

谢知非见她衣服都湿透了，又大声喊："你冷不冷？"

晏三合还是摇了摇头。

谢知非眉头紧皱。她穿得那么单薄，竟然不冷，他都冻得快不行了，这人难不成是铁打的？

"爷，快看。"朱青手一指远处的凉亭，喊道，"有灯，好像还有马车。"

这个时辰？谢知非十分谨慎道："去探一探。"

"是！"朱青双腿一夹马腹，冲了出去。

须臾，他骑着马又回来，一脸的兴奋："爷，是大爷。"

谢知非脸色一喜，扬起鞭子，又骑到晏三合身侧："晏三合，我哥来接我们了。"

晏三合漠然望向他，什么话也没有说。

谢知非却清楚地看到她捏着缰绳的手不可抑制地战栗起来。他心里咯噔一下。怎么回事？

…………

原本宽敞的凉亭一下子挤进来许多人。

谢而立见自家兄弟淋得跟落汤鸡一样，心疼得不行，刚要开口，余光一瞥，看见晏三合的模样，话顺着喉咙又咽了下去。

谢知非道："哥，你怎么来了？"

谢而立冲他摆摆手："晏姑娘，我马车里有干净的衣裳，虽然是男装，但到底比湿衣服强，你先去换一换吧，这么冷的天，会冻出病来的。"

"不用！"晏三合抹了把脸上的雨水，"你等在这里，可见是谢家出事了。"

谢而立无声地看着她好一会儿，点点头，道："老太太快不行了。"

"老祖宗不行了？"谢知非浑身的血液都向头顶涌，他猛地向晏三合看过去。

她急着赶回来，路上一刻不停，便是刮风下雨都还在马背上疾驰，是不是早就预料到老太太不行了？还有，为什么是老太太，不应该先是她吗？

"你与其盯着我看，不如派个脚程快的人先回去送信。"晏三合的声音比这凄风冷雨还要冷上三分，"祭祀台按原来的样子准备好，上面搭一个遮雨棚，让谢道之沐浴更衣，准备好笔墨纸砚。"

这话简直比五雷轰顶还让谢家两兄弟觉得震惊。

"你的意思是……"谢三爷的心一瞬间提到了嗓子眼，"你祖父的心魔还在我父亲身上？"

"我倒希望不是。"晏三合眼中闪过一抹冷意，转身走出凉亭，"不想让你们家老太太死的话，就快点，别磨蹭。"

谢而立比谁都早地回了神，急道："朱青，你快回去报信，直接找谢总管，让他去准备。"

"是！"

"慢着！"谢三爷叫住朱青，"让老谢问我大姐要一套衣裳，要新的、暖和的，里里外外都要，还有鞋子、袜子。"

远处,晏三合正要翻身上马,听到这话,扶着马鞍的手紧了紧。

…………

四九城有三道城墙,宫城、内城、外城。

谢府的车队穿过外城门、内城门,很快就到达府邸。

晏三合翻身下马,刚要迈步却又停下来,仿佛很不愿进到这个门里。

是的,她不愿意。她离开谢家前放过狠话,也在心里暗暗发过誓,这辈子再不踏进谢家半步。

"怕了?"

风流纨绔的声音在身后响起,晏三合暗暗挺直腰板。谁怕了?

"既然不怕,就走吧。"谢三爷走到她身侧,意味深长道,"晏三合,没人敢怎么着你。"你现在是整个谢府的祖宗。

晏三合冷笑:"谢知非,你不需要用激将法。"

谢知非:"这回总算记住我名字了?"

纨绔嘛,谁能记不住呢!晏三合一脚跨进高门槛。

谢总管一见她来,忙撑着伞跑过去,笑得一脸谄媚:"晏姑娘,东西都准备好了,就等着你来。"

晏三合看他一眼:"谢道之呢?"

怎么又是直呼姓名?谢总管只敢在心里嘀咕几声:"老爷已经沐浴更衣,就在书房等着姑娘呢!"

晏三合:"你家老太太还有气吗?"

谢总管狠狠一噎:"有,有,还喘着呢,就是——"

"把谢府的孝子贤孙有一个算一个,都叫到病床前。"晏三合冷冷地打断,"万一那香点不成,还能听几句老太太的遗言。"

啪嗒!谢总管手一软,伞掉在地上,眼睛慌里慌张地去看自家主子。

偏偏两个主子都没出声反对,三爷还把脸一板:"照晏姑娘说的话去做。"

谢总管连伞都顾不得捡,抢着两条胖腿就跑了。

他刚跑几步,又折回来:"晏姑娘,按照三爷的吩咐,衣裳鞋袜都备好了,热水也都备下了,你——"

"先见谢道之。"晏三合嫌谢总管碍事,把他往边上一拨,淋着雨,背着手走进深宅里。

她整个人湿漉漉的,头发还在往下滴水,但纤背挺得笔直,步子迈得极稳。

谢总管识人无数,这一刻,他竟然从这背影中看到了一种"虽万千人逆之,吾往矣"的气度。

奇怪,一个乡野小姑娘怎么会有这种东西?他来不及细思,便又跑开了。

身后,谢家两兄弟交换一个眼神后,极有默契地分了工——长子长孙去守着老太太;老三去书房盯着。

谢而立想着老太太最疼老三,心一点点沉到底:"万一真的……你赶紧过来见上一面。"

"好。"谢知非点点头。

两兄弟在二门口分了道,谢知非见大哥脚步发沉,突然追过去,一拍他的肩:"哥,别担心,我觉得这回有戏。"

…………

书房里,灯火通明。

晏三合用力掐了两把眉心后,推门走进去。

谢道之噌的一下站起来,迎上去,小心翼翼地唤道:"晏姑娘。"

晏三合看着他:"笔墨纸砚准备好了？"

"按姑娘的吩咐,都已经备下了。"

"那便写吧!"

"写什么？"谢道之神色茫然。

晏三合没吭声,就这么直愣愣地站着。

"晏三合,"跟进来的谢知非追问,"你让我父亲写什么？"

晏三合抿了下唇,突然往边上的椅子上一坐,一言不发地垂下了头,脸色如窗外的雨天。

谢道之的心提到了嗓子眼,他几乎要站不稳。完了,是不是又不行了？

谢知非却敏锐地察觉到晏三合的肩膀往下沉了沉,像是有什么东西压着她,一点一点把她压垮。

谢知非想起她在谢府门口的犹豫,豁了出去:"晏三合,是你自己说的,一成把握都要试,盖棺事则已,你总不忍心让你祖父走得不安生吧。"

晏三合冷笑:"再说一遍,不要用激将法,对我不管用。"

谢知非:"……"

晏三合抬头,目光不咸不淡地向谢道之看过去。

谢道之又惊了一跳,这双眼里满满的嘲讽,浓得都快溢出来。

晏三合站起来,漆黑的眼眸与他对视:"你写一封家信,说什么都可以,家长也好,里短也罢,就像你儿子平常给你写的家信一样。如果我没有料错……"晏三合的声音轻而颤,"他的心魔是你的这封家信。"

什么？家信？晏行的心魔是一封继子写给他的家信？谢知非根本不敢相信自己的耳朵,抬眼看谢道之,后者脸上的震惊比他还甚。

"晏三合,你是不是弄错了,这怎么可能？"

最艰难的话已经说出口,晏三合没什么可犹豫的:"除了我父亲外,他还有二子一女。女儿死于难产,儿子在瘟疫中先后去世,这些人都是他在世上最深的牵挂。"

谢知非很同意地点点头。

"除此之外,"晏三合看着谢道之,"能让他牵挂的就是你。"

"怎么可能是我？"谢道之拼命地摇头，"绝不可能，我没让他们进门，我连门都没有让他们进，晏三合，他应该恨我，你弄错了，你肯定弄错了。"

"因为，"晏三合语气说不出地森然，一字一顿道，"他已经没有别的儿女可以牵挂，因为他从看到你的第一眼起，就对你寄予了深切的希望，因为，他煞费苦心地要你成才，逼你成才，最后放你远走高飞，因为，你越走越远，越爬越高，是他的骄傲，因为，那张休书被你母亲撕了，你还是他的继子。"她的声音忽然低了下来，"在他心里，你就是他的儿子。"

每一个字都如同刀子割肉，割在谢道之的身上，他疼得发不出声音，只能急剧地换着气。

我是他儿子？他竟然把我当儿子？他竟然还把我当儿子？我……谢道之喉咙里发出"嗷呜"一声，一头栽了下去。

"父亲！父亲！"谢知非大叫一声，冲过去把他抱住。

谢道之却一把将儿子推开，半爬半跪，跌跌撞撞地爬到晏三合面前，抬头已是老泪纵横："晏三合，你……你说的是不是真的？是不是？"

"我也希望是假的。"晏三合眼中的泪也缓缓流下。

她多么希望是假的，那样，她就能眼睁睁地看着那个精于算计的谢府老太太命丧黄泉；她就可以心安理得地任由谢家倒霉、死人、丢官，最后败落得彻彻底底；她就可以用整个谢家为死去的三个人陪葬。反正你们谢家的高楼是踩着他盖上去的，现在楼塌了，不正好是有恩报恩，有仇报仇吗？

眼泪从咬着牙的晏三合面庞滑落，将她这个人生生地撕裂成两瓣。一半是楚楚可怜的柔弱，一半是不愿妥协的坚硬。

谢知非看傻了。他脑子里雾蒙蒙、昏沉沉，直到一个念头从心底冒出来，才算拨开了云雾。原来，她被"鬼上身"的时候，是在纠结、痛苦晏行的心魔会是一封家信！

她也不相信，甚至不愿意相信晏行的心魔会是它！她自己和自己打架、撕扯、对抗，最后选择放下三条人命，放下对谢家的恨，化解晏行生前的心魔！

谢知非感觉自己的心脏被人狠狠一捏，重重一颤。但他还有话要说："晏三合，你说过棺材合不上是因为死人有无法开口的念想，一封家信而已，他不至于——"

"你不是他。"晏三合声音冰冷，"你不会明白要一个孤傲自负、目下无尘的人开口，是一件多么难的事情。更何况，人和人分三六九等，当初他高高在上，对他们母子是施恩，而如今他是获罪被贬之人，觍着脸求做官的继子一封家信，他的尊严和教养不容许。"

"求人如吞三尺剑，他要是做了，就不是他了。"谢道之瘫坐在地上，目光看向空茫处，"也不会落到那个地步，他不会的。"

晏三合尽量让自己的声音听起来平静，但还是带着一丝颤音："他写信给你，拜托你帮忙，那信是怎么写的，你应该还记得吧！"

谢道之如何能不记得，简直能倒背如流。

道之：

别来无恙。

我年少时轻狂，只觉得这世间除了自己，旁人都是蠢人庸才；青年得志得官，脾性清高孤傲，目下无尘，不愿与人同污，与伪君子同流；中年落得家离子散，被流放到蛮荒之地。

如此结果，皆是天命。

既是天命，我便不悔。

此生我唯一遗憾的，是当年将你们母子赶出府时不曾选个好一点的日子，大雪纷飞，你们怕是会冷的。好在冷透了的人才能拼命地朝着暖意奔跑。

今日我儿上门，是为我孙。我孙可怜，胎中落病，小小年纪便尝尽百药之苦。望你看在往日一点稀薄的情分上，帮他求一求太医院的刘圣医。

若能求得，是这孩子的福分；若求不得，也是他的劫数，一切只尽人事，听天命，我自感激不尽。

庙堂之上，如走钢丝；权力之巅，如履薄冰。

你要当心！

晏行亲笔

晏三合目光移向窗外，眼角湿润："他看似万事不过心，但心都藏在字里行间。若不是把你当成亲人，最后那句话他绝说不出口。"

"……"谢道之浊泪流得更凶了。

二十年庙堂，他这一路是走在刀尖上的。旁人只看他爬得高不高，只有至亲的人才关心他走得累不累、险不险，就像每次三儿离京，他都得千叮咛万嘱咐一句："儿子，你凡事小心！"

"这一封信寄出，他心里是有期盼的，可盼来的是噩耗。"晏三合走到窗边，猛地推开了窗。

窗外依旧是凄风冷雨，她想象不出当年祖父看到孙子冰冷的尸体时是怎样的心情，应该比这凄风冷雨更寒冷千倍万倍吧。

"这件事情让他彻底明白，老人人根本没有把当年的真相告诉你，你依旧恨他入骨。"

"我……"谢道之辩无可辩，只咬得自己满舌鲜血，"他该对我多么绝望啊！"

"他不是绝望，绝望会把一个人压垮，他只是恨，恨自己有眼无珠，恨自己为别人做了嫁衣，恨有的人真的可以绝情、算计、心狠到令人发指的地步。"她停顿片刻，转过身，看着谢道之自嘲一笑，"有时候，爱和恨都是让人活下去的动力。"

谢道之无比羞愧地伏下了身子，额头用力地磕在地上，一下又一下。

谢知非见父亲痛苦到了极点，一咬牙，道："晏三合，既然是恨，那就和家书扯不上关系。"

"我说了，你不是他。"晏三合冷冷地看了谢知非一眼，然后又转身看向窗外的夜色，谢知非瞧得真切，她慢慢昂起了头，脸上的神态如同一个士兵看向他最崇敬、仰望的将军。

"时间是个好东西，它不仅对每一个人都公平，而且能消磨和带走爱意、恨意。"她轻轻叹息，"一个悲剧的发生或许还能归咎于老天，连续悲剧的发生就会让人不由得思索，到底问题出在哪里，尤其是他这么一个聪明绝顶的人。当他对整件事情思索越久，就越会明白，他自己才是整个悲剧的始作俑者。"

谢道之猛地抬起头，双目赤红地看着晏三合。

"如果他当年不收留你们，如果当年他不放走你们，如果当年他不得罪那个门客，如果当年他愿意低个头……"晏三合声音幽幽，"也许一切就都改变了。"

谢知非："晏三合，你的意思是——"

"有因才有果。"晏三合的声音沉了下来，"他自己是那个因，别的都是果。"

谢老太太的算计是他一早就看穿的，也是默认纵容的；谢道之的恨意，是他为了逼其成才故意造成的；那个门客，是他无法忍气吞声视而不见的。

如果时间再倒流过去，如果人生再重来一回，只要他还是那个性格、那个脾气，他依旧会说同样的话，做同样的事，承受同样命运的重击。这是注定的！

而谢道之努力、上进，该忍就忍，该狠就狠，见人说人话，见鬼说鬼话，油滑、心机、算计样样不少……所以他才能走到今天。

晏三合转身看着谢道之，泪流满面："落子无悔，这是晏行；无愧于心，这是晏行。他站在了良知和人性那一边，只是良知和人性没有站在他这边。"

这话又如同匕首刺进谢道之的心口。他已感觉不到痛，只觉得羞愧难当，想找个湖跳下去，好洗一洗他肮脏的灵魂。

"当他思考明白整件事情后，便放下了。你们一定会问，为什么我这么笃定？"晏三合悲泣地重复了一遍，这一遍是在问自己，"是啊，我为什么这么笃定呢？"

"因为他去世前最后一夜对我说，"晏三合轻声道，"如果事事入心，人是没法子往前走的，该放下的要放下，否则苦的是自己。"

她冲谢道之露出一抹极淡极浅的笑："这世上，有哪个做父亲的会真正恨自己的儿子？谢道之，他不恨你了。但是……他恨自己。"

谢道之双眼猛地睁大。

"这封他永远收不到的家信就是他对自己的惩罚。这惩罚日日夜夜折磨着他，光看得见，神看得见，浩瀚星辰看得见，唯独我们看不见。"晏三合哑然失笑，"这才是他真正的心魔！"

第六章 父亲

晏三合最后一个字落下，书房里连呼吸声都没有，一片死寂。

突然，谢道之痛苦地捂住心口，用力地咳嗽起来，每一声都仿佛是从心里呕出来的。

"父亲！"

谢知非赶紧端来温茶，谢道之摆摆手，示意他不要管。

他又咳了几声，嘴一张，吐出一口略带黑色的血痰后，才停止咳嗽。他想站起来，可身上半分力气也没有。

晏三合走到他面前，低头，眉眼第一次明亮起来："谢道之，你儿子说盖棺事则已，我祖父的人生起起伏伏，悲欢离合，如同一出大戏。他亲手打板开锣，演到了剧终，接下来就劳你辛苦一点，帮他把这最后的大幕拉上吧。"说完，她冷冷一笑，"老规矩，我在外面等你。"

"晏三合。"

晏三合脚步一顿，扭头："谢三爷还有什么吩咐？"

谢三爷定定地看着她："我就是想提醒你，湿衣服黏在身上不舒服，该换了。"

"不必了，也有很大的可能我刚刚说的那一番话没有一个字是对的。"晏三合冷笑，"这衣裳方便我连夜滚出四九城。"

谢知非："……"

"老三，"谢道之挣扎着从地上爬起来，声音虚透了，"你也出去吧！"

谢知非愕然半晌，轻轻地掩上了门。

…………

庭院里。

雨点子敲打在雨布上，发出啪啪啪的声音，晏三合就背手站在雨布的最边上，看着高墙外的一棵树。

这树孤零零，树叶早就掉光了，枝丫却向上伸展着，瞧着竟像有一种不屈服的力量。

晏三合心中一动，大步走出庭院。

近了，借着惨淡的灯笼光一看，她惊了，这树的树皮掉落得很严重，露出一圈又一圈的年轮，竟是棵老树。

头顶有伞遮过来，她不用回头也知道是谁："你来做什么？"

"我不能来吗？"谢三爷声音里含了笑，是苦笑，"我其实心里还有个问题想问你。"

"……"

"你不冷吗？"

晏三合没想到他问的竟然是这个，一时愣怔住。

谢知非也没指望她能回答，反正这姑娘浑身上下都透着一种神秘感，就像一个谜似的。

"这树是从前这宅子的主人留下来的，那人原先也是个大官，后来牵扯到一桩案子里，家里男丁被杀了头，女子则进了教坊司。"他接着又道，"我们住进来后，人人都说这树晦气，要砍了它，我父亲不同意，说正好可以给他提个醒。"

晏三合扭头看着他。

谢知非一挑眉："我父亲不是什么坏人，当初他那么对你也是为着谢家。我家老祖宗虽然精于算计了些，但人还是好的。"

"你说的这些与我有什么关系呢？"

谢知非觉得自己肺部生出一股气：好吧，算我多事！

"三爷，三爷！"

谢知非见是谢总管，顿时紧张起来："是不是老太太那边——"

"老太太睁眼了。"

"睁眼了？"

"裴太医说是回光返照。"

"晏三合！"谢知非急得声音都劈了，"怎么办？"

晏三合指着面前的老树，所答非所问："你不觉得这树很像晏行吗？"

谢知非："……"

谢总管："……"

"经历了换主，早八百年就该枯死了，偏偏还活着。"不卑不亢，不争不抢，活得比谁都积极向上。

晏三合眼中射出两道锋利的光，低声号了一声："命运是什么，滚边上去！"说罢，她袖子一甩，走进了庭院。

谢总管一脑门子糊涂："三爷，她在说什么？"

谢三爷："她说让你滚边上去！"

谢总管："……"我上辈子是作了什么孽，这辈子要遇着这么一个姑奶奶？

"对了，三爷，老太太叫你去呢！"

谢知非没说话，抬手用力按着自己的眉心。从谢总管的角度能看到他薄薄的嘴唇不住地颤抖。

"三爷，去吧，晚了可就——"

"你让老太太等等我。"谢知非松了手，眼里突然冒出一股煞气，"她不会那么快走的。没听见晏三合说吗？命运是什么，滚边上去！"

…………

书房的门从里面拉开，谢道之走出来，面色如白日见鬼一样惨白如纸。他看向晏三合："香呢？"

晏三合从包袱里拿出香，递到他手上。

无人看到，一旁谢知非的目光落在那炷香上，眼睛微微一眯，包袱都湿透了，偏这香还是干的，真是怪事。

谢道之走到祭祀台前，深吸一口气，从怀里掏出个白色的信封，放在香炉旁。

更怪的事发生了，上一秒还风大雨急的天空，下一秒突然风停雨歇。天地间寂静极了，什么声音都听不见。

谢知非心惊胆战地看了眼晏三合，却意外地发现她的身子在晃，好像下一秒就要倒下去似的："晏三合，你——"

她黑沉沉的目光看过来，谢知非吓得把话咽了下去。

这时，谢道之撩袍跪下，郑重地磕了三个头。再起身时，他的背一下子佝偻起来，像是有千斤的重量一齐向他压了过去。他自己却浑然不觉，脸上也没有丝毫的痛苦。

谢知非的心几乎要跳出嗓子眼，手心出了一层又一层冷汗。

就在这时，晏三合大喝一声："快点香！"

谢道之听到喝声，捏着香的手一顿，然后慢慢凑到烛火上。他的手不停地抖。

一息，二息，三息……时间仿佛彻底被冻住了，似乎过了很久，又似乎只有一瞬，香头终于冒出一点火星。

所有人提着的心咯噔归位。

谢道之轻轻晃了晃，火灭，一缕轻烟袅袅升起。他把香插进香炉里，然后拿起边上的信封，往烛火上一凑。

"父亲！"谢知非惊叫起来，好好的怎么就把信烧了呢？

谢道之的背又往下佝偻一分，他看也没看儿子一眼，等那封信烧完，他双腿一屈，跪倒在地，然后身子慢慢伏下。五体投地，这是一个忏悔者的姿势。

说什么都是虚的，他不自辩，不解释，不找任何理由和借口，只有深深的忏悔。

香一点点燃烧，隔着四十年冗长的岁月，隔着人间和地府，隔着两个男人各自的心结。

良久，谢道之哽咽地开口："我错了，您能原谅我吗？"

呼啦，院子里刮进一阵狂风，卷起满地的灰尘。谢知非头一偏，赶紧闭上了眼睛。

晏三合却一动不动地盯着那炷香，只见那炷香以不可思议的速度燃到了尽头。

最后一点香灰掉落在香炉里的时候，晏三合听到咯噔一记响声。那是棺材合上的声音！紧绷了两个月的疲倦渗透到每一寸骨骼血脉，她长长地松了一口气的同时，一头栽了下去。

"晏三合！"谢知非一颗心迅猛下沉。

…………

晏三合其实是有知觉的。她能感觉到自己被那个谢纨绔打横抱起，走了好远好远的路，然后到一座院子里。

那人将她放在床上后，嘀咕了一句："轻得跟什么似的，怎么光吃不长肉啊？"

要你管！晏三合真想跳起来抽他两嘴巴，但她知道自己现在的状态，就是一具没法说话、没法活动的僵尸。

过了一会儿，传来脚步声，屋子里有人进来。那人三指落在她的手腕上，沉吟好久。

晏三合还没等他说出最后的诊断，就感觉自己悠悠荡荡地飘到一座院子里。

院子很大，四周是高高的围墙，围墙里海棠花开得艳极了。

有人摘下一朵，强行按着她的头插上去："啧，真好看！"

"拿走，姑娘才戴花，我是小子，我不要戴。"

"你怎么知道你是小子？"

"娘说的，姑娘爱哭，小子调皮，我不爱哭，不是小子是什么？"

"你还不爱哭？哈哈哈哈！"

"你笑话我！"她生气了，一跺脚，"我告诉爹娘去！"

"你要敢告诉爹娘，回头再哭鼻子，别指望我哄你！"

"哼，谁要你哄！"

她跑开了，去找爹娘，可怎么也跑不出那片海棠林，跟鬼打墙似的。

她再回头，那人也不见了。突然，烈火熊熊燃起，吞噬了眼前的一切，天地在裂开，一只鬼手伸出来，把她拼命地往后拖，往后拖……

晏三合用力呼喊，却一个字都喊不出来，只觉得身体不停地往下坠，往下坠，坠入不见天日的地狱！

"裴叔，她怎么样？"

裴太医沉吟，沉吟，再沉吟："受了些风寒，又操劳过度，睡一觉，起来喝几服药就没事了。"

谢知非看着床上的人，刚沉到底的心总算浮了上来，刚要开口，忽然听到外头谢总管大喊。

"裴太医，裴太医，老太太说要吃汤圆。"

"都这个时候了，她想吃什么就吃什么吧！"

"可老太太说想去园子里吹吹风。"

"哎哟，我的老祖宗啊！"裴太医跳起来，冲谢知非道，"我得去瞅瞅，别说园子，就是院子我也不能让她出啊。"

他一走，房里就剩下两人，一个躺着，一个站着。

谢知非看了眼床上的人，二话不说便走到外间，孤男寡女同处一室，终归不合适。

"谢总管！"

"三爷！"

"找个最稳重、最妥帖的人过来侍候晏姑娘。"

"是！"

"慢着，老爷呢？"

"回三爷，老爷这会儿在老太太房里。"谢总管说到这儿，心中一动，"三爷，你瞧老太太会不会是——"

谢知非轻轻一点头。

"阿弥陀佛,老天保佑。"谢总管赶紧朝天上拜拜。

"拜那玩意儿做什么?"谢三爷看了眼身后的厢房,"该拜她。"

…………

懑恩堂。

一屋子的人都死死地盯着裴太医。

"不可能,这绝不可能!"裴太医扣着老太太的脉搏,有点怀疑人生,"老祖宗别动,我再诊诊!"

"老裴!"谢道之一脸紧张,"怎么样?"

裴太医没理他,又诊了好一会儿,才松开手,一脸不可思议道:"真真是奇了,老太太的脉象和常人无异。"

屋里的人连声惊呼。

"这下可好了!"

"老祖宗,你把我们都吓死了!"

"我就说老祖宗福大命大,能长命百岁。"

谢老太太眼热,目光深深地向儿子看过去。这一眼有劫后余生的庆幸,也有无法言说的喟叹。

谢道之喉头哽咽:"老大,替我送送你裴叔,余下的人都散了吧。"

发妻吴氏体贴道:"老爷脸色不好,老太太这里还是——"

两道凌厉的目光看过来,吴氏哪敢再往下说,讪讪地退了出去。

她一退,其他人也都跟着退出去,但有一个年轻的锦衣男子没动。

谢道之在他身上慢慢扫了两眼,之后淡淡道:"不早了,老二也出去吧。"

二爷谢不惑温声道:"也请父亲保重身体,父亲这两天清瘦狠了。"

"嗯。"

谢不惑得了这一声"嗯",掩门退出。

他刚走到屋檐下,却见送完裴太医的谢而立从外头走进来。

谢不惑往边上避了避:"大哥。"

"嗯。"谢而立匆匆一点头,与他擦肩而过。

谢不惑脸色不由得一变,扭头看着里屋。

好久,里屋都没有动静。谢不惑心中转过十几种心思后,冷笑两声,大步走出院子。

"二爷。"拐角背光的地方,心腹乌行在等他。

谢不惑背手走过去,表情冷冷的:"去查一下老爷书房里这几天发生的所有事。"

"二爷放心,已经在查了。"乌行把声音放得极低,"据说和那天挟持大爷的姑娘有关,这会儿那姑娘已经被三爷送到了静思居。"

"静思居？"谢二爷脸色瞬间煞白。

…………

内屋里,谢道之将晏行的心魔说给老太太听,老太太听了泪流满面,半天没吱声。

谢道之捂着这会儿还隐隐作痛的心脏:"母亲,那孩子我想把她留下来。"

老太太眼睛一亮。

"只是怎么把人留下来,还得想个法子。"

"不论什么法子。"老太太拭泪,道,"咱们欠人家太多,几辈子都还不清的!"

"祖母,父亲,"谢而立见两位老人的脸色实在难看,冷静道,"这事急不得,还得从长计议。"

连日紧绷的心绪一下子释放,谢道之疲惫地对儿子道:"你好好陪着你祖母,我回房歇一歇。"

"我送送父亲。"

"不必。"

谢道之头重脚轻地回到书房,一个人枯坐在太师椅上,想着晏行的后半辈子,想着他的心魔,又是伤感又是无奈。

困意袭来,他连起身爬到榻上的力气都没有,趴在桌子上就睡,奇怪的是,身子却晃晃悠悠地飘了起来。

他飘到一座院子里,别的屋子都黑着,只有西厢房透出光亮,还传出说话声。

"外头起风了,孩子,早点睡。"

"娘,你先去睡,我再多练会儿字。"

"你的字,先生都夸好。"

"可他没夸。"

"整天他他他,叫一声父亲那么难吗?"

"娘!"

"好好好,我不说。"

少妇走出屋子,在院子里停住脚,长长地叹出一口气。

浮在半空中的谢道之眼珠子都快瞪出来:竟然是母亲,那……那屋里的人是我吗?

是八岁的谢道之。

小道之揉了几下发酸的手腕,继续拿起笔。

砰!窗户被风吹开,刮起了桌上的纸。他赶紧起身去关窗,一抬眼,却见有人踏着茫茫夜色走来。

那人慢慢走近,衣衫素雅,双眼深邃。

小道之紧张得手都不知道往哪里放。

"在写字?"

"嗯!"

"拿来我看看。"

他慌里慌张地走到书案前,想挑一张拿得出手的。

"随便哪一张。"那人说。

小道之不敢耽误,随便抽了一张,递过去,更不敢抬头,只用余光去瞅那人的神色。

那人眉头一皱。

完了,小道之心说坏了,又得挨骂。

"我……我回头重写。"他垂下头。

"写得很好。"

"啊?"

"写得很好,尤其是这几笔,颇有风骨。"

巨大的喜悦从心里涌上来,小道之鼻子一张,眼泪落下来。

"哭什么?"那人问。

"你从来没夸过我,这是第一次。"

那人从怀里掏出帕子,递过去:"就这么介意?"

"我——"小道之接过帕子,脸一下子涨红,感觉自己有点无理取闹。

可是,他是真的介意。他鼓起勇气说:"我那么努力,那么用功,就是想让你看见,想让你……夸我一句。"

那人呵斥:"肤浅!"

"哪里肤浅?"小道之觉得自己冤枉,"你比先生他们都厉害,先生的夸不算数的,你的夸才算数。"

"我的夸也不算数,还有比我更厉害的人。"

"谁还能比你厉害?我不信!"

那人轻轻摇了下头:"天地这么大,你站在方寸之间,就只能看到方寸之间的事,你得往前走。"

听到这儿,飘在半空的谢道之再也忍不住,大声喊道:"你就是因为这个,才放走我和我娘的吗?"

这一嗓子刚喊出来,一股巨大的力量便拽着谢道之往下。他来不及发出任何声音,一下子进到小道之的身体里。

随后,他惊讶地发现,自己的身体正在以不可思议的速度长大,瞬间就长成他四十八岁的模样,洗得发白的衣裳也换成了威风凛凛的官袍。

那人眼神没有半点变化,只叹道:"你看,你现在多有出息。"

"我——"谢道之哑口无言。

离得近了,他才看到那人的脸上堆满皱纹,像老树皮一样,唯有双眼熠熠生辉,半点也不混浊,带着与生俱来的傲气和风骨。

"我其实并不知道自己会有心魔,人总是看得清别人,看不清自己。"那人轻轻叹了口气,"还是太贪心!"

"不是的,是我和娘对不起你。"

"那些已经不重要了。"

重要的,谢道之在心里说,对我来说很重要。

"你是一个好人。"

"我是一个把家败光的人。"

"不是!"谢道之心酸,"你是一个干净的人,这个污浊的世间容不下干净,这不是你的错,是这个世间的错,是我们这些人的错。"

那人目光良久地定在他脸上。

谢道之第一次大胆地对上他的眼神,眼眶湿润:"水至清则无鱼。别恨自己,你的存在能让我们这些人看到自己的良心有多脏,有多黑,有多丑。"

那人听完,既无喜,也无悲,神色淡淡的,好像在听一件与自己并无太多瓜葛的事。

"我不是在讨好你,我说的句句是真。"

"我知道。"那人背手转过身,眼睛不知道看向何处,"世事一场大梦,人生几度秋凉。好人是这个世界上最残忍的称呼。"

谢道之顿时羞愧得脸红脖子粗,自己刚才的话就像他身上这身官服一样,居高临下,而且有前所未有的轻浮。

他正不知如何是好时,那人突然转过身。他们面对面,眼对眼。

夜,黑极了。烛火在风中一跳一跳。

"在这世间,还是做个俗人更好。"他的语速很慢,带着一丝悲凉,"只是俗人也有俗人的难。"那人慢慢伸出手,放在他的头上,轻轻揉了下,"孩子啊,好自为之!"

一声孩子让谢道之原本就愧疚、狼狈的心骤然崩裂,眼泪一下子从眼眶中决堤,喷涌着流出来。

"父亲——"谢道之大喊一声,猛地从梦中惊醒,泪眼模糊中,他看到老三的脸凑过来。

"父亲,你怎么了……你怎么不说话啊?!"

谢道之闭上眼,头顶那一处被那人抚摸过的温度顺着奇经八脉往他心口烫。这是他盼了四十年的温度;这是他等了四十年的亲情。他终于得到了,也再不会得到。

谢道之两行浊泪又滚下来:"三儿啊,父亲这辈子再也没有父亲了!"

…………

晏三合睁开眼睛,看着头顶的藕荷色帐帘,愣了半晌。

她转头看向旁边,边上坐了个圆脸的丫鬟,手上正做着针线活儿。

"这是哪里?你是谁?"

丫鬟放下手里的针线,笑道:"回姑娘,奴婢叫汤圆,这里是静思居。"

"我睡了几天？"

"姑娘足足睡了三天。"

三天？晏三合猛地坐起来，掀开被子看了看身上。

"是我帮姑娘换的衣裳，里里外外都湿透了。"汤圆说完走出去，再进来时，手上多了个药碗，"姑娘，喝药吧。"

晏三合愣怔："这是什么药？"

"这是裴太医开的祛风寒的药。"

"端走吧，我不吃药！"晏三合掀开被子，便要起身。

汤圆忙放下药碗，伸手去拦："三爷叮嘱奴婢好好照顾姑娘，姑娘连药都不肯吃，岂不是让我们做下人的为难？"

纨绔的话，你也听？晏三合："谢知非人在哪儿？让他过来见我。"

"三爷就快从衙门里回来了，奴婢这就让人去二门处守着。"

能去衙门？那就意味着谢家老太太已经彻底没事。

"不用了！"晏三合再也待不下去，果断地从床上爬起来，"我的包袱呢？"

"在这儿呢，里面的衣裳都重新洗过、晒过，银票奴婢没敢动。"汤圆把包袱打了个结，递过去，"姑娘最好还是等三爷回来知会一声再走，三爷虽说脾气好，但——"

"我不需要跟他知会。"晏三合穿好衣裳，"这几天劳你照顾，辛苦了！"

"姑娘，姑娘！"

汤圆哪里拦得住，晏三合大步走出厢房。

外头风和日丽，阳光明媚，已是午后。

她用手遮了遮阳光，心里寻思着谢家的事情已经了结，下一步自己应该……她脑子里刚起了个头，只听见一个熟悉的声音刺进耳朵。

"哎哟，我的小姑奶奶，您这是怎么说的？"谢总管呼天抢地奔过来，往晏三合面前扑通一跪，手臂一伸，死死地抱住了她两条腿。

晏三合："……"这胖子是疯了吗？

谢胖子能不疯吗？三爷临出门留了话，只要那小姑奶奶走出谢家半步，三爷就要打断他的腿。

三爷倒还是其次，关键是上头还有一个老爷，老爷上头还有一个老太太。老太太要是知道这小姑奶奶他没留住，再来个回光返照……

"姑奶奶啊！"谢总管心里苦，号得更苦，"您行行好吧，可怜可怜我这半辈子还没娶着媳妇的老光棍吧，您要是走了，我也活不成！"

晏三合："我管你死活呢！"

"您说的这叫什么话！"谢总管幽怨地咬咬牙，"我这条贱命是不值钱，可姑娘分明不是这么狠心肠的人，何苦口是心非呢？！"

谁口是心非了？晏三合听得不耐烦："你放开！"

"不放！"死胖子比抱着他的棺材本还用力，大有"你有本事就踩着我的尸体过去"的狠劲儿。

就在这时,只听有人喊:"大爷回来了。"

谢而立走过去,看了眼谢总管和汤圆:"你们先下去。"

"是!"

等二人离开,谢而立开门见山:"晏姑娘,留在谢府吧。"

晏三合不明白:"留在谢府做什么?"

谢而立处理问题的方式是摆事实,讲道理:"先抛开那些恩恩怨怨不说,我们只说一个现实:姑娘现在的处境。"

"我的处境怎么了?"

"晏家就剩下你一个人,你今年芳龄十七,说大不大,说小不小,正是谈婚论嫁的时候,一个女子嫁得好,嫁得坏,不光看长相,也看门第。"谢而立顿了顿,"谢家的门第不算太高,但也绝对不低,姑娘如果留在谢家,我敢保证你将来的夫婿绝非普通人。"

晏三合总算听明白了,谢家这是觉得亏欠她,想法子补偿呢!

"你们倒替我想得深远。"

"恨不得想得再深远一些。"谢而立道,"不瞒姑娘,后来晏祖父到我父亲梦里,叫了他一声'孩子',可见他老人家已经放下了,姑娘何不也就此放下过往呢?"

晏三合听了这话,脸色不由得一变。祖父托梦了?

"老太太和父亲商量过了,你要是愿意,就认个干亲,做谢家堂堂正正的小姐;你如果不愿意,就说是老太太的娘家人,家里没人了,投靠谢家而来。"谢而立眼神流露出怜惜,"无论哪一种,谢家都是你的依靠,将来你的出嫁、嫁妆都由谢家负责,谢家嫡出小姐有的,你一样都不会少。"

晏三合不知道事情会变成这样,习惯性地沉默着。

谢而立拿不准她的心思,想了想,又开口:"撇开这些俗的不谈,如果姑娘回了云南府,老太太、老爷他们必定日日夜夜惦记着,老爷倒罢了,老太太这么大年纪,姑娘于心何忍?"

他只字不提她孤身一人的落魄和艰难,只说两个老的放不下,既能让人感动,又给足了她体面。

晏三合却冷笑:"谢府大爷的口才,不去做御史可惜了。"

"的确可惜!"谢而立温和一笑,"但如果能多一个妹子叫我一声哥,我多费些口舌,或者死皮赖脸地求一求姑娘,又如何呢?"

…………

懑恩堂。

谢老太太搓着手心,有些坐立不安:"三儿,怎么到现在还没个消息来?她不会不同意吧?!"

"老祖宗!"谢三爷懒洋洋地跷着二郎腿,"你得相信大哥的本事,他都能把我吃得死死的，更何况一个晏三合。"

"能一样吗，你是什么德行？"谢老太太抹了一把泪，"那丫头和他多像啊，一样心高气傲，一样自负、有脾气。"

是臭脾气！谢知非在心里补了一句。

"万一真要留不下来，我就真豁出这张老脸去。"谢老太太碎碎念，"他们这样的人其实心最软，求一求，哄一哄兴许就成了。"

旁人求一求，哄一哄或许能成，这一位？哼！可未必！谢知非捂嘴打了个哈欠，他前几日忙府里的事，这几日忙衙门的事，缺觉啊！

"大爷来了。"

谢老太太眼前一亮："快，快把人请进来。"

谢而立走进来。

老太太不等他坐定就问："怎么样？"

谢而立瞪了眼老三，后者屁股都没挪动一点，还是那副烂泥扶不上墙的坐姿。

"晏姑娘提了几个要求。"

老太太眼睛一亮："别说几个，就是几十个，咱们都应下。"

谢而立在老太太跟前坐下，苦笑："她说她不需要嫡小姐、表小姐的头衔，只说是远房亲戚借住就好。"

"这怎么能行，哪能这么委屈那丫头？再说了，远房亲戚能嫁什么好人家？"老太太连连摇头，"不行，万万不行。"

刚刚还说都应下呢，这才第一个就不行了？谢而立苦笑更甚："第二个要求，她的婚嫁自己说了算。"

"更不行，更不行！"老太太急红了眼，"她一个小姑娘家家的，知道什么好坏，懂什么人心，万一被人骗了去，我怎么对得起她祖父？"

"还有第三个吗？"没骨头的谢三爷突然插话。

"有！"谢而立道，"她不要谢家的嫁妆，谢家给她辟一座安静的院子，不限制她的自由，不干涉她的行踪，她就愿意留在谢家。"

老太太："这，这，这——"

谢三爷在听到这一句话后，原本困得睁不开的眼睛猛地睁大。沉默片刻，他猛地一跃而起："老祖宗，我出去一下。"

"晏丫头的事情还没商量完呢。"

"有什么可商量的，想要她留下，就只能先答应下来，除此之外，没有别的好法子。"说罢，他头也不回地走出慈恩堂。

院外，朱青见自家爷急匆匆地出来，忙迎上去："爷！"

"备马。"

"爷刚从衙门回来，这是要去哪里？"

"太医院。"

朱青眉头一皱。好好的去太医院做什么？

……

天色渐黑，太医院的府衙门口掌了灯，风一吹，灯笼东倒西歪。

裴太医裴寓从正门走出来，刚下几级台阶，便眼前一亮："承宇怎么来了？"

谢三爷走上前，桃花眼一挑，露出一抹乖巧的笑："裴叔，我来找你。"

"可是身上有哪里不舒服？"

"没不舒服，就是想你了，过来瞧瞧你。"

瞅瞅，这小嘴甜的。裴太医看着谢三爷打小长大，对比自家那个嘴里没一句好话的小畜生，眼前这一个才是好孩子。

"裴叔，咱爷儿俩喝一个去？"

裴寓在太医院忙了一天，正想喝点小酒解解乏："先说好啊，你裴叔请客。"

"谁请都一样。"谢知非一把钩住裴寓的肩，"关键这酒得是竹叶青，我裴叔喝竹叶青，才觉得够味。"

连我喝什么都记得这么清楚，孝顺啊！

孝顺的谢三爷在春风楼要了个包间，六个菜，半斤竹叶青，先和裴叔连干三杯。

三杯过后，裴太医的眉舒展了，小眼也眯起来了，谢三爷突然开口问："叔啊，问你个事，那天你替我家那位亲戚诊脉，怎么暗戳戳地摇了好几下头？"

裴太医伸手点点他："你小子眼真尖。"

"裴叔来我家，哪回我的眼睛不盯着你瞧？"

"你哪是盯着我，八成是盯着你家那位漂亮亲戚呢。"

"还真被你说中了。"谢知非用低得不能再低的声音说，"我就是觉得这姑娘身上有些奇怪。"

"你也瞧出来了？"裴太医下意识地左右看看，把头凑过去，"我和你说，我五岁学医，七岁给人搭脉，还是头一回见着她那样的脉象。"

谢知非心头一跳："快说说，她脉象是什么样？"

裴太医摇摇头："说不上来。"

"叔啊，什么叫说不上来啊？"

"就是诊不出！"

谢三爷瞠目结舌："什么叫诊不出？"

"就是摸着有脉跳，跳得也很正常，就是诊不出是个什么脉象。"裴太医灌了一口酒，开始了医学常识普及，"你打小在药罐子里长大，多少也懂一些，世间脉象二十八种，常见的有十八种，浮、洪、濡、沉、伏、弦、迟、涩、结——"

谢知非没心思听他扯远，赶紧打断道："难不成她一种都不是？"

裴太医点点头。

"那你是怎么给她写药方的？"

"我……"裴太医老脸有些不大好意思，"我见她手腕冰冷，猜想多半是受了风寒，就写了祛风寒的药方。"

谢知非："……"我骂你一声庸医，你敢答应吗？

"对了，这姑娘的体温也不正常。"裴太医摇头"啧"了一声，"比咱们一般人要低一些，怎么形容呢？就是冷冰冰的。"

谢知非想着这姑娘大冷的天只穿一件单衣，浑身顿时起一层鸡皮疙瘩。

"不过世间之大，无奇不有，也有可能是我孤陋寡闻。"裴太医话锋突然一转，"对了，那姑娘是你们家哪门子亲戚？"

那哪能让你知道呢！谢知非忙笑了笑，装作漫不经心道："是老太太那头的，我也搞不大清楚。叔，给我搭搭脉呗，我最近总觉得心里慌慌的。"

"我就说你请我喝酒一定有事。来，伸手。"

谢知非一边伸手，一边朝朱青递了个眼神，朱青走出包间，招来店小二结账。

酒足饭饱，裴太医上马车的时候，人已经微醺。

谢知非目送马车离开，咳嗽一声。

朱青忙低声问："爷，什么事？"

谢知非："派人去趟云南府。"

朱青神色一变："爷是想——"

谢知非"嗯"一声，平静道："这人可太有意思了，有意思得让我不得不查她一查！"

朱青半天没有回神："爷，她哪里有意思？"

"哪里都有意思！"

男人不怕冷还说得过去，女人不怕冷，她这身子是什么做的？

她小小年纪，一言一行老成得像个大人。自家妹子只是小她一岁，什么都不懂，只懂衣裳要好看的，首饰要最新的，将来嫁的男人要高门大户的。

晏祖父被流放到云南府，家徒四壁，身为他的孙女，包袱里哪来那么多银票？

那几个要求听上去，她根本不想留在谢家。既然不想，以她那么冷的性子，直接拒绝，谁也拿她没辙，为什么还要留下来？这样留下来还有什么意义呢？

真真是谜一样的人啊！

谢知非拍拍朱青的肩，露出一抹意味深长的笑容："派两个心细、可靠的去。"

"是！"

…………

谢府西北角，晏三合站在院门口，抬头看了看上面的牌匾——"静思居"三个字写得龙飞凤舞，只是笔力略差点意思。

"这院子是大爷从前科举读书时住的，最安静不过。"谢总管笑得眼睛眯成一条缝，"姑娘住了这几日，觉得还有什么不满意的地方，只管开口说。"

晏三合"哦"了一声，问："这府里有哪些主子？"

说到这，谢总管简直信手拈来："这府里最大的是老太太，老太太住慈恩堂，她身边——"

"太啰唆。"晏三合不想知道这么多细枝末节,"我问,你答。"

谢总管:"……"

晏三合:"你家谢老爷一妻几妾?"

这问得……还真直白!谢总管笑道:"老太太管得严,我家老爷统共就一妻二妾。"

晏三合:"嫡子嫡女有几个?"

谢总管:"大爷、三爷、大小姐都是夫人所出。"

晏三合:"庶子庶女有几个?"

谢总管:"二爷和二小姐是柳姨娘所生,罗姨娘无所出。"

倒是不太乱。晏三合又问:"三子二女有几个成婚了?"

谢总管笑道:"就大爷成了亲,膝下有一子。"

晏三合:"府里谁管事?"

谢总管:"老爷和夫人都不管事,外头大爷管着,内院是大奶奶管着。"

人口不多,四代同堂,长子长媳当家。晏三合心里迅速做出判断后,道:"我都清楚了,你下去吧!"

"姑娘别急,老奴这头还有几句话要交代。"谢总管在心里斟酌了一下,"府里不管嫡出还是庶出的小姐,院里都放四个打粗婆子、八个小丫鬟、四个大丫鬟,每月月银二两,一年四季衣裳三十六套,首饰——"

"不用那么麻烦,我院里不用放人,月钱、衣裳通通不要。"

"姑娘啊!"谢总管双腿一屈跪下,干号起来,"姑娘金枝玉叶,哪有亲自动手的道理啊?这院里一个人都不放,姑娘喝杯热茶都得——"

"你跪上瘾了?"

谢总管:"……"没上瘾,是被你逼得上火了。

晏三合:"我有丫鬟,过一个月就到。"

晏家还请得起丫鬟?八成是从哪儿捡来的小要饭花子吧!谢总管不甘心:"那月银和衣裳——"

晏三合冷笑:"看来这谢府是住不下去了——"

"姑奶奶,我走,我这就走!"谢总管从地上爬起来,刚要迈步,突然又想到了什么,"今儿个姑娘算是住下了,老太太特意交代,晚间在瀍恩堂摆上两桌,带姑娘认认人。"

"不用认人,三餐送我房里来,别的……"晏三合顿了顿,"你们就当我是个死人吧!"

谢总管:"……"我是谁?我在哪儿?我刚刚听到了什么?

第七章 裂开

"老爷，太太，老奴一个字不敢多，一个字不敢少，她就是这么说的。"

谢道之和谢老太太面面相觑，竟不知道说什么好。

"其实细想想也不奇怪。"谢而立放下茶盏，道，"晏祖父落魄到那个份儿上，都没开口求一声，他手把手教出来的孙女岂会是个贪富的。"

谢老太太又开始抹泪："总觉得对不住那孩子。"

"日子长着呢！"谢而立劝慰道，"她这会儿是初来乍到，心里防着咱们，等处久了，知道咱们对她好，到时候再徐徐图之也不迟。"

谢道之点头："老大这话说得在理，慢慢来，人心都是肉长的。"

"那就慢慢来！"话刚说完，老太太心想不对啊，这府里的下人素来捧高踩低，她这样没名没分的……老太太一拍桌子，"她不要归她不要，但咱们心里得明白，得时时刻刻记着她是谢家的大恩人，要疼着、爱着。谢总管！"

"老太太！"

"旁人不知道她的底细，你是最清楚的。别的我不管，她要是受了丁点委屈，我只找你算账。"

谢总管硬着头皮道："是！"

"老爷。"

"母亲请说。"

"有合适的，你心里留个意，门第低一点也无所谓，只要人品正就行，哪能真不管！"

"母亲放心，这事我会放心上的。"

…………

"晏姑娘，晚饭来了。"

"放下吧！"

汤圆放下食盒后，上前一步跪倒在地。

"你这是——"

"姑娘的丫鬟要一个月后才到，这院里连个看门的人都没有，奴婢实在不放心。"汤圆道，"姑娘要是不嫌弃奴婢笨手笨脚，就留下奴婢，等姑娘的丫鬟来了，奴婢再走不迟。"

晏三合看着这张和她名字汤圆一样微圆的脸，沉默了会儿，说："想留下来，就别跪。"

汤圆一怔。

晏三合不再看她，自顾自打开食盒。

汤圆回过味，忙爬起来，笑道："姑娘快坐下，奴婢侍候姑娘用饭。"

"不必，你也坐下吃饭。"

汤圆又一怔。

"我有我的规矩。"晏三合看着面前的六菜一汤，"既然要留下，就得照着我的规矩来，否则就滚蛋！"

汤圆心里跟煎油饼似的，也不知道是该坐下，还是该滚蛋。

能住到静思居的人绝不会是一般人，称一声"主子"也不为过。可她是个下人，下人怎么能跟主子在一张桌子上用饭？不合规矩啊！

"滚蛋吧！"晏三合赶起人来绝不心软。

汤圆吓得心头一颤，想起谢总管的叮嘱，赶紧老老实实地坐下去。

"吃饭！"晏三合一手端碗，一手拿起筷子。

汤圆撇过脸，轻轻一甩头，把眼泪生生地逼了回去。她活到十六岁，还是头一回坐在这么好的椅子上，吃这么好的饭。

…………

一顿饭，汤圆吃得心惊胆战。她见晏三合吃完了，忙把筷子一放，起身道："这院子里有个小花园，姑娘如果要消食，可去后面走走。"

"嗯！"晏三合淡淡地答应一声，"对了，别一口一个奴婢，我不爱听。"

汤圆收拾碗筷的手狠狠一颤，脸上的表情蓦地裂开。

晏三合不去看她，自顾自往小花园去，小园子里种了好几株梅花树，前些天又是刮风又是下雨，梅花落了一地。

晏三合有些恍惚，莫名地想到那个梦境，眉头紧了又松开。

"您和他们在天上见了吗？他们都还好吧？"

"这个心魔化完，我又梦到了一些从前的事。我有爹娘，还有一个欺负我又哄我的人。我留在京城是为了化解下一个心魔，之所以住在谢家，是怕那丫头找不着我。

"我没料到您会托梦给谢道之，他们说您放下了，我想您不是放下了，而是算了。算了挺好，不会累。"

晏三合的声音越来越低，越来越低："黄泉深，碧落遥，祖父啊，喝碗孟婆汤，过了奈何桥，下辈子一定要投个好人家，一定要找个真心待你的女人。"

…………

谢府午后的园子里，丫鬟、婆子聚在一起嚼舌根。

"听说没有？静思居住人了。"

"真的假的？那可是大爷从前读书的院子，二小姐闹了好几次想搬进去，都没成。"

"谁啊，这么大面子？"

"料你们也想不到，是那天晚上挟持大爷的那人。"

"怎么会是她呢？"

"这种不知天高地厚的人，不应该送进牢里吗？"

"对啊，怎么就住进了静思居呢？"

"静思居算什么，裴太医还给她瞧过病呢！"

所有人都不敢吱声了。

裴太医可不是一般人，只给谢府的主子看病，柳姨娘帮老爷生下一儿一女，都没这个资格。

"我听说，大爷三天两头往静思居跑。"

"……"

一个敢挟持大爷，还请得动裴太医的姑娘，只有一种可能存在：她是大爷在外头养的女人，不知道用什么法子大闹了一场，大爷拿她没办法，只能把她领回家抬成贵妾。

完蛋，以后大爷院里没太平日子过了。

…………

"听说没有，静思居住人了。"

"真的假的，那可是大爷从前读书的院子，二小姐闹了好几次想搬进去，都没成。"

"谁啊，这么大面子？"

"料你们也想不到，就是那天晚上三爷抱着的那个女子。"

"你们说那人和三爷是什么关系？"

"还用说吗？都住进静思居了，八成是三爷养在外头的女人。"

"三爷要娶她？"

"怎么可能娶一个外头的野女人，抬个妾罢了，正位还是杜姑娘的。"

"以杜姑娘那性子，十有八九是容不下的。"

"所以说那女人聪明，趁着杜姑娘没进门，先在谢家站稳脚跟，生下一男半女，到时候杜姑娘容不下也得容。"

"三爷好好的怎么突然转性了？他不是说不祸害——"

"他是不祸害，可挡不住就是有女人死命往他身上贴啊，咱们家三爷长得多俊啊，京里排得上号的。"

"完蛋，以后三爷院里没太平日子过了。"

…………

静思居的主儿此刻正站在书案前提笔写字：

  今天是住进谢家的第五日。床太软，没有家里的硬，睡一觉起来腰酸背痛，用李不言的话：差评。

  伙食不错，正餐最少有五菜一汤，还有燕窝吃，五天就把我两个月掉的肉都补回来了，好评。

  谢胖子太烦人，整天姑娘长姑娘短的，我让他闭嘴，他不听，五行欠揍，我在想要不要打他一顿，能让他老实几天。

汤圆还是不大敢跟我一个桌吃饭，屁股只敢坐一半，也不怎么吃菜，是我长了一张生人勿近的脸？

谢而立来了两回，没说什么，只说来瞧瞧。他很闲吗？有这工夫，勾栏听曲不好吗？

…………

又过几天。

静思居的主儿站在书案前又提笔写字：

今儿是住进谢府的第十二天，软床我已经睡习惯了，就是被子太丝滑，夜里老会掉地上。

伙食保持水准，还多了当季的瓜果点心，但四九城的瓜果不甜。

昨儿我说了一句：这瓜在我们那儿就是喂猪的。谢胖子又跪了。

十二天，谢胖子跪了二十八次，我要不要直接把他的腿敲断？索性就别让他站起来了。

汤圆这几日倒是敢夹菜了，可"奴婢"这个称呼总也改不了，听着真刺耳。

谢纨绔来了两回，没说什么，也说来瞧瞧。他也很闲吗？纨绔不都是天天勾栏听曲的吗？

我到现在还没出静思居的门，这半个月我必须调养好身子，把前面亏空的都补回来，因为我能感觉到下一个心魔正离我越来越近！

…………

晏三合没料到，谢纨绔这会儿正往勾栏匆匆赶呢。

京城的勾栏分三等。

最上等的教坊司是专供达官贵人玩乐的地方，里面的妓人大部分是罪官家属，还有一些是邻国进贡来的。这些妓人既会吟诗，又会侍候人，身上还没什么风尘之气，占一个"雅"字。

次等的是楼、院。

楼里、院里的姑娘大都出身贫苦，姿色、学问虽比不上教坊司里的，但关键是要得开，那小曲一唱，男人的骨头便酥三分，占一个"媚"字。

最末等的就是站街的流莺。

这些姑娘年岁渐长，容颜老去，为了有口饭吃能活命，就只能干皮肉生意，占一个"俗"字。

出身官家的人大都不太愿意去教坊司听小曲。为啥？因为官场如屠杀场，一个命运不济，说不定哪天自家府中的女眷就沦落到那里去了。

丽春院是他们的首选之地。但谢纨绔这趟可不是去听哪个小妞唱小曲的。

他一把推开迎上来的伙计,一个箭步冲上楼梯,直走到二楼最里一个包间,然后抬起脚。

门被一脚踹开。

笑声、乐声戛然而止。三五个光着脑袋的和尚齐刷刷地扭过头来,谢知非一眼就看到被人拥在中间留着一头黑发的裴笑。

"明天不想被御史弹劾的就给爷滚!"

和尚们屁都不敢放一个,把怀里的姑娘一推,灰溜溜地滚了。

姑娘们一看素来笑眯眯的谢三爷今儿偏像个恶鬼似的,不敢多言,也麻利地滚了。

谢知非脸色阴沉地走进去,望向裴笑:"堂堂僧录司右善世,正六品官员,竟然带着下属来逛妓院,你这官位还要不要?"

"要啊,为什么不要?"裴大人满脸诚恳,"阿弥陀佛,我的灵魂可以属于佛祖,但肉体也可以世俗。"

谢知非被他这无赖劲儿给气乐了:"你一个人世俗也就罢了,满京城谁不知道你裴明亭在僧录司就是个混日子的,你竟然还带着一帮和尚世俗,我看你是想死。"

"哪个王八蛋打小报告打到你那儿了?"裴笑一拍桌子,骂道,"大官大佬们狎妓不管,我听个小曲他们就看不下去,有天理没有?有王法没有?"

裴大人嘴里的王八蛋是御史台的巡城御史,这帮人官不大,权力不小。最关键的是,因为官小,五品以上的大官他们不敢惹,六品以下的小官他们是见一个咬一个,跟疯狗似的。

谢知非的手冲他点了点:"祖宗啊,这个节骨眼上,你能不能悠着点?"

"就是这个节骨眼上,我才想着出来透口气。"裴笑"嗾"地冷笑了一声,"怎么着,我舅舅官都没了,那几条狗打算再来咬我一口?"

谢知非:"听你这口气,你是打算咬回去?"

"咬狗这种事,爷不干。"裴笑翻了个白眼,"爷有打狗棒,打断他的狗腿。"

"得了,别净瞎吹。"谢知非想着才到的一些传言,把脸凑过去,声音一压,"你外祖母季老太太的墓,你们找人扒了吗?"

裴笑翻到一半的白眼顿时卡住,安静片刻后,他把酒杯一扣,噌地站起来,一只脚踩着凳子,一只手指着谢知非的鼻子:"谢五十,你不让我听小曲,我也就忍了,你说我扒我外祖母的坟,爷我忍不了。说吧,你想怎么死?"

谢知非:"……"要不还是不扒了吧,起码死的不会是他!

"行了,坐下,好好说话。"谢知非推开快戳到鼻子的手,"我这么火急火燎地过来,是听到一个消息。"

"什么消息?"

"你舅舅只是被罢了官,皇帝到底还是留了几分薄面的,但那一位似乎不会善罢甘休。"谢知非把手伸到茶盅里蘸了点水,在桌上写下两个字——"汉王"。

裴笑看到这两个字,眼神顿时就不对劲儿了。

当今皇帝膝下有两个嫡子，一位是太子，一位是汉王，这两人明明是亲兄弟，却为了一个皇位你死我活地争了二十几年。

自家舅舅在户部做郎中，主管漕运、仓储这一块，算是个肥差。而户部素来由太子掌管，舅舅自然而然也就归了太子一党。

裴笑咬咬牙："他想怎样？"

"他想痛打落水狗。"谢知非一把揪过裴笑的衣襟，唇贴着他耳朵道，"听说御史台要参季大人一个贪腐，事情可大可小，弄不好连家都得抄了。"

"那帮狗杂种，风往哪头吹，他们狗头就往哪边倒。"裴笑怒得心头一颤，脑子也跟着一颤，"对了，这事跟扒我外祖母的坟有什么关系？"

谢知非："……"要不还是不扒了吧，起码不用解释得这么累！

谢知非认真地想了想，从牙缝里挤出一句话："你外祖母前段日子托梦给我，还不止一个，说她住的房子漏水，冷死了。"

此刻，谢三爷的薄唇离裴大人只有三尺的距离，他本想一巴掌甩上去：做个梦你也能当真？

但鬼使神差地，裴大人稳稳地问了一句："我外祖母为什么托梦给你，不托梦给我？"

"可能……我笑起来比你好看一些吧！"

裴笑："……"这也是个理由？

…………

月黑风高夜，正是扒坟时。

主子们是不可能动手的，动手的都是侍卫。

裴大人的侍卫叫黄芪，是裴家的家生子，拳脚功夫很不错，胆子却比芝麻还小。

他挖一铲，心里咯噔一下；再挖一铲，心里再咯噔一下。最后咯噔得受不了，他把铲子一扔，扑通扒倒在自家主子面前："爷啊，好歹和季家人说一声吧，万一出了事，咱们就是长十张嘴也说不清啊。"

裴笑心里也瘆得慌，用力瞪了眼一旁的谢知非，心说：我怎么就信了你这个王八蛋？

"挖都挖了，黄芪，你废什么话！"谢知非摆出主子的谱，"出事了，我去给季家负荆请罪。"

"三爷，这可是你说的。"黄芪哭丧着脸。

朱青用胳膊碰碰他："别担心，我家三爷做梦很灵的。"

这话没安慰到黄芪，却被他的主子听了个正着："谢五十，你什么时候做梦灵了？"

谢知非昂了昂头，无比镇定地说着谎："最近。"

裴笑心里暗暗搓火："你就鬼扯吧你！"

谢知非看他一眼："灵了怎么办？"

裴笑："我让我衙门里的高僧陪你喝酒。"

谢知非："我对着秃驴喝不下。"

裴笑："那我再让外祖母托梦感谢你。"

谢知非："行了，我还想多活几年。"

就在两人你一言我一语鬼扯的时候，突然传来砰的一声。

"挖到了。"朱青大喊一声，扔了手里的铲子，扑过去，直接用手扒。

黄芪虽然头皮发麻，却不敢不去帮忙。

最后一层覆盖在棺材上的土被清理干净，所有人都惊得目瞪口呆。

惨淡的月光下，上好的金丝盖裂开一条缝，鬼气森森。更让人心惊胆战的是，那条缝初时只有几寸，然后就在所有人的眼皮子底下一点一点变大。

黄芪吓得"嗷嗷"喊了两声，屁滚尿流地躲到了朱青后面，死死地抓住他的衣裳。

朱青胆子稍稍大些，胸口起伏几下后，抬头正想问一句"三爷，怎么办"，话却一下子卡在了喉咙里——

他家三爷笔直地站着，双手打横抱着裴大人。

裴大人脸色惨白，双手钩着谢三爷的脖子，气若游丝道："承宇，快……快把我怀里那份高僧抄的《金刚经》拿出来……对对对，对了，我……我腰上还有一串五帝钱，能……能……能辟邪。"

谢知非脸上看着还算镇静，心却是怦怦直跳，几欲跳出胸腔。听说是一回事，亲眼看见又是另一回事。这场面也亏得他事先有个心理准备，否则也不会比怀里这家伙好到哪里去。

"晚了！"他把裴笑往地上一放，匀了半天的气，又道，"带我去见季老爷，我有话对他说。"

裴笑一激灵，魂回来了："对对对，你对我舅舅说比较好，毕竟我外祖母托梦给你了。"

"托梦是我骗你的。"谢知非拧着两条眉毛，死死地看着裴笑，"明亭，下面我要说的话可能有些诡异，但句句是真的，你给我认认真真听好了。"

裴明亭："……"

"传说，死人的棺材板合不上是因为生前有没法子说出口的念想，时间一长，这念就变成了魔……"

裴明亭：" "玉皇大帝啊，他 他 他在说什么？

能不能派雷公雷母给我下九九八十一道天雷，好助我原地飞升？劈死我吧！来啊，劈死我！

…………

没有天雷，甚至连雨水都没有，翌日是个春光明媚的好天。

晏三合看着衣架上花花绿绿的衣裳，还有化妆台上的胭脂，这些都是谢胖子一趟一趟送来的。沉默良久，她最终还是选择了自己那件苍青色的旧衣裳。

"姑娘这是打算出去？"汤圆正晒着太阳做针线活儿，见晏三合出来，忙迎上去。

"我去后花园看看景,顺便上街转转。"

"姑娘再绕回前门太远了。"汤圆从怀里掏出一吊钱,"后门不常开,守门的人有银子拿行事会痛快些。"

"不用!"晏三合淡淡道,"不惯着这些毛病。"

汤圆已经习惯这位主子说一不二的性格:"那我陪着姑娘吧。"

晏三合素来自由惯了,哪能让她跟着:"我也不惯着你这到哪儿都要跟着的毛病。"

汤圆:"……"

园子里春意盎然,花开正盛,处处透着精致。晏三合一眼扫过,觉得也就这样,和自家门前门后漫山遍野的野花根本不能比,便不再多逗留。

"站住!"

一个声音自背后响起,晏三合脚步一顿,缓缓转身。

是个俏生生的姑娘,她唇上擦了红胭脂,一身水绿色春衫格外抬皮肤,整个人比这春日还美三分。

如果没有后面这句话,晏三合对这姑娘的感觉很好。

"见着我连个招呼都不打,谁教你的规矩?"

晏三合硬生生把"你是谁啊"四个不太文雅、礼貌的字换成了:"你是哪位?"

说话的是个婢女:"我家小姐是谢家未来的三奶奶。"

晏三合:"叫什么名?"

婢女一噎:好像不太对啊,这话明明应该由我们来问她。

"我姓杜!"杜依云柳眉一竖,"京城杜家听说过没有?"

晏三合面无表情:"没有。"

杜依云:"……"

"没听过,现在就让你听听。"婢女的神色比主子还要嚣张跋扈三分,"京城杜家不是你能惹得起的,识相的赶紧滚出谢府。"说完,她愤愤地瞪了晏三合一眼。

那一眼要是换成刀子,晏三合身上肯定多两个窟窿。

"我凭什么要滚出谢府?"

"凭什么?就凭我姓杜。"杜依云是杜家最得宠的小姐,杜家和谢家一向交好,谢老爷能进内阁,还是她父亲从中出了力。在谢家,谁不哄着她,而眼前这人不过是个妾,竟然敢对她这样说话,好大的狗胆!

小姐自然有小姐的脾气:"你给我跪下!"

晏三合懒得理会这种人,扭头就走。

"你敢走!"被无视的杜依云瞬间心态炸裂,想都没想,冲到晏三合面前,抬手就要一巴掌打过去。

晏三合眼中闪过寒光,抬腿冲着她的膝盖就是一脚。

"啊——"扑通!杜依云腿一屈,当场跪倒在地。春日衣裳薄,她又是千金大小姐,哪吃过这种疼,差点没疼晕过去。

"贱人，你……你……你竟然敢打我家小姐，吃了熊心……啊——"婢女也跟着惨叫一声，扑通跪下。

周遭安静极了。

晏三合怒到极致，脸上的神色反而很淡："在我这里没有敢不敢，只有做不做，打算轻的，再有下次……"她抱起手臂，居高临下地看着那婢女，"你试试！"

这女子到底是什么人？为什么眼里尽是寒光？寒光也就算了，她……她……她竟然还有杀气。婢女吓得脸都白了，身子往杜依云那边缩了缩。

"至于你，"晏三合伸手捏住杜依云的下巴，迫使她抬起头，"姓杜也好，姓谢也好，都跟我没关系。记住我的话，好好做你的大小姐，别像条疯狗一样乱咬人。"

"你——"杜依云又恨又怒又羞，一张粉脸涨得通红。

"晏姑娘！"

又有人来？我今天出门是没看皇历吗？晏三合松开手，嘴角轻轻一牵。

来人是个年轻的少妇，二十出头的年纪，一张古典、精致的瓜子脸，十分清丽脱俗。她身后跟着一大群丫鬟、婆子。

"大嫂！"杜依云一看来人，眼泪便跟不要钱似的，吧嗒吧嗒直往下掉，哪还有刚刚半分的嚣张跋扈。

这个宅子里能被称为大嫂的只有谢而立的正妻。晏三合微微颔首。

朱氏看一眼杜依云："晏姑娘，下人无礼，我替她跟你赔个不是，说来也是我管家无方，才让晏姑娘受了委屈。"

那婢女叫倪儿，一听朱氏这话，惊得眼珠子差点弹出来。她……她……她竟然对这姓晏的这么客气？

朱氏朝身后几个仆人扫一眼，仆人忙上前把杜依云搀扶起来。

杜依云站稳了，一把推开仆妇，踉跄着冲到朱氏面前："大嫂，这贱女人——"

"杜姑娘！"朱氏声音陡然发沉，"晏姑娘是谢府的贵客，杜姑娘这一声贱女人是想看轻谁？"

杜依云听傻了。从前这朱氏最温和不过，每回她来谢府，无论再忙，总要抽空陪她一时半会儿，怎么偏偏今天变了脸？还有，一个妾而已，算哪门子贵客？

杜依云刚要发作，一旁跪着的倪儿便猛地咳嗽起来：小姐啊，你这位大嫂一嫁进谢家，谢老爷就把原本握在吴氏手上的当家大权交到了她手上，你可别犯浑，得罪了她！

杜依云的脑子远没到浑的时候，谢府谁能得罪，谁不能得罪，她心里门儿清。她心中一动，赶紧掏出帕子，光明正大地抹眼泪给朱氏瞧。

朱氏瞧见了也只当没瞧见，冲晏三合抱歉地一笑："晏姑娘这是要往外头去吗？"

伸手不打笑脸的女人，晏三合点点头。

"来人，给晏姑娘备车。"

"不用麻烦，我就是走走。"

朱氏上前一步，放柔声音道："京城太大，胡同太多，姑娘金枝玉叶般的一个人……"

话到这里，晏三合眉头微微蹙了下。

朱氏看得分明："不如我让汤圆远远跟着，姑娘想逛什么，她能带路；想吃什么，她也能照应。"

这话圆滑得让晏三合没法子拒绝，云里雾里地点点头。

她这边刚点头，朱氏身后便有机灵的丫鬟去喊汤圆。

不过短短片刻，汤圆就气喘吁吁地赶来。

朱氏拿着帕子微微一掩唇，身旁的心腹便掏出二十两银子，交给汤圆。

朱氏深深看了眼汤圆："不论什么，只要姑娘看中，就都买下来，银子不够，记谢府的账便行。"

"是，大奶奶。"汤圆一转身，"姑娘，我们走吧！"

晏三合嘴角缓缓扬起：长得好看，这是一；态度温和，这是二；大事化小，小事化了，这是三；御下有方，这是四。

她看着朱氏，突然问道："你叫什么？"

朱氏清丽的脸上露出疑惑，不知道她要做什么："我姓朱，名未希。"

"'昔我初迁，朱华未希。'好名字。"

朱氏看向晏三合的眼神有了实质性的变化。这名字原是有典故的，读书人都未必知道，她小小年纪竟然脱口而出……她到底是什么人？

"我叫晏三合，你可以叫我三合。"

人与人之间的缘分说来真是奇怪，有的人，一眼厌之；有的人，一眼喜之。晏三合心想，这个朱未希还算合她的眼缘。

朱氏目送晏三合离开，才转身看着杜依云。

"大嫂，你看看她——"杜依云委屈得说不下去，哭得一抽一抽的。

明知这人是在做戏，朱氏却还是温柔、耐心道："你怎么就知道她是老三的妾，哪个人在你耳边嚼的舌根？"

"还用嚼吗？"杜依云嘟着嘴，"那静思居是谁都能住进去的？更何况三哥还抱她了呢！"

谢府内里的事竟然传到一个外姓人耳朵里？朱氏心中冷笑，脸上却不显露半分："我怎么不知道？"

"大嫂连这个都不知道吗？"杜依云装作悚然一惊，"我还听说——"

"听说什么？"

杜依云看了眼朱氏，用帕子拭泪："大嫂还是不要知道的好，免得生气。"

朱氏嗔笑："你这丫头，连大嫂都瞒着？"

杜依云吸了吸鼻子，一脸被逼无奈："我还听说，那人不是三哥的妾，而是大哥养在外头的，三哥不过是做了幌子。"

朱氏面上很平静："爷们娶妾不娶妾也不是咱们女人能管的。"

"话虽这么说，可……"杜依云一跺脚，恨声道，"大哥从来不是那样的人，都是那些没脸没皮的贱女人倒贴上门。"

"依云！"

"好嘛，不说就不说！"杜依云扯扯朱氏的袖子，眨巴眨巴眼睛，"大嫂以后可别帮着她说话了，真要是大哥的妾，可得当一万个心，外头来的女人心都野着呢。"

话说得何等贴心！朱氏颇有几分动容，放柔声音，道："你瞧瞧你，眼睛都哭肿了。"

"我腿还摔破了呢，大嫂，好疼的！"杜依云别的没有，眼力见可太有了，该挑拨挑拨，该撒娇撒娇。谁你没她会！

果然，朱氏脸色一变："都是死人吗，还不赶紧把姑娘扶到我房里去，找个郎中来瞧瞧！"

"是！"

两三个丫鬟扶的扶，哄的哄，簇拥着杜依云离开。丫鬟倪儿爬起来，匆匆向朱氏行礼，也跟着去了。

等人走远，朱氏温和的脸慢慢沉下来。

仆妇丫鬟们瞧见，赶紧跪下。

"把我这话传出去，谁在杜姑娘跟前嚼的舌根，谁夜里到我这儿来赔个罪，认个错，这一回我且放过。若她不来……"朱氏悠然一笑，"那咱们就看看我能不能把人找出来。到时候可就别怪我不讲情面。"

"是！"

"都下去吧！"

所有人匆匆散开，唯有一人没走。

这人正是朱氏的陪嫁丫鬟春桃。春桃肃然道："大奶奶治家已有几年，还有人敢大着胆子往杜姑娘那头送消息，可见——"

"可见杜依云给的赏钱足够多，否则也不可能把我的话当成耳旁风。"

春桃见她心里清楚，一颗心落到了原处。

这个杜依云瞧着乖巧、可爱，实际上心眼子比那马蜂窝的窟窿还多，小小年纪在内宅浸染得八面玲珑，大奶奶都常常吃她的哑巴亏。只是那晏姑娘……

"大奶奶，她到底是什么人？难道真的是大爷的——"

朱氏看了春桃一眼，吓得她赶紧把话收住。

"是和不是，都不是我们该议论的，这是其一；其二……"朱氏微微仰起头，看着远处的天际，"有人对你笑，有人对你冷，一时半会儿看不出好歹，但处久了总会露底。她是什么人不需要刻意打听，咱们且睁大眼睛往下看！"

…………

四九城的繁华难以用言语来形容，酒楼、茶肆、绸缎铺、首饰坊……晏三合觉得自己的眼睛不够用。难怪天下的官都削尖了脑袋想往这里面挤。

"姑娘累不累，要不要坐下来喝碗清茶？"

"不用。"

"那边是京城最有名的锦衣铺,姑娘进去看看吧。"

"不看!"

"宝玉轩总得瞧瞧吧!"

"不瞧。"

汤圆姑娘没招了。京城高门女子最感兴趣的东西通通不看,通通不瞧,晏姑娘喜欢什么?

"我想看看那个!"

汤圆顺着晏三合的手看过去,差点一口气没上来,竟是一家寿衣店。

晏三合走进寿衣店,摸摸这个,摸摸那个,对着两具棺材看了半天后,还和店家聊上了。

"掌柜,这是什么材质的?"

"姑娘好眼力,这是上好的金丝楠木棺,人躺进去,三年不腐,五年不烂。"

"我能摸摸吗?"

"姑娘只管摸,您瞧瞧这雕功、这图案、这材质……绝对上乘。"

"确是上乘,就是不知道躺着舒服不舒服。"晏三合一抬眉,"掌柜,我能试试吗?"

掌柜:"……"

汤圆只觉得脑后凉风飕飕,手硬撑着门框,跨出门槛,然后一屁股跌坐在门槛上。

恰好这时,五城兵马司北城指挥使谢知非骑着马在街上巡逻,余光扫见汤圆坐在寿衣店门口,握着缰绳的手紧了紧。

这丫头是外头买来的,没爹没娘,好好的逛什么寿衣店?他心中一动,翻身下马,把缰绳往朱青手里一扔,大步走过去。

汤圆察觉到面前站了人,一抬头,见是三爷,强撑着站起来:"三爷。"

"你怎么会在这里?"

"奴婢陪晏姑娘出来逛逛。"

逛这种地方?

"你好歹也是府中的老人,怎么——"谢知非后半截话生生吞了下去。

店铺内,晏三合一只脚踩在矮凳上,一只脚踏在棺材里,正要躺下去。

晴——天——霹——雳!

谢知非冲进去,一把拽住她:"晏三合,你这是干什么?"

晏三合一看是他,忍不住脸上露出点嫌弃,先是"谢三奶奶",再是谢三爷……今天出门果然没看皇历。

嘿,她还嫌弃上了?谢知非咬牙切齿:"你知不知道这是什么玩意儿?"

"棺材。"

"知道还往里面去,你是疯了吗?赶紧给我出来。"谢知非偏过头,"我说掌柜,她疯你也跟着疯,这东西是随便让活人躺的吗?"

掌柜一看是个官爷，吓得忙把还没焐热的银子往晏三合手里一塞："姑娘，求求你赶紧出来吧，这买卖我不做了。"

谢知非眼一瞪："什么买卖？"

掌柜一怔。

谢知非喝道："说！"

"官爷！"掌柜哭丧着脸，"您可别误会啊，这姑娘说想躺进去，感受一下棺材舒服不舒服。"

还舒服不舒服？谢知非气得太阳穴一跳一跳地疼："晏姑娘的爱好与众不同啊！"

"那是当然！"晏三合甩开胳膊上的大手，冷着脸走出来，托这纨绔的福，她想试一试棺材舒适度的想法再一次泡汤，"汤圆，我们走！"

"晏姑娘！"谢知非想着季府的糟心事，赶紧追出去，露出一抹恰到好处的笑，"京城这么大，能碰着也是缘分，一起吃顿饭吧！"

"……"晏三合看着他。

谢知非硬着头皮道："有些事情不好明着说谢，一顿饭姑娘再不赏脸的话，我——"

晏三合："你是有事找我？"

谢知非："……"她难道真有未卜先知的本事？回回他话没说完，她就猜出来了。

谢知非索性坦诚道："姑娘猜对了，有件事情确实想问一问。"

"找地儿吧！"

谢知非："……"

原本以为还得费一番口舌，结果她就这么爽快地答应了？谢三爷心说：还真不习惯！

…………

春风楼，伙计把菜上齐后，谢知非一抬眼，朱青、丁一便识相地离开。

汤圆却犹豫着没动。按理她也该走，只是晏姑娘到底是个姑娘家，三爷又是个男子，谢家规矩是男女七岁不同席……

"汤圆，你也下去！"晏三合知道有外人在，谢纨绔找她的事情便没法子说出口。

"是！"

门掩上，一男一女相对而坐，乍一看，男的俊，女的美，多好的一道风景线。再细看，男人眼里透着探究，女人眼里透着拒人千里之外的冷意。

谢知非端起茶盅："这一杯，我以茶代酒，感谢——"

"说正事！"晏三合最不喜欢谢家人的一点就是说话喜欢弯弯绕。比如眼前这个谢纨绔，明明心里急得要命，脸上还得装出一副神色自若的样子，处处透着虚伪。

数次交锋，谢知非总算明白过来，眼前这个主儿的性子就一句话：有事你说话，没事滚远点。

"是这样，"他不再绕弯，"季家老太太的棺木正如你所说的那样，我与季家有几分渊源，想帮他们打听一下，姑娘嘴里的高人是谁？要怎么才能找到？"

"他们信？"

·097·

"都到了这个份儿上,宁可信其有,不可信其无。"

"哪个份儿上?"

"啊?"

"季家的倒霉到了哪个份儿上?"

谢知非对她并不隐瞒:"抄家灭族的大难。"

拖太久了,已经祸及儿孙。晏三合在心里感叹一声:"高人是谁我不能说,但中间人的名字我知道。"

谢知非:"是谁?"

晏三合:"一个叫李不言的人。"

"李不言?"谢知非习惯性地夸上一句,"真是个好名字,一听就是个有学问的人。"

晏三合垂下目光,她替李不言感到心虚。

谢知非:"要怎么找这个人呢?"

晏三合:"我离开云南府后就再也没见着这个人。"

谢知非:"那他家住哪里?"

晏三合想了想,道:"云南府福贡县。"

谢知非一听是云南府,当即站起来,一把拉开房门:"去和季家人说一声,到云南府福贡县找一个叫李不言的人。"

丁一:"是!"

谢知非:"叫他们速度一定快,不要再耽误了。"

丁一:"爷放心。"

谢知非心里的一块石头落下,因为挖坟一夜没睡的劳累一下子压下来,他慵懒地靠在椅背上。

"这菜都是京城相当有名的,在云南府吃不着,你多尝尝。"谢知非没什么胃口,懒得动筷子。

晏三合自顾自沉默地吃着。

谢知非习惯了她这副样子,一边喝着温茶,一边目光时不时瞟到她身上,扫一眼。

几眼扫过,他突然觉得有些不太对劲儿。他问什么,她答什么,知无不言,言无不尽,可似乎也太乖巧了些,这人身上的刺呢?

"晏三合。"

晏三合抬头看他。

谢知非原本想问一句"李不言的事情,你没骗我吧",话都到舌头上了,目光扫见她面前挑出的菜,顿时目眦欲裂:"你怎么不吃蘑菇?"

"不可以吗?"

"你为什么不吃?"谢知非从椅子上跳起来,沉着脸质问。

晏三合觉得奇怪:"我为什么要吃?"

谢知非双掌啪地撑在桌上,身子往前一倾,死死地盯着晏三合:"你什么时候开始不吃的，说！"

"谢三爷审犯人呢？"晏三合被惹毛了，站起来，冷冷道，"请问我犯了什么罪？"

谢知非："……"

晏三合："汤圆。"

门打开，汤圆匆匆进来："姑娘。"

晏三合："去结账。"

汤圆："不是说好三爷请客的吗，怎么又变成姑娘自个儿掏钱吃饭了呢？"

"还是自个儿掏钱的好。"晏三合淡淡地看了谢纨绔一眼，"吃什么，不吃什么，没人敢挑你毛病。"

谢知非："晏三合，我不是这个意思。"

晏三合："那你是什么意思？"

谢知非哑口无言。

人的心湖深不见底。露在外头的是别人能看的；藏在水底的是别人不能看到的，也是自己没法子说出口的。

汤圆见两人扛上了，赶紧逃出包间去付账。

这饭已经吃不下去了，晏三合走到门口，脚步顿了顿，扔下一句话："是不是穷苦人家的孩子就没有资格挑这挑那，也没资格选择吃什么，不吃什么？"

谢知非跌坐在椅子上，双手撑着额角，表情似痛苦似后悔。

门外的朱青挣扎了一会儿，还是走到自家主子面前："爷今儿行事有些过了，往常杜姑娘不吃的东西多了，也没见爷说什么。"

"我说的是那回事吗？"谢知非一拍桌子。

朱青糊涂了："不是那回事，那是哪回事？"

爷和你说不着；爷和所有人都说不着！谢知非冷笑："去云南府的人出发几天了？"

朱青虽然不明白好好的爷为什么会突然问起这个，却还是正色道："大半个月了。"

"那就快了！"谢知非的呼吸渐渐重了，像是在压抑着什么，只是那张俊朗无比的脸上却什么都没有。

第八章 遇险

托谢纨绔的福，晏三合饿了。

这事要放从前，她至少还能忍个一天两天，但谢家一日三餐餐餐准时准点，由俭入奢易，由奢入俭难啊！于是，她拉着汤圆去了馄饨摊。

吃完馄饨，也没什么可逛的，晏三合决定打道回府。

汤圆发现晏姑娘是个很干脆的人，说要回家，连个停顿都没有，只是这回府的路……

"晏姑娘，咱们别走四条巷了。"

"为什么？"

"那巷子以前死过很多人，夜里常常闹鬼。"

"郑家的案子？"

"姑娘怎么知道？"

不仅知道，托你家三爷的福，我还在夜里走过那条路。

"现在是青天白日，鬼不会出来！"晏三合说。

汤圆看看头顶的太阳，只能认命。

白天的四条巷就是一条幽静的小巷，两边都是高墙，偶尔有几根枯枝不安分地探出墙外。

两人刚走没几步，就听到后面有马蹄声，那马一声嘶鸣，在两人身边停下来。

"这又巧了不是，我也正好回府。"谢纯绔翻身下马，"相逢不如偶遇，我陪姑娘走走！"

晏三合不理他，脚下快起来。

谢纯绔那腿多长，几步就追了上去："那个……我不是故意挑你的刺，主要是瞧着太浪费，你就当我抽了个风，别往心里去。"

晏三合脚下更快。

谢纯绔觍着脸又跟上去："这次让姑娘破费，我心里过意不去，下回——"

"没有下回。"

"姑娘不是这么小气的人吧？还是说——"谢三爷故意拖着调子，不往下说。

晏三合扭头看着他。

"你不敢？"

"是不敢！"

"为什么？"

因为你是有妇之夫！晏三合收回目光，脚步越来越快。

谢知非刚要追上去问个究竟，余光扫见一根枯树枝上冒出了一点嫩芽，不由得停了下来。

朱青心中咯噔一下，赶紧劝道："爷，没什么可看的，走吧！"

"怎么没什么可看的，又是一年春天了。"

他声音沉得很，甚至染了几分沧桑，晏三合不由得扭头看过去，恰好撞入一双带着笑的黑眸。

这风流纨绔是什么毛病？晏三合一甩袖子，转身就走，死不回头！

…………

谢府角门。

杜依云扶着婆子的手正要登上马车，忽然听见倪儿轻唤："小姐，快看！"

杜依云循声看过去。

远处，姓晏的女人走在前面，谢知非颠颠地跟在后面，两人之间虽然隔了几丈的距离，但根本就是欲盖弥彰。

杜依云心中冷笑一声，脚下一用劲儿，人便到了车上："倪儿，你也上来。"

"是！"

车轱辘转动，杜依云咬牙："怪不得大嫂能这么淡定，根本和她家男人没关系。"

倪儿真是替自家小姐发愁。

谢、杜两家是世交不错，三爷和小姐是青梅竹马也不错，可两人的婚事从来没有挑明过。杜家是嫌弃三爷短命，舍不得让女儿年纪轻轻做寡妇；谢家是三爷发了话，不想祸害别家的姑娘。

可挡不住小姐心里喜欢啊！从小她就喜欢跟在三爷屁股后面，三哥长三哥短的，还对杜家二老说她宁肯做几十年的寡妇，也要嫁到谢家，当一回三奶奶。

小姐这一片痴心，换来的却是三爷弄了个野女人进门？简直是奇耻大辱！

"小姐可万万不能让那贱女人进门啊，要是生下个一男半女，虽落不上一个嫡，却还占着一个长，将来是要夺家产的。"倪儿急道，"小姐这头可还没过明路呢！"

杜依云这么聪明的人，怎么能看不清自己的处境？可她就是喜欢那个男人，打小就喜欢，哪怕和尚、道士都说他活不过三十岁，是个十足的短命鬼，她也愿意嫁给他。

那女人能住进静思居，可见是个不简单的。想到这里，杜依云两条眉毛几乎竖起来："倪儿，我要这个女人去死。"

倪儿脸上半点惊色都没有："死有很多种办法，哪一种最不惹人怀疑，小姐得好好想一想。"

杜依云："你的意思是——"

"借刀杀人！"

…………

杜府的马车驶离谢家不久，晏三合一行便到了角门口。

谢总管等在角门口，见小姑奶奶回来，忙上前赔笑道："晏姑娘回来了，累不累，要不要老奴备顶小轿？"

"我还没到七老八十。"晏三合头也不回，"你问问后面那位要不要。"

后面那位浑不在意："要，怎么不要？"

谢总管一瞧这架势，自以为明白了什么，忙扯了扯自家三爷的衣袖，低声道："三爷，这事虽然杜姑娘有错在先，可晏姑娘下手也忒狠了些，听大奶奶说，杜姑娘两个膝盖都青紫了。"

谢知非脚步一停："发生了什么事？"

啊？啊啊？晏姑娘没告状啊！谢总管恨不得抽自己一个大嘴巴，偷偷地看了眼已

·101·

经走远的晏三合，忙一脸愧疚地把事情的来龙去脉简单说了一遍。

谢知非听了，半天没吭声。

谢总管摸不清主子的心思，只得小心道："老奴刚刚又把人都叫到跟前敲打了一遍，以后再也不会出这种事情。"

"'再也不会'这四个字说得为时过早。"三爷淡淡道，"重赏之下，必有勇夫啊，谢小花。"

谢总管的真名叫谢小花，三爷只有在一种情况下会叫这个名字：他生气。但三爷生气和旁人不大一样，越怒越收着。

谢总管扑通跪下："三爷，老奴——"

"你跪什么？"谢知非笑道，"也难怪人家晏姑娘不待见你，再这么下去，我都不待见。"

"三爷啊，老奴一片真心啊，你可不能不待见啊。"谢总管号一声，忙压住声音道，"以后杜姑娘进府，老奴暗下派十七八双眼睛盯着，绝不让她再出什么幺蛾子。"

"不笨啊！"谢知非挑眉。

"笨了，三爷会不待见的。"

"起来吧！"谢知非往静思居的方向看过去，"朱青！"

"爷！"

"把我房里的那支老参拿去给大嫂。"

"爷，那可是老祖宗让爷好好调养身子的。"

"我身子好得很。"谢知非余光看一眼谢总管，光凭一个谢小花，是看不住杜依云的，还得添个大嫂才行。还有，今天的事情多亏大嫂四两拨千斤。

就在这时，一个小厮匆匆跑来，先冲三爷行了礼，随即又凑谢总管耳边一通说。

谢总管一边听，一边在心里骂：你小子也是个不招人待见的，三爷在这里，还和我咬什么耳朵，到底他是主子还是我是主子？

听小厮说完，谢总管一扭头，忙道："三爷，刚刚二爷和二小姐往静思居去了。"

谢三爷的脸色一下子变得难看。

…………

静思居。

晏三合看着面前的兄妹二人，心里感叹一句：谢家的遗传，真是一个比一个好。别的不说，只说眼前这位谢二小姐，姿色还在杜依云之上，一双眼眸水灵灵的，很清澈。

至于这位谢府二爷……晏三合从不细看男人，但他比谢纨绔看着要舒服。

谢不惑放下茶盅："早听说家里来了贵客，一直想来拜访，可又怕打扰姑娘清净。"

谢家人的弯弯绕又开始了，晏三合应付不了这些，只能点点头。

"婉妹，你绣的帕子呢？"

谢婉妹从怀里掏出帕子："这是我绣的，绣得不好，姑娘拿着玩。"

晏三合不想和谢府的人有牵扯，但对俏生生的美人又没办法拒绝，正犹豫着，一旁的汤圆笑道："二姑娘的针线活儿是连老爷都夸的，姑娘赶紧收下来，好让奴婢照着样子学学。"

晏三合虽然不明白为什么是谢道之夸，而不是谢府女眷夸，却还是收下了帕子。

谢婉姝见晏三合收下，娇笑道："我也不姑娘姑娘地叫了，你长我一岁，我叫你一声姐姐吧！"

"婉姝！"

"不行吗，二哥？"

谢不惑看着自家妹子可怜巴巴的眼神，朝晏三合一颔首："我这妹子平常不大出门，见的人也少，家里难得来了个年龄相仿的，便没了规矩，晏姑娘见谅。"

话到这个份儿上，晏三合淡淡道："随意。"

这一声"随意"让谢婉姝眉开眼笑："晏姐姐，你是哪里人？"

晏三合："云南府。"

谢婉姝："云南府在哪里，是不是很远？可惜我连京城都没出过。"

晏三合："……"

"婉姝！"谢不惑皱眉，"来的时候姨娘是怎么交代你的，别总叽叽喳喳说个不停。"

谢婉姝头一垂，起身道："晏姐姐先歇着，我改天再来看你。"

晏三合巴不得："好！"

汤圆把二人送到院外，又折回来，见晏三合正拿着那方丝帕看。

"真论起来，二姑娘的针线活儿比府里的绣娘还要好。"汤圆把身子凑过去，"看看这针脚、这绣图，奴婢再练两年都比不上。"

又奴婢？晏三合看她一眼，见她自己完全没有意识到，心下不由得叹气："你刚刚让我收下帕子可是因为你家二姑娘人好？"

"姑娘也看出来了。"

晏三合心说：我要是看不出来，那我就真是傻了，你在我身边待了半个月，什么时候多过一句嘴？

"二姑娘性子单纯，没什么心眼，人长得好，书读得也好，就是——"

"就是什么？"

"就是没有托生在太太肚子里。"

这话晏三合听懂了，第一次起了好奇之心："你们谢家大房、二房还搞妻妾斗？"

"姑娘！"汤圆吓得脸色都变了，这话怎么能放明面上说呢？被主子听见了，那可是要挨板子的。

见晏三合眼睛一眨不眨地看着自己，汤圆心想这位姑娘怕是要长住的，不如早些说与她听，也省得日后行错事，惹上麻烦："我家太太是老太太做主娶进门的，当年老爷还没中举，所以——"

晏三合："门第不高。"

汤圆眼神诧异："柳姨娘是老爷中了举人后自个儿瞧上的，她虽是获罪官员的女

·103·

儿，但——"

晏三合："落难的大小姐样样出色。"

汤圆眼中已经不能用诧异来形容。

"太太不识字，不讨老爷喜欢；柳姨娘不仅长得好，而且琴棋书画样样精通，性子什么的都挑不出错，老爷宠她宠得紧。"

"怪不得。"

"什么怪不得？"

怪不得她在谢道之书房只看到两个嫡子，怪不得让长媳当家，原来是搞内宅的平衡之术呢。为了验证自己的想法，她问道："你家二爷、二小姐是不是不得宠？"

汤圆点点头。

不得宠是好事，真要得宠了，那位精于算计的谢府老太太岂能容下姓柳的？

"姑娘好好的，怎么说一半便不说了？"

"乏了！"晏三合的好奇心一经满足，便有种万事皆休的感觉，什么都提不起兴趣。

谢家，她住不了几天的！

…………

这厢，主仆二人在议论；那厢，兄妹二人一边走，也一边细声交谈。

"哥，你瞧着她人如何，我要亲近吗？"

谢不惑想着乌行打听来的消息："可以适当走动走动。"

谢婉姝脸上有些不太愿意："我说三句话，她才应一句，一点都不热络，怎么亲近啊？"

"不亲近，也别得罪。"谢不惑道，"我虽然打听不到为什么，但有一点你得明白，她的的确确是老太太、老爷放在心尖上的人。"

谢婉姝不服："可别人都说她是三哥的妾！"

"妾？"谢不惑冷笑，"一个妾就想住进静思居？"

谢婉姝心说：对啊，我都没住进去呢。

"难道她是我三嫂？杜依云不依啊！"

喀喀喀——

"哥，你咳什么啊……"谢婉姝一转身，脸顿时涨得通红，"三哥！"

谢知非走到二人身边，桃花眼一挑，笑道："妹子说出了哥的心里话。"

谢婉姝："……你心里话是哪一句啊，三哥？是晏姑娘是三嫂，还是杜姑娘不依？"

谢不惑见自家妹子耳垂都红透了："你先去吧。"

"是！"谢婉姝逃也似的离开。

谢三爷被这兄妹二人气乐了，眉毛往上飞："怎么，二哥是怕我吃了她？"

"出来太久，怕姨娘惦记。"谢不惑没什么表情地说。

谢三爷冷笑："姨娘是惦记女儿呢，还是惦记静思居的主儿？"

"……"这话，便有些故意挑衅的意思。

谢不惑沉默一会儿，道："三弟想多了，姨娘谁也不惦记，只惦记她的一亩三分地儿。"

"是吗？"谢三爷直直盯着他，"那二哥惦记些什么？"

"……"谢不惑嘴角几乎压成一条线，眼神中的锐利一闪而过。

"二哥！"谢三爷勾唇一笑，"别瞎惦记，太太平平过日子比什么都好。"

"三弟可别多想。"谢不惑回以一记冷笑，"想多了，命不长。"

…………

有朱氏和谢总管坐镇，谢府上下谁敢作妖？不过短短一日，连喂马的小厮都知道静思居住了个得罪不起、议论不起的主儿。

外头的这些风风雨雨晏三合压根儿不知道，她又开始大门不出，二门不迈。

大爷、三爷不来做客了，做客的人改成了大奶奶、二小姐。两人性子截然不同，一个安静，一个话多，唯一相同的地方是只坐一盏茶工夫便离开，像约好了似的。

这样的日子又过了半个月，晏三合开始坐不住，算算，那人该进京了。

三月，草长莺飞。

这日春光大好，晏三合打算再出一趟门，后面怕没有时间，也没机会看一看这京城的街巷。她还是老规矩，带上汤圆，从谢府后门离开。

她们走到半路，没有人在背后喊"站住"，但是有人拦在路中间。晏三合看着谢婉姝期盼的目光，有些于心不忍。

京城世家大族的姑娘个个养在深闺，除了特定的几个年节，平常几乎不能出门。昨儿谢婉姝一听说晏三合要出门，当下便羡慕起来了，二八少女，青春正当时，多想看看外头车水马龙的市井生活啊。

晏三合犹豫半天，到底妥协，扭头对汤圆道："去和大奶奶说一声。"

半个月时间，两人见面统共也就三五次，每次都是一个滔滔不绝地说，一个沉默寡言地听，她对这二小姐并不讨厌。

但谢府有谢府的规矩，没有大奶奶发话，无论如何都不能带谢婉姝出门。这点道理，晏三合心里很清楚。

汤圆应一声"是"，便跑开了。

谢婉姝走上前，一脸感激道："晏姐姐，我不会乱跑的，我听你话。"

晏三合点点头，依旧话不多。

汤圆回来得很快，身后还多了两个婆子、两个护院："大奶奶说，多些人跟着，路上也好有个照应；大奶奶还说，马车已经备下；最后大奶奶又给了奴婢一百两银子，交代说姑娘们看到什么喜欢的，只管买下来。"

这便是应下了。晏三合看一眼喜出望外的谢婉姝，从唇间咬出两个字："出发。"

…………

许是天气暖和的原因，路上的行人比上次多很多。窄一些的巷子，马车甚至要排队才能过。

晏三合见谢婉姝挑着车帘，抻长脖子眼睛一眨不眨地往外看，心一下子就软了："这马车走得跟龟行似的，要不下去走走？"

"太好了。"谢婉姝喜不自禁，"晏姐姐，一会儿我们手挽手，不容易走丢。"

手挽手？她在说什么蠢话？晏三合心里哼一声，先跳下马车。

谢婉姝是大家闺秀，自然不可能像晏三合那般行事，由两个仆妇搀扶着下车。刚站稳，她的手便自然而然地挽上晏三合的手。

晏三合表情还算镇定，嘴角却狠狠地抽动了一下，在把手甩开和把人推开中，她选择保持不动。

"晏姐姐，快看，是宝玉轩，咱们去瞧瞧？"

"有什么好瞧的？"

"里面都是好东西，去吧，去吧。"

"……"

娇俏少女冲她发嗲，她认命地挪动脚步。

跟在后头的汤圆不由得瞪大了眼睛，她算看出来了，晏姑娘对着府里的爷们不大给好脸色看，但对女子脾气都收敛着呢！

宝玉轩果然豪华、气派。

掌柜穿着锦缎做的衣裳，笑得一团和气："姑娘们想买些什么？"

谢婉姝："我们就随便看看。"

她这一随便看看，便挪不动脚了，这个也摸，那个也问，顺便还要试试、戴戴。

掌柜火眼金睛，一眼就看出俏丽的这位细皮嫩肉，举止落落大方，必是养在深闺高门中的主儿，越发殷勤地招呼。

晏三合对这些玉啊钗的不感兴趣，朝汤圆递了个眼神，走到外头去透口气。

只是这口气还没嘘出来，她便看到人群中有个她熟悉的影子："李不言！"

晏三合一个箭步往外冲，不想被几个进店的人挡住去路。她说了声"抱歉"，迅速绕过那几个人追出去。

她追出几十丈，哪还有什么李不言的身影？在一片人声鼎沸中，好像只是她不小心看花了眼。

不会看花，应该就是她，这丫头进京了。晏三合低笑一声，眉眼间那抹无人看见过的绝色倾泻出来，惹得过往的路人频频回头看她。

晏三合浑然不觉，略站了片刻，便转身走回宝玉轩。

刚到门口，她原本上扬的嘴角便沉下来。

店铺里，一个长得跟竹竿似的锦衣男子正拽着谢婉姝的袖子肆意调笑。谢婉姝哪见过这个阵仗，又惊又怕，急得眼泪都下来了。

汤圆等几个谢府的下人则被那锦衣男子的扈从们拦着，两个护院已被打倒在地，哼哼唧唧，爬不起来。

"放开她！"晏三合顿时大怒。

锦衣男子斜睨了晏三合一眼："哟，又来一个长得俊的。"
　　"我让你放开她！"
　　"还是个小辣椒，爷就喜欢小辣椒，够味！"
　　晏三合冷笑一声，袖子一抖，藏着的匕首落在掌中，人直接扑过去。
　　那锦衣公子见她冲过来，反应也快，一把将谢婉姝挡在面前。
　　晏三合早就防着他这一招，身子轻巧地一转，转到那人身后，没出刀，反而是脚先伸了出去。
　　这一脚踢得极其用劲儿，也极其刁钻，锦衣公子万万没有料到，光天化日一个女子敢踢他这个部位，当下凄厉地惨叫一声，捂着裆部，满地打滚。
　　所有人都惊呆了。
　　那些扈从愣神片刻才反应过来，正打算上前帮忙，却又吓得不敢动了——因为，他们家公子的脖子上架了一把明晃晃的匕首。
　　"够不够味？"晏三合把匕首往前一压，血顺着脖颈流出来，"要不要再加点辣？"
　　锦衣公子捂着命根了哇哇大叫还来不及，别说加辣了，就是加毒，他也没力气说"不"。
　　"都给我跪下，把刀扔了，手抱头上。"
　　扈从们你看我我看你，谁都不敢拿自家主子的命开玩笑，只能听话地把手里的刀一扔，腿一跪，双手抱住头。
　　"汤圆，你带着二小姐先回去。"
　　"姑娘！"
　　"我的话，你敢不听？"晏三合眼睛一瞪，满脸的杀气。
　　汤圆不敢不听："二小姐，我们先走！"
　　"晏姐姐，我不走，我——"
　　"那就别叫我晏姐姐！"晏三合心里涌上怒火。
　　漂亮的女子好看归好看，就是麻烦，没看到宝玉轩的掌柜躲在一旁瑟瑟发抖吗？可见我手上的废物不是普通人。你家老子、大哥、三哥不都在京城排得上号吗，赶紧找他们去啊。搬救兵啊，傻姑娘！
　　姑娘傻，下人们可不傻，三爷的北城兵马司穿过几条胡同就到。
　　汤圆和二小姐的贴身婢女杏花一左一右把二小姐架出宝玉轩，匆匆上了马车。
　　晏三合等马车离开，才把手上的男人揪起来，拖着往外走。这些贵公子上街，十有八九是骑马，自己运气好的话也许能像上回那样顺利离开。
　　走到街上，晏三合发现自己想错了。现在是大白天，街巷到处是人，自己就算顺利上了马，也跑不快，怎么办？
　　她正在天人交战的时候，只听边上有人惊呼："怎么会是徐公子？"
　　"徐公子是谁？"
　　"刑部左侍郎徐来的独子啊。"

刑部左侍郎？晏三合虽然不明白这是个什么官位，但听上去应该是个大官，只是不知道和谢家比起来，哪个官更大一些。谢家那位……好像进了内阁吧！

她心中一动，决定不跑了："徐公子，你调戏我谢家姑娘、打伤我谢家护院在先，我伤你、劫持你在后。"

她声音很大，远远围观的百姓听得清清楚楚，都惊了。

哪个谢家？莫非是内阁大臣谢道之家？

"事情本来不大，不如我们扯平，大事化小，小事化了。"晏三合从来谋定而后动。

这几句话一出，当街百姓都是见证人，便是谢府的官比不过徐家的，到了公堂之上，她也占一个"理"字。

说罢，她收起匕首，把人往扈从那边一扔，抬头挺胸，立在当街。

"扯平你娘。"户部左侍郎徐来的儿子叫徐晟，是个天不怕地不怕的色鬼，调戏个女子算什么，抢回家里先奸后杀他都敢，"把她给我拿下！"这贱人出脚真是狠，快疼死他了。

主子发话，扈从们怎敢不听？五六个人围上去，把晏三合团团围在中间。

怎么抛出谢府这金字招牌一点用都没有？晏三合咬咬牙，既然没用，那就来吧，那两个护院脚程不会太慢，能拖一时算一时。她把匕首往胸前一横，很淡地笑了。

"给我上！"

徐府的扈从们都是练家子，刚才是因为主子在晏三合手里，这会儿没了顾忌，出手一个比一个狠。

晏三合能拿住姓徐的，使的招数和上回拿住谢而立一样：一靠出其不意，二靠下手快。真要和人单打独斗，她没那个体力。更何况，她面对的还是一帮凶残的打手，没几下就落了下乘。

这时，一名扈从匕首往前一挑，晏三合不得不弯下腰，匕首划着她的头发堪堪而过。

另一名扈从伸腿狠狠一踢，晏三合小腿吃疼，人便摔了下去。

她长发散落下来的时候，匕首已经横在她的脖子上，惊得四周的百姓发出阵阵呼声。

"爷，人拿住了，怎么处置？"

"给我杀——"

话倏地卡住，眼前的女子跌坐在地上，原本高高束起的长发披散在肩上，露出白玉似的脸，一双黑亮的眼睛像是镶嵌上去的珍珠，美得让人无法呼吸。

徐晟示意小厮快扶他起来："杀了可惜，给我带回——"

"爷，她是谢家的人。"扶着徐晟的小厮低声说。

徐晟脸色闪过怨毒，谢家的人带回徐家的确不合适，万一弄出人命来不好交代。但刑部是他老爹的地方，在大牢里奸死个把人，天王老子来了也无话可说！

"带回刑部。"徐晟强忍下身的疼痛，冲着四周围观的百姓哼哼道，"我徐晟从不仗势欺人，我要把你送官。"

扈从们一听这话，嘴角不约而同地牵了牵。进了刑部，这小辣椒还有什么活路？回头等爷玩过了，说不定还会赏他们玩一把。这一身细皮嫩肉的，绝色啊！

晏三合把这些扈从的表情看在眼里，握着拳头的手指关节泛白，咔咔直响。这姓徐的当街就能调戏女子，可见这人手里沾了多少女子的清白和冤魂。

她算计了一下自己和那狗屁公子的距离，突然就地翻了三四个滚，然后又伸出一脚。

"啊——"徐晟惨叫一声，捂着命根子，满街打滚。

扈从们一边拿住晏三合，一边去扶自家公子。

哪里扶得住啊，他家公子疼得滚过来滚过去，根本停不下来，只在嘴里喊着："打死她……打死她……给我打死她……"

主子喊打，谁敢不听？

拳头砸下来，晏三合双手死死地抱住了头。她并不害怕，更不感觉愧疚，只是后悔那一脚的力度还是小了点，没把那姓徐的踢废了，省得他再去祸害别的女子。

就在这时，人群中也不知哪个不怕死的喊了一声："别打了，再打就出人命了，先把你家公子的命根子治好要紧。"

对啊，公子是徐家的一根独苗，万一出了事……

"快帮公子找太医！"

"太医请到哪里？"

"刑部，刑部。"

"把那贱货也带到刑部。"

扈从们七嘴八舌，七手八脚，抬人的抬人，押人的押人。

晏三合感觉有什么东西顺着额头流下来，她艰难地伸手摸了一把，竟是一手的血。

…………

北城兵马司，一个带刀小卒冲进内衙："三爷，三爷。"

三爷刚打算忙里偷闲喝口茶，一听来人这么个鬼喊鬼叫法，就知道这茶是喝不成了："说吧，外头怎么了？"

"三爷，你们家二小姐等在衙门外头。"

她怎么会来？谢知非直觉不太妙，把手里的茶盏一扔，人冲了出去。

朱青、丁　赶紧跟上。

衙门口，谢婉妹急得左顾右盼：三哥怎么还不来？

汤圆眼尖："二小姐，三爷来了。"

谢婉妹一瞧，哪还顾得上什么教养、体面，提起裙角便飞奔过去。她到了近前，话没出口，眼泪先吧嗒吧嗒掉下来。

"这是怎么说的？"谢知非眉头紧皱，"告诉三哥，谁欺负你了？"

"三哥！"谢婉妹还是低头嘤嘤直哭，活这么大，她哪经历过这些，吓都吓傻了。

"三爷，"汤圆急了，"刚刚二小姐在宝玉轩被人非礼，那些人还打伤了咱们谢府的

·109·

两个护院,是晏姑娘用匕首挟持了那人,我们才得以脱身的。"

"什么?"谢知非根本不敢相信自己的耳朵。宝玉轩就在他北城兵马司的管辖范围,竟然还有人不怕死地惹到他头上来?

谢知非怒道:"那人是谁?"

汤圆:"奴婢不知道。"

护院:"小的们也没见过。"

谢知非心里急了:"那晏三合现在人呢?"

汤圆声音带上了哭腔:"晏姑娘让我们先走,三爷,快去救她吧,迟了可就来不及了。"

"……"一口怒气生生卡在谢三爷的胸腔,他猛地一吸气,"丁一,护送二小姐回去。"

"是!"

"朱青,我们走!"

话音刚落,衙门口突然有人跳下马,疯了一样冲过来:"谢五十,你哪儿都别想去,给我站住!"

这世上只有一个人是这么叫谢知非的。

谢知非这会儿心急如焚,哪有工夫搭理这祖宗,翻身上马,道:"边走边说,我有急事。"

"你急得过我?!"裴笑正欲破口大骂,一看谢知非的脸色前所未有地难看,心知是出了大事,忙翻上马追出去。

两匹马齐头并进,谢知非抽空看了裴笑一眼:"说,什么事?"

裴笑骑在马上一颠一颠,连带着声音也一颠一颠的:"你是从哪里打听到李不言这个人的?"

谢知非抬眉:"怎么,人找到了?"

裴笑斜眼瞪他:"整个福贡县上上下下都打听了,压根儿就没这号人。"

谢知非额头青筋一跳:"怎么可能没有?"

"我正想问你呢!"

"我——"

谢知非这么一犹豫,顿时把裴笑这根炮仗点着了:"谢五十,我外祖母的墓到现在还敞着,这天一日比一日热,再这么下去——"裴笑一想到那个场面,就汗毛直竖。

"你不信我?"

"小爷倒是想信啊,可你自己说说,你说的那些心念啊,心魔啊都是什么鬼?"裴笑气得咬牙切齿,"只怕鬼都不相信你说的话。"

爱信不信吧,三爷我这会儿没工夫管你们季家的破事!谢知非一抽缰绳,马疾驰而去。

"喂,你个王八羔子去哪里?是不是没脸见我?你就是故意坑我的。"裴笑跟着一抽缰绳,赶上去,"我跟你说,这事你要不帮我解决,我和我家外祖母一个白天缠着你,一个晚上缠着你。"

谢知非气得差点从马背上摔下来。怎么就没一件顺心的事？

………

一行人很快就赶到了宝玉轩。

宝玉轩的掌柜知道自己惹了祸，正打算关门歇业呢，门板刚竖上去几块，脖颈就被人一把掐住。

"说，那姑娘呢？"

掌柜一看是北城兵马司的谢三爷，哪里敢瞒着，把事情一五一十地道了个干净。

最后一个字落下，整个世界异常安静。

裴笑则心有余悸地看了眼裆下，那姑娘行事的风格怎么跟谢家老大养在外头的那小婢子有点像？

谢知非只觉得自己快要窒息了，打在晏三合身上的每一拳都像在打谢府的脸面。他咬牙问："对方是谁？"

掌柜哭丧着脸哀号："三爷啊，那人是刑部左侍郎的儿子徐晟，我们平头老百姓惹不起啊！"

"竟然是他！"谢知非如坠冰窖。这人是四九城里赫赫有名的色坯，身边养了一帮扈从打手，只要是他看上的女子，没有一个逃得掉。

"爷！"朱青低声道，"这事须得赶紧通知老爷。"

谢知非心里很清楚自己这不入流的官位对上刑部左侍郎徐来，根本不够看的。

"眼下不仅要通知父亲，还得——"

他咬牙不再往下说，朱青却立刻明白过来。

老爷得到消息，赶去刑部要人，就算一切顺顺利利，最少也得一个时辰。这一个时辰大牢里什么都能发生，要是个男人也就算了，大不了被折磨一通，偏偏是个姑娘家。

想到这里，朱青也急了："爷，那怎么办？"

谢知非被问住了。哪怕人是被锦衣卫、都察院带走，他都有办法想，但刑部……那是汉王的地盘，他的手伸不进去。

"谢五十，这姑娘是谁啊，义气是真够义气，但就是太烈性了一点，男人的命根子是能随便踢的吗？还踢两次？"裴笑光想想，就觉得某处很疼。

谢知非深有同感，想当初要不是他闪得快，也差点被她……他脸上的表情突然一裂："明亭，你刚刚说什么？"

裴笑："……"我说啥了？

朱青："爷，裴爷说踢了两次。"

像是一道闪电当头劈下来，谢知非一把揪住裴笑的衣襟："两次，应该伤得不轻，徐家一定会去太医院请人，太医院你熟，快去打听打听请的是谁。"

裴笑一脸蒙："……"

·111·

谢知非："我不管你用什么办法，都让那人往重了说，不立刻治这辈子都断子绝孙的那种。"

"谢五十，你这不是让我睁着眼睛说谎吗？万一——"

"裴明亭！"谢三爷一字一句道，"李不言就是从那姑娘嘴里说出来的，你真想知道找不着人是怎么回事，就帮我把人救出来。"

"你个王八蛋怎么不早点跟老子说呢！"裴笑一把推开谢知非，翻身上马，马蹄声响起的同时，裴公子的骂声又源源不断地传来——

"谢五十，我裴明亭瞎了眼，才和你这种话说一半留一半的粗坯做兄弟，你个狗东西！"

又是王八蛋又是狗东西的谢三爷掏掏耳朵，脸上的神情却轻松了一些。骂得越凶，说明这小子就越上心，而且事情百分百会办妥当。

朱青："爷，通知老爷的人已经出发，咱们怎么办？"

"什么怎么办？"谢三爷勾起一抹冷笑，"走，跟三爷我去刑部要人！"

············

刑部衙门，徐大公子杀猪一样的号叫声叫得所有人头皮发麻。

太医还没来，徐来急得团团转。自己妻妾好几个，一个个只会生赔钱货，好不容易得了这么个带把的，还指着他为老徐家传宗接代，万一那根玩意儿有个好歹……这是要绝我徐家的后啊！

"疼啊，我疼啊……"徐晟一把揪住自家老爹的衣袖，哭喊道，"爹，给我挑了那贱人的手筋脚筋，我要把她碎尸万段！"

"这事稍后再说，落到咱们手里，那人——"

"我不要稍后，我要现在，立刻，马上！"徐晟哭得眼泪直飞，"爹，你不给儿子报仇，儿子不活了，不活了！"

"好好好。"徐来一咬牙，"爹这就让人挑了她的手筋脚筋。"

············

大牢里臭气熏天，晏三合盘腿坐在破烂的席子上，与面前几只肆无忌惮的老鼠对视。只是她的目光并没有焦距。

这会儿谢家应该得到了消息，不出意外的话，他们绝对不会坐视不管，只是时间长短的问题。自己现在要做的除了耐心等待，还要小心那人的报复。

晏三合看了看四周，背过身摸到了衣角，然后轻轻一撕，一支金簪落在掌心。这金簪小归小，要刺破一个成年人的喉咙却易如反掌，再不济，也能用它保住自己的清白。

这是晏三合给自己安排的最后一道防线。

哐当！走廊尽头的铁门被打开，凌乱的脚步声由远及近，晏三合全身的血液在这一瞬间直冲向脑门。

数名狱卒走到栅栏前，其中一个掏出钥匙，打开栅栏的门。

晏三合没动。

她这副淡定的模样让狱卒们心头微微一颤，想着这女人的狠劲儿，谁也没敢主动上前。

"出来！"为首的牢头厉声喝道。

晏三合眼皮轻轻一挑，依旧没动。

几个狱卒对视一眼，纷纷拔出身后的刀。为首的冷哼一声："都给我上！"

晏三合纵身跃起，后背贴着墙壁，一双黑瞳如野兽一般戒备地看着所有人。

狱卒们一步一步逼近。

"别怪哥儿几个心狠手辣。"为首的冷笑，"谁让姑娘不识好歹，得罪了徐大公子，活该你断手断脚。"

晏三合将那支小金簪死死地握在掌心："谢道之府上的人，你们也敢动？"

"进到这里，我管什么谢道之、张道之，我们只认一个姓——徐！"话落，一个狱卒手中的刀横过来。

晏三合两眼瞬间飙出血色，如困境中的野兽一般，喉咙里爆出一声怒吼。拼了！

就在这千钧一发之际，走廊尽头传来一声大喊："老大，先别动手，谢府三爷找上门了。"

为首的微怔，目光凶狠地瞪了晏三合一眼，转身走出栅栏。

他一走，余下的狱卒也纷纷离开。

栅栏门关上的瞬间，晏三合缓缓地跌坐在地上，浓重的血色慢慢从黑眸中褪去，只余下劫后余生的空洞，还有一身的冷汗。

第九章 高人

刑部内堂。

谢三爷跷着二郎腿，捧起衙役奉上的热茶，慢慢品一口，又慢慢品一口。他那样子根本不像是找上门，倒是像来刑部做客的，就少一盘瓜子给他嗑嗑了。

徐来咳嗽一声，示意他有话就说，有屁就放，儿子还在另一个屋里喊疼呢。

偏偏三爷唇动了动，又低下头品茶。

徐来把茶盅往桌上重重一搁，皮笑肉不笑道："这刑部的茶看来很合三爷的胃口啊！"

"香，且有回甘。"谢三爷一脸赞赏，"和我们北城兵马司的茶简直一个天上，一个地下，不能比啊！"

徐来能做到堂堂刑部左侍郎不是只会拍马屁，说奉承话。儿子是个惹祸精，他管不住儿子，就只能跟在后面帮儿子擦屁股。在四九城里擦屁股，除了要蹚明白水深水浅外，还得有几分真本事。

徐来的真本事就是揣摩人心，见风转舵。

牢里关着的那女子，儿子一出事，他就派人打听过，并非谢家嫡出的小姐，好像也没沾亲带故，所以他才敢下令挑断她的手筋脚筋。

谁知道，谢府三爷闻讯来了。

好！

如果姓谢的这小子跑刑部来大闹一场，逼着他把人放了，事情就明朗很多，说明这女子在谢府的地位还算重要，他行事就要斟酌斟酌。偏这小子一不闹，二不怒，浑身散发着走亲访友的和谐气场，徐来就有些摸不准。

他倒不是顾忌这小子，而是这小子背后的谢道之。

谢道之是皇帝近臣，内阁大臣之一，这些年皇帝身边的人来来去去，唯有他一直屹立不倒。

"来人！"徐来心思一动，"包半斤上好的茶叶让三爷带回去。"

这就要赶人了？早着呢！

谢三爷慢吞吞地放下茶盏，漆黑的眼轻轻瞄了徐来一眼，慢吞吞地开了口："哪有吃了喝了还揣着走的道理？徐大人真是太客气了。"

徐来勉强笑了一下，试探道："那三爷这一趟是来——"

"喝茶啊！"谢三爷剑眉一挑，大有"谁说我不是来喝茶我跟谁急"的架势。

徐来惦记着儿子的伤，周旋几个回合已经用了最大的耐心："那三爷慢慢喝，我衙门里还有正事要忙。"

"别急啊，徐大人。"

徐来盯着他，等他的下文。

偏谢三爷没下文。他先伸个懒腰，接着捂嘴打了个哈欠，最后人慢吞吞地站起来，背着手走到门槛前，一只脚抬起来。

这是要走？徐来眼睁睁地看着那只脚要跨过门槛，结果那脚又落回原地，落回原地还不算，还走到了他面前。

徐来的心狠跳了几下，他不得不拿出十分的警惕，起身看着面前的高大男人。

男人"啧"了一声，唇动了几下，又不言语了，又坐回他原来的位子，捧起茶盏喝茶。

小兔崽子玩我呢！徐来差点没气出心梗来。

"太医来了，太医来了！"

这一嗓子传过来，徐来哪还顾得上什么揣摩人心，什么见风转舵："三爷是为那女子而来吧？！"

"徐大人真是聪明，猜对了。"

这还用得着猜?

"那女子手持匕首,当街行凶,人证、物证俱在。"徐来冷笑一声,"怎么着,三爷,你这是打算让我不顾大华律例徇私枉法一把?"

"那哪能呢!"谢三爷一双桃花眼笑得水汪汪的,"徐大人为官清廉,朝中上下谁人不知,谁人不晓。"

徐来头一昂:"知道就好,三爷请回吧,等案子判了,我会派人通知府上。"

"那便多谢徐大人了。"谢三爷把茶盅一放。

那茶盅也不知道怎么了,竟没放稳,在桌上滚了几下,当的一声,落到地上。

徐来吓得整个人一跳,下意识地去看谢三爷。

三爷的脸上哪还有什么笑,一双黑黝黝的瞳孔冰冷地看着他,似有警告,亦有杀气。

"大人,大人,"就在这时,侍卫冲进来,"大人快去听听吧,太医说……说公子的命根子——"

"闭嘴!"徐来一拂袖子,火急火燎地冲出去。

内堂顿时空落下来,谢三爷背着手走到庭院当中,作势观赏院中一株开得盛艳的桃花。

他略站片刻,朱青也不知道从哪里蹿出来:"爷,他们赶回徐家医治了。"

谢知非长长地松口气。

儿子伤得那么重,又是在那种私密的地方,牵扯到传宗接代的大事,徐来怎么可能让儿子留在刑部,让所有人看热闹?

这招叫调虎离山——为的是不让徐晟那王八蛋有机会动晏三合。而自己刚刚在徐来面前精心演的那一出叫攻心为上——徐来这人不是最擅长揣摩人心吗?那就让他好好揣摩揣摩自己这一趟来的用意。

"徐来走之前有没有和下属交代什么?"

"交代了,说暂时关着,先别动。"

先别动?就是正打算动,或者已经动了一半?

谢知非脸色一白,暗暗咬牙。

朱青见爷脸色难看,知道他在担心什么:"我打听过了,说是受了些外伤,其他的……没事。"

谢知非眼前一黑,身子晃了晃。

朱青忙扶住他:"爷!"

"幸好没事,否则……"后头的话,谢知非不但说不下去,连想都不敢往下想。

"爷,下一步呢?"

"徐来回去,一看儿子的命根子还能使,就会慢慢冷静下来。"

"爷怎么知道那畜生没事?"

"晏三合能有多大劲儿,花拳绣腿而已。"

·115·

朱青点点头。

谢知非摸着下巴："他这头一冷静，父亲就能和他坐下来谈，调戏我们谢府二小姐，这事便是告御状，谢家也占一个'理'字，他会服软的。"

朱青："我这就派人去截住老爷。"

谢知非："让他直接去徐府，这事得私了，还有，态度强硬些。"

"是！"

"裴笑呢？"

"在刑部衙门外头等三爷呢。"

谢知非刚刚轻快一些的胸口顿时又像压上了一块大石头，京城的事情，只要没捅破天，总还有办法可以想，但化念这事……

"朱青。"

"爷！"

"叮嘱我父亲，无论如何都得把人弄出来，而且要快！"

"是！"

这事，牢里的那位小祖宗是关键。

…………

衙门外头，裴笑像热锅上的蚂蚁，在树荫下来来回回地踱步："进去这么久，这小子不会是掉刑部茅坑里了吧？"

裴笑一跺脚，决定闯进刑部去茅厕捞人，哪知刚走几步，斜边上便走来一人。

啪——两个肩膀狠狠地撞在一起。

他本来心情就差，竟然还有人不长眼撞他？

裴笑抬起眼皮，目露凶光："会不会走路，长不长眼睛？瞎啊！"

撞他的人没回话，吊着两条眉毛回看他。

"看什么看？"裴笑身体往前一顶，"再看，把你的狗眼挖出来！"

"喝了几两啊，狂成这样？"那人的心情似乎也不太好，也把身体往前一顶。

嘿，还是条恶狗。裴笑这才正眼打量了那人一眼。

这一眼，问题来了，这人是女人还是男人？要说是女人，偏打扮成男人的模样；要说是男人，可那张脸，还有胸前的那两坨，又分明是个女人。

裴笑的目光从这人的唇上移到脚上，再从脚上强行移到唇上……几个来回后，他露出一丝厌恶的表情："算了，老子不跟女人斗，你滚吧！"

那人从唇缝里吐出几个字："那是你斗不过。"

裴笑冷笑连连："你该庆幸自己是个女人，裴爷我一根手指头都不想碰到女人，晦气，滚吧……滚吧！"

"最恨瞎哔哔半天还不动手的，光会打嘴炮啊？"那人脚背一抬，轻轻往前一送。

裴笑只觉得有两根钢针刺进了小腿里，扑通跪倒在地。他痛得龇牙咧嘴，连连倒抽凉气。

"喊！"那人冷哼一声，大步走到刑部衙门的台阶下，修长的脖颈昂起，目光落在写着"刑部"两个大字的牌匾上。

"你给老子站住！"裴笑咬牙撑着地面爬起来，脑袋和屁股抬起来的同时，他看到那人突然加速冲向衙门口的一只石狮子。

她的脚在石狮子的头上用力一点，身子借势往上，高高跃起后，在半空踢出一脚。

咣当——

吧嗒——

牌匾应声而碎的同时，那人稳稳地落了下来。

这这这……

那那那……

裴笑嘴巴张得能塞进两个鸡蛋。

响声惊动了刑部看门的衙役，立刻就有几人冲出来。他们先看到碎了一地的牌匾，再看到抬头挺胸冷笑相对的那人，都愣住了。

"把晏三合给我交出来，否则……"那人将长衫往后一撩，从腰间缓缓地抽下一把软剑，眉宇间的杀伐之气呼之欲出，"有一个，我杀一个；有两个，我杀一双。"

裴笑："……"阿弥陀佛，原来我真的斗不过！

衙役们："……"原来真有不怕死的，敢一人单挑整个刑部衙门？

"找死是吧，兄弟们，拿下！"

口号喊得很好，就是没一个人敢动。

有个衙役贼精，掉头就跑，一边跑还一边喊："你们先上，我去叫人！"

"慢着！"

被一条胳膊拦住去路，那衙役抬头一看，竟是谢府三爷。

谢知非深深看了那人一眼，厉声道："这人手持凶器，寻衅滋事，我要带回北城兵马司审讯。"

那衙役一听，不对啊，这哪是寻衅滋事，分明是来砸我们刑部的场子的。

他正要反驳，余光却见那人抬起软剑，冲谢知非轻轻一点："你要拦我？"

"职责所在。"谢知非取过腰间的佩剑，跨出门槛，一步一步走下台阶，"乖乖跟我回兵马司受审，否则，我的剑也不认人。"

"谢五十！"裴笑急得大喊，"你逞什么英雄，这娘儿们厉害着呢，你赶紧闪开。"

他话还没说完，谢知非手里的剑就动了。

那人眉头一压，迎上去，与他缠打在一起。

朱青一看那人出手，就知道不是普通人，自家爷根本不是她的对手。

"三爷，我来帮你！"

就在朱青大喊一声的同时，谢知非突然把剑柄一压，用只有两人能听到的声音道："晏三合很快就能出来，别把自己送进去，跟我走！"

那人眉心一跳，眼睛幽幽冷冷，似不太相信。

·117·

"信我。"谢知非冲她用力一点头,与跃过来的朱青对视一眼,随即两柄剑同时刺向那人。

招式瞧着十分狠辣,但内行人扫一眼就知道是虚招。

那人脑海中天人交战片刻,就势一个倒地打滚,好巧不巧滚到了朱青的脚下,肩膀被朱青抓了个正着。随即,谢知非的长剑横在她脖子上。

"……"所有人看得眼珠子都快掉下来了。

谢知非厉声道:"朱青,带走!"

朱青将那人往上一提:"是!"

"谢三爷,三爷,我的三爷啊!"衙役赶紧跑过来,一脸苦相,"这这,我们没法交差啊!"

"简单!"谢知非从怀里掏出一张银票,往他手里一掷,"牌匾的银票,三爷出了,多的请兄弟们喝酒,但人我必须带走!"

衙役看着银票:"……"有银票了,还拦什么拦啊!

裴笑揉着发痛的膝盖:"……"事情好像不太对啊!

事情当然不对了。

数匹高马穿过两条街巷后,谢知非和那人同时翻身下马,一个对视后又同时往巷子里钻。

果然被他料中了,有情况!

裴笑赶紧跳下马,把缰绳往朱青怀里一扔,颠颠地跟过去。

谢知非带着他们走到一个僻静处,等不及便问:"你是哪位?是晏三合的什么人?"

那人两条眉毛吊得高高的,不答反问:"你是哪位?"

"谢府三爷谢知非,在北城兵马司当差,是晏三合的……"谢知非厚着脸皮,一咬牙,"算半个兄长吧!"

那人倒也痛快:"李不言,是她的婢女。"

李不言?她就是李不言?!李不言竟然是个女的?!

谢知非还来不及做出反应,就见边上的裴笑冲过来,一把抓住李不言的胳膊。

谢知非眼皮一跳,连忙喝道:"李不言,住手!"

迟了。

裴笑的身体在空中画出一道十分漂亮的弧线,然后啪的一声,重重落地,以一个狗吃屎的姿势!

天地间静止了。

有那么一瞬间,裴笑以为自己升天了,直到奇经八脉的痛意齐齐涌上来的时候,他才恍然大悟:菩萨保佑,我还活着!

他抬头,是谢知非一张着急的脸:你怎么样?

裴笑一瞪眼:问我干什么,赶紧问她啊!

谢知非:我先问你残没残。

裴笑一翻眼：残了也有我爹治，你给老子赶紧的。

谢知非给朱青递了个眼色，朱青忙把裴爷扶起来，动手检查有没有残。

"李姑娘，那个……"谢知非缓缓道，"我兄弟的外祖母棺材裂了，你家小姐说去云南府找一个叫李不言的人，派去的人捎信回来说没找着，他心里急得不行。"

李不言莞尔一笑："原来你是苦主？"

裴笑也不觉得疼了，只觉得头皮发麻，麻到没知觉，只有拼命点头。

李不言："找人当然找不到了，云南府多的是叫李不言的狗。"

啥意思？谢知非看着裴笑，一脸蒙。

裴笑苦兮兮地冲谢知非挤挤眼。

谢知非：干吗？

让爷继续趴着啊！爷把人得罪了，还不如升天！

"……"

谢知非对这人的德行简直了如指掌："李姑娘，我兄弟有什么冒犯的地方，我代他赔个不是。他这人就是嘴贱，但心是极好的，姑娘别和他一般见识。"话说得很真诚。

李不言对谢知非的印象不差，刚刚要不是他拦着，自己这会儿还在吭哧吭哧地打架呢："福贡县没有叫李不言的男人，只有一个叫李不言的女子，你们应该是弄错了。"

谢知非用胳膊碰碰裴笑的胳膊：听到没有？

裴笑真是一肚子苦水倒不出：你小子也没说是女人啊，这鬼名字一听，谁不认为是个男人？

谢知非一点头：行了，祖宗，算我的错。

裴笑瞪他：本来就是你的错。

"请问，"李不言看着他们俩，"二位是在眉来眼去吗？"

二位："……"

"李姑娘，"谢知非忙转了话题，"按理，这会儿我应该请你去酒楼吃顿饭，咱们边吃边说话。但事情紧急，我就直接在这里问了，你家小姐口中说的高人是谁？"

李不言沉默片刻后，又莞尔一笑："这事不能说，等见了我家小姐，我再告诉你们。"

"你——"

谢知非忙捂住裴笑的嘴："你安心，你家小姐一定没事，只是你是怎么知道你家小姐在刑部大牢的？"

"我去过谢家。"

谢知非恍然大悟的同时，又有几分疑惑："那刚刚姑娘砸刑部的牌匾，是打算一个人闯进去把你家小姐救出来？"

"你不都看到了吗？"

"不是……"谢知非想了想措辞，"姑娘难道就不明白，刑部是六部之一，多的是侍卫看守，姑娘一个人——"

"一个人，一条命。"李不言莞尔一笑，"救不出小姐，我要这条命干吗？"

·119·

天地间再次静止。

……………

徐府。

谢道之把茶盅往桌上重重一搁："调戏我干女儿？徐大人是不是瞧着我谢某好欺负？"

徐来呆了，他只当儿子调戏的是那个姓晏的女子，哪承想，小畜生调戏的竟然是谢道之的干女儿。这性质可就完全不一样了。

啪！谢道之一拍桌子，厉声道："我谢某活这么久，还没被人欺负成这样过，徐大人，咱们皇上跟前见吧！"

"谢大人，谢大人！"徐来一听"皇上"两个字急了，忙服软道，"有话好说，有事好商量，快坐，快坐。"

"坐什么坐？"谢道之浸在官场多年，官威摆得十足，"你就直接说，这事怎么了！"

徐来赔着一脸的笑："自然是大人想怎么了就怎么了。"

谢道之："先把人放了，其他的我再慢慢找你算账。"

徐来听得冷汗直冒："谢大人，不是我这做爹的护着自个儿的儿子，那小畜生是该死，可也不能踢命根子啊。"

谢道之心中冷笑：动我谢道之的干女儿，踢你命根子还算轻的。

"谢大人是知道的，我徐家统共就这么一棵独苗，真要是踢坏了，这不是要我老命吗？！"

这话刚说完，就有下人来报："老爷，老爷，太医说没事了，能用呢，还能用呢！"

徐来顿时欣喜过望："谢大人，一场误会，一场误会，我这就让人放人。"

谢道之又一拍桌子："只是放人吗？"

徐来眼珠子一转："谢大人放心，三日后，我在醉霄楼摆酒，让那小畜生给谢大人磕头赔罪。"

谢道之一听"醉霄楼"三个字，心中怒气更盛。

全天下的人都知道，这醉霄楼是汉王的私产。在那儿摆酒，就是提醒他：差不多得了，也不看看我徐来身后站着的人是谁！

谢道之不吭声，徐来便心知肚明，忙道："谢大人放心，人全乎着呢，没敢动一根手指头。"

谢道之勉强按捺下来，冷笑道："徐大人应该庆幸没对她用刑，否则，醉霄楼也没用。"说罢，拂袖而去。

徐来看着他的背影渐远，阴沉沉道："你谢道之算个什么东西，总有一天……哼！"

……………

刑部大牢。

晏三合还是那个坐姿，还是那副表情，只是随着时间一点点流走，她心里不可抑制地涌上恐惧。

是的，她感到了恐惧。

这牢狱鬼气森森，各种惨叫声此起彼伏，听得人头皮发麻，让人忍不住想象那个发出惨叫的人这会儿正遭受怎样的酷刑，下一个会不会轮到自己？

走廊尽头传来开门声，晏三合血气涌上心口，将手里的金簪用力握紧。

栅栏门被打开，狱卒往里瞧了一眼，语气很温和："姑娘赶紧出来吧，有人来接了。"

晏三合脑袋里那根紧绷的弦嘭的一声断了。她把长发一拢，盘了个髻，用金簪固定住，起身理了理衣裳，弯腰走出栅栏。

有两位刑部的官吏上来引路，一直将她引到衙门口。

门外站着好些人，晏三合一张脸一张脸扫过去，目光最后定在一个人身上。她唇角一勾，张开双臂。

那人身子一跃，飞扑过来，紧紧拥住她。

台阶下，裴笑用脚尖踢了踢谢知非的脚尖，皱眉道："主仆之间还能这样？一点上下尊卑都没有，乱套了。"

谢知非不理他，扭头看了看朱青，脑海里浮现出他和朱青抱在一起的场景，硬生生地打了个寒战。是有点乱套。

"人都出来了，快去问啊！"裴笑又踢了踢他。

谢知非硬着头皮上了几层台阶，轻轻咳嗽两声。

晏三合放开李不言，扭头向谢知非看过去。

谢知非的表情瞬间失控。

这张脸满脸血渍，额头和眼角都有瘀青，头发虽然束着，但有几缕已经合着血打结在一起。再往下看，衣服上血迹斑斑。

谢知非没有心绞痛，但此刻不知道为什么，心口疼得他冷汗都冒了出来。

"有你这样的吗？"谢知非怒了，"一个姑娘家非要逞能？"

"三儿！"谢道之厉声喝道，"还不赶紧扶你妹妹上车，一家人都等着呢！"

妹妹？晏三合明知道这话是说给刑部的那些官吏听的，但心中还是冷笑，谁要做这个纨绔的妹妹？

"还不赶紧上车！"谢知非的口气还是很冲，头一扭，看着裴笑又呵斥道，"还愣着干什么，去把你爹叫来，快去！"

裴笑真想抄根棍子，夯死他："爷已经跑过一次腿了，你还让我跑第二次，我是你用人？朱青，你去！"

朱青不等裴笑把话说完，人和马已经冲出去。

谢知非冲两位刑部官吏抱了抱拳："劳二位替我传句话给徐大人。"

两人忙躬身回礼："三爷请说。"

"徐大人把我义妹照顾得很好，这份恩情永世不忘！"谢知非微微一笑，"日后定会相报。"

"……"那两人半个字都答不上来，只用眼睛去瞄谢道之，却只见到谢道之拂袖而去的背影。

谢知非狠话放完，背过手，正要转身，却察觉到晏三合的目光向他看过来。

四目相对，晏三合并不躲，反而微眯起眸子，眼神中透露出些许不解。

不解什么不解，三爷护短不知道吗？

谢知非扭头离开。

…………

车辘轳滚在青石砖上，发出吱呀吱呀的声音。

马车里，晏三合和李不言定定地相互看着，谁也没有先开口，两个多月，一南一北，谁也没有料到会在刑部门口再见。

许久，李不言哈哈一笑："想我没？"

晏三合点点头。

李不言歪着头问："怎么想的？"

晏三合伸手指了指心口。

对于一个话不多的人，这已经是最外露的情绪表达，李不言哼哼两声，表示自己很满意。

"祖父的后事我都已经处理好了。"她的手托着下巴，"棺木合上的瞬间，原本阴云密布的天一下子有月光透出来，那晚的月色美极了。"

满脸的血污并不妨碍晏三合笑得很好看："是个好兆头。"

"我也是这么觉得，你呢，又梦到了什么？"

晏三合三言两语把梦境说给她听。

听完，李不言压低声道："下面这个心魔解完，你应该就能知道自己是谁。"

"但愿如此，不过……"晏三合用脚碰碰她的脚尖，"耽搁太久，事情不好办。"

"我对你有信心。"李不言坐到晏三合边上，用胳膊碰碰她的胳膊，"快，和我说说咱祖父到底是什么放不下；还有，你好好的，怎么就进了刑部？对了，义妹是怎么回事？"

晏三合："……"我先回答哪一个？

…………

谢府。角门。

谢总管踮着脚、揣着脑袋往巷子尽头看，等看到有马车驶进来，他脸色一喜，冲台阶上的谢而立道："来了，来了，人回来了。"

谢而立心头一松："快，快让人准备火盆。"

马车缓缓驶近。

谢而立亲自上前扶谢道之下车，趁机低声道："老太太那头没瞒住，急得不行，命我等在这里。"

谢道之压着声："她这个样子不能让老太太看到，你就说受了点惊，先回静思居养着。"

谢而立赶紧扭头向另一辆马车看去，有些意外，又极度愤怒："我亲自去和老太太说。"

谢道之想了想，又道："一会儿你装叔来，送他走后你和老三来我书房。"

"是。"谢而立目送父亲上了台阶，敛了所有神色，转身走到晏三合面前，"姑娘受苦了。"

"不算什么！"晏三合的声音没多少起伏，"就算还了你们这些天照顾我的恩情。"

"晏三合，你这话是什么意思？"谢知非这一路好不容易压下去的火噌的一下又被点起来，"什么叫还了，谁要你还？"

"老三！"谢而立低吼。

谢知非天不怕，地不怕，娘不怕，爹不怕，只怕自家大哥。大哥一吼，他的气焰立刻消下去三分，但脸色还是难看。

谢总管一看这情形，忙打哈哈道："大爷，先让姑娘把火盆跨了再说，好去去身上的霉气。"

晏三合："我不信这个！"

谢总管一脸为难："姑娘不信，可老太太信，老太太一听说姑娘出事，午饭都没吃一口，巴巴地等到现在。"

晏三合心想，这谢胖子是不是看准了她心软，所以才故意抬出老太太？

跨就跨吧！晏三合抬起右脚，跨过火盆。

谢总管随即大喊一声："大吉大利，平安无事哦！"

跨过火盆，一行人送晏三合回静思居。汤圆早就等在门口，见到主子的模样，一个劲儿地抹泪。

谢而立沉了脸："哭什么，先带姑娘去沐浴更衣。"

汤圆哽咽道："是！"

"先不急，我有话说。"晏三合在院子里停下脚步。

"晏姑娘！"谢而立猜到她要说什么，忙打断，"那点吃的喝的从来不是恩情，倒是姑娘今日救下我妹妹，又是对谢府天大的恩情，姑娘永远可以把谢府当成自个儿的家。"

晏三合不知道说什么，只好看了眼远远跟着的李不言。

谢而立顺着她的目光看过去。这位又是谁？

谢知非忙解释道："大哥，是晏姑娘的婢女。"

谢而立微微皱眉，一个婢女有这么强大的气势？

这时，李不言走上前，清了清嗓子："那个……苦主呢？"

苦主？什么苦主？院子里的人面面相觑。

"棺木裂开的苦主。"

裴笑这才明白她这是在叫自己，忙小跑着上前："在呢，在呢，我在呢！"

李不言看着他："你找我是为了打听化念解魔的人是谁？"

这不是废话吗？裴笑连连点头。

李不言慢慢勾起唇，伸出手，轻轻一指："是她。"

众人顺着她手指的方向看过去，眼也红了，呼吸卡住了，一团火烧得脑子都煳了。

晏三合？怎么会是她？

"你逗我呢！"裴笑嗤笑一声，"要是她，我还费那个劲儿，千里迢迢跑云南府干什么，谢五十，你说是不是？"

"……"

"谢五十！"

"……"

依旧没有人回答。

裴笑一脚踢过去："你干什么，哑巴了！"

谢知非这会儿感觉自己掉进了正炸着的鞭炮堆里，眼前一串串的都是炸响的星火。他难以置信地瞪着晏三合："晏三合，你为什么要绕那么大的一个圈子，浪费那么多的时间？"

"谢三爷，"晏三合淡淡的，"财神用请，菩萨用请，化念解魔自然也用请。"

"好吧，我来解释得直白一点。"李不言莞尔，"总不能让我家小姐主动上门问：你家棺材是不是裂了？要不要化念解魔啊？"

所有人："……"

"所以才要通过中间人，不好意思，各位，我就是那个中间人。"李不言一挺胸，"说得再直白一点，你求财神，求菩萨，不是还要先点上三炷香才敢开口吗，本丫鬟就是那三炷香。"

谢知非明白是明白了，但心头又有疑惑："晏三合，那当初你来谢家——"

李不言手一摊，颇为无奈："苦主是我家小姐的祖父，自己人嘛，就没法子了。我家小姐只能委屈一点主动上门。对了，你们没有为难她吧？！"她说这话的时候，手又摸到了腰上。

裴笑是见识过这人的身手的，虽然有些话他听得云里雾里，什么祖父，什么来谢家，但这不妨碍他脑子转得极快："没为难，一丁点都没为难。"

"明亭，你闭嘴！"谢知非突然大吼一声，目光依旧死死地看着晏三合，"你既是苦主，又是解魔的人，那么——"

"倒霉的事情落不到我头上。"

落不到她头上？那就只会落到谢家人头上。

谢知非的太阳穴一跳一跳的，一个月前印在他心头的种种疑惑终于在此刻通通解开。

她随身带着香，那香和普通的香完全不一样；她清楚地知道香点不上的原因、香断的原因；她着急赶回去，又着急赶回来；她一点一点抽丝剥茧、千方百计寻找晏行的心魔所在……

这种种的一切早就隐隐透露出她根本不是什么苦主，她才是那个化念解魔的高人。

谢知非一寸寸地挪动脖颈，怔怔地看向自家大哥。

谢而立清楚地知道老三为什么是这副神情。

那个风大雨急的夜里，她赶回京城，在谢府门口停下脚步，根本不是害怕再次踏入谢府，而是……而是在犹豫是趁机替父母兄弟报仇，还是不计前嫌地帮老太太抢回这一条命，帮谢家躲过这一劫！

谢而立深吸一口气，把所有的情绪往下一压，拍拍老三的肩。

谢老三双手用力地抹了一把脸："那现在季家人应该怎么做？"

晏三合觉得这人的目光太过灼热，眼底晦暗不明，于是偏过脸，咳嗽了一声。

李不言笑道："这事和你说不着，得和苦主说。"

终于轮到我了！裴笑一把推开谢知非："我算半个苦主，你和我说。"

李不言看着他，轻轻一笑："你做得了主？"

"必须做得了。"

"好！"李不言一拍掌，"那我问你，你愿意花什么代价帮死人化念解魔？"

裴笑脸色一僵，这还要代价？

晏三合看了裴笑一眼："这世上所有的事情都要付出代价，你不是苦主，叫真正的苦主来。滚吧！"

裴笑僵着身子没动，脑海里有什么东西一闪而过，然后整个人跳了起来："你你……你……你——"

"没错。"晏三合冷笑，"我就是谢府大爷藏在外头的那个小婊子。"

裴笑："……"玉皇大帝！快，快让我升天吧！我已经没脸见人了！

"裴太医到二门了！"

这一嗓子把裴笑从无比尴尬的境地中解救出来。他冲脸色铁青的谢而立一点头："大哥，就是一场误会，我先去季家，回头弟弟跟你详细说。"

"……"谢而立看着这人逃跑的背影，心说：要不是看在你爹的分儿上，今儿个我非动手不可。

"谢大爷。"

听到晏三合叫自己，谢而立忙敛了心神，"晏姑娘。"

"季家已经到了抄家灭族的地步，无论什么代价，应该都会化念解魔。"晏三合神色平静，"过不了几日，我便会离开，刚才说的不是气话，我既不喜欢欠别人，也不喜欢别人欠我，各自安好吧！"说罢，她神色疲倦地转身走进屋子。

李不言一把钩住汤圆的肩，拥着她往里走："看来我不在的时候，故事挺多哈。听说是你在侍候我家小姐，来，快跟我说说，都发生了些什么有趣的事。"

汤圆明知钩着她的人是个姑娘，但脸蛋还是羞得通红，走路都有些同手同脚了。

偌大的院子，转眼就剩下兄弟俩，还有个憋着一肚子话不敢往外倒的谢总管。

就在这时，裴寓带着医徒进了院子。

·125·

谢总管忙迎上去："裴太医，您快跟我来。"

"裴叔，"谢知非叫住裴寓，"她伤得很严重，你好好给她看病。"

"你小子。"裴寓瞪眼睛，"我什么时候没好好看过？"

…………

夜，终于铺天盖地地沉了下来。

屋里掌了灯，灯光透出一些，打在谢知非冷峻的脸上。

"哥，"他轻声说，"你没亲眼看到过，她一个姑娘家骑在马上，日夜奔行，风里雨里，连命都不要的样子。"

谢而立看着老三："我能想象出来。"

"我一直以为她是为了她自己，直到今天……"谢知非眸光一瞬间黯淡下来，"我们谢家不仅欠她祖父的，也欠她的。"

谢而立沉默不语。

"我真想见见那人啊，哪怕一眼也好。"谢知非闭了一下眼，"能教出这样儿孙的人，我由衷地敬佩。"

谢而立素来寡淡的神情中也露出难得的动容。

"哥，再说今天的事。"谢知非声音沙哑，"我其实暗下试探过，她其实也就会那么几下三脚猫的功夫，怎么就有那么大的胆子，敢一个人留下来？哥，我从没见过这样的女子。"

这世上的女子不都应该像二妹那样，娇娇滴滴、柔柔弱弱？受委屈了，哭几声；高兴了，撒撒娇。躲在男人身后，由男人替她们挡风遮雨。怎么到了她这里，通通不一样了？

"说到这个，老三！"谢而立出奇地冷静，"谢府在京城也不是无名无姓的人家，为什么徐晟还敢动手？"

谢知非悚然一惊："大哥，你的意思是……"

谢而立点点头，思忖道："我总感觉事情没那么简单，你暗下留个心眼。"

谢知非眼底的杀意一闪而过："放心，我定会查个水落石出。"

第十章 黑狗

玉清院。

帘子一动，二爷谢不惑走进来。

丫鬟们忙起身行礼："二爷来了？"

谢不惑睥睨屋中所有人，冷冷道："出去！"

房里几个大丫鬟不知道二爷今儿个是怎么了，纷纷去看自家主子。

谢婉姝哭得一双漂亮的眼睛跟桃子似的，听到"出去"二字，猛地抬起头来，不解地看着自家亲哥。

谢不惑厉声道："都出去，听到没有？！"

几个大丫鬟忙放下手中的针线，纷纷离开。

婢女杏花最后一个跨出门槛，担忧地回头看了小姐一眼，帮兄妹二人把门掩上。

屋里没了外人，谢不惑在椅子上坐下来，目光冷冷地看着谢婉姝，不说话。

谢婉姝被他看得心里发毛，哽咽道："二哥为什么这么看着我？我今日差一点就——"

砰！谢不惑一拳头砸在桌上："谢婉姝，你还好意思说！"

谢婉姝吓得泪都止住了。

"我问你！"谢不惑将声音压得足够低，只有两人能够听到，"上一回我带你上街，路过宝玉轩，问你要不要买些什么，你是怎么回答我的？你说宝玉轩的东西怎么比得上宝庆楼的。"

"我……"谢婉姝刚想解释，忽然见自家亲哥双眸灼灼如火，吓得又掩面抽泣。

"你还好意思哭？"谢不惑差点没被气出内伤来，拳头捏得嘎吱作响。

他今日在城北盘店，听到妹子被人调戏，又气又急，扔下手里的事情，便往回赶。赶到府里，他将事情前前后后一打听，心里总觉得有些不太对劲儿，妹子素来看不上宝玉轩的东西，又怎么会去那家店里闲逛？

原本他还以为是这丫头心血来潮，后来听说晏三合为救她进了刑部大牢，思前想后半响，才明白这不对劲儿从何而来。

"说！"谢不惑噌地站起来，凶神恶煞一样，"谁让你这么做的？"

谢婉姝因为宝玉轩的事情，内疚、自责整整一天，这会儿早已是强弩之末，再见到自家亲哥这副吃人的样子，哪里还能受得住？

"哥，宝玉轩来了好东西，我凭什么不能去看？"她泣不成声，"我也不想遇到那个坏人，我也不想让晏姐姐进牢里，你们为什么都怪我，我做错了什么？"她越说越委屈，越说越心酸。

"你怎么就知道宝玉轩来了好东西？"

"啊——"

"谁告诉你宝玉轩来了好东西？"

"杜侬云说的，她让我有空去瞧瞧。我想着赏花宴就要到了，总要打扮得漂漂亮亮的，谁知——"

谢不惑一听，心彻底凉下来："你知道不知道前些日子杜侬云和晏三合在后花园起了冲突？"

"知道啊。"谢婉姝抽抽搭搭，"她们不和，与我有什么相干？又不是我和她们吵架。"

"你——"谢不惑真想撬开妹子的脑袋，看看里面都装了什么，屎吗，"我问你，你不逛宝玉轩的毛病是跟谁学的？"

"杜依云啊，她说宝玉轩的东西哪比得上宝庆楼的精致、富贵。"

"一个不逛宝玉轩的人是怎么知道宝玉轩进了好东西的？"

"什么，什么意思啊？"谢婉姝问得磕磕巴巴。

"府里传言说晏三合是你三哥的妾，杜依云一向以三奶奶自居，她能容得下？"谢不惑气死了，"也就你这个蠢货，傻不棱登地做了别人的帮凶。"

"我是帮凶，我怎么会是帮凶？我——"谢婉姝脑子里的那根筋突然别过来，两只红肿的眼睛可怜巴巴地望着谢不惑，一句话也说不出来，半晌，"哇"的一嗓子，号啕大哭。

谢不惑眼里还含着火星。同样是二八年华的内宅女子，一个精明、狠辣得不动声色地取人性命，一个却天真、愚笨得只知道吃喝玩乐，怎么姨娘教来教去还是教出了个蠢货！

谢不惑声音发沉："这事，你烂在肚子里，跟任何人都不要说。"

谢婉姝猛地止住了哭："哥，为什么？"

"你还嫌老太太对咱们兄妹二人不够嫌弃吗？"

"可，可总得让他们知道杜依云她——"

"她只是在背后做了个局，主动入局的是你自己，你有证据吗？你说得清吗？"谢不惑咬牙，"老太太、老爷他们不会怀疑你和杜依云是串通好的吗？"

谢婉姝愣怔，眼里又迅速蓄满了泪，委屈死她算了。

"谢婉姝，你牢牢记住我的话。"谢不惑语重心长，"以后面对杜依云多长个心眼，不要亲近，也不要得罪。"

谢婉姝哪能甘心："她那样利用我，我为什么不要得罪？"

"因为，你是庶出。"谢不惑语调透出几分悲凉，"庶出的姑娘和高门里嫡出的小姐交好，能让未来的婆家高看你一眼。"

谢婉姝一听这话，泪水便滚落下来，止都止不住。

谢不惑被她哭得心软，声音也柔和下来："要是觉得对不起晏姐姐，就常去看看她，和她多说说话。"

"你不是让我不近不远吗？"谢婉姝哽咽。

"哥错了。"谢不惑嗓音很低，"她这样的人，一定要近着，千方百计地近着。"

…………

"伤口不要沾水，纱布还得盖几天，都是外伤，无须吃药，这几日不要吃发物，饮食清淡些便好。"裴寓眯着眼睛看了晏三合一眼，"姑娘还有哪里不舒服？"

晏三合："没有。"

裴寓："身体不觉得发冷吗？"

"不冷。"晏三合觉得不太对，"怎么，裴太医，我身上还有别的毛病？"

"没有，没有！"裴寓忙摆摆手，"姑娘好好养着，我先告辞。"

晏三合等他走了，问道："裴太医和那个姓裴的是什么关系？"

汤圆忙道："回姑娘，他们是父子关系。"

"怪不得两人长得有点像。"李不言大大咧咧地往晏三合边上一坐，"算了，看在他帮你看病的分儿上，我和那姓裴的仇算扯平了。"

汤圆唇动了动，想说话，没敢；可不说，她又瞧不下去，做婢女的哪能和主子平起平坐？

晏三合："饿不饿？"

李不言托着下巴，带着些撒娇的意味："饿死了，整整一天没吃饭了，胸都饿小半寸。"

汤圆摇摇欲坠，就差没晕过去，强撑道："奴婢这就去预备。"

"再让人抬些热水来。"晏三合看看李不言那一身衣裳，"几天没洗了？"

李不言伸出一只手："五天。"

晏三合："快馊了。"

李不言笑得咯咯的："怪不得这一路上也没男人多瞧我两眼。"

汤圆一个踉跄，赶紧用手扶了扶门框，大步走出去。

见她出来，谢而立问道："姑娘如何？"

"回大爷，说是饿了。"

"赶紧去预备。"

"大爷，三爷，"谢总管的声音由远及近，"季府老爷来了。"

这么快？兄弟二人对视一眼，谢而立低声道："你去招呼，我先避一避。"

…………

裴笑领着舅舅季陵川踏进静思居。

谢知非忙迎上去："季伯，她人刚从外头回来，还没吃晚饭，您——"

"苦主来了？"李不言不知何时站在了屋檐下，"赶紧进去吧！"

谢知非："季伯，那我陪您进去。"

"不相干的人在外头等着。"

季陵川有些狐疑地看着谢知非，谢知非忙安抚道："您别担心，那位高人是极好的。"

季陵川冲谢知非抱了抱拳，抬脚走进了屋里。

李不言等他进去，反手掩住了门，然后长腿一伸，双臂一抱，当起了门神。

屋里没有任何声音透出来。

裴笑咳嗽一声，再咳嗽一声……等咳到第五声时，谢知非怕他把肺咳出来，只能硬着头皮走到李不言身旁。

李不言连眼皮都没抬一下。

谢知非："姑娘饿吗？"

李不言："嗯！"

谢知非："饭菜已经备下，要不先垫垫？"

李不言："噢！"

谢知非："去耳房用吧，这里我替姑娘看着。"

李不言："嘿！"

谢知非："你嘿什么？"

李不言："喊！"

谢知非："我是一片好心，怕姑娘饿坏了。"

李不言："哼！"

谢知非："真没别的意思。"

李不言终于抬眼，指了指自己的脸，说了句全乎话："我脸上写着'傻子'二字吗？"

谢知非："……"

李不言："不要对我用调虎离山之计，没听说过那句话吗？知道越多，死得越快！"

谢知非："……"

屋里。

季陵川一脸的不可思议。

来谢家之前，他想了一路高人是什么样的。和尚？道士？神婆？还是奇能异士？他无论如何都想不到，竟然是一个年纪轻轻的姑娘，那姑娘的脸上甚至还有未脱的稚气。会不会是弄错了，这样的人怎么可能……

他在打量晏三合的同时，晏三合也在打量他。

他五十岁左右的年纪，保养得不错，身材微微发福，可见从前的日子是极好的，脸和裴笑有几分像，但是印堂发黑，双目浮肿而无神，非吉兆。

她缓缓地开口："停灵七天，她是在第四天的子时棺木裂开的，你们用钉子将棺木钉上，然后落的葬。"

季陵川顿时头皮炸开来："你怎么知道？"

这事除了季家几个守夜的，连老太太极为疼爱的外孙都不曾知道半分。

"钉子用了十八根，一根钉子一层孽，你们是想将她打入十八层地狱？"

季陵川惊得心怦怦直跳，连忙矢口否认："不是这样的，少一根钉子，棺木钉不住；多一根钉子，它就掉出来。"

当时他以为只是巧合，没放在心上。但棺木裂开总不是什么好事，于是他又让外甥裴笑请了僧录寺十八位高僧，在家里念了三天《往生经》。原以为没事了，不承想……

季陵川此刻哪还有什么疑惑不疑惑，双腿一屈，哀声道："请大师救一救季家吧。"

晏三合走到他面前，毫无预警地，手指点了上去。

季陵川只觉得眉心一凉，眼前突然像被什么蒙住了，一片黑暗。

慢慢地，有束光唰地落下来，落在一个人身上，那人头发花白，满脸皱纹，一步一步艰难地走在风雪里。那雪又厚又深，一眼望不到头，她跌倒了又爬起来，走几步又倒下去，正是他的老母亲。

眉心的凉意骤然消失，季陵川猛地清醒，失魂落魄地跌坐在地上，久久不能回神。

"可看清了？"

季陵川一激灵，登时清醒过来，忙冲着晏三合磕头。

他额头刚着地，晏三合冰冷的声音便在头顶响起："先不急着磕头，季老太太的念不好化，孝子，你愿意付出什么样的代价？"

季陵川猛地抬起头，惊骇地睁大了眼睛，毫不犹豫道："尽我所能，便是倾家荡产也在所不惜。"

"那我就等着你拿出诚意来！"

…………

朱漆色的木门吱呀一声打开，季陵川从里面踉跄着走出来。

谢知非和裴笑见他的脸色比死人的还要难看，不约而同地冲过去，一左一右地扶住他。

"舅舅！"

"季伯！"

季陵川看着两人，才感觉身上有了一丝暖意，像是回到阳间："找个地方说话。"

谢知非忙道："明亭，带季伯先去我书房。"

裴笑瞪着他："那你呢？"

谢知非："我和晏姑娘说两句话，马上就来。"

有什么好说的？裴笑心有余悸地看着屋里，这种女人躲远点还差不多。

"你给爷快点。"

"马上！"

谢知非转身看向李不言："我能进去吗？"

李不言做了一个请的手势。

屋里燃着香。这香既不是檀香，也不是佛香，淡淡的，沁人心脾。

晏三合已经将那身沾血的衣裳换了下来，换上一件谢府针线房送来的妃色新衫，新衫将她平日里的疏淡全然换去，留了三分柔弱、二分温和，还有一分稚气。

谢知非走到近前，抿了抿唇，素来巧舌如簧的他第一次竟不知道说什么好。说谢谢，人家压根儿不图你的谢；说抱歉，她会觉得你虚伪。

半晌，谢三爷嘴里才迸出一句："伤口疼不疼？"

晏三合看他一眼："无碍。"

这答的是什么？简直是废话。

谢知非沉默了一下，说："以后再遇到这种事情，不要逞强，更不要一个人留下来单打独斗。"

"应该如何，三爷支个好着？"

"扭头就跑，然后想办法报官。"

晏三合眼露嘲讽："你们谢家不就是官？"

"……"谢知非哽了一下，竟没法反驳，"总而言之一句话，保护好自己要紧！"

晏三合语调平静："然后眼睁睁地看着你妹子被调戏？"

"……"谢知非只觉得脑子疼、心口疼、浑身都疼，需要缓一缓。这人什么都好，就是这脾气像茅厕里的石头，又臭又硬，还非要和人抬杠。

"多谢你救我出来。"

谢知非简直不敢相信自己的耳朵："你刚刚说什么？"

"……"

"敢不敢再说一遍？"

晏三合站起来，微微昂起下巴："我说，你们谢家的官看来也就这样。"

谢知非："……"嘿，怎么又开始不友好了呢？

不对！谢知非两耳嗡嗡嗡地响，神色大变："你，你的意思是——"

"我没什么意思。"晏三合绕过他，转身走进里屋，若她此刻回头，就能看到谢三爷的眼神一瞬间变直了。

宝玉轩的事情不对劲儿，她察觉到了。她这是在含蓄地提醒自己、提醒谢家，要小心。

她她她……眼前的一切都成了虚化，谢三爷感觉自己再次掉进正炸着的鞭炮堆里，眼前一串串都是炸响的星火。

…………

谢知非不知道自己是怎么走出静思居，走回自个儿书房的。

他是被裴笑一嗓子喊回了神。

"诚意？"裴笑一拍桌子，"谢五十，事情不对啊，五百两是诚意，五万两也是诚意，这是个无底洞！"

谢三爷一张脸瘫了好半天："季伯，这事您拿主意。"

"还有什么主意？"季陵川神情异常激动，"她便是要我这条老命，我都愿意给。"

"舅舅！"

"你不懂。"季陵川朝门外喊道，"来人！"

他的心腹推门进来："老爷！"

"立刻回府，将府里账房里的现银和地契、田契通通拿来。"

"是！"

裴笑跳起来："舅舅，你还给她地契、田契？"

"倾家荡产也得先保住命！"季陵川摆摆手，示意这个外甥别再乱嚷嚷，吵得他脑仁疼。

裴笑眼珠子转了几下，一把扯住谢知非的胳膊就往外走，牵扯到银钱的事情，他不得不多个心眼。

到了外间，裴笑声音往下一压："谢承宇，这个姓晏的到底是你们谢家什么人？"

"……"

"你们是怎么认识她的？"

"……"

"她到底是什么来路？"

"……"

"你爹为什么要认她做干女儿？"

"……"

"为什么她年纪轻轻就懂这些神神怪怪的事？"

"……"

谢知非一个字都没办法往外吐，有的问题是不能答，有的问题是他也想知道。

"对了，你说，她会不会是个骗钱的神棍啊？"裴笑挠挠脸，越想越觉得不对劲儿，"又或者——"

"裴明亭！"谢三爷被缠得烦了，"你外祖母的棺材还裂着呢，这个时候还计较钱，你钻钱眼里去了？"

"这是计较钱吗？你看她们主仆二人主不像主，仆不像仆，一个冷冰冰，像死人；一个年纪轻轻，身手就那么好。"裴笑急了，"你不觉得诡异吗？"

谢知非刚要说话，朱青便匆匆跑来："爷，去云南府的人捎信回来了。"

"人呢？"谢知非迫不及待地对裴笑道，"你进屋去陪着你舅，有什么话回头再说。"

"你是不是有什么瞒着我？"裴笑听到"云南府"三个字，直觉不对。

云南府是那对主仆待的地方？这小子为什么要派人过去？派人过去的目的是什么？

"是不是关于她们俩的？"裴笑一把揪住谢知非的前襟，"谢五十，你今天要是不把话说明白，老子骂到你们家祖坟裂开来。"

"姓裴的！"谢知非素来好脾气，但真正被惹怒了，就如同一头睡醒的雄狮，张着嘴就要吃人。

姓裴的会怕他？

两人从小一起光屁股长大，对方几斤几两都知道得清清楚楚，"雄狮"咬别人可以，咬他裴明亭，还差那么点意思。

裴明亭眼珠一转，张开双臂把他抱住了，死死抱住。想把他甩掉？门都没有！

然而这一次，裴明亭想错了，谢知非抬起手，在他的后颈用力一敲。

裴明亭眼珠子挣扎着翻了几下，头一栽，昏过去。

"扶着！"谢知非把他往朱青怀里一扔，大步走出去。

院外，丁一等在树下，见爷过来，赶紧把信呈过去。

谢知非接过信，问："他们人什么时候回来？"

"已经在回来的路上了,估计得大半个月。"

"让他们尽快!"

"是!"

谢知非走回房中,支开下人,掩上门才将信展开来。

只一眼,他便眼前发黑,一个趔趄险些没站住,信上白纸黑字只写了一行字——晏三合非晏行孙女,而是半路收养的。

半路收养?

谢知非眉心紧锁,脸色一会儿发青,一会儿发白,心底的震惊已经不能用言语来形容。

…………

书房里。

谢道之和谢而立父子二人对着一桌饭菜,谁也没心思动筷子。

晏三合被打成那个样子,是一桩事;晏三合要走,这是第二桩事;晏三合是解心魔的人,这是第三桩事。每一桩都和她有关,偏偏谁都对她束手无策。

门被推开,谢知非走进来,大大咧咧地往空椅子上一坐,连个招呼都不打,拿起筷子就一通风卷残云。

谢而立脸沉下来,正要呵斥,见老父亲冲他摇头,才硬生生地忍住。

谢道之对这个小儿子向来要风不给雨,等儿子吃得差不多,才问道:"你季伯那头怎么样了?"

谢知非拿茶水漱口:"回去拿家当去了。"

谢道之一惊:"要拿多少?"

谢知非:"怕是要倾家荡产。"

这一下,连谢而立的神色都变了:"怎么会要这么多?"

谢知非看着自家大哥,苦笑:"时间回到一个月前,如果晏三合问咱们谢家要诚意,大哥给不给?"

谢而立哑口无言。

谢知非想着怀里的那封信,咬咬后槽牙:"她对咱们谢家算是手下留了情。"他细想想又何尝不是,如果那丫头真要让谢家倾家荡产,简直易如反掌。

书房里又寂静下来。

"父亲,大哥,"谢知非往椅背上一靠,"你们拿个主意吧。"他说的是晏三合打算离开谢府的事。

谢而立先开口:"我看她去意已决,咱们家只怕留不住。"

一切都有迹可循,从她提的那几个要求开始,她其实就已经做好了随时离开的准备。

谢道之沉默良久,道:"老太太那头不知道能不能承受得住?"

"父亲,"谢知非突然直起身,"你这是答应让她走了?"

"不然呢？在刑部衙门前，我说她是我义女，连你们兄弟二人都吃惊，只有她神色淡淡的。"谢道之看着小儿子，"老三啊，爹也想留她，可天要下雨，娘要嫁人，留不住！"

"留不住也得留！"谢知非一拍桌子，"这事没得商量。"

谢而立惊住了，犹豫半天，问："老三，你是不是……"

"想哪儿去了？"谢知非心头烦躁，将椅子一踢，就往外走，"我连别的姑娘都不会祸害，还能祸害她？"我就是好奇，她到底是什么人！

…………

裴笑悠悠地醒来，看到一双熟悉的眼睛。

你小子？你还有脸来？裴笑猛地坐起来，正欲破口大骂，嘴巴便被谢知非死死捂住。

"你先听我说！"谢知非直视着他，"这人帮我们家化念解魔过。"

裴笑眼睛陡然睁大，眼珠子差一点就弹出来。

"所以这一点，你不用怀疑。"

裴笑点点头。

"至于我为什么要查她，"谢知非咬着牙，含混道，"是因为我以前和你一样，也不大相信有这么回事，所以多留了个心眼。"

裴笑又点点头。

谢知非："查她这事，我连我大哥都瞒着，你要是敢对任何人透露一个字，后果是什么，你应该知道！"

裴笑拼命点头。

"都明白了？"

"嗯嗯嗯！"

谢知非长松一口气，松开了手。

裴笑用力呼吸两口新鲜空气："谢五十，你上完茅厕洗手了没有？"

"我说没有，你是不是又要骂我？"

裴笑这会儿哪有工夫骂，他把脑袋凑到谢知非跟前，神秘兮兮道："你们家老太太还活着呢，敢问是下面哪位祖宗的棺材裂了？"

谢知非就知道瞒不住这小子。这人看着是个不务正业的二世祖，天天混在和尚堆里，偏偏内里精得跟只猴子一样，谁都没他聪明，只是这聪明从来没用到正道上。

"我家老祖宗年轻的时候做过别人的续弦，那人前几个月刚刚过世，晏三合是那人收养的孙女。"

"……"一句话惊得裴笑差点灵魂出窍。

他怔怔地看着谢知非，半响，做了一个切脖子的动作——我要是往外说一个字，你就直接弄死我！

谢知非从来不怀疑他，把他往跟前一拉，压着声道："明亭，我想借你的手，帮我查一查这个晏三合。"

他的人手都在四九城，但这小子不是，僧录道虽是个闲差，但管的是整个大华国所有的僧人。这也是他对裴笑全盘托出的真正用意。

裴笑咽了口口水："你还想查她什么？"

谢知非眉一压，眼一眯："所有，通通，全部！"

....

等待的时间并不长，不过小半个时辰，一只朱红色匣子便到季陵川的手上。

寂寂夜色中，他捧着匣子走进静思居，冲守在门口的李不言一点头："我可以进去吗？"

"小姐早就在等你了。"

"我也要进去。"裴笑一挺胸，瞪着李不言，心说：你要是敢拦我，看我怎么骂死你。

"进！"李不言用过饭，沐过浴，心情显然不错。

这么痛快？裴笑有些不敢相信地看了眼身后的谢知非，谢知非推了推他，他脚下一个趔趄，跨过了门槛。

谢知非上前一步，指指自己，再指指屋里，无声地询问：我能进吗？

李不言往边上跨一步，做了一个请的姿势。

"多谢！"谢知非抬起脚的同时，脸上懒懒的笑便浮上来。

越是急，他越装得像个纨绔公子，连周身的气场都带出了几分玩世不恭的味道。进到屋里，他冲晏三合淡然一笑，然后诡诡地在裴笑边上的椅子上坐下。

晏三合无视他这副做派，目光向季陵川看过去。

季陵川忙上前，把匣子放在晏三合手边："晏姑娘，这便是我的诚意，你请过目。"

晏三合打开匣子，将里面的东西一样一样取出来，放在桌上。

三年清知府，十年雪花银，何况季陵川管的还是天下最肥的漕运和仓储。

谢知非看得眼睛都直了，不怪汉王那头想安他一个贪腐的罪名，这些银子一多半怕是来路不正。

那么，晏三合会要多少？谢知非盯着晏三合，不想错过她脸上的任何一个表情。

晏三合看着桌上一堆东西，眉头蹙起来。

她一蹙眉，季陵川以为是嫌少，忙解释道："还有一些是现银，如果都搬来，只怕动静太大。"

"弱水三千，"晏三合从一堆银票中抽出两张，冷声道，"于我一瓢足矣，两千两，我收下了。"

才要两千两？裴笑惊得下巴都快掉下来，伸手一把掐住谢知非的胳膊：谢五十，这是什么情况？

你先给我放手！谢五十给了裴笑一个警告的眼神，眼睫倏尔一抬，若有所思地看向晏三合。

季陵川这会儿惊得话都说不连贯了："晏姑娘，这这这——"

"别急。"晏三合声音淡淡道,"我还要你一个诚意。"

季陵川脱口而出:"晏姑娘只管说。"

晏三合:"化念解魔成功后,季家须得帮我做一件事。"

季陵川:"什么事?"

晏三合看了眼外头的夜色:"暂时不曾想好。"

季陵川:"……"

裴笑没忍住,替他舅舅问道:"你说的事是杀人放火,还是偷盗奸淫?"

晏三合冷冷地看着他:"你是在和我谈条件吗?"

"那必须谈谈。"裴笑一抻脖子,"我们可都是规规矩矩的正派人,不做那些——"

晏三合轻轻"呵"了一声,手往那沓银票上指了指,意思很明显,正派人会有这么多的钱?

裴笑老老实实地闭上嘴巴,余光看着谢知非:老子刚刚被将了一军。

谢知非:活该。

裴笑:不是帮你在试探她吗?

谢知非:下回换个聪明的方式试探。

晏三合没工夫看两人眼神勾搭,把手中的银票往桌上一放,人站了起来。

"我答应。"季陵川脑门上的青筋都暴出来了,"我答应事成之后帮姑娘做一件事,绝不反悔。"

"不言。"

李不言走进屋中,从怀里掏出一张空白的纸和印泥,笑眯眯道:"来吧,画个押吧!"

季陵川一咬牙,一跺脚,大拇指蘸了一些红泥。

"舅舅,你还真答应呢!"

季陵川看了外甥一眼,胸口剧烈地起伏几下后,低头用力按上去。他没有选择。季家没有选择。哪怕她要他杀人放火,这个押他都得画。

"小姐!"

晏三合接过那纸,走到门前,负手而立。

身后三个男人六只眼睛死死地盯着她,都在心里疑惑她还打算做什么。

她慢慢转过身,面色平静道:"李老太太的墓在哪里,现在就带我去看看。"

一股寒气从脚底迅速升起,激得三个男人生生打了个寒战。

裴笑看着屋外无边的夜色,又偷偷掐了一把谢知非的胳膊。为什么非要深更半夜去?就不能白天吗?折寿啊!

谢五十没有察觉到疼,他心里在疑惑一个问题:那张白纸上并无一个字,万一事后季陵川不承认,似乎也拿他没办法,晏三合是心大呢,还是有所恃?

谜团似乎越滚越大了!

…………

·137·

季家的祖茔在东郊的龙虎山下，前有明月湖，背靠龙虎山，怎么看都是个风水宝地。如果白天，必定鸟语花香，春意盈盈；晚上嘛……

哪怕裴笑已经来过一回，他都很慌，死死地拽着谢知非的胳膊，一步都不肯落下。

"瞧你这出息。"谢知非下巴朝走在前面的两人抬了抬：还比不上人家姑娘。

废话，我能和她们两个神婆比？！瞧瞧这两人，走得比男人还快，后背挺得比男人还直，那姓李的婢女嘴里还吹着口哨。

裴笑扯扯谢知非的胳膊：她一个女子吹什么口哨，像话吗？

谢知非眯了下眼，有意打探道："姑娘吹的是什么曲子？"

李不言回头："《老鼠爱大米》。"

裴笑："……"啥玩意儿？

谢知非："……"什么米？

谢知非心里生出异样感，这话不像是假的，如果是假的，她不会脱口而出。

"这曲子姑娘是跟谁学的？"

李不言："我娘！"

裴笑皮笑肉不笑地补了一句："你娘还真是个很特别的人。"

李不言："你怎么知道？"

还我怎么知道？裴笑哼哼两声，朝天上无声地翻了个白眼，心说，她是不是傻，听不出我话里嘲讽的意思？

谢知非趁机追问："那姑娘的母亲现在在何处？"

李不言指指天上。

裴笑吓得赶紧把白眼又翻过来，心里默念一声：阿弥陀佛！

谢知非表示歉意："对不住，聊起了姑娘的伤心事。"

李不言回头莞尔一笑："不伤心，她能回去我开心还来不及。"

裴笑："……"这神婆脑子有问题！

谢知非："……"只怕又是个祖宗！

咯咯！一路上都没有出声的晏三合突然咳嗽两声。李不言耸耸肩，再次回头，冲谢知非一笑："三爷打听我这么多，是不是对我有好感？"

裴笑："……"这丫鬟怎么没羞没臊的？

谢知非："……"这丫鬟真聪明。

谢知非灵机一动，捂着嘴咯咯咯……

李不言钩起晏三合的胳膊，虽然压着声，但所有人都能听到她的声音："小姐，确认过眼神，三爷醉翁之意不在酒，在乎山水之间的你！"

晏三合声音淡淡的："嗯？"

李不言想了想，道："还是确认过眼神，不是男女之情，是好奇！"

晏三合声音依旧淡淡的："嗯！"

空气凝滞。

谢知非辩无可辩，只能继续咳咳咳咳咳……

裴笑看着身旁恨不得把肺都咳出来的人，得意了，没羞没臊好啊，至少治好了我的心慌症！

说话间，就到了季家祖茔。

那墓自从被谢知非他们挖开后，季陵川就派了几个胆大的老仆日夜守着。

"晏姑娘，棺材就在那里，你看，要不要准备什么？"

"不必！"晏三合扫一眼那几个老仆，转头对季陵川道，"如果你不想让太多人知道，就……"

季陵川朝心腹看一眼。心腹忙挥挥手，带着那几个人一道走得远远的。

晏三合随即朝谢、裴二人投去目光。

季陵川忙道："知非，你们也避开些。"

"凭——"裴笑嘴巴又被捂上。

谢知非冲晏三合一点头："那就辛苦姑娘了。"

晏三合脸上半丝多余的表情也无，漆黑的眼珠子与谢知非对视一眼，转过了身。

脚步声渐远的同时，风突然止住，天际间黑云翻涌，层层叠叠，如鬼如魅。周遭的一切突然变得安静起来，连一声虫鸣鸟叫都没有，每个人只能听到自己的心跳，怦怦怦！

季陵川虽然年过半百，见此异象却还是忍不住两条腿打战。

晏三合从怀里掏出帕子，一根手指头一根手指头地擦拭着。她擦得很慢，话也说得很慢："老太太今年高寿？"

季陵川磕磕巴巴："六……六十有八。"

晏三合："哪里人士？"

季陵川："祖籍广西。"

晏三合："叫什么名字？"

"这……"季陵川一下子被问住了，想半天才道，"只知道母亲姓胡。"

连自己亲娘的名字都不知道，好儿子！晏三合冷冷地看了季陵川一眼。

"不言，你先下去！"

"好！"李不言跳下墓坑，双手一使劲儿，半遮半掩的棺材板发出咯吱一声，挪到了一边。

谢知非和裴笑都没有走太远，这一声听得两人头皮发麻，起了半身鸡皮疙瘩。

裴笑条件反射，一激灵跳起来，想跳到谢知非的背上，却被他轻巧地躲开。

来不及站稳，谢知非反手拽住他的胳膊，用力往外拖。

裴笑被他拽得差点摔倒："你干什么？"

"嘘！"谢知非做了个噤声的动作，又走出十几丈，然后指了指面前的大树，无声地对裴笑说了三个字，"爬上去。"

裴笑："……"还敢偷看？疯了，这人一定是疯了！

…………

·139·

将最后一根手指擦完，晏三合捂着帕子咳嗽一声。

李不言冲她伸出手。

"站着别动！"晏三合向一旁的季陵川交代一声，弯腰握住李不言的手，借着她的力，轻轻一跳。

季陵川的心也跟着一跳。

胡老太太的棺材比寿衣店里看到的那个还要精致数倍，可见生前十分显贵。寿衣穿得妥妥当当，包裹在里面的躯体半点没有腐烂，只是老太太的脸上蒙着一层黑气。

晏三合原本平静的黑眸一下子锋利起来。她挽起衣袖，将手探进棺材。

季陵川吓得一屁股跌坐在地上，两只手死死地捂着嘴巴，硬是不敢让自己发出丁点声音。

"好了，好了，我来了，我来了。"晏三合的声音异常轻柔，"告诉我，你还有什么放不下！"她将手覆盖在老太太的双眼上，然后缓缓地闭上了眼。

人在弥留之际，一生所遇见的人、所经历的事，都会如浮光掠影般飘过脑海，快乐的、痛苦的、悲伤的、怨恨的、刻骨铭心的……有些只是一晃而过，有些会停留片刻，再有一些会停留更多的时间。

那些无法说出口的心念则长久地盘踞在逝者的脑海中，哪怕最后一口气咽下，心念依然在。

黑雾顺着晏三合的指尖渗进去，慢慢地，她眼前出现一幅画面。当她看清楚那画面时，眉头一下子蹙起来："你放不下的……是它？"

…………

远处的树上蹲着两人，两人眼珠子都不会转了，入他们眼的是怎样一幅场景？

敞开来的棺材，少女俏生生地站在棺材边说话，语气比对活人说话都温柔。

裴笑脸色煞白地盯着谢知非。

谢知非被他看毛了，瞪他一眼：看我干什么？看她！

裴笑两排牙齿不停地打战：老子也要敢呀！心里说着不敢，眼睛却很诚实，抬眼望过去，他一口气差点没上来。

这时，晏三合猛地缩回手，连连往后退了几步。

李不言赶紧伸手扶住："小姐！"

"没事！"晏三合睁开眼睛，目光幽幽地落在季陵川身上，"你们家养狗？"

季陵川下意识地摇头："不养。"

"你听好了。"晏三合停顿了好一会儿，才开口道，"你母亲放不下的心魔是一条狗。"

吧嗒一声，好像是枯枝折断的声音；"啊"一声，好像是有人从树上摔下来的声音。

晏三合连眼风都懒得扫过去，掏出帕子，擦拭手指。她依旧擦得很慢，慢到黑云散去，下弦月悄无声息地挂上天际，虫鸣的声音传来。

季陵川终于回魂："晏姑娘，那狗长什么样？"

晏三合："黑色，半人高。"

季陵川只觉得胸口一阵窒息和压抑："那现在我们——"

"打道回府。"晏三合声音说不出地疲倦，像是力竭了一样，"不言，拉我上去。"

李不言把棺木按原来的样子半掩上，然后先跳上去，又将晏三合拉上来。

晏三合走到季陵川面前："准备一座幽静的院子，供一日三餐，明日开始，我住季家，直到老太太的棺材合上。"

季陵川挣扎着从地上爬起来，抬头刚要说话，便惊住了。少女像是从水里捞上来的一样，脸上的汗正顺着她微尖的下巴滴下来。

"晏姑娘，你——"

"没事！"

李不言走过来，弯下腰。晏三合往她后背上一趴："到了喊我。"

"嗯！"李不言直起身，"季老爷，把他们都喊过来，出发吧！"

季陵川看得目瞪口呆："她这是——"

李不言："累了！"

…………

回程的路上，谁也没心情说话。

季陵川像是被霜打过的茄子，需要人搀扶着才能走路。

晏三合则趴在李不言背上一动不动，一张脸白森森的，跟死人没两样。

谢知非盯着晏三合的背影看了很久，然后走到李不言边上："姑娘累不累，要不要我来背？"

李不言笑眯眯地看着他："就是我肯，我家小姐也不答应啊。"

谢知非斟酌片刻，道："那个，她是不是每回都会——"

"谢三爷！"李不言笑得眼睛都眯成一条缝了，"你再这么下去，我的眼睛可就没办法确认了。"

谢知非："……"

李不言冲他妩媚地一眨眼："别对未出阁的姑娘太好奇，一切不以结婚为目的的好奇都是耍流氓。"

谢知非："……"

裴笑走到谢知非身旁，看着主仆二人的背影若有所思道："兄弟，我的眼神帮你确认过了。"

谢知非："说！"

"那丫头脸上看着笑眯眯，但其实眼睛亮着呢，什么话能说，什么不能说，门儿清。"裴笑压着声音，"比起丫鬟滑不溜手，小姐的肠子还算直，待见谁，不待见谁，都在一张脸上。"

"确认得很对，所以……"谢知非低声道，"咱们还是要从小姐入手。"

入手个屁。裴笑叹了口气："还是先帮我想想，我家外祖母的心魔怎么会是一条狗？"

谢知非的表情一下子裂开来。一条狗？说出去谁会信？

第十一章
季家

马车行驶到城门口时，五更已过。

谢知非把腰牌一掏，又打点了十两银子，守城的门卫兵高高兴兴地把门打开了。

进了城，一行人兵分三路，各自回府。

不一会儿，马车在谢家角门停下，晏三合已经醒过来，自己跳下了车。

"晏姑娘。"谢知非翻身下马，追过去。

晏三合转身，看着他。

谢知非静了片刻，只交代了一句："好好休息。"

晏三合一点头，抬步进了角门。

"三爷！"等在角门的谢总管急步上前，"大爷叮嘱说，无论多晚回来，都让三爷务必去他的书房一趟。"

"这就去！"谢知非余光扫见谢总管捂嘴打了个哈欠，长臂一伸，把他钩到腋下，"谢小花，明儿一早，无论你用什么方法，都要把晏三合给我留下来，要是留不下来……"

"……"谢总管的眼泪不知道是被三爷吓的，还是哈欠打的，唰的一下流下来：老奴还能有什么方法，只有跪啊！

…………

"三合，季家老太太的心魔怎么会是一条狗？"无人的时候，李不言就不再"小姐，小姐"地叫了，神态也更随意，"你是没看到，季老爷听到是条狗，差一点点就晕过去。"

晏三合想了想，道："等我进了季家，慢慢查，总能查出些名堂来。"

李不言："这事已经祸及儿孙，时间容不得你慢慢查。"

晏三合："所以我才收了那一点钱。"

李不言瞪她："那一点钱都不够塞牙缝的。"

"不言。"

"别撒娇，和你的气质不符。对了！"李不言突然又想到一件事，"谢家明天让不让你走？"

晏三合："没有理由拦。"

李不言"哦"了一声："那我明儿一早就收拾东西。"

"好！"

一个"好"字刚落下，李不言便眼神一厉："什么人？出来！"

转角处，谢不惑走出来，冲晏三合露出一个沉静而带着歉意的笑："对不住，扰了姑娘。"

"你鬼鬼祟祟地躲那边做什么？"

"不言，他是谢府二爷。"晏三合走上前，"等我何事？"

她用的是一个"等"字，谢不惑愣了愣，如实道："确实等了很久，只想替婉妹道一声谢。"

晏三合："不是什么大事。"

谢不惑看着她额头上的纱布："于我、于婉妹、于姨娘都是天大的事。"说罢，他躬身，深深行了一礼。

晏三合侧过身，受了他半个礼。

谢不惑行完礼，将手中的纸包递上："二房没什么好东西，这支老参给姑娘补补伤口，还请姑娘不要推辞。"

晏三合听了这话不知道为什么心头跟着一酸，总觉得此情此景好像在哪里见过。她接过纸包："多谢，你回去吧！"

"姑娘也早些休息，告辞。"

男人修长挺拔的背影很快消失在夜色中。晏三合一扭头，看到李不言双手抱臂，脸上是玩味的笑意："看我干什么？"

"三爷不待见，二爷却挺顺眼的，三合妹妹，请你老实交代一下，这是为什么？"

晏三合迟疑了一下，道："好像很熟悉。"

"熟悉什么？是谢二爷这个人，还是……"

"是他说的那句话。"

"哪句？"

"二房没什么好东西这一句，总觉得以前好像听过。"

"难道……你以前真正的身份是庶出？"

是吗？晏三合眼露茫然。

…………

"季家老太太的心魔是条狗？"

这话要不是晏三合亲自说出来，谢而立根本不相信。这怎么可能呢？也太匪夷所思了。

谢而立缓一缓心神："明儿一早老太太会亲自去静思居留人，成不成，只看老太太的本事。不早了，你去歇着吧！"

谢知非一听老祖宗亲自出马，心定下大半："大哥也早些睡。"

老三一走，谢而立也离开书房，回了方洲院，见西厢房里的灯还亮着，他心下颇为满意。

大奶奶朱未希听到动静迎出来，夫妻二人闲聊几句后，谢而立去净房沐浴更衣。

一切妥当，他熄灭了灯，在外侧床上半倚半躺。二人成婚六年，朱氏清楚地知道男人这个姿势是有话说，更清楚他要说什么。

"今日的事情是我做得不妥。"朱氏两只眼睛盯着帐帘，"不该答应让二妹出去的。"

谢而立嗓音发沉："只这一样错吗？"

朱氏咬唇:"更不该只派两个护院和几个婆子跟着。"

"我早就和你交代过,事关晏三合,一定要多留几个心眼。"谢而立屈指敲了敲床板,"还好这回有惊无险,否则我有什么脸面给老太太、老爷一个交代,有什么脸面给二房一个交代?"

黑暗中,朱氏的眼睛里已经蓄满了眼泪,咬牙忍着没敢落下来。

"父亲把内宅交给你是看重你,更是信任你,以后再也不要让这种事情发生,让他老人家操心朝堂的同时,还要操心这内宅之事。"

朱氏哆嗦着嗓子,应了一声:"是!"

"明儿一早老太太会去静思居,你把手上的事情放一放,跟着一道去。"

"是!"

"二房那头,也抽空走一趟。"

"我今日已经去过。"

"柳姨娘怎么说?"

"她只骂自己的女儿。"

"倒是会做人!"谢而立冷哼一声,"夜深了,歇吧!"说完,他翻了个身,面向外侧而睡,后背隔出一片冷漠来。

泪,终于从朱氏的眼角滑落。她扭头看了眼男人的后脑勺,将心中漫开来的委屈、苦涩、难过和泪一道一点点逼了回去。

…………

偌大的四九城,此刻与朱氏一样伤心落泪的女子中还有一个杜依云。

杜依云的伤心和朱氏的伤心完全不同。她是气自己千方百计筹谋的局竟然被大事化小,小事化了了。

最让她咬牙切齿的是,谢家一父一子,一个去徐家摆官威,一个亲自去刑部要人。这是妾吗?这分明是谢府三奶奶的待遇。

倪儿绞了块热毛巾,递给杜依云:"姑娘,这次不行,咱们下回再——"

"哪还有下回?"杜依云恨恨道,"下回再冲着那贱人去,谢家人就该察觉了,他们又不傻。"

倪儿愁啊:"姑娘这事,还得过了明路才名正言顺,否则……"

"谁不知道要过明路?"杜依云把热毛巾往倪儿手里一扔,"爹都试探好几回了,谢道之那个老东西就是支支吾吾,不给句准话。"

"小姐没嫌弃三爷短命,他们谢家倒嫌弃起咱们杜府来了,真真笑掉大牙。"

"不许说我三哥短命。"

"瞧瞧奴婢这嘴!"倪儿轻轻抽了自己一嘴巴,"不过话又说回来,那贱人到底是什么来路啊,竟能劳动谢老爷?"

杜依云一听,愣住了。

对啊,她是什么来路?父母兄弟是谁?是谢家哪门子的贵客?我竟然一无所知。

"不行，我得让人查一查。"杜侬云用力一捶床沿，"等查到了，我再想办法治她，我还就不信了！"

…………

一夜好眠，晏三合醒来时已天光大亮，睡在外侧的李不言不见踪影，这个时间点，她多半是练武去了。

晏三合穿妥衣裳坐到梳妆台前，对着铜镜照自己的头顶。疼是不疼了，但顶了块纱布太难看。

汤圆端了热水进来："姑娘快别动，我来帮姑娘换纱布。"

"帮我梳个最简单的发髻。"

"姑娘放心。"

换好纱布，梳完头，晏三合换上那身苍青色的衣衫后，低头洗漱。

一切妥当，她见汤圆还站在身后，想着这丫鬟的体贴周到，她咳嗽一声，道："我今日就出府去。"

汤圆惊得话也说不出来。

"你从哪里来，便回哪里去。"晏三合沉默了一会儿，"有什么难事，可以现在就说，我都能为你做主。"

"能去哪里？"李不言掀帘进来，冲晏三合笑道，"小姐快去瞧瞧吧，有个死胖子跪在院子里，手里拿了根麻绳，说上吊的人死得快。"

这是在告诉她，要走得先从我谢胖子的尸体上踏过去。

晏三合冷笑一声，走到外间，看都不看地上的谢总管一眼："李不言，把他手里的绳子挂梁上，想死还不容易，我成全！"

"好嘞！"李不言走到谢胖子跟前，手一抽，谢胖子只觉得掌心火辣辣的，绳子已不见了踪影。

我的个娘咧，还真舍得让我死啊？气血冲头，谢胖子一骨碌爬起来，抡起两条胖腿就往外跑。

李不言笑得前仰后合："瞧，又一个厌货。"

厌货赶着报信去了，不消片刻，一行人走进静思居，为首的竟然是白发苍苍的谢老太太。她的两侧，一位是谢三爷，一位是大奶奶朱氏。

谢老太太在院里站定，没开口，先抹泪。那泪一抹哗哗往下流，又一抹，还是哗哗往下流。

要是光流泪倒也罢了，关键老太太还用含泪的眼神可怜巴巴地望着晏三合，显得可怜弱小又无助。

晏三合咬牙："这静思居什么时候搭上戏台了？"

老太太成精的人，怎么能听不出她话里的讥讽？也不作声，还是一个劲儿地抹泪。她抹着抹着，身子便摇摇欲坠。

一旁的谢知非忙伸手扶住："快，快去请太医。"

立刻有机灵的丫鬟跑开了。

"晏姑娘不用担心，老太太将养几个月，说不定就好了；要是好不了，也是命。"谢知非转头冲晏三合抱歉一笑，"姑娘慢走，我就不送了，万一老太太有个好歹，怕是临终有话要交代我。"

还走得掉吗？晏三合不甘心："谢三爷，为什么非要留下我？"

谢知非收了玩笑之意："晏三合，大华国律例，女子不能独立门户，这意味着什么，你应该知道吧？"

晏三合清楚地知道，意味着晏行去世后，他名下所有的一切，哪怕只是几间破屋，都要归于晏氏宗族，而她这个孤女从此也只能依附于宗族，并且，晏氏宗族有处置她的权力。说句最难听的，晏氏宗族让她嫁条狗，她也只能乖乖照做。

晏三合其实根本不担心晏家人会找来，她原本也不是晏行的亲孙女。但，谢家不知道。

谢知非见她沉默，目光不由得深了几分："老祖宗的病好不好，就看姑娘你的了。"

多一事不如少一事，还是别让人起疑心了，晏三合袖子一甩，走进屋中。

谢三爷嘴角含了笑："马车已经备下，晚点我亲自来接姑娘回府。"

一嗓子喊完，三爷偏过脸，笑意全无。

她应承下来，并不是忌讳晏氏宗族，而是怕自己不是晏行亲孙女的身份暴露出来。很好，揪着你狐狸尾巴了！

…………

季府的宅子离谢家并不远，穿过四条巷，再拐过几个胡同就到了。

晏三合从马车上下来，一眼就看到穿着官服的裴笑。

这人身旁还跟着两个白白净净的和尚，两个和尚双手合十，冲晏三合道了声："阿弥陀佛！"

晏三合脸色有微妙的变化。

李不言察觉："怎么了？"

晏三合沉默了会儿，说："觉得这一幕也很熟悉。"

李不言脑子一下子迷糊了。和尚熟悉，庶出熟悉，可这两样也搭不上边啊！

裴笑踱着方步，昂着头上前："受谢五十所托，我来陪着晏姑娘。"

晏三合："季府你熟？"

裴笑："熟透了。"

"不好意思，我打断一下，问个事。"李不言脑袋凑过来，"谢五十是个什么典故？"

丫鬟就是丫鬟。裴笑带着傲气道："三十而立，四十不惑，五十知天命，知天命又叫知非，谢府三位爷的名字都是这么来的。"

李不言"噢"一声："那你单名一个'笑'，又是什么典故？"

那能跟你说吗？裴笑冷笑一声："做丫鬟就要有丫鬟的自觉性，主子不开口，哪有丫鬟在边上叽叽喳喳的？成何体统！"

李不言嘟囔："我就是觉得这名字好听，问一声怎么了？"

得，看在你说话好听的分儿上。裴笑咳嗽一声。

他身后的瘦和尚忙笑道："裴大人一生下来，先笑，再哭，裴老爷说一定不是凡胎，故取名一个'笑'字。"

李不言"啧"了一声："恕我没什么见识，裴大人这身官服几品啊，管什么的？"

果然没什么见识！裴笑挺了挺胸脯。

身后的胖和尚忙笑道："裴大人在僧录寺，是正六品。"

管和尚的啊！李不言笑眯眯道："那《金刚经》背一个来听听？"

"想啥呢？"裴笑想骂人，"裴爷是管和尚，不是当和尚。"

李不言"噢"了一声："名字好听，人长得也好，还做着大官，这裴家的门槛都要被媒婆踏平三寸了吧？"

瘦和尚笑道："我们裴大人不曾婚娶，不近女色，别说三寸，七寸都没戏。"

问得这么仔细，这丫鬟对我有好感吗？裴笑脸上带出几分得意来。

这时，只见李不言把头凑到晏三合耳边："小姐，摸清楚了，这人官不太高，闲差一个，说话不讨喜，性格、脾气不太好，喜欢别人哄着，可用。"

晏三合淡淡地扫了裴笑一眼："那就劳烦裴大人带路吧，顺便和我说一下季家的情况。"

裴笑一口气差点没上来：所以，她问这么多，是在试探我能不能用？裴爷我长这么大，还从来没有受过这般侮辱，哇啊啊，不能忍！

"可用之人，事半功倍；不可用之人，耽误时间不说，给出的信息还容易把人带沟里。"

晏三合黑沉沉的眸子盯着人看的时候，总让人觉得不太舒服，但这一回，裴笑直直地迎上她的目光。难怪谢五十要暗中调查她，她冷静、聪慧得太不像一个十七岁的正常姑娘。

裴笑一下子起了好奇："你想知道季家的什么？"

"我问，你答。"晏三合习惯自己的问话方式，简单明了，"在你眼里，老太太是个什么样的人？"

"这……"这要从何说起呢？裴笑一时卡住了，脚步不由得慢下来。

晏三合："刚刚我问这问题时，你脑海里浮现出的头一个念头是什么？"

裴笑脱口而出："一个慈祥的好人。"

"怎么个好法？"

"我打小在季家的时间比在裴家多，回回我来，老太太都把最好的东西藏起来，等没人的时候偷偷塞给我吃，亲孙子都没这待遇。"裴笑叹气，"我小时候皮，三天一顿小打，五天一顿大打，老太太不嫌，明目张胆地护着我，还冲我父亲嚷嚷说，孩子就得皮，不皮就不叫孩子。"他低下头，咬了咬唇，"这么说吧，哪怕我把季家的屋顶掀了，她都会夸一声：掀得好。"

李不言直摇头："毫无原则的溺爱！"

"溺爱怎么了？"裴笑怒了，"我家外祖母溺爱我，关你屁事？你个神婆酸什么酸？"

神婆？哼！李不言手摸到腰间，看到裴笑眼里一闪而过的泪光，又讪讪地放下，算了，看在这货还算有孝心的分儿上。

晏三合："除了你，老太太还对谁好？"

"对谁都好，嫡的庶的一视同仁。"裴笑哼哼道，"但对我最好，亲孙子都比不过。"

晏三合："为什么呢？"

"什么为什么？我长得好，一表人才；脾气好，有求必应；不沾赌，不沾嫖，洁身自好。"

"说你胖，你怎么还喘上了？"李不言掏了掏耳朵，"吹牛皮也有点数，差不多得了。"

"你——"裴笑胸口起伏，在心里连说了几声"阿弥陀佛"，才忍住没把拳头打过去，主要也是因为打不过。

"最喜欢的人是你，那么……"晏三合一顿，"她最讨厌的人又是谁？"

裴笑的心狠狠一跳。这，他哪敢说啊！

…………

北城兵马司。

谢指挥使跷着二郎腿，手里捧着一盅茶，心思却跑到了季家。

季老太太的心念要从哪里查起？这会儿她在做什么？季家的人配合不配合？裴笑有没有把她的一举一动都记下来……

想到这里，三爷有点坐不住，心里盘算着要不要借着巡街的机会去季家瞧上一瞧。

"爷。"朱青走进来，"徐晟今儿个没出门，在家养伤；徐来天不亮就上朝去了。"

谢知非起身在房里踱了几圈，顿足道："徐晟前几天和谁见了面，做了些什么，都要仔细查一查。"

朱青："爷放心，都已经交代下去了。"

谢知非转头看着朱青："徐来也给我盯紧了，这老东西是有仇必报的性子。"

朱青压低声道："爷，那位昨儿晚上派人来问刑部的事，小的一五一十都说了。"

谢知非脸色一变。连他都派人来过问，可见这桩事情四九城里该知道的都知道了。

"他可曾说什么？"

"叮嘱爷小心一些，徐来是汉王的狗，打狗还得看主人，这笔账汉王只怕是记下了。"

谢知非沉着脸不说话。

朱青打量主子的脸色，又低声道："爷，他还有一句话交代：国库空虚，以太子的性子，必会弃车保帅。"

谢知非只觉得脑袋像被什么重重地夯了一下。如果说徐来是汉王的狗，那么季陵川就是太子的狗，狗主人为了自保要弃狗，那季家岂不是大厦将倾？

思忖良久后，他沉声道："你送个信过去，我和裴笑要见见他。"

"是！"

这时，丁一匆匆进来，手里还拎着个食盒："爷，杜姑娘派人送来的。"

"你们分了吃。"谢知非转身就往外走。

丁一冲他的背影喊："爷，你去哪里？"

"还不赶紧跟上去！"朱青一记眼刀扫过来的同时，又轻轻说道，"去季家！"

…………

再次看到季陵川，连晏三合都吃了一惊。一夜之间，他的头发几乎花白一半，原本凹陷的双眼几乎是抠了进去，显得眼球异常突出。

无人知道，季陵川这一夜连眼睛都没闭上，所思所想只有一句话——母亲，你为了一条狗就要祸害儿孙后代吗？

晏三合太明白这种感受，看到祖父心魔的那一晚上，她也是睁着眼睛到天亮。

晏三合不会安慰人，干巴巴道："凡事总有因果，先找到那个因比较重要。"

季陵川两眼发直地点点头。

晏三合："老太太的心魔是一条狗，府里果真没有养狗？"

季陵川："确实没养。"

晏三合："为什么？"

"这一点我知道。"裴笑道，"我外祖母不喜欢狗，所以不养。"

晏三合脸色微僵，不喜欢狗，心魔却是一条狗，这不是很矛盾吗？

"她为什么不喜欢？"晏三合问，"是被狗咬过吗？"

季陵川回忆半天，摇头道："母亲没被狗咬过。"

晏三合心念微动，这显然就更不合理了。

四九城虽是天子脚下，治安极好，但据她打听，高门大户都会养几条狗，用来看家护院。

"府里是从来没养过狗，还是因为老太太不喜欢，后来才没养？"

季陵川眼前忽地一亮："养过。我记得很清楚，小时候家里有狗，有好几条，后来……后来母亲当家后才不养的。"

晏三合若有所思："老太太住的地方，我想去看看。"

"我带你去。"裴笑做了一个请的手势，"不远，很快就到。"

晏三合没理他："季老爷，你母亲生前侍候的那些人都还在吗？"

季陵川脸皮微微一抽："老太太去世好几个月，一半人留在府里，一半人已经打发走。"

晏三合一看他这个表情，就知道坏了："贴身侍候，最亲近的那个人也打发了？"

季陵川面露无奈："贴身侍候老太太的就一个人，叫陈妈，明亭也熟悉。这人跟了老太太几十年，老太太一走，她就讨了恩典，回老家享天伦之乐去了。"

晏三合："老家在哪里？"

季陵川被问住了，这事他还真没工夫过问。

裴笑忙道："这事好办，回头我让谢五十一查就知道。"

晏三合余光看了裴笑一眼，总觉得这人今天热络得有些过分。

"这个陈妈是老太太从娘家带来的，还是季府的人？"

季陵川没想到她问得这么细："是季府的人，我母亲娘家离得远，没带任何人进京。"

孤身一人进京？晏三合眉头一皱："这不太合常理啊，世家贵女嫁人，不都要陪些丫鬟、陪房之类的吗？"

季陵川神色十分尴尬："我母亲不是什么贵女，她原本是我父亲的妾，后来才被扶正的。"

这样就说得通了。但新的疑惑来了，一个妾是怎么一步步爬到正妻的位子的？

晏三合微微侧过脸，看了李不言一眼。李不言收到暗示，喊了声："裴大人。"

裴笑："李姑娘有何吩咐啊？"

李不言笑眯眯："别回头啊，现在就捎信让三爷帮忙查一查呗。"

你算哪根葱，你家主子还没发话呢！裴笑正要撑一嘴，只听晏三合冷冷道："告诉他，越快越好！"

裴笑气得想骂娘：姓晏的，你有什么话不能直说吗，非得通过丫鬟的嘴？你这是在维持自己神婆的神秘感吗？

"明亭？"裴笑对上自家舅舅巴巴的眼睛，朝远处跟着的贴身侍卫黄芪招了招手。

黄芪忙跑过来。裴笑在他耳边一通低语，末了，又大声命令道："快去。"

黄芪一点头，人已经在数丈外。

李不言不动声色地看在眼里，趁着谁也没注意的时候，轻声在晏三合耳边说道："这人手脚功夫很不错。"

…………

说话间，他们便到了老太太的院子。

院子隐在一片竹林当中，颇有几分世外仙居的味道。晏三合却只觉得这院子有些阴气森森，茂密的竹林挡住了大部分的阳光。

"老太太生前不喜欢热闹？"

"喜欢！"裴笑道，"我外祖母最喜欢的就是儿孙围着她，一家人热热闹闹。"

晏三合手一指："既然喜欢，那为何住这里？"

"这里有什么不妥吗？"

"阴气重！"

阴气？裴笑瞬间在心里咆哮：谢五十，你快来，老子害怕！

"谢三爷到。"

这是说曹操曹操就到啊。裴大人脚下像踩了风火轮，唰的一下就奔到谢知非面前。

四目相对，裴大人心急如焚："承宇，你终于来了，走，走，咱们找地儿说话去，我一肚子话要说。"

"先憋着！"一身武官打扮的谢知非绕过他，大步向晏三合他们走去。

季陵川迎上去："承宇来了。"

"季伯，"谢知非行礼，"我正在巡街，碰巧遇到黄芪，陈妈我已经派人去找了，估摸着得两三天才有消息，怕您担心，我过来和您说一声。"

"麻烦了。"

"季伯，别和我客气，需要我帮什么忙，只管开口说话。"谢知非掀眼皮淡淡地扫了晏三合一眼，"我在五城兵马司，别的能耐没有，找人、查人方便得很。"

晏三合像是没看到谢三爷扫过来的那一眼："季老爷，你还没解释，为什么老太太住这里。"

"我母亲说她小时候就生活在竹林里，习惯了。"季陵川忙解释道，"她还说听不到竹叶的沙沙声，她睡不着。"

"这院子有问题吗？"谢知非一脸虚心请教的样子。

晏三合抿了下唇，余光轻轻看向李不言。

李不言笑眯眯道："院子阴气有些重，年纪大的人还是多晒晒太阳，方便补钙。"

"补什么？"裴笑跟过来，刚巧听到这一嘴。

李不言笑得一双眼睛弯起来："补脑子。"

裴笑："……"

晏三合抬腿走进院子，两个婆子迎上来行礼。

紧跟在后面的季陵川忙道："她们俩是看院子的。"

晏三合："你们侍候过老太太吗？"

两人摇摇头。

"都下去吧！"

晏三合目光又看向李不言，李不言笑眯眯道："季老爷，你们先陪小姐进屋看看，我到外头转一转就来。"

不等季陵川开口，她人已经顺着小径往深处走去。

谢知非捂嘴咳嗽一声：明亭，有猫腻。

裴明亭眼翻了翻：还用你说！

"接下来我要进屋查看一下老人人的东西。"晏三合目光淡淡地扫过谢知非，话中有话道，"季老爷，你确定都要跟进来吗？"

"这……"季陵川犯了难。让谢知非跟着，万一查到一些老太太的私密事怎么办？不让他跟着，人家好心过来帮忙，岂不是凉了他的心！

"季伯，我就在外面晒晒太阳。"谢知非声音有些懒洋洋的，"晒太阳是补脑子的吧，晏姑娘？"

"你不需要补！"晏姑娘扔下这一句，径直走进屋里。

谢知非看着她的背影，笑得露出一口白牙。

"那个……来人，给三爷沏茶。"

"季伯不必管我，快进去吧！"

谢知非朝裴笑一使眼色，裴笑忙上前扶住季陵川："舅舅，走，我陪你进去。"

院子里空落下来。

丫鬟搬来竹椅、小几，又沏上热茶，低唤了好几声"三爷，请用茶"，三爷愣是没听见。

三爷在想什么？他想到了当初晏三合在谢家解魇，也是任何事情与谁都说不着，只和当家人说。由此看来，她做事极有分寸，当事人的事情丁点都不往外露。

…………

老太太的屋子很大，堂屋有一张八仙桌，左右两把太师椅；下首处八把椅子，左右各四把，材质都是上好的梨花木。

东厢房起居，西厢房待客，一丝不乱。

东厢房里的床还在，只是被褥、枕头什么的都已经撤了去。打开柜门，也空空如也。

晏三合皱眉道："老太太的东西都烧了？"

季陵川："出殡的时候烧了大半，五七的时候又烧了大半。"怕晏三合责怪，他又解释道，"这是规矩，留死人的东西在家里，不吉利的。"

晏三合沉默了。

当一个人枕的枕头、盖的被子、穿的衣裳都在火里烧得一干二净，干净得仿佛那人从未来到过这个世界，那么多少年后，谁又会记得，她曾经鲜活地在这个院子里走进走出，把她认为最好吃的东西藏起来，只为等外孙来，哄他一哄？

"就没有留下丁点东西吗？"晏三合深深地吸了口气，"她看过的书、做过的针线活儿，或者戴过的金银首饰呢？"

季陵川被问出一头的冷汗，唇一动想解释点什么，却发现没话可以解释。

"我外祖母不识字，书什么的就别想了；季家哪能让她做针线活儿，哄着她来不及呢；至于那些金银首饰……"裴笑顿了顿，"我娘说，老太太预感到自己快不行，就都分了。我娘还分了好几样呢。"

晏三合不作声，背着手走出东厢房。

西厢房里也是空空荡荡，干净得连一丝灰尘都没有。这一下，晏三合彻底沉默。

季陵川忐忑不安地看着她，心里一阵一阵地懊悔，当初怎么就没想着留点母亲的东西下来，做个念想也好啊！

"对了！"裴笑一拍掌，"我房里有老太太送给我的一套笔墨纸砚，姑娘要不要看看？"

你是不是傻？晏三合退到堂屋，指着八仙桌问："老太太平常坐哪个位子？"

季陵川忙道："母亲坐右手处，左手边我坐。"

晏三合一撩衣衫，在右手边的椅子上坐下。

正堂的门大开，从这里看出去，能看到青灰色的内墙，墙边是几株翠竹，翠竹下有一口水井。

风吹过，竹叶沙沙响，那沙沙声好像是响在了人的心上，轻轻的、柔柔的。多么美的一幅画面！

坐在这里，老太太一般会想些什么呢？想她最宝贝的大外孙，还是想她阴阳相隔的夫君？想她做少女时的过往，还是她嫁进季家的上位史？

就在这时，穿官服的男子走进画面，走到井边，低头看了几眼后，察觉到身后有视线，突然回头。

没有防备地，四目相对。谢知非朝她微笑，然后点了一下头。

晏三合这才发现，谢纨绔笑起来的时候，酒窝竟比他的那张俊脸还要吸引人的目光。她回以同样的一点头，然后率先移开视线。

"季老爷，老太太平常活动的地方就只有这个院子？"

"后花园有个心湖，天气好的时候，老太太喜欢去湖边走走，坐坐。"

"由谁陪着？"

"大部分时候是陈妈，有时候是几个儿媳妇，有时候是府里的小辈们。"

"我能去看看吗？"

"当然可以！"季陵川说完，眉头皱了一下，一副欲言又止的模样。

晏三合眼多尖："你有话只管问。"

季陵川一怔，随即摇头道："没话，没话。"

"舅舅，别虚伪。"裴笑翻了个白眼，"晏姑娘，这话我替我舅舅问，咱们什么时候能真正地带我外祖母化念解魔？"

这话也好意思问出口？晏三合冷哼一声，起身往外走："我除了和你们在这儿解释是浪费时间外，别的时间都在干正事。"

裴笑的表情有些破碎。

季陵川低声道："叫你多事！"

"舅舅，我这是为了谁？"

季陵川瞪他一眼："别说话，快跟上去！"

庭院里，谢知非迎上来，看着晏三合问："可有什么发现？"

"小姐，小姐……"就在这时，李不言像一阵风一样进来。见人都在院里站着，她嘴一咧，露出一记甜美的微笑，然后走到晏三合身边，捂着嘴巴低语了几句。

晏三合听完，扭头看着李不言。

李不言微微颔首。

裴笑的表情又有些破碎：菩萨啊，这两个神婆在打什么哑谜，就不能大大方方地说出来吗？啊，我好想知道啊！

"晏姑娘？"同样好奇的还有季陵川。

晏三合觑他一眼，冷冷道："先去心湖。"

"心湖我可以去吗？"被冷落在一旁的谢知非笑了笑。

晏三合挑眉："谢大人很闲？"

"也算不得很闲。"谢知非摸摸下巴，又笑，"主要是快到饭点了，我想向季伯讨顿饭吃。"

心湖那边老太太不会藏什么秘密。季陵川忙道："一起，一起。"

晏三合见苦主都不介意，自然不会多说什么，朝李不言递了个眼神后，两人并肩往外走。

谢知非一把揪住裴笑的脖颈，压着嗓子道："有什么发现？"

裴笑一翻眼睛："屁！"

…………

晏三合原以为心湖只是季府后花园挖出来的一片小湖，等真正见到的时候，大吃一惊。竟是一片很大的湖，中间还有个湖堤，湖堤上还建了一座小桥。

季陵川指着湖边一处水榭道："老太太就喜欢坐在那里，一坐就是小半天。"

晏三合问："这心湖是什么时候建的？"

季陵川："大约七年前，从前还是片花园，老太太说水是财，我便请人挖了这湖。"

一旁，谢知非与裴笑交换了一个眼神。太子把漕运交给季陵川大约也是在七年前，那个时候他就开始贪了，否则，哪来的银子挖这么大的一片湖？

"不言，你陪他们在这里待着，我去水榭看看。"

"晏姑娘稍等，我陪你一道过去。"一条胳膊拦住她的去路。

李不言笑道："季老爷就别跟过去了。"

"这……"季陵川看着裴笑和谢知非，有点不知所措。

谢知非犹豫片刻，决定打破砂锅问到底："为什么我们就不能跟过去？"

"因为……"李不言眨了下眼睛，"男人身上的浊气会影响我家小姐思考。"

男人们："……"

裴笑反应过来她这是在拐着弯地骂人："李不言——"

"我开玩笑的，裴大人怎么就当真了呢？淡定，淡定！"

还淡定？？？裴笑心中咆哮。菩萨啊，西湖边的那座雷峰塔下面还有空位吗？赶紧把这神婆压下去吧！阿弥陀佛！

…………

水榭盖得很精致，夏日乘凉看柳，冬日取暖赏雪，是个雅致的所在。晏三合临水而立，眉头紧锁。

刚刚李不言在她耳边说了三件事：

头一件，季府的确没有狗，猫倒是见了好几只；第二件，老太太院子后面的小花园里种的不是花，是菜，因为没人打理，已经荒了；第三件，老太太以前不住这个院子，是八九年前才搬进来的。

菜园这一点，可见老太太做少女时家境不好，到老都学不来京中贵女五指不沾阳春水，只爱赏花赏月的高雅。

院子这点让晏三合又起了一点疑惑，按理说，老人在一个地方住惯了，是极少会搬动的。老太太真的是因为喜欢那片竹子才搬来的，还是另有原因？如果另有原因，又会是什么？

解心魔的过程就像在剥洋葱，一层一层地剥出这个人最清晰的真实面目，这面目或美丽，或丑陋，或者两者兼有。

"老太太，你到底是个什么样的人呢？"这一刻，晏三合才对胡氏产生真正的兴趣。

这一刻，谢知非眼睛定住了。她临水而立，苍青色的单衣随风而动，就好像破晓时分天边那一颗孤星，远远看着是那样孤单，又是那样出尘。

"孤星"向他们这里走来，走到季陵川跟前。

"晏姑娘，可有什么发现？"

"心湖很漂亮。"

季陵川："……"

晏三合看着他，突然问："老太太棺材合不上的事情，府里有多少人知道？"

季陵川没想到晏三合会突然问这个："我谁也没告诉，看墓地的那几个老奴也是从庄上调来的，他们跟了我很多年，嘴巴很紧。"

"舅舅，你还真沉得住气，换了我——"

"那么也就是说，季府除了你，目前任何人都不知道这件事，包括你的夫人？"晏三合说完扫了裴笑一眼：这小子怎么这么喜欢插话？

裴笑无声地翻了个白眼：这神婆怎么这么喜欢打断别人的话？

季陵川冷汗又下来，他咬咬牙："不瞒晏姑娘，自打我被罢了官后，府里人心惶惶，化念解魔的事情又太过蹊跷，我……"

晏三合："也是怕牵出一些老太太的私密来吧？"

季陵川被她说中了心事，一脸无奈："她到底是我母亲啊，万一……"

晏三合："你的想法没有错。"

"啊？"这一声"啊"几乎同时从季陵川和裴笑嘴里叹出。

"现在面临一个问题。"晏三合道，"老太太的东西你们都烧光了，丁点线索都没有留下，想一点一点摸到真相，我要找三拨人问话。"

"一拨是侍候过老太太的人；一拨是最亲近的儿子、媳妇；还有一拨是像明亭这样的小一辈。"谢知非道，"晏姑娘，我说得对不对？"

晏三合："所以，你不用晒太阳！"脑子够用。

谢知非表情带着一些玩世不恭："多谢夸奖。"

晏三合没工夫和他贫嘴："如果我是个无足轻重的外人，没有神婆那层神秘，很多人便不会讲真话，而且会起疑心，裴大人，你说对不对？"

裴大人严重怀疑：你是在意有所指！

裴笑哼哼道："的确没什么威慑力，也确实容易让人起疑心！"

"所以！"晏三合冰冷的目光再次落在季陵川身上，"你必须做出选择，是把事情坦承开来，还是为了面子继续瞒着。前者，省时省力；后者，我们会走很多的弯路。"

季陵川脸色凝重，眉头死死地绞在一起，久久说不出话来。

寂静中，谢知非忽然开口："我有个主意，不知道可行不可行？"

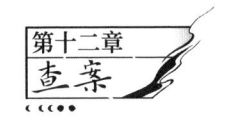

第十二章 查案

谢知非对上季陵川疑惑的目光："季伯信得过我吗？"

这话问得，季陵川更不好回答。

"如果季伯信得过我，我就说是兵马司查案，这样一来，既能保证他们说实话，又不会让他们起疑心。"谢知非冲晏三合悠然一笑，"晏姑娘觉得如何？"

晏姑娘不觉得如何："兵马司查案，查的是什么案？"

真聪明！一针见血！谢知非淡淡一笑："老太太的墓莫名被挖，这个案子兵马司能不能查？要不要查？"

周围安静了。

这样一来，不仅老太太棺木开着的事情能遮掩过去，还能名正言顺地找季府任何人询问。谁做的？为什么这么做？和老太太有什么深仇大恨？

一切化念解魇的过程都可以掩盖在这桩案子下面，没有人会起半点疑心。这点子简直绝透了。

晏三合看着眼前这个笑得有些痞坏的男人，此刻终于觉出些什么。这个谢纨绔并不像看上去的那样玩世不恭，这人有手段、有脑子，还有……一点心机！

安静片刻，她又问道："那么，我是兵马司的什么人？"

"你是我请来的查案高手。"谢知非直视她的眼睛，"这个身份，晏姑娘可还满意？"

四目对视，一个黑黝黝的眼珠像深井，一个不动声色如暗涌。唯一能肯定的是，两人都想通过这双眼睛看到对方藏着的更多东西。

晏三合挑了下眉梢："季老爷满意，我就满意。"

皮球抛到季陵川这里，季陵川脸色变了几变，踌躇着没有说话。

都到这个份儿上，还防着我呢？简直不知死活！谢知非在心里冷笑一声："季伯，借一步说话。"

两人远远走到边上，谢知非开口就没客气："季伯，我可听说御史台的动作就在这几天，而且老御史放话说，上朝那天必须穿绯衣。"

季陵川身子摇摇晃晃，都有些站不稳了。

御史一穿绯，百官多震栗，任是谁都要惧怕三分。这已经不光是在皇帝面前弹劾人，而是肯定要拉一人下马，甚至入狱抄家。

谢知非一把扶住他，叹气道："如果不是看在明亭的分儿上，我不会多这个事。季伯，别犹豫了，没时间了。"

季陵川缓缓地抬头，看着面前这张脸，用力点点头。他觉得一下不够，又点一下。

谢知非轻轻拍着他的后背，安慰道："还没到绝路，晏三合绝对是个生机。"

"嗯嗯嗯！"季陵川背过身抹了一把浊泪，用力平复着翻腾的情绪。

....

午饭摆在花厅。

季陵川忙着去安排下午的事情，所以八仙桌东西南北面，一面坐着一个人。

菜很丰盛，八菜一汤，但裴大人不大满意，脸拉得很长。一个婢女竟然敢和主子平起平坐，一道用饭，谁给她的胆子？

还有！他用余光瞄了眼李不言。一道用饭就一道用饭，需要抬头挺胸，一副理所当然的样子吗？

裴笑暗戳戳地碰了碰谢知非的脚：你也不管管？

谢知非回踢了他一下：管不了，吃饭。

裴笑：吃不下！

谢知非：祖宗，求求你吃吧，下午还有正事。

裴笑：你让那个姓李的滚蛋，我就吃。

"二位，"李不言微微一笑，"好好吃饭吧，就当为了我的胃积德行善，成吗？"

裴笑冷哼一声："你的胃怎么了？"

李不言笑容更盛："我的胃看不得别人搞断袖。"

空气都凝住。这话很伤人，很尴尬，也很无礼。

裴爷我不吃了！

裴笑啪地把筷子一扔，嚯地站起来，居高临下地瞪着李不言："李神婆，我和谢五十打小就认识，是兄弟，是好友，不是断袖，你搞清楚。"

"裴大人！"晏三合站起来，目光与他平视，"李不言是我朋友，是姐妹，不是婢女，你放尊重点。"

裴笑脖子一寸一寸地扭向谢知非：她们是怎么知道我在编派李神婆的？

谢知非：祖宗，我也想知道！

....

有了前头那一出，这顿饭沉闷得让人消化不良。

最后一口汤喝完，晏三合用茶水漱口，打破了沉闷："谢三爷。"

谢知非赶紧道："晏姑娘有什么吩咐？"

晏三合："老太太身边侍候的人，除了已经出府的，我估算大概还有十人。"

"晏姑娘的意思是？"

"三爷应该是审惯犯人的，为了节约时间，我们一人五个如何？"

谢知非震惊于晏三合的这个提议："需要我问些什么？"

"你只需要问三个问题。"

"哪三个？"裴笑插话。

晏三合眼风都没向他扫过去："在你眼里，老太太是个什么样的人？"

谢知非："第二个？"

晏三合："关于老太太，有什么印象深刻的事情？"

谢知非："第三个？"

晏三合："谁最有可能想让老太太死后不得安宁？"

最后一个字落下，谢知非心里海浪汹涌。他端起茶盅，装作神色慵懒的样子："三个问题我都记住了，只是想多一句嘴——"

"等都问完了，我再告诉你问这三个问题的用意。"

谢知非："……"

晏三合："你来谢府带了几个穿官袍的？"

谢知非："两个，一个朱青，一个丁一。"

晏三合："朱青借我用一下。"

谢知非："姑娘打算怎么用？"

晏三合："用他装腔作势。"

谢知非一听这话，当下便明白过来："放心，那小子往姑娘身边一站，活脱儿一个门神，没有人不怕的。"

晏三合看向对面的裴笑："裴大人？"

裴大人笑得有点假："需要我做什么啊，晏姑娘？"

晏三合："三爷问，你记，一个字都别落下。"

裴笑皱眉："那得写多少字啊，裴爷我会手酸的。"

两个神婆并肩往外走，不理他。

"……"裴笑哑口无言了半天，咬牙看着谢三爷。

谢三爷神色淡定极了，不仅淡定，他还弯眼笑了笑。

"你个杀千刀的。"裴大人破口大骂，"她都厉害成这样了，你怎么一点都不吃惊？"

谢三爷瞟了他一眼："我见过她更厉害的时候，你信不信？"

"还有更厉害的？"裴大人长叹一声，"你说她年纪轻轻，怎么就——"

"别感叹。"好不容易有单独说话的机会，谢三爷赶紧把头凑过去，"快说我来之前，你都打探出了什么？"

"那个叫李不言的丫鬟不仅会套话，而且眼睛毒辣。"一说到这个，裴笑又激动起来，"我跟你说，她们主仆二人一唱一和，配合得天衣无缝。主子一个眼神，丫鬟立马就懂，我们俩光屁股一道长大的，都没她有默契。"

谢知非脸色冷下来："看来，那丫头也得查查。"

"必须查！"裴笑道，"李不言才多大，那身手简直了，怎么练出来的？谁教的？"

谢知非听到这里，脸色又冷了一层。得，一个谜团没解开，倒又来一个。
"黄芪！"
"爷！"
"去把那两个和尚叫来。"
"是！"
"你还带了两个和尚到季家来？来干什么，念经？"
"你懂个屁！"裴笑白他一眼，"等人来了就知道了。"
一胖一瘦两个和尚飘飘而来。
裴笑给黄芪递了个眼神，黄芪忙把花厅的门给掩上了。
胖和尚从怀里掏出两张画像，谄媚道："裴大人，你看画得像不像？"
裴笑示意他把画像给谢知非看。
谢知非一眼扫过，惊呆了——一张是晏三合的，一张是李不言的，两张画像都画得栩栩如生。
"你这是……"
"回去我让人临摹几百份，然后给大华国每个寺院发一张。那些凡夫俗子初一不上香，十五还不上吗？"裴笑双手抱臂，笑得得意扬扬，"裴爷我就不信摸不出她们的底细来。"
干得漂亮！
这两张画像让谢知非打开了一扇新的大门，刚要大夸特夸这小子，却见他斜了斜嘴角，冷笑道："管她晏三合是神婆，还是高人，都逃不脱我如来佛祖的五指山。"
谢知非猛然心头一颤。这话……他怎么听着这么不舒坦呢？
谢知非敛了神色，起身抱拳："那就劳烦二位了。"
"三爷客气。"两个和尚回以一礼，"裴大人，没什么事，我们就先回衙门。"
裴笑一边点头，一边冲两人做了个噤声的动作。
瘦和尚忙笑道："这还用裴大人交代，放心，放一百个心。"
两个和尚又飘飘然离去。
谢知非看着裴笑，由衷道："明亭，你可以啊！"
"可以的还不止这些。"裴笑冷冷一笑，"要不是刚刚我闹那一出，那晏神婆怎么能乖乖地说山和李神婆真正的关系。"
"你是故意的？"
裴笑昂着头不说话，脸上一副"来夸爷，往死里夸"的表情。
谢知非毫不吝啬地冲他跷了跷大拇指，顺势低声道："找个时间去见一见他。"
这个转折太突然，裴笑脸上的表情来不及收，下意识地问："见谁？"
"见谁你还问我？"谢知非声音一压，"他带信来说，太子要弃车保帅。"
玩笑之色瞬间不见，裴笑皱眉："你刚刚和我舅舅耳语说的难道就是这个？"
谢知非摇头："我哪敢跟他说这个，我说老御史放话出来，最近上朝要穿绯衣。"

"怪不得他一下子就同意了。"裴笑沉默良久，又道，"不得不说，在节约时间这一点上，晏神婆很为苦主着想。"

他这么一提，谢知非又想起那几日风雨不停地飞奔。半晌，他低声道："以后你就知道了，那丫头面冷心热。"

"以后的事情以后再说。"裴笑催他，"走，找神婆去，别耽误时间。"

谢知非站起来，目光不经意地往晏三合坐的那边扫去，所有的动作一下子顿住。

"看什么呢？"裴笑往前一凑，见他盯着的竟然是晏三合用过的碗，"她剩了一口饭而已，你至于一副吃人的表情吗？"

谢知非看着那口剩饭，眼底静水流深。

"走啦！"裴笑拽着他往外走，却拽不动，"别跟我说，你是想帮她把那口剩饭吃掉。"

你说对了！谢知非心口某个尘封的角落像是突然被针刺了一下，痉挛似的抽痛了一下，又莫名地沸腾。裴明亭，你敢信吗？曾经有一个人，她的剩饭都是我吃的。

谢知非桃花眼往上一挑，两个酒窝露出来，他笑得痞痞的："王八蛋，你说什么呢？恶心不恶心？！"

…………

和晏三合预估的差不多，侍候老太太的丫鬟、婆子仅仅剩下十一人，别的都已经放出府。这十一人见院子里站着几个穿官服的人，吓得大气都不敢出。

谢知非朝丁一递了个眼神。丁一上前一步，厉声道："所有人分成两队。"

下人们战战兢兢地分了队，最后多出来的是个小丫鬟，十三四岁的年纪，刚刚留头。小丫鬟不知道要排哪个队，急得不知如何是好。

丁一手一指："你，先进去。"

小丫鬟吓得一哆嗦，可架不住丁一像阎王一样的表情，只能硬着头皮跨进门槛。

小丫鬟进屋看到两个人，一人坐着，一人站着。坐着的那人是个姑娘，长得很好看；站着的那人是个官爷，脸上每一根线条都透着狠劲儿。

小丫鬟扑通一声跪下，什么话都没说，先磕了三个头。

"别害怕。"晏三合声音难得地温柔，"五城兵马司办案，找你来问几句话。"

小丫鬟看着晏三合，愣住了。这年头，怎么会有女人做官差？

"看什么看？"朱青恶狠狠地瞅着她，"这是我们谢指挥使请来的查案高手，你最好老老实实地回答，否则，我让你尝尝吃牢饭的滋味。"

跟进来的谢指挥使咳嗽一声："只要老实回答，我定保你平安无事。"

小丫鬟果真吓死了，瘫坐在地上眼泪汪汪。

晏三合见时机差不多，便问："你叫什么名字？今年多大？在老太太院里做什么差事？"

小丫鬟抽泣道："奴婢小红，十四岁了，是帮老太太看菜园的。"

晏三合："跟老太太几年了？"

小红:"两年。"

晏三合:"怎么到的老太太身边?"

小红抹抹泪:"老太太原来看园子的丫鬟被放出去了,奴婢因为会种菜,就被选了过来。"

晏三合:"你不是家生子?"

小红摇头:"奴婢家中还有爹娘兄弟,家里揭不开锅,就把奴婢卖了,卖的是活契,以后有钱了能赎出去的。"

话到这个时候,晏三合才切入正题:"老太太在你眼里是个什么样的人?"

这一下,小红卡壳。

晏三合咳嗽一声。一旁的朱青忙呵斥道:"问你什么你就答什么。"

小红赶紧答:"老太太是个好人,奴婢刚到院里,年纪又小,那些大丫鬟、老婆子就欺负奴婢,老太太知道后,命陈妈妈敲打了一回,后来奴婢的日子就好过了。"

晏三合点点头,提笔蘸了些墨汁,写下四个字:心地善良。

"你记忆中,有关老太太印象最深的一件事是什么?"

小红:"……"

晏三合见她茫然,又道:"或者关于老太太,你最忘不掉的一件事。"

小红想了会儿,道:"去年中秋,菜园子里的茄子长势好,老太太瞧了欢喜,就让陈妈妈赏了奴婢一只螃蟹。"

"老太太喜欢吃茄子?"

"老太太年岁大了,牙口不好,茄子蒸得烂烂的,她说入味。"

"然后呢?"

"奴婢去给老太太磕头谢恩,她突然问我,要不要出府去?"

"哦?"晏三合平静的脸上终于有了一丝表情。她的表情其实很淡,淡得像是猎人嗅到一丝猎物的气息后,眉眼间转瞬即逝的一抹惊喜,如果不细看,根本不会发现。

谢知非却瞧得清清楚楚。因为差事,他常常要和三司的人打交道,撇去刑部不谈,大理寺、都察院最出色的审案人都不会有这么敏锐的嗅觉。

他来不及多想,"猎人"的声音已然响起:"老太太为什么会这么问?"

小红:"奴婢也觉得诧异,心想自己是不是有什么做得不好的地方,让老太太嫌弃了,奴婢吓得当场就跪下,连连求饶。"

晏三合:"老太太怎么说?"

小红:"老太太看着我,叹了口气,先说一句'罢了',接着沉默半天,又说一句'出去也是被卖,倒不如跟着我这个老太婆'。"

晏三合眼睛一眯:"这话,你为什么记得这么清楚?"

"因为老太太这话说到奴婢心上了,就算主子开恩放奴婢出去,到头来也不过是被爹娘老子再卖一次,换些嚼用。"小红想着伤心事,泣道,"命不好再被卖到那要打要骂的人家,日子就更难了,在老太太院里,奴婢至少吃得饱,穿得暖。"

·161·

晏三合提笔又写下一句话：心疼被父母卖的小丫鬟。笔尖停下，她眉头蹙起，末了，她又在这一句的后面添了三个字：为什么？

收起笔，她目光突然一冷："今儿叫你来，是因为老太太的墓被人扒了。"

"啊？"小红一声尖叫。

"兵马司查案，就是查的这个案子。"晏三合一拍桌子，声色俱厉道，"你实话告诉我，老太太这么好的一个人，是谁想让她死后不得安生。"

"三太太，一定是三太太。"小红几乎是脱口而出，"老太太生前最讨厌的人就是她。她……她对老太太大不敬，一定是她，不会有别人。"

"你确定？"

"奴婢若说假话，就不得好死，死后入阿鼻地狱，永世不得超生。"小红失声痛哭，眼泪吧嗒吧嗒往下掉，每一滴都在替老太太伤心。

"把人带下去吧！"晏三合叹了口气，又写下三个字——三太太。

她写完，见一旁的朱青没动静，抬头问道："怎么，没听清我的话？"

朱青压着声道："姑娘不问一问缘由，再让人离开吗？"

晏三合并不吃惊他会这么问，一字一句地反问回去："太后和皇帝的妃子闹矛盾，真正的缘由是看园子的小婢女能窥透的？"

朱青："……"

"照晏姑娘说的话去做。"谢知非开口。

朱青看了自家主子一眼，忙把那叫小红的婢女拉了出去。

晏三合看着那个懒懒倚着门的谢三爷："指挥使看了这么久，该干正事了吧！"

指挥使淡定地摸着自己的下巴，笑眯眯地进出一句话："姑娘说得很是！"

是你个头！晏三合觉得自己和这个谢纨绔相处时间长了，总隐隐有想发火的趋势。

她哪里能料到，谢指挥使脸上笑眯眯，心里也在骂娘。

瞧瞧人家这案子审的，条理清清楚楚，朱青这么一个稳重踏实的人，在她面前都不够看。北城兵马司要是有这么一个人在，还用得着我整天累死累活？

…………

余下十个人分成两拨，一个问完，另一个接着进去。

最后一个婆子走出院子，黄昏悄然来临，一下午都没见着人影，不知道死哪里去的李不言俏生生地走进来。她把手往裴笑面前一摊："都记了些什么，让我瞅瞅？"

你识字吗？裴笑看了眼自己颇以为傲的字，挺挺胸脯，把纸递过去。

李不言接住，手往身后一背，诡诡然走了。

"她——"

"嘘！"谢知非长臂一伸，把人钩着往外带。

八仙桌上，两张纸已然并排放在一起，晏三合正低头看着裴笑记的那张纸。

"看出了什么？"

男人强烈的气息从头顶落下来，晏三合不动声色地往边上站了站："答案千篇一律。"

"我来瞧瞧。"裴笑用力挤进晏三合和谢知非中间。

谢知非皱眉,这小子什么德行?

裴笑低头一看,眼神顿时变了:"这是你写的字?"

晏三合皱眉,心说这人脑子有病还是怎么的,总喜欢问些不相干的话。

"写得很不错。"

谢五十没忽略晏三合那不耐烦地一皱眉,自然而然地把话题拉回来:"晏姑娘,哪里看出千篇一律?"

"好人、慈祥和蔼、关心小辈、没什么架子都是在形容老太太的好。"晏三合思忖道,"虽然有些夸张的成分,但至少说明一个问题。"

谢知非沉吟道:"老太太为人不差。"

"对!"晏三合伸手在某处点了点,"只有这人的回答有些意思,她说老太太话不多、心思重,由此可见,季老太太心里藏了事。"

谢知非记得这人,是他亲自审的:"她说她在老太太身边侍候了十来年。"

"够久的。"

谢知非诧异地看着她苍白的侧脸,总觉得这一句"够久的"还带着些别的意思。

"的确太久了。"谢知非附和了一声,又问道,"第二问有什么发现吗?"

"这第二问其实是对第一问的补充。"晏三合垂下眼,"我看了一下,有用的信息也不多,这说明季老太太和高门里别的老祖宗没什么区别。"

谢知非没听明白:"什么叫没什么区别?"

"没什么区别的意思是,一样的身份地位,一样福气运气好,一样儿孙孝顺,一样在下人面前看起来高高在上,又和蔼可亲。"晏三合扬了扬眉,"换句话说,活到她们这个岁数的人,脸上都挂着一层皮,皮外面是她们这个身份、年纪应该有的样子,也是必须有的样子,但皮里面是什么,没有人知道。"

谢知非一开始还含笑听着,慢慢地,神色就变了。"晏三合。"他突然直呼其名。

晏三合抬眼看他一眼。

谢知非乜斜着眼睛:"什么叫必须有的样子?"

问就问,为什么斜着眼睛看人?

"如果不是那个样子,她坐不上老祖宗的位子。就如同谢老爷,如果没那个本事,就做不到内阁大臣。"晏三合沉默了一下,"失败者,各有各失败的原因;成功者,成功的原因大致相同。"

这一下,连裴笑都沉默了。他心有余悸地看着谢五十,后者的眼睛却没看他,而是死死地盯着晏三合,一动不动。

"我脸上有东西吗?"晏三合问。

"没有!"谢知非耸肩笑了一下,一副吊儿郎当的模样,"就是很好奇晏姑娘年纪轻轻,怎么懂那么多?"

晏三合目光落在两张纸上,轻描淡写道:"我聪明啊!"

·163·

聪明，那是一定的，只怕聪明的背后还有很多不为人知的东西。谢知非在心里哼哼两声："这最后一问似乎更千篇一律，晏姑娘怎么看？"

十一个人只有一个答案，最有可能挖老太太墓的人是——季府三太太！

晏三合："看来婆媳不和已久，而且是撕破了脸，属于尽人皆知。"

裴笑是热心的好亲戚："需要我说说原因吗？"

晏三合摇头："暂时不需要，等我见过这位三太太后再说。"

嘿，我难得热心一次，竟然还被人拒绝？裴笑不痛快了，要找碴儿："放着现成的人不问，你这不是在浪费时间吗？"

李不言最恨这种没事找事的人："我家小姐这么做，是不想因为你的话而先入为主，要保持客观、公正。"

裴笑："你的意思是，我的话不公正？"

李不言："你和我家小姐吵架，我会向着你吗？"

裴笑："万一我占理呢？"

李不言："理算个什么东西？我和谁亲，我就替谁说话，她杀人放火我都夸一声好！"

裴笑："……"

李不言："我这叫胳膊肘往里拐。"

裴笑说不过："好吧，你家小姐开心就好！"

李不言笑得俏眼眯成一条缝："没有某些人乱插话，我家小姐会更开心，裴大人，你觉得呢？"

裴大人翻了个白眼：我阵亡了！

这两人斗嘴的时候，谢知非把裴笑往身后一拉，指着纸上"为什么"三个字："晏三合，这里有什么不妥吗？"

晏三合不想说。

谢三爷低下头，两只眼睛眨巴眨巴地看着晏三合，眼里的虚心满得几乎都快要溢出来："可以向你请教一二吗？"

溢出来的不是虚心，是心机！晏三合在心里冷哼一声，到底还是开了口："十四岁的丫鬟正是调教好了最当用的时候，人是花银子买进来的，她为什么要主动提放出去？"

谢知非："也许是老太太善心大发？"

晏三合："但后来她又收回了这句话，还提到娘老子卖人的事。"

谢知非踌躇道："你的意思是……"

晏三合："人与人之间没有感同身受，很多话是说不到别人心坎上的。"

谢知非："老太太对丫鬟感同身受什么？"

晏三合："她会不会一开始并不是自愿到季府做妾，而是被她娘老子逼的？"

"晏三合，你可真敢说啊！"一旁的裴笑跳起来，"你知道京里有多少大姑娘小媳妇做梦都想嫁到季家来吗？"

晏三合："不知道。"

裴笑气得一甩袖："别说嫁，就是做妾，做个通房丫鬟，都是他们家祖坟冒烟，夜里做梦都得笑醒。"

晏三合冷笑："不言，你来季家做妾，会做梦笑醒吗？"

"我？"李不言莞尔一笑，"我会找人要一瓶含笑半步癫。"

裴笑一怔："含笑半步癫是什么？"

李不言："穿肠毒药。"

裴笑："……"我又卒了！

"今天就到这里。"晏三合看向谢知非，"你跟季老爷说一声，明天我要见两个人。"

谢知非："哪两个？"

晏三合："他和三太太。"

谢知非："好！"

晏三合刚要转身，突然又想到了什么："对了，那十一个人的口，三爷封住了吧？"

三爷抱起手臂看着她，嘴角扬起微妙的弧度，这弧度看上去是笑，再细品品，那就是有些不怀好意——晏三合，晏姑娘，你这是看不起谁啊？三爷小事有那么差吗？

"我就问问！"晏三合面无表情地转过身，心说真想把这人的眼珠子给挖出来！

"哎，什么叫就到这里？"裴笑想着御史的绯衣，嚷嚷，"吃罢晚饭，还有大把大把的时间，晏三合，你可是收了银子的，必须给我抓紧！"

还必须？晏三合冷笑："欲速则不达，裴大人听过没有？"

李不言耸耸肩："他一定没听过。"

晏三合："那他听过什么？"

李不言："听过'赶着去吃屎''赶着去投胎'。"

裴大人："……"

"裴大人请吧，我就不奉陪了。"

晏三合看了眼李不言，后者把八仙桌上的那些纸一圈，握在手中，诡诡然和晏三合走出花厅。

裴大人指指两人的背影，再指指自己，冲谢知非露出一个比黄连还要苦的笑。

谢知非拍拍他的肩，一脸同情："我又有一个新发现。"

裴笑奄奄一息："什么？"

谢知非笑得两个酒窝深深的："终于有人能治你了。"

…………

不知道是不是谢纨绔事先派人通知了汤圆，晏三合回到静思居时，热菜热饭刚刚好备下。

汤圆端着热水进屋："姑娘快净手，吃饭啦。"

"嗯。"晏三合喊，"不言，来洗手。"

"来了！"李不言在屏风后面换衣裳，再出来时，像男人一样穿着一件月白色直裰，显得长身玉立。

怪好看的。汤圆忍不住多看了两眼。

净过手，晏三合突然想到了什么，冲汤圆一抬下巴："今儿就不喊你上桌了，我和不言有些话要说。"

汤圆忙道："两位姑娘慢慢用饭，慢慢说话，奴婢去外头帮姑娘们守着。"

晏三合："去吧！"

汤圆退出，顺势把门掩上。

门一关，李不言笑道："一口一个奴婢，亏你受得住。"

晏三合无奈："说了好几遍，就是改不掉。"

"奴性太重。"李不言夹一筷子菜往嘴里送，嚼了几下，含混道，"我今天在季家转了大半天，季家是真有银子，下人的衣裳都是好料子。"

晏三合把菜送到嘴里，细细嚼碎，咽干净，才道："我也察觉到了，那片心湖只怕满京城都没几个。"

李不言冷笑："这银子从哪儿来？"

晏三合停下筷子："你的意思是，季老爷这官罢得对？"

"反正不会是个好官。"

"好官和坏官都和我没关系，你在季家还有什么发现？"

"听了几句下人的闲聊，有的说想赎身离开季家，就怕主子不同意；有的说老爷有太子护着，早晚会复起。"

"太子？"晏三合眼露惊色，"季家竟然与太子有关系？"

李不言茫然地一耸肩：鬼知道。

晏三合想想，说："我又有个疑惑。"

"什么？"

"既然有太子那层关系，为什么季陵川还会被罢官？"

李不言两眼更是茫然："这……"

晏三合一下子没了胃口，希望季老太太的心魔别和这些太子啊，朝廷啊扯上关系，会非常麻烦。

李不言吃饭很快，她吃完的时候，晏三合才刚刚吃了一小半。

"三合，就冲你这吃饭细嚼慢咽的劲儿，说不定还是个大户人家的庶出，门第不输给季府。"

晏三合嗤之以鼻。

李不言起身从里屋把那几张纸拿出来，一边看，一边道："还没说你今天有没有发现。"

"有几个不太合理的地方。"

"快说给我听听。"

晏三合不习惯一边吃饭，一边说话，索性放下筷子："不养狗是一处；院子幽僻、阴冷是一处；还有……偏宠装笑也是一处。"

李不言皱眉："偏宠裴笑哪里不合理？"

"裴笑那性格、那张嘴，可是讨人喜欢的？"晏三合嘴角勾起冷笑，"老人最疼的小辈，要么会说好话，要么有出息，要么像谢府三爷那样，从小病得差点死掉，裴笑占哪一种？更何况季府孙子孙女那么多，哪轮得到他？"

李不言点点头："你这么一分析，还确实是呢。"

晏三合拿起筷子："明天是场硬仗，今晚我们早点睡。"

"好！"李不言把纸叠好，卷在手心，"我去喊汤圆进来吃饭，吃完饭让她帮你把额头的伤再处理一下。"

"你也能处理。"

"还是别了。"李不言打了个哆嗦，"我自己伤手伤脚的无所谓，你破点皮，我看着就疼，让她弄！"

…………

书房。

最后一个字说完，谢知非渴得不行，一气喝了一盅茶。

谢道之皱眉："季家这个事看来很麻烦，老三，你看晏三合有没有把握？"

"这才第一天，能有什么把握？"谢老三神色懒懒的，"父亲，当初她帮咱们家化念解魔时画的那幅画像还在吗？"

谢道之："你要做什么？"

"拿来我瞧瞧。"

"有什么好瞧的？"

"裴明亭的字在我之上吧，我的字是父亲手把手教的，也不差吧？那丫头一笔字，把裴明亭的都比下去了。"谢知非斜眼，"字画不分家，我欣赏欣赏。"

谢道之从最底层的抽屉里把那幅画像拿出来。

谢知非乐了："藏得这么严实，至于吗？！"

"你懂什么？"谢道之瞪眼，"你晏祖父最绝的是什么？就是这画，从前千金难求，在整个安徽府都赫赫有名。"

谢知非把画摊开来："这么说来，那丫头是继承了他的衣钵？"

谢道之看着画，品咂道："还差了点火候，但小小年纪能有这个造诣，已属难得，难得啊！"

谢而立听着好奇："老三，她写的字呢？拿来让父亲和我看看。"

"她自个儿收起来了，我就扫了一眼。"

"一点都不会用脑子。"谢而立气得用手点点老三的脑门。他是个读书人，读书人一比学问，二比字画，三比诗词歌赋，只要听到谁谁谁的字好看，他都想瞧瞧。

"别点！"谢知非拨开自家大哥的手指，"父亲，这一笔字和画，只怕得从小练起吧？"

"绝对是童子功，她今年十七，我估摸着她三岁时你晏祖父就已经手把手教她了。"

·167·

三岁？谢知非心中冷笑连连，晏行只怕连晏三合的面都没见过！

....

谢知非从书房出来，走到拐角处停下脚步，用力咳嗽一声，隐在树后的谢总管颠颠地跑出来："三爷，静思居一刻钟前落了院门锁；晚上吃饭的时候，晏姑娘把汤圆打发走了，是关起门来和李姑娘一道用的饭。"

"嗯。"

"昨儿夜里，晏姑娘回来，二爷等在半路。二爷送了晏姑娘一支老参，说是感谢。老奴查了查，那老参是从柳姨娘房里要来的。"

"还有吗？"

"没了。"

谢知非这才嘴角浮现出一点笑意："给我继续盯着，有什么风吹草动，立刻，马上，迅速来和我说。"

谢总管赔笑："三爷只管放一百个心。"

谢知非鼻音重重地哼了一声，身后的朱青从怀里掏出一张银票。

"丽春院来了几个新人，谢总管有空赶紧去瞧瞧，说不定还能吃着个新鲜的。"

谢小花心头大喜，嘴里却推辞道："老奴替三爷办事，哪能要三爷的银子？这这这……"

"拿着！"谢知非一把钩住谢总管的肩，"这事小心点，被那位祖宗发现了，你没处死去。"

谢总管银票刚拿到手上，这会儿只觉得真烫啊，烫得他想扔掉。

"还有一件事，你帮我多留个心眼。"

"三爷只管吩咐。"

"那位祖宗喜欢吃什么，不喜欢吃什么，吃饭怎么个吃法，吃得干净不干净……"

娘哎，谢总管气都不会喘了，三爷这是咋的啦，看上那位祖宗了？不能够啊，我的三爷哟，裴公子说得对，那祖宗就是个神婆，吓人哩！

"你可都记下了？"

"老奴记下了。"

"去吧！"

谢总管一肚子苦水不敢往外倒，只能抢着两条胖腿颠颠地跑开。

谢知非等他走远，叫道："朱青！"

朱青："爷！"

谢知非："去云南府的人还有几天到京城？"

朱青："最多五六天。"

谢知非："你让丁一立刻出发去迎一迎他们，就说是我说的，让他们不用回京，拐道去安徽府桃花潭晏行的老家。"

朱青一惊："爷是想……"

谢知非看着天边一弯细细的月牙，笑得有些意味深长："我想知道那位祖宗和晏行……真正的关系！"

…………

翌日，晏三合醒来的时候，李不言依旧不在，等坐到饭桌前，她才浑身汗津津地走进来："你先吃，我洗漱一下就来。"

"姑娘这么早干什么去了？"汤圆好奇，多了一句嘴。

"练功！"李不言看了汤圆一眼，笑道，"你家三爷起得也挺早，练功的架势很不错。"

晏三合破天荒地勾勾唇："你是练功去了，还是偷看去了？"

"没办法，跑步的时候听到他一声吼，"李不言半点羞愧都没有，"我就顺势爬了个墙。汤圆，谢家不是文官吗，怎么出了个武将啊？"

"三爷打小身子就不好，后来就找师傅在家学了点强身健体的本事。"

"我还听说你家三爷是个短命的？"

汤圆吓得脸一变："姑娘可别乱说话，这话叫老太太、人人听见了，又是一通伤心。"

"是几个丫鬟嚼舌根的时候，我无意中听到的。"李不言搂住汤圆的肩，笑眯眯地问道，"短命短到什么程度？能活多少岁啊？"

汤圆吓得腿都在发软。

李不言仿佛没看见汤圆的脸色，自顾自道："对了，我还听说谢总管是个老光棍，这人胖归胖，脸长得还行啊，又是一府总管，怎么就打上光棍了呢？"

汤圆脸一红，腿一屈，人直直地跪下去。

李不言冷笑："咦，你这是做什么？"

"不言！"

"好好好，当我没问！"李不言袖子一甩，进了里屋。

晏三合扶汤圆起来："你不好回答，就说不知道，没必要动不动就跪。"

"是，姑娘。"汤圆转身低头盛粥，掩住眼里的一抹心虚。

晏三合想想不对，走到房里压着声问："刚刚练功时发生了什么事？"

李不言掩了房门，低声道："我看到这个汤圆和谢胖子在角落里嘀嘀咕咕，就想着试探一下她。"

晏三合当下便明白过来。说到谢纨绔的时候，她没跪；但说到谢胖子的时候，她跪了。

"她心虚了！"

"聪明！"

"看来，有人对咱们很感兴趣。"

"不是对咱们，是对你！"李不言玩笑似的道，"让我猜猜谢胖子的背后会是谁。不会是谢老太太和谢道之，谢三十已婚已育，不太可能，那就只剩下一个谢四十和一个谢五十。"

晏三合："分析得很对，继续。"

李不言："谢四十是庶，谢五十是嫡；汤圆说庶出不受宠，恐怕差使不动大总管，那就只有一个可能。"

晏三合一点头，和她想到一处去了。

李不言做了个鬼脸："就是不知道这人是贪图你的美色而好奇，还是好奇更多的。"

美色？这种东西我有吗？晏三合深深地看了李不言一眼后，走到外间："不言想去街上吃早饭，说是想尝尝京城的东西，我陪她一道去，粥菜点心你用吧！"

汤圆忙道："那奴婢去让人备车。"

"不用，我和她走着去！"晏三合扭头，"不言，好了没有？！"

"好了！"李不言跑出来，笑道，"汤圆妹妹想吃什么，回头跟我说，赶明儿我也给你带一份。"说罢，揽着晏三合的肩，飘然而去。

汤圆看着这一桌早饭，哪有什么食欲，呆立了半晌后，一咬牙，急匆匆地走出了静思居。

她刚离开，晏三合和李不言就从拐角处走出来。

晏三合看着汤圆的背影，冷冷道："你去跟一跟。"

"放心，马上就来！"

一刻钟后，李不言去而复返，冲晏三合莞尔一笑："她去找了谢胖子，谢胖子随即去了三爷的院里，被咱们料准了。"

晏三合磨了磨后槽牙，他谢纨绔想干什么？

第十三章 成精

晏三合和李不言在街上吃过早饭，赶到季府时，裴笑和昨日一样等在角门，只是身后没了一胖一瘦两个和尚。打过照面，谁也没有多说话，径直往花厅去。

季陵川早就等在院子里，见他们来，忙把人请进厅里坐。

婢女上茶果点心的时候，季陵川问："明亭，承宇呢？"

裴笑咳了一声："他今日衙门里有点事，便不过来了。"

季陵川没说什么，但原本绷直的肩背无声地松弛下去。

晏三合瞧得一清二楚，看来，谢三爷有事是假，不想让季陵川难做是真，毕竟今天的问题多少会涉及一些季府的私密。再说，有裴笑这个耳报神在，他什么不知道？

婢女掩门退出，花厅里一下子暗淡下来。

晏三合敛了敛神："季老爷，不浪费时间，我们开始吧！"

季陵川早就等不及了："姑娘想问什么只管问。"

晏三合把笔墨纸砚摆好，开门见山："老太太祖籍是广西，几岁到的季家？"

"我母亲十六岁进的季家。"

"谁牵的线，谁搭的桥？"

"我就知道姑娘会问这个，昨儿晚上还想了半宿。"季陵川一脸遗憾，"可惜二老从来没在我面前提过。"

晏三合："妾扶正为妻，当世并不多见，这里头有什么缘故吗？"

"一来是我母亲能生养，我有三个弟弟，一个妹子，也就是明亭他娘。"

"二来呢？"

"二来是她为我祖母侍过疾，送过终。"

季家的祖籍也是广西，后来做了京官才举家迁往京城定居。

季陵川的父亲叫季春山，娶妻张氏。

张氏身子本来就弱，成婚后怀了两胎，结果两胎都没有保住，反倒身子落下了病根，为了有后，公公婆婆便张罗着给儿子纳妾。二老想着广西老家的姑娘身子骨结实，个个能生养，不如托人从那边挑一个。

他们挑来挑去，就挑中了十六岁的胡氏。胡氏在江边长大，是个渔家女，从小跟着大人风里来雨里去，身子骨比男人还结实。

几个月后，胡氏坐船到通州码头，一顶小轿被抬进季府，当天晚上便圆了房。

胡氏果然能生养，不久便有了身孕，十月怀胎，产下一子，正是如今的季陵川。季家大喜，满月酒的流水席办了整整三天。百天时，季家开祠堂，将他过了正妻张氏名下，算作嫡子。

"我从小是在嫡母身边长大的，嫡母待我如同亲子，过了两年，我母亲又生下一子，是我二弟。"季陵川回忆道，"生下我二弟后，我祖母身子骨便不大好了，嫡母又是个病歪歪的，侍不了疾，我母亲便挑起了重任。她将二弟交给我嫡母照顾，整整大半年的时间，睡在我祖母床前的榻上，直到把老人家送走。"

"你二弟被送到你嫡母身边时是几个月大？"

"如果我没有记错的话，刚刚三个月大。"

那么也就是说，胡氏在生产后的第三个月，在身体还没有完全恢复好的情况下，便扔下儿子，一心一意地侍奉婆婆。

晏三合问道："你二弟后来回到你母亲身边了吗？"

"没有，也一直养在嫡母名下。"

"为什么？"

"祖母出殡后，母亲就累病了。二弟还小，怕过了病气，就又在我嫡母身边待了好几个月。"季陵川喝了口茶，继续道，"再抱回母亲那边时，我二弟已经不习惯了，夜里常常哭闹，只能再送回嫡母院里。"

晏三合心头微微一颤："你嫡母是什么时候去世的？"

·171·

"祖母去世后的第五年，嫡母就走了，当时我十岁。"

"你母亲被扶正之路有没有波折？"

"有！"季陵川垂下眼，"族里和我祖父都不赞成，嫌我母亲家世低，拿不上台面。若不是我父亲坚持，恰好母亲肚子里又有了三弟，只怕事情也难成。"

晏三合问道："你父亲和你母亲感情很好？"

季陵川："我父亲说母亲年轻的时候天真可爱、性子单纯，和京里的姑娘不大一样。"

晏三合又问："你嫡母临终前可曾对继室的人选留下什么话？"

季陵川猛地抬起头，有些难以置信地看着晏三合。良久，他道："我嫡母给我父亲留了话，让他看在往日夫妻一场的分儿上，多为两个儿子想一想。"

听到这里，晏三合由衷地感叹："你母亲是个深谋远虑的。"

"这话是什么意思？"裴笑脱口而出。

话脱口而出后，裴笑才觉得自己问了句傻话。可不是深谋远虑吗？一个妾室生下儿子，将儿子过继到正妻名下，不仅儿子有了名分，有了继承权，张氏这个正妻的腰杆子也硬了，双赢。

双赢的结果是张氏一定会把她的儿子当成自己的亲骨肉。这一招，叫以退为进。

婆婆生病，她拖着刚生产的身子替张氏尽孝，感动的是谁？是长辈，是男人，是张氏。这一招，叫笼络人心。

张氏替她养着两个儿子，日子久了，哪怕隔着一重肚皮，也会养出感情来。她病重，知道自己时日无多，自然就会替两个儿子思虑起将来。

将来，如果男人再继娶一个外头的女人，外头的女人再生下一儿半女，自己的儿子就得靠边站。如果把胡氏扶正，这两个孩子本来就是胡氏肚子里掉下来的肉，胡氏怎么可能亏待他们？

有了张氏的临终交代，再加上肚子里怀着的那一个，还有谁能挡得住她被扶正的路？

外祖母，你真神啊！裴笑一边感叹，一边眼睛睨向晏三合。这丫头也神，年纪轻轻把内宅里的这些弯弯绕码得一清二楚，谁将来娶了她，准倒霉！

"我母亲虽然不识字，但人是极聪明的。"季陵川虚虚一句话帮老太太遮掩过去，说完，又瞪了裴笑一眼，"你小子别乱插话。"

"舅舅瞪我干什么？老祖宗宠我，我更听不得别人说她不好。"

"你——"季陵川有点想让这小子滚蛋了。

咚咚！晏三合用手指敲两下桌子："季老爷，我接着问下去，你父亲只你母亲一个？"

季陵川："后来父亲又纳了两房妾室。"

晏三合："为什么？他们感情不是很好吗？"

季陵川脸色有些僵硬："母亲年岁大了，又管着一府的事，难免会对父亲疏于照顾。"

晏三合："可有生养？"

季陵川："有的，我有两个庶妹，各自嫁到外地去了，离得远，这些年走动得也少。"

晏三合眉一压："这么说来，季家的福气都被老太太一人占了。"

"瞧你这话说的……"裴笑想骂人，又不太敢，"什么叫都被老太太一人占了，我外祖母那叫命好。"

"有区别吗？"

"有啊，一个听得顺耳，一个听得不顺耳。"

"旁人就生不出儿子吗？"

"你什么意思？"裴笑瞬间炸毛，"把话说清楚。"

"裴明亭！"季陵川呵斥一声，坦承道，"晏姑娘说得对，其中一个姨娘也曾怀了男胎，被我母亲……用计打掉了。"

我外祖母还干过这事？裴笑愣住了。

晏三合面无表情地看他一眼，继续问道："这事你父亲知道不知道？"

"知道！"季陵川点点头，道，"他们俩也因为这件事慢慢生了嫌隙，父亲后来就极少往母亲房里去了。"

"也是因为你母亲生下五个孩子，年岁又渐渐大了。"晏三合冷笑，"比不得那些年轻的姨娘脸俏，身段紧，在床上会侍候人。"

"……"舅甥两个面面相觑。

裴笑心里咆哮阵阵："在床上会侍候人"这种话应该是一个姑娘家说出来的吗？这这这……太不成体统！她不臊，我都臊了！不行，不行，这一笔我得替谢五十先记下来。

裴笑嘴角扯出不屑的表情："晏姑娘还请尊重些死者，我外祖父早就——"

"你外祖父是和他的发妻合葬在一起？"晏三合冷冷地打断。

问这做什么？裴笑脸蒙蒙地去看季陵川。季陵川咬咬牙，道："没错。"

晏三合："谁的主意？"

季陵川："是父亲临终前交代的。"

晏三合："为什么？"

季陵川叹了口气："父亲说，凡事总得有个先来后到吧。"

"先来后到是没错，"晏三合冷冷道，"但真论起来，你母亲为季家生育了五个孩子，这一点又如何说？"

季陵川被问得哑口无言，脸色很是难看："姑娘问这个，对解魔有用处吗？"

"当然！"晏三合伸手揉了揉眉心，"季老爷不会不知道夫妻生前同衾，死后同穴的重要性吧？"

这对一个女人来说意味着什么？意味着她这一辈子是被宗族、被男人、被儿孙后代认可的，也意味着来世还能和这个男人再续前缘。哪怕墓碑上这个女人连个全名都没有，也是对她最高的荣誉。

季春山最后选择和发妻同穴，这无异于告诉季家后代一件事：我季春山这辈子只认张氏，下辈子也只愿意和张氏再续前缘，你胡氏在我这里什么都不是！

"如果是我，这口气便咽不下。"晏三合道，"同样是妻，同样在季家族谱上有名有

·173·

姓，我还给季家留了子嗣后代，凭什么我就不能与男人同墓？"

裴笑也好奇："是啊，凭什么？"

"还是因为……"晏三合直视着季陵川，突然话锋一转，"你们做儿子的也认为她不配？"

唰！季陵川浑身的血液都涌到了脸上，两条眉毛死死地绞在一起，半天说不出一个字来。

"季老爷，不是我非要打探你们季家的私密事，有些在别人看来无足轻重的事情，有可能对你母亲来说就是心念成魔。"晏三合异常冷静，"事情想要解决，你必须跟我说实话，只能跟我说实话，否则……"

"舅舅，你倒是说啊！"裴笑在边上听得急死了。外祖母过世到现在，他从来没想过这个问题，今日要不是晏三合提出来，他还觉得理所当然。

季陵川眼神定定地看着某一处，沉默良久，才开了口："其实，这是我和二弟的意思。"

"等等！"裴笑声音都劈了，"那外祖父临终前到底有没有交代过？"

季陵川双眼失神地看着这个外甥："你外祖父没有留下任何话。"

"为什么？！"裴笑听得窝火，拍着桌子想骂娘，"舅舅胳膊肘怎么往外拐？"

"放肆！"季陵川恼羞成怒，很不客气地吼了回去。

"难道我说错了？"裴笑对自家爹娘都不买账，何况一个季陵川，当下就指着他的鼻子骂，"外祖母哪里对不起你，你要谎称是外祖父的意思把她单独落葬？怪不得她的棺材合不上，就是你害的。"

"你……"季陵川又气又急，"少管闲事。"

"不管就不管！"裴笑冲到晏三合面前，"你也别管，谁爱倒霉倒霉去，干我们什么事，操这份闲心做什么？"

"裴明亭，你你……你……"季陵川捂着胸口，气都倒不过来。

啪！一个茶盅应声而碎。两人都呆住了。

"你，坐回去，闭上嘴。"晏三合目光一斜，再次看向季陵川，"你，跟我说实话。"

裴笑白眼珠子套着黑眼珠子，狠狠地瞪了季陵川一眼，乖乖地坐回去。

小畜生！季陵川在心里骂了一句，咬牙道："晏姑娘，我从小是在嫡母跟前长大的，我……"

嫡母是个温柔似水的妇人，教他读书，教他做人，一腔母爱通通留给了他，半点没有私藏。

"晏姑娘，说出来你也许不相信，"季陵川长长地叹了口气，"我十岁前一直以为自己就是她亲生的，直到她去世，我才知道真相。"

晏三合："所以，在你心里，她才是你真正的母亲？"

"是！"季陵川眼里慢慢渗出泪，"她一口饭一口汤地把我喂大，一把屎一把尿地把我养大，我要报恩，也必须报恩。"

晏三合没说话,目光一斜,去看角落里的李不言。

李不言冲她轻轻一摇头,别信,男人靠得住,母猪能爬树。更何况又不是没有两全其美的办法,夫妻三人同穴,这事也说得过去。

晏三合淡淡道:"季老爷,你嫡母张氏的娘家是什么来路?"

季陵川大吃一惊:"你问这个做什么?"

晏三合:"你只需要回答我,而不是反问我。"

季陵川手心渗出一层冷汗,如实道:"当今太子妃姓张。"

原来如此!竟是如此!晏三合原本脑子里还有一些想不明白的事情,这会儿通通有了解释。

"所以报恩什么都是糊弄人的。"晏三合话说得极为不客气,"真正的原因是张氏一族势大,你不想得罪,或者有求于他们,再或者他们能给你好处,所以,你才让你父亲和张氏合葬?"

"我……"季陵川嘴唇颤抖着,说不出话。

"下面我来分析一下整桩事情,季老爷听听我说得对不对。"晏三合站起来,走到门槛前,院子里春意融融,这花厅里却让人觉得冰凉入骨。

一个门槛,两重天地,这世间的人和事又何尝不是。有人高高在上,有人命如蝼蚁;有人福泽深厚终圆满,有人机关算尽一场空。

"我虽然不知道张氏一族在四九城的底细,但族中能出一个太子妃,可见势力非同一般。

"张氏嫁到季家本就是下嫁,所以才会在落下两胎,没办法再生育的情况下,还能不被休弃,坐稳正室之位。

"胡氏进了季家,生下你,季家迫于张氏一族的压力,也为了让张氏安心,所以把你过继到张氏名下。

"你的过继并非你母亲的算计,这世上没有哪个母亲愿意把儿子拱手让人,她是迫于无奈。"

"快,快说下去!"裴笑生平第一次觉得内宅里妇人们的这些弯弯绕真是勾着他的心啊。

"你父亲说你母亲年轻的时候天真可爱,和京里高门里的姑娘不大一样。一来,你母亲是渔家女,你父亲图新鲜;二来,她见的世面少,心思单纯,这种单纯的女子最惹男人怜爱。"

晏三合顿了顿,继续分析。

"但儿子被抢这事,让她渐渐明白,在季家她这个妾是无足轻重的,别说是儿子,哪怕张氏要她的命,她也只能给。

"但她很快又发现,这桩事情对她来说,除了那一点失子之痛外,别的都是好处。

"儿子的前程有着落;男人觉得亏欠,对她更疼爱;张氏看在儿子的分儿上,对她更容忍。可是——"

"可是什么?"裴笑等不及。

晏三合深吸一口气:"可是当她每天看到自己的儿子一声声叫着别人母亲的时候,很多滋味都会涌上心头。"

不甘、委屈、难过、心酸、嫉妒……各种滋味日日夜夜折磨着那个天真单纯的渔家女,她的单纯渐渐褪去。

"我想那个时候,她已经在盘算着未来的很多事情。所以在老二生下来后,她才会主动把儿子送到张氏身边,自己去侍疾。"晏三合转过身,看着季陵川,"如果我没有猜错,你母亲对你嫡母应该是言听计从,说不定你嫡母病重时,她也像照顾你祖母一样寸步不离地照顾你嫡母。"

季陵川嘴唇抖动,慢慢点头。

"所以,能让你母亲被扶正的不是她肚子里的孩子,而是张氏临终的话,那话在你父亲那边起到举足轻重的作用。季氏一族和你祖父也不是因为你父亲的强硬而妥协,而是因为张氏身后的家族。"晏三合眼神一变,面上表情多了几分冷意,"你嫡母临终前,除了给你父亲留话,多半也给她娘家人留了话,让他们多关照你。你很清楚张氏家族对季家、对你的重要性,所以才会那样做。"

前因后果,一个字都没有错。

季陵川眼睛慢慢充血,原本放在桌边的手死死地握成了拳头。

"我母亲也算计了她,我从小是她养大的,为什么就不能替她说话,替她办事?"他慢慢站起来,走到晏三合身边,嗓音染了愤怒,"张家他们不同意三人合葬,我有什么办法?我能有什么办法?"

裴笑使劲儿吞了一口唾沫:张家看着和季家老死不相往来的样子,却原来连外祖母的后事都要插手过问!这一笔,我也得记下,回头说给谢五十听。

"真正不同意的不是张家,是你嫡母吧?"

随着晏三合最后一个字落下,季陵川的脸色突然变得非常可怕:"你你……怎么会知道?"

"因为如果我是她,我不会甘心本该属于自己的一切,男人也好,儿子也好,还有将来几十年的荣光也好……"晏三合黑沉的眼睛直视着季陵川,"最终落到一个只是渔家女的贱妾头上。"

季陵川感觉自己被什么东西掐住了喉咙。

裴笑腾地站起来:"所以,她一直知道我外祖母的想法?"

"不仅知道,也乐于成全。"晏三合看了裴笑一眼,"命运给了她好的家世,却没给她一个好身体,可这不等于她没有脾气,可以任人算计。"

裴笑整张脸上都是震惊:"所以,不让外祖母和外祖父同穴是她最后的报复?"

"也是最狠的报复,她让你外祖母这一辈子汲汲所图的最后都成了一个笑话,一场空。"晏三合说完,自己都狠狠地战栗了一下,可真狠啊!

没有人说话,四周如死一般沉寂。

良久，晏三合又开口："季老爷，你大可不必摆出这副委屈的样子，在我这里没有谁对谁错，是非公道在你们各自的心里，我这里只求一个真相。"

这话完完全全出乎季陵川的意料，更让他意外的是晏三合接下来说的。

"真相往往和'残忍'这个词搭配，你最好要有个心理准备，越往下挖，越往深处挖，你或许越受不了。"

我已经受不了了。季陵川扶着桌角，慢慢走回自己的椅子前，跌坐下去，一口一口倒抽着凉气。

裴笑此刻的内心已经不能用"咆哮"两个字形容：谢五十，你快来啊，姓晏的神婆，她她……她快成精了！

…………

晏三合成精了吗？没有！若是成精，她的心就不会为张氏、为胡氏两人感觉这么痛。

贵女下嫁到季家，哪怕身子不好，还不是要拼死生儿子才能站稳脚跟。这边刚落了胎，坏了身子，那边婆家就张罗给儿子纳妾，谁在乎过张氏内心的痛苦和心酸？又有谁心疼？张氏看到胡氏一个接一个地生儿子，有多恨？

渔女被抬进高门，肚子虽然争气，但命在别人手里捏着，半点由不得自己。几十年经营算计，外面看着风风光光，逆天改命，死后才知道，她连和男人同穴的资格都没有。

谁是赢家？都是输家！真正的赢家是和你们同床共枕的那个男人，他才是什么都得到了。

晏三合深吸口气，把所有情绪压下去："问话还得继续。季老爷，你母亲四子一女，女儿嫁人不算，余下三位老爷现在都是什么身份？"

季陵川用手撑着额头，有气无力道："我二弟是太常寺典簿。"

晏三合向裴笑看过去："这是个什么官？"

裴笑忙道："正七品，管祭典祭祀的。"

晏三合："这官比你的还小？"

一听就是外行话！官看大小吗？裴笑哼哼道："人家那是肥差，我这是清水衙门，能比吗？"

晏三合："还有两位老爷呢？"

季陵川摇头："他们没有官职在身。"

"我可不可以这么理解，你和二老爷记在嫡母名下，张氏一族为你们在官场都铺了路，而三老爷、四老爷记在你母亲名下，所以碌碌无为？"晏三合这话说得太直白，简直没有给季陵川留半点脸面。

季陵川咬着牙道："姑娘要这么理解，也没错。"

晏三合："季老爷的婚事是谁做的主，张家吗？"

季陵川硬着头皮道："我和二弟的婚事是由我父亲和张家那边做主。"

晏三合："你母亲没有任何意见？"

季陵川："父亲说轮不到她！"

晏三合冷冷道："你也这么认为吗？"

季陵川感觉头很痛，像快裂开一样地疼："晏姑娘，婚姻大事，父母之命，媒妁之言，这里头没有我说话的份儿。"

晏三合："季府没有分家？"

季陵川："没有。"

晏三合："为什么？"

季陵川："母亲临终前托付，让我和二弟多帮衬一下两个弟弟。"

晏三合："所以你母亲在四个儿子中最疼的是两个小的？"

"恰恰错了。"裴笑脸色阴沉，"我外祖母最宝贝的是我大舅舅，其次是我二舅舅，三舅舅、四舅舅什么事情都得靠边站。"

晏三合暗暗吃惊的同时，又问道："所以，你三舅妈和老太太不和也有老太太偏心这一层原因在？"

裴笑愕然："……"咦，我好像被她将了一军？

"季老爷！"晏三合不看裴笑，继续问道，"老太太偏心你和老二是出于没有养大你们的愧疚，还是因为害怕张氏一族势大，她不得不偏心？"

这话让季陵川后背渗出一层又一层冷汗。他有气无力道："晏姑娘，能让我缓一缓，喘口气再说吗？"

"这有什么可缓缓的，很简单，二选一啊。"裴笑冷笑，"不过，我从小在老太太跟前长大，外祖父死后也没听说过季家和张家还有走动，外祖母怕什么？"

"你个浑小子给我闭嘴！"季陵川一拍桌子，脸都涨青了。

浑小子不仅不闭嘴，还指着晏三合为自己解释："她不是说了吗？没有对错，只有真相。舅舅，咱们得把真相找出来，才能让外祖母的棺材合上，没时间了啊！"

这话一落，晏三合和李不言的目光无声地碰到一起：这个裴大人当真是六亲不认啊！

都到了这个份儿上，季陵川还有什么可再遮再掩的？

"张家从头到尾都没把我母亲放在眼里过，每年给张家的年礼都是我父亲亲手准备的。那府里有什么喜事丧事，父亲也只带我们两兄弟去，母亲这辈子没踏进过张家的门，也从不过问那边的事。"季陵川眼中又渗出些泪光，"我母亲生前常说对不住我和二弟，心怀愧疚，所以偏宠了些。"

晏三合冷笑："也是怕影响你们兄弟二人的前程，不敢过问吧。"

"晏姑娘，人往高处走，水往低处流。"季陵川压抑了多日的情绪突然一下子决堤，"没有我嫡母，季家没有今天；没有张家扶持，我和我二弟没有今天；没有我和二弟，这一府人也享不了这么好的福气。"他背过身抹了一把眼泪，声色俱厉，"事情再往前说，嫡母如果能有自己的孩子，我母亲别说进京做妾，连他们家乡的大山都走不出去，一辈子就是个打鱼女。"

晏三合听出了这话里浓浓的不满情绪："季老爷好像和老太太的关系没有那么母慈

子孝？"

"确实没有！"季陵川声音冷得像数九寒天里的冰霜，"内宅妇人看到的只是方寸之间，外头的天地她懂什么？我和二弟辛辛苦苦创下这份家业，她为了一条狗就要把儿孙祸害至死，愚蠢至极！"

"舅舅！"

"你小子别得寸进尺。"季陵川一拍桌子，愤而起身，"你自己摸着良心说，我对你外祖母如何？孝顺不孝顺？除了不能让她和你外祖父合葬外，哪一点对不起她？"

"……"裴笑哑口无言。

沉寂中，晏三合站起来，一步一步走上前，目光上挑，与他平视："季陵川，你是不是看不起你的生母？"

"她除了生我下来，给过我什么？在我祖父祖母面前唯唯诺诺，在我父亲母亲面前唯唯诺诺，在我面前唯唯诺诺。"季陵川冷笑连连，"我不是看不起她，我是恨我没有真正托生在嫡母的肚子里，如果我是张家嫡亲的外甥，张家那头会眼睁睁地看着我出事而置之不顾吗？"

晏三合眼神一厉："这么说来，你在张家也是唯唯诺诺？"

"……"季陵川大惊失色。

"因为你弱小，所以在面对强者的时候不得不唯唯诺诺。当你碰到比你弱小的人，你的腰杆子比谁都挺得理直气壮。"晏三合沉沉的目光如刀刃一样锋利，"季陵川，就像你生母没办法选择投胎一样，你也没办法选择托不托生在正室的肚子里，但有一点你可以选择。"

季陵川从牙缝里挤出两个字："什么？"

晏三合："做人善良一点，宽容一点。"

季陵川："……"

"死人心念成魔的确是因，川孙倒霉的确是果，但有一点，我不妨明明白白地告诉你。"晏三合冷冷一笑，"就冲着你后花园那片心湖，即使没有老太太棺材合不上这个因，你被罢官也是早晚的果。"

最后一个字落下，季陵川面如死灰。

…………

茶肆里，热闹喧嚣。

台上，说书人一拍惊堂木，开始了"花开两朵，各表一枝"的故事。

台下，谢三爷慢悠悠地品着一壶茶，心里早就像开水一样，沸腾得不像样。他没去季家，除了想给季陵川留点面子里子外，还有一个更重要的原因——他在等一个消息。

就在这时，朱青走进茶肆，在谢知非身边坐下。

谢知非眼睛一亮，喊道："小二，添个茶盅，再来两盘点心。"

"好嘞，三爷，马上就来。"

茶盅倒满，朱青不仅没喝，反而用手蘸了点茶水，在桌上写了一个字——绯。

果然，御史台今天就动手了。谢三爷脸色一沉，忙用手蘸了些茶水，急急地写了一个字：东？

朱青摇摇头。

他这一摇头，谢三爷脸色彻底阴沉下来。

御史台只有在证据确凿，事情胸有成竹的时候，才会穿绯袍上朝弹劾。东宫太子一言不发是不能发。

一来户部一直由太子掌管，季陵川是他的下属，身为上司难辞其咎。这事由汉王挑起，季陵川根本不是最终目的，太子才是。只要太子敢为季陵川说半句话，汉王就会咬上来。断臂求生才是上策。

皇上必定雷霆大怒，大怒的同时必定会查抄季府，最快是今日午后，最晚是夜间，反正不会留着过夜。

现在就寄希望于晏三合那边能……这个念头刚起一半，谢三爷自己都想摇头，哪有那么快啊！他当机立断："去季家。"

"是！"

朱青扔下银子，跟在三爷身后走出茶肆，刚要翻身上马，却被三爷一把拽住："万一碰到季家被查抄，你暗中护住晏三合，把她迅速带回府。"

朱青脸色大变："爷，晏姑娘身边不是有李姑娘吗？"

"那丫头功夫是不错，但京城最不缺的便是功夫不错的人。上回她一个人就敢跑去单挑整个刑部，足以证明她根本不知道京城官场的深浅，性子也冲动。"谢知非想起这桩事情，脊背就一阵发凉，"以防万一吧！"

…………

季府，花厅。

季陵川呆呆地坐在椅子上，垂着脑袋，一言不发。

"季老爷这里已经问得差不多了。"晏三合对裴笑道，"去把你三舅母叫来！"

要是换个人敢对裴大人这么说话，非被骂死不可，但对方是晏三合，裴大人现在看她的眼神就两个字：你狠！

"等着，我亲自去叫！"

裴笑推门出去，晏三合也趁机到院子里透口气，一边踱步，一边在心里慢慢消化着老太太的事情。

李不言站在树荫下，抱着双臂，不敢上前打扰她。

虽然知道了老太太的过往，但这些过往和狗扯不上半点关系，换句话说，离老太太的心魔还有十万八千里的距离。下面就看三合能不能在这一堆乱七八糟的过往中找出对化念解魔有用的东西来。

"三舅母来了。"

一声喊让晏三合停下脚步，李不言抬起头。

裴笑率先走进院子，身后跟着一位华贵的妇人："我来引见，这位是晏姑娘，北城兵马司请来的查案高手；晏姑娘，这是我三舅母。"

晏三合打量面前的妇人。妇人四十岁左右的年纪，珠翠满头，脸模子和身段能瞧出年轻的时候是个美人，但左眉眉头有一颗黄豆大的黑痣，瞧着有些横眉立目。

晏三合在打量妇人的同时，妇人也在打量她，并且心里暗暗起疑。这么年轻？还是个女的？不能够吧！

"三太太贵姓？"

"姓宁。"

"花厅坐。"

"慢着！"裴笑突然冷喝道，"三舅母，晏姑娘虽然年轻，又是个姑娘，却是谢三爷好不容易请来的，一会儿她问你什么，你就答什么，不要隐瞒。"

谢三爷是谁，宁氏心里一清二楚，忙笑道："大外甥放心，我当然是有一说一，有二说二。"

晏三合："三太太，那就请吧！"

宁氏一脚踏进门槛，见椅子上坐着大老爷，鼻子里先无声地呼出一道冷气，然后才心不甘情不愿地上前行礼。

季陵川回神，摆摆手，示意她坐下。

裴笑最后一个进门，进门后砰的一声把门合上，这门合得又重又响，连晏三合的心都微微颤了一下。

宁氏呷了口茶，放下茶盅，用帕子慢悠悠地擦着嘴角："阵仗摆得这么大，还请了高人来，这府里到底是出了什么天大的案子，快讲给我听听啊！"

这话一出口，晏三合瞬间明白过来，裴大人为什么亲自去请，为什么多那样一句嘴，又为什么关门声那么响！这位三太太……不是省油的灯！

既然不是省油的灯，晏三合心思一动，改了称呼："宁氏，你是怎么嫁进季府的？谁做的媒？谁做的主？"

宁氏被问得一愣："怎么，这还跟那劳什子案子有关？"

晏三合厉声道："你只管回答我的问题，和案子有没有关系不是你该问的。"

宁氏一惊，这才又认认真真地打量起晏三合来。

这一打量，她很是诧异。这姑娘年轻归年轻，但脊背笔挺，双眸黑沉，浑身上下透出一股冰寒之气，绝非普通人！

宁氏这才老老实实地回答道："我是老太太亲自相中的，八抬大轿堂堂正正地迎进门。"

这回，轮到晏三合心生一惊。老太太相中的人，按理在这府里应该和老太太最亲，怎么反而闹得最僵？

晏三合看向裴笑："宁家是个什么门第？"

裴笑道："我三舅母娘家是真定府的富商。"

宁氏不满意大外甥这么轻描淡写的一句话,带着傲气道:"真定府所有的枣园都是我宁家的。"

怪不得满头珠翠,原来是娘家有钱,否则一个官,一个商,一个在京,一个在真定府,是无论如何也不能通婚的。

晏三合又问:"在宁家,你排行第几?"

宁氏昂首一笑:"长姐,嫡出,嫁进季家带了一百二十抬嫁妆,装了整整三条船,铺陈开来延绵十几里。"

这个回答让一旁的李不言都微微变了脸色:三太太哎,知道你家有钱,但也不用每一句都带出来吧,财不外露这话难道没听说过吗?

晏三合眉头一皱:"在你眼里,你婆婆是个什么样的人?"

这话问得突然,宁氏左右看看,见所有人的目光都在她身上,嘟囔道:"能是什么人,长辈呗。"

"长辈有好,有坏;有慈祥,有刁钻;有心软,有狠辣;有识大体,能容人,也有心眼细,容不下人。"晏三合问,"她是哪一种?"

宁氏一怔,脸色慢慢发青,很长时间都没有说话。

裴大人可没那么多的耐心,刚要张嘴催,却见晏三合如刀的目光向他看过来,只得老老实实地闭上嘴。

"不好回答,那我换个问题。"晏三合话锋一转,"你膝下可有儿女?"

宁氏自嘲一笑,道:"命不好啊,生了三个赔钱货。"

正妻无子?晏三合于是又问道:"三老爷有几房妾室?"

这也不是能瞒得住的,宁氏大大方方道:"三房姨娘。"

晏三合:"可都有生养?"

宁氏似乎被问得有些烦了,口气很冲:"怎么没有生养呢,带把的、赔钱的都有啊!"

晏三合:"既然有带把的,那记在你名下了吗?"

"我为什么要替别人养儿子?"宁氏瞄了眼一旁坐着的季陵川,连连冷笑,"鬼知道养得熟养不熟。再说了,姨娘生的就是姨娘生的,骗得了别人,骗得了个儿吗?我可不想白白给别人当跳板。"

这话简直了,夹枪带棒、含沙射影、指桑骂槐一个都没落下!

季陵川本来心里火就大,再被她这么一刺,拍着桌子厉声道:"宁氏,你说谁把别人当跳板?"

"哎哟,我的大老爷!"宁氏捂着心口,一副受了惊吓的样子,"我又没指名道姓说是你,你多哪门子的心啊!"

"你——"

"我们宁家又不像什么张家啊,李家啊有权有势,顶天了也就是家里多几两银子。"宁氏嗤笑,"这跳板就算搭上了,也没什么用啊!"

季陵川气得拿起一个茶碗就狠狠地砸到地上:"母亲当初怎么就看中了你这个泼妇,真真是家门不幸。"

敢骂我泼妇?老娘就泼给你看!宁氏噌的一下站起来,声音又尖又厉:"回头大老爷到了阴曹地府,好好问一问老太太,京里这么多高门的姑娘不娶,非要娶我这个泼妇,难不成是看中了我宁家的万贯家财?还是她被猪油蒙住了心,眼睛瞎了?!"

"三舅母!"裴笑真想上去捂住她那张臭嘴。

"怎么了,大外甥?"宁氏手一叉腰,眉头的黑痣往上一挑,"人生一张嘴,不是吃饭,就是说话,不让人说话,那嘴巴长着做什么?一个个做哑巴得了!"

裴笑心说我叫你一声祖宗得了:"三舅母,你就不能少说一句啊!"

"大外甥,你能不能少活一天啊?"

"你——"

啪——一只绣花鞋踩在青石砖上,然后挪开,青石砖的正中间裂出一条细缝。绣花鞋的主人微微一笑,道:"谁再扰我家小姐断案,这青石砖就是她的脑袋。"

这一下,宁氏吓得脸色煞白,心有余悸地看了晏三合一眼。

季陵川胸膛一鼓一鼓的,僵僵地别过头。

裴大人手暗戳戳地摸上自己的后脑勺,心想:那一脚要是踩我脑袋上,我的小命就……玩完!

花厅里终于能安静下来。

晏三合却没有急着开口,她的目光落在宁氏身上,黑幽幽的眼珠子一动不动。

按理说,富商家的大小姐脾气骄纵些也是有的,说话这么尖酸刻薄的却是少见,这已经和市井的泼妇差不多了。

老太太前两个儿子的婚姻大事都做不了主,这第三个儿子的媳妇一定会精挑细选,难道真是眼瞎了?而且这个宁氏给她一种很奇怪的感觉。

许是晏三合打量的时间太长了,宁氏对这种眼光很不耐烦,冷冷一笑:"晏姑娘看我做什么?难不成刚刚我哪一句说错了?那不好意思了,我一个妇道人家,头发长,见识短,你多担待则个。"

晏三合眼睛一眯,终于明白这种奇怪的感觉从何而来。

这位二太太就像一只进攻型的刺猬,别的刺猬是遇到危险才会把刺竖起来,她不!她不管有没有危险,都竖着浑身的刺,而且不刺别人一下,她心里就难受得紧。

为什么呢?为什么一个人身上会长出那么多刺?

·183·

第十四章
宁氏

晏三合深吸一口气，强迫自己冷静下来："你说得对，替别人养孩子的确是养不熟的，毕竟人心隔肚皮。"

"……"宁氏怔怔地看着晏三合，似乎不敢相信自己的话竟然还被认可了。

"宁氏，我接着问下去。"晏三合道，"三老爷的三房姨娘是老太太做主纳的吧？"

宁氏还没有从刚刚那句话中回过神来，又怔怔地点了点头。

晏三合："你心里不愿意，但又不得不同意，我说得对吗？"

宁氏嘴角露出嘲讽："什么愿意不愿意，不孝有三，无后为大，我是那种容不下人的人吗？"

"可这话听着怨气很大。"

"怎么着，难道我还要敲锣打鼓地欢迎不成？"宁氏啐道，"我呸，贱妾而已，凭她们也配！"

瞧，这刺又开始刺人了！

"老太太是由妾扶为正，你这话是连老太太也一道骂了进去。"晏三合道，"所以，你因为纳妾的事恨老太太？"

宁氏嗤笑一声："晏姑娘，饭可以乱吃，话不能乱说，我这个做媳妇的，可哪敢哟。"

晏三合轻轻吐出两个字："是吗？"

"当然是啊！"宁氏摸了摸耳边的珠钗，嘴撇了撇，"我都已经生不出儿子了，再顶一个大不孝的罪名，七出犯两出，晏姑娘替我想想，这季家还有我的容身之地吗？"

话到此处，晏三合突然站起来，走到宁氏面前。

宁氏不知道她要干什么，身子下意识地往后倾。

晏三合居高临下地看着她，声音陡然发沉："知道兵马司审的是什么案子吗？"

"什么？"

"老太太的坟前天夜里被人挖了。"

"啊——"宁氏一声尖叫，手中的帕子无声地掉落在地，整个人像被点了穴一样，连眼睛都不眨一下。

"你说，谁会这么恨她呢？"

"……"

"连死后都不想让她安生？"

宁氏两只眼睛瞪得又圆又大，嘴唇颤了几下："你你……你是在怀疑我？"

晏三合勾了勾唇："昨天老太太院里有点动静，只怕你也听说了，知道在干吗吗？"

宁氏惶恐地摇摇头。

"我在一个一个地审老太太院里的下人。"晏三合眉头一压,眼神骤然严厉起来,"想不想知道……我审出了什么?"

宁氏心脏狂跳:"什么?"

晏三合俯视着她,用最慢最冷的声音道:"他们都说是你做的。"

"放屁!"宁氏浑身狠狠一颤,凄声道,"哪个不得好死的王八羔子乱嚼舌根,把脏水往我身上泼?"

"昨天一共审了十一个人。一个人这么说,那就是泼脏水,但十一个人齐刷刷都这么说……"晏三合伸出手,按在宁氏的肩上。

她手掌的温度比常人低,宁氏顿时一激灵,连瞳孔都开始战栗起来。

"那就真是你做的!"

"我没有……不是我,不是我做的。"宁氏声音凄厉得像鬼,"我是恨她,可我不会挖她的坟,那还是人吗?那是畜生啊!"

晏三合弯腰捡起地上的帕子,塞回宁氏的手中:"那你老实告诉我,一个字都不能掺假,你为什么恨她?"

为什么恨?有泪水从宁氏的眼中流下来,良久,她戚然一笑:"如果我告诉你,你会信吗?"

"为什么不信?"晏三合反问。

宁氏的目光扫过季陵川,扫过裴笑:"他们都不信啊,没有一个人会信啊!"

"他们是他们,我是我,我和他们不一样。"晏三合的声音一下子变得又轻又柔,"三太太,你见过野狼吗?"

宁氏摇摇头。

晏三合:"你知道野狼是怎么疗伤的吗?"

宁氏又摇摇头。

"野狼只有在四顾无人之际,才敢默默地舔舐自己的伤口。但凡有人靠近,它张开的獠牙比谁都锋利。"晏三合的声音几近诱惑,"三太太,你就是那只野狼,你张开獠牙是不想让别人看到你的伤口,对吗?"

像是胸口突然被狠狠地击了一拳,宁氏疼得一口一口倒抽凉气。

她在说什么?我听不懂,一个字都听不懂。我怎么会是野狼呢?我是宁家的千金大小姐啊。还有,我没有伤口!一丁点伤口都没有!宁氏下意识地摇头,摇得珠钗发出叮当的声音。

晏三合用另一只手按住她的脑袋:"别怕,只要你说出来,我都相信。"

宁氏眼睫一颤:"你……你……真的……会相信?"

晏三合用力一点头:"每一个字我都会相信。"

每一个字她都会相信!

"老太太都那样了,我凭什么相信你?她是我母亲,我是她生的,她会骗我?"

"老三家的,凡事要有度,你敢不敢摸着良心再说话?"

·185·

"三太太，做人还是诚实一点好，咱们季家是诗礼人家，传出去是要被人笑掉大牙的。"

"弟妹，你嘴里还有没有一句真话？"

"母亲，你能不能不要再说谎了？！"

"到底是商户女啊，啧啧啧，一点家教都没有，季家是倒了八辈子血霉，娶了这么一个搅家精！"

宁氏一张曾经清丽的脸上满是泪水。她懒得用手去擦，终于开口道："她就是个两面三刀的老东西，说的和做的从来都不一样！"

这话让花厅里的两个男人同时变色。装笑的呼吸甚至急促起来：你可真敢说！

晏三合扭头朝李不言看了一眼。

李不言忙把一个小圆凳搬过去，晏三合在圆凳上坐下，与宁氏面对面："是吗？她对你说什么了？"

"她说，只要我听她的话，她就最疼我。"宁氏一把握住了晏三合的胳膊，握得死死的，仿佛要从她身上汲取一些剥开伤口的勇气。

那道深深的伤口就是老太太，还有——那个薄情寡义的男人。

她在娘家活到十六岁，从来没有想过有朝一日会嫁到京城来。

那年枣园大丰收，京里来了一对母子，来园子里收枣。那对母子长得都很好看，母亲虽然肤色有些黑，但说话细声细气，一看就是好脾性。儿子文文弱弱的，很随意地往那儿一站，身上有着说不出的清贵之气。

宁家从商，最厉害的便是看人的本事，她从小耳濡目染，一眼就看出这母子二人和宁家从根儿上就不一样，怕是贵客哩。

果不其然，那对母子收了整整一船的枣子，父亲却只收了三千两的成本价，她暗下一打听，才知道这是京里四品官员的家属，姓季。

当天，母子二人在宁府住下，晚饭男眷一桌，女眷一桌，季夫人一双眼睛不时向她看过来。

翌日，等母子二人离开，母亲告诉她，那季夫人想和宁家攀个亲家，问她愿意不愿意。母亲又说，季夫人其实暗下已经托人打听她好些日子了，这趟来宁家采买枣子是假，相看是真。

她从未想过那对母子竟然对她这般上心，又惊又喜。

她从小母亲就对她说过，女人这辈子嫁得好不好，就看婆家对你看不看重——若婆家看重的，就算男人再不成器，日子也能过下去；若婆家看轻的，就算男人再有本事，日子也过不太平。

她想了一晚上，终是含羞应下。

季家的三书六礼样样周正，连最挑剔的大哥都夸一声好。

因为是远嫁，嫁的又是高门，父母兄弟怕她被人瞧不起，嫁妆足足备了一百二十抬，每个箱笼抬起来，都是沉甸甸的。十里红妆，延绵数里。

鞭炮声、锣鼓声中，八人抬的大轿落在季府正门。

红绸一头是他，一头是她，上拜天地，下拜高堂，这是她人生中最辉煌、最耀眼的一刻。

当那个清贵的男子揭开红布的瞬间，她想：我是多么幸福，多么圆满啊！

结发为夫妻，恩爱两不疑。

生当复来归，死当长相思。

宁氏含泪的眼里露出了少女般的光芒，这光芒让她整个人都亮堂起来，她久久地沉浸在自己的回忆中，再不往下说半个字。

晏三合不得不出声打断："你嫁到季家后，发生了些什么？"

宁氏一哆嗦，眼里的光芒瞬间消失，她抬起头，定定地看着季陵川："大老爷可还记得锦绣绸庄？"

"哪里的锦绣绸庄？"季陵川被问得一愣。

"大老爷好大的忘性，二十几年前老太太还在那绸庄门口被失控的马车擦了下，当场昏过去。"

她这么一提醒，季陵川一下子想起来："你还有脸提这事，正是你害得母亲昏迷了整整两天两夜。"

"马车冲过来，我和大太太正扶着老太太过街，我为了避开马车，失手推了老太太一把，老太太跌下去，脑袋着地，胳膊被车辙辘擦伤。"宁氏脸上还挂着泪，"大老爷，我说得没有错吧？"

季陵川冷哼一声："做媳妇的不护着长辈也就算了，你却还为了自己推长辈一把，孝道何在？良心何在？"

"大老爷说得没错，孝道何在，良心何在？我因为这事挨了你三弟一记巴掌，还被罚跪了整整一宿。"

"怎么，三弟打你，还冤枉了你不成？"

"冤枉了！"宁氏对季陵川倏地一笑，这笑容说不出地古怪。

晏三合离得最近，看得也最分明："三太太，真相是什么？"

宁氏回看她，一字一句道："真相是推她的人是大太太，根本不是我。"

"一派胡言。"季陵川隐隐又有暴怒之势，"老太太醒来亲口说，是你推的她。"

"所以我也纳闷啊，明明我因为贪看那匹锦布，出来晚了一步，追上去的时候，手还没有扶上老太太的胳膊。明明当时扶着她的人就是大太太，为什么，为什么老太太还会睁着眼睛说瞎话？"宁氏惨然一笑，"所以跪了一夜我不服气啊，偷偷跑去老太太房里质问，你们猜，她是怎么对我说的？"

晏三合突然接话："她说：大太太是张家那头挑中的，家和万事兴，我这个做婆婆的没用，只好委屈你了。"

宁氏的表情就像白日见了鬼："你……你怎么知道？"

晏三合没回答她的问题，而是自顾自以老太太的口气往下说："你是我一眼看中的

·187·

媳妇，我心里最疼的就是你，你乖乖听话啊，别吵也别闹，以后我会对你更好的。"

裴笑似乎明白了什么，但又觉得糊涂："我外祖母为什么要这么做？"

"让我猜猜。"晏三合站起来，背着手在花厅里走了两圈，突然顿住脚，"应该有两个目的。"

裴笑比谁都急："快说。"

"张家相中的人自然向着张家，向着那位死了的嫡婆婆张氏，对她这个由妾扶正的婆婆不会太看得上。而老太太因为自己的身份，也因为儿子不向着她，所以心里一直没什么底气，一直暗暗隐忍着。"晏三合话锋一转，"但天底下没有婆婆忍媳妇的道理，她不甘，更何况她自个儿也是千年媳妇熬成的婆，她更不愿。"

裴笑："所以她就诬陷我三舅母？"

晏三合："不是诬陷，而是她一直在寻找这么一个可以恩威并施的机会。"

裴笑："恩威并施，什么意思？"

"老太太昏迷，四个儿子肯定着急：两个小的是血脉相连的本性；两个大的除本性以外，也怕老太太有个三长两短，不得不丁忧三年，影响官途，所以显得更为着急。"晏三合顿了顿，"这一幕落在两个大儿媳妇眼里，她们由此明白了一件事：死人是争不过活人的，对老太太得敬着，毕竟她们的男人是从老太太肚子里出来的，这就是威。"

"恩呢？"问这话的竟然是季陵川。

晏三合冷笑一声："你夫人不就是受了她的恩吗？回想一下，她是不是从此以后对你母亲恭敬有加？"

季陵川眼前快速闪过那些日子的情景。

没错。发妻邵氏泪眼婆婆地跟他说，要在老太太床前侍疾；二弟妹一见她这般行事，也不好袖手旁观，两个媳妇一人轮一夜，整整照顾了近一个月。

没错。老太太病好后，邵氏晨昏定省，有什么好吃的、好玩的，头一个孝敬老太太，也常常和老太太说些体己话。因为她带头，季家婆媳之间其乐融融。

晏三合反手握住宁氏的手："三太太，我说得对吗？"

宁氏半张着嘴，一个字都说不出来。同样是花一样的年纪，为什么这个晏姑娘什么都知道，什么都明白？为什么自己蠢得像头猪一样，在那件事后还信了老太太的鬼话？

"还有别的想说的吗？"

"有……太多……好多！"宁氏激动得有些语无伦次，虽然感觉握着她手的那双手又冰又冷，可她半点都不想甩掉，想一直这么被握着。

"挑你最过不去的那件说。"

"我……我最过不去的那件，是在生下大姐儿后。"宁氏泣声道，"大姐儿刚落地，产婆说是个丫头，我便听到长长的一声叹息。"

"老太太发出来的？"

"是！"

"当时脐带还没有剪断，我下身还在流血，她那一声叹让我觉得自己是个十恶不赦的罪人，我对不起季家列祖列宗，对不起她，对不起所有人……"宁氏想着这些年连做梦都会被那一声"唉"吓醒，不由得发出刺耳尖锐的哭号，"我难道不想生儿子吗？我也想生啊，我有什么法子……我有什么法子呢？我没有她命好啊！"

晏三合听得头皮发麻："这一声叹，是你恨她的起因吗？"

"不是，还不是！"宁氏泣不成声，"她把孩子交给稳婆，走过来握住我的手，让我好好养身体，说以后有的是机会。还说，还说……"

"说什么？"

"说她不会在我房里放人，也不会让男人纳妾，别担心，有她在，什么都不用担心。"那一瞬间，宁氏忘记那声叹，只觉得眼前的这个人不是她的婆婆，而是她的亲妈。只有亲妈，才会处处护着她啊。

"你感动了？"

"不仅感动，我还觉得老天爷对我真好啊，给了我这么一个好婆婆，我以后一定要加倍孝顺她。"

"然后呢？"

"然后……"宁氏眼神中的凶光毫无遮掩地露出来，"她是没往我房里塞人，却是隔三岔五地把儿子叫过去，等大姐儿百天时，那个贱婢已经有了一个月的身孕。"

"你说的贱婢是老太太身边的丫鬟？"

"不然呢？"宁氏牙齿咬得咯咯咯地响，"你们知道那贱婢是在哪里和爷行的好事吗？就在她房里，他们在里面行男女之事，她就命丫鬟搬一把太师椅，在院里坐着，帮他们守门。"

这话一出，连素来淡定的晏三合都变了脸色。

"她当我不知道，她一直把我当成个傻的。"宁氏浑身战栗着，发出一声尖叫，"可我不傻啊，我长了眼睛、长了耳朵的，我有脑子的。"

花厅里又是一片难堪的沉寂。

晏三合感觉握在掌中的手在抖，抖个不停。为什么呢？当初单纯、善良的渔家女，终于坐到了无人可以约束的高位上，最终又变成了另一副嘴脸。

"后来，那个人被抬了姨娘？"她问。

宁氏："肚子里的那块肉都长出来了，不抬能怎么办？"

晏三合："是个哥儿？"

宁氏："是。"

晏三合："老太太想把那哥儿记在你名下？"

宁氏把牙齿咬得咯咯地响："对，我没同意。我对她说，我就算一辈子生不出儿子，就算被季家休，也不会替那个贱婢养贱种。"

晏三合心里一阵叹息。这话指桑骂槐，算是实实在在向季老太太开战了，没给自己留一丁点的后路。

宁氏从晏三合掌中抽出手，用帕子拭了拭泪，然后惨然一笑："晏姑娘，你知道刀

·189·

子从哪里捅进去最深吗？"

"背后。"

"刀子谁捅进去，最痛？"

"最信任的人。"

"我对自己起了个誓：从今往后，谁让我难过，我就让谁难过；谁让我哭，我就让谁哭；谁捅我一刀，我就还他十刀。"宁氏慢慢闭上了眼睛，一字一句道，"这辈子，任凭他是谁，都别想欺负到我头上来，想都别想！"

这就是她身上长满刺的真实原因。因为，逼她长出刺的人是最会演戏的季老太太。

这就是为什么十一个人都说挖老太太坟的人是她。因为，嚣张跋扈的面具下，是她不想受任何欺负的反抗，还有难以言说的脆弱和孤独。

晏三合看着连睫毛都不停打战的宁氏，平静道："三太太，你看错老太太的同时，其实老太太也看错了你。"

宁氏猛地睁开眼睛："你这话是什么意思？"

对啊，这话又是什么意思？裴笑急得想问出声，又被这花厅里的气氛压得不敢张口，只得死死地咬住牙关。

晏三合沉默片刻，道："老太太舍近求远，把你求娶回家，其实有她的苦衷。"

宁氏脸色一变，厉声道："什么苦衷？"

"你别紧张，我不是要为她说话，我是在跟你分析整件事情的来龙去脉。"晏三合道，"老太太这一生暗地里其实都在和一个人较劲儿，你能猜出她是谁吗？"

宁氏茫然地摇头。

"是张氏，那个你没有进门时就已经过世的嫡婆婆。"

"是她？"

晏三合点点头："老太太什么都比不过她，唯有在生儿子这一件事情上，老太太稳赢。但两个儿子的事，她事事做不了主。"

宁氏下意识地瞄了大老爷一眼。

晏三合见她很清楚，又道："所以在第三个儿媳妇上，她费尽了心思和心机。"

宁氏冷笑："我陪嫁有一百二十抬，这应该把前两个都比了下去；我算远嫁，娘家不在身边，凡事听话，好拿捏，好哄骗。"

这个宁氏不仅不傻，还相当聪明，一点就透。

"本来这桩婚事，只要你生下儿子就算圆满，但偏偏事不如愿，你生了个女儿。而这世上，没有人比她更清楚生儿子的重要性。"晏三合道，"所以，她才会一边安抚你，一边急着给他儿子配种。"

"晏三合，这话也太难听了吧！"裴笑又跳出来。

李不言"哼"了一声："里面在做，外面在听，不是配种是什么？"

裴笑："……"好吧，你们说啥就是啥！

晏三合："老太太万万没有想到的是，出身商户之家的姑娘，身上有股豁出去的劲儿，绝不会像诗礼人家的姑娘那样事事隐忍。"

宁氏冷笑："我娘教我的，想要过得好，就得撒点泼；跟厉害的人斗，你得更狠。"

"所以，你活成了刺儿头，她却只能处处隐忍；你本该是她的骄傲，却成了她最大的笑话。"晏三合沉默须臾，"不得不说，老天很公平，一个人算计什么，得到什么，一定也会失去什么。"

这话让宁氏心里微微有一丝怪异的感觉，还没来得及细品，只听晏三合语气平淡道："三太太，人生苦短，别把自己活成一只刺猬，孤独得只能在胸口放进一具棺材。"

像是有千万根细针一下子扎进骨髓里，宁氏疼得脑子嗡的一声，什么声音都听不见了。

我算计了什么？我得到了什么？我又失去了什么？心底那丝怪异的感觉越扩越大，越扩越大，一直蔓延到浑身的每一处。

一片茫然中，有个声音在她耳边响起——除了胸口的那具棺材，你什么都没有得到。

"三太太。"

"啊？"

"案子审清楚了，老太太的墓不是你挖的，你可以走了！"

"啊？"

怎么还"啊"呢？裴笑抬高声音道："三舅母，晏姑娘说你可以走了！"

宁氏怔了半天，回了一个字："噢！"她噢是噢了，却依旧坐着不动。

裴笑没有看她，而是直勾勾地盯着晏三合。他有一种预感：宁氏走出这个花厅后，绝不会再把自己活成一只刺猬，她身上的刺已经被晏三合拔去了一大半。

晏三合啊晏三合，你这算什么，对我大舅舅没个好脸色，对我三舅母却出声安慰……仇恨男人吗？

还有我的外祖母哎……裴笑用力抹了一把脸，让我说您点什么好呢？！

许久，宁氏终于回神，起身朝晏三合深深地道了个万福："不瞒姑娘，我其实动过挖墓的念头。"

晏三合："是吗？"

宁氏："她活着的时候，我揭不开她外面的一层皮，就想着死了总得让世人看看她的真面目。"

"为什么没动手？"

"我有一桩事情感激她。"

"什么事？"

"那年张家有人来说合，想让我的大姐儿去太子府做妾，我一听是太子府，那可是滔天的富贵啊，心下就松动了。"宁氏自嘲一笑，"是老太太死不松口，这桩事情才作罢。如今我那大姐儿日子过得好，婆婆疼，男人爱，我就想着看在我大姐儿的分儿上，也不该做这事。"

晏三合眼睛蓦地一亮："三太太的意思是，老太太为了你女儿不惜得罪张家？"

"得不得罪的,得问大老爷。"宁氏一脸的嘲讽,"后来我才知道,张家压根儿没安什么好心,自家女儿年岁大了,不得太子欢心,就想着寻一个年轻漂亮的、好拿捏的,帮他们家的女儿争争宠。"

晏三合脸色一变:"她是怎么死不松口的?"

宁氏被晏三合的神情吓了一跳,忙道:"她先是指着我和男人的鼻子骂了个狗血淋头,接着……"宁氏眼睛又看季陵川。

季陵川叹了口气:"又把我和我二弟也骂了一通,还说谁想把人抬过去,就先从她的尸体上踩过去。"

宁氏一拍掌:"对了,老太太还把自己关在房里,不吃不喝了两天。"

竟然以死相抗?晏三合神色微微一变,正要开口说话,突然,门砰的一声被踢开。

花厅里所有人都狠狠地吓了一跳。

门外是谢知非。

裴笑头一个反应过来,怒道:"谢五十,你怎么来了?好好的,踹门干什么,有病啊!"

谢知非哪还有工夫理他,朝季陵川看过去,急道:"季伯,锦衣卫已经到巷子口了。"

"啊——"季陵川腾地站起来,又腿软一屁股跌坐下去,整个人就开始打摆子。

宁氏一脸蒙:"怎么,老太太的事把锦衣卫给招来了?"

宁氏什么都不知道,但裴大人还能不明白吗,急红了眼,喊道:"我的三舅母啊,锦衣卫抄家来了!"

宁氏彻底蒙了:"什么?"

"别什么了!"裴笑冲过去,手抵着宁氏的后背,用力一推,"快,快回去把银票什么的都贴身藏起来,能藏多少就藏多少,头上多插点珠钗,手上多戴点戒指,万一到了牢里,这些都派得上用场。"

宁氏被他推得连连趔趄好几步,跨过门槛的时候,还差点绊一跤。

谢知非伸手扶她一把:"三太太,明亭说得很对,快去吧,没时间了。"

宁氏张着嘴,回头看了眼晏三合,才一拍大腿:"哎呀,我的老天爷,这是活不成了。"她嘴里喊活不成,脚下跑得比谁都快,一边跑,还一边用手护着珠钗。

晏三合不知道为什么,就是很想笑。瞧瞧,三太太那股豁出去的劲儿,连季陵川都比不上,也难怪整个季府没有人能压得住她。

这丫头还笑?谢知非脸上难得地露出几分厉色:"晏三合,你和李不言赶紧从后门离开,朱青会护着你们。"

晏三合还没开口,李不言便莫名其妙地问道:"我们又不是季家的人,为什么要离开?老太太的事还没完呢!"

"这都什么时候了,还老太太呢!"谢知非扭头看了眼身后的朱青。

朱青忙道:"晏姑娘,李姑娘,快跟我走。"

晏三合:"等一下!"

"别等一下了！"谢知非急得大吼，"锦衣卫抄家是闹着玩的吗？违令者可以先杀后奏，一个个的都不要命了？"

晏三合长这么大，从来没有被人凶过，心中顿时生出一股怒气："我喊等一下，是让你暗下护着季陵川，别让他死。"

"……"谢知非一怔。

"只要人不死，等我解开老太太的心魔后，就有机会翻盘。不言，我们走！"

"等一下！"季陵川跌跌撞撞地冲到晏三合面前，伸手拦住，"姑娘说的话可当真？"

晏三合："比真金还真！"

原本图穷匕见，打算一头撞死算了的季陵川像是突然打了鸡血，他双腿一屈，朝晏三合直直地跪下去："季家两百多条人命就都捏在姑娘手里了。姑娘行行好，一定要尽快化解老太太的心魔，我给姑娘磕头了，磕头了……"

"哎呀，我的季大人啊，磕头就算了，你还是先盘算一下怎么保住命吧！"谢知非一把将季陵川拉起来，冲晏三合一颔首，"快走！"

晏三合袖子一甩，径直从他身边走过，把他当成空气！

谢知非十分牙疼地看着那人气冲冲的背影，心里泛苦：脾气怎么这么大，也不看看我是为了谁？

晏三合的脾气都收着呢，不被惹毛绝对不发作。她从来不是不知好歹的性子，这个时候喊"等一下"，那绝对是有重要的话说，这个谢纨绔，他懂什么？

"三合，你刚刚那么急地问三太太，是发现了什么？"

晏三合被李不言这么一问，刚刚那一点涌上来的脾气立马散得没影没踪。她一边急步走，一边道："老太太连亲儿子的婚事都由着张家，怎么反而会为了一个孙女得罪张家呢？这显得太不合理了。"

李不言点点头："看来这里头有蹊跷？"

晏三合："肯定有。"

李不言："老太太的心魔会是同穴这事吗？"

晏三合："不是，老太太生前不知道这事。"

李不言："万一她死后发现……"

晏三合："生前念，死后魔。"

李不言："那会是三太太吗？"

晏三合："三太太那点闹腾的伎俩在老太太眼里根本不够看，也不可能是她。"

李不言："那么最有可能的是张氏，毕竟这两人你算计我我算计你算计了大半辈子。"

晏三合思忖片刻，道："张氏有可能，需要再往下深查。"

李不言："你刚刚那几句话是不是在开解三太太？你同情她了？"

晏三合："也是个可怜人！"

走在前面的朱青听得眼皮跳跳，嘴角抽抽。

被三爷料准了，这两人根本不知道京城官场的深浅，出动锦衣卫抄家，那是全四九城都得震三震的大事，她们……她们竟然还有心情讨论季家，讨论三太太？

"两位姑娘，咱们走快点。"

李不言突然快行两步，与朱青并肩："我有一件事不明白，季家和太子扯上关系，为什么还会被抄？"

朱青："……"

李不言："太子是储君，为什么不伸手帮一把？"

朱青："……"

李不言："难道是太子没用？"

朱青吓得脸都绿了："姑娘慎言，这事说不得。"

李不言追根究底："为什么说不得？"

连这都不明白？朱青加重语气："天子脚下不比别处，议论皇上、议论储君是要掉脑袋的事。"

"应该是断臂求生！"晏三合话刚说完，立刻察觉到朱青身子一僵，脚步一下子乱了。

李不言眼多尖，趁着朱青调整脚步的时候，故意慢了下来，与晏三合并肩，无声道："猜对了。"说罢，她冲晏三合翘翘大拇指。

晏三合心里生出一丝很不舒服的感觉，心说：我随口瞎说的，怎么就猜对了呢？！

她哪里知道，朱青此刻心里比她更不舒服：太聪明了，这样的人，三爷真的能揭开她的老底吗？我看着怎么有点悬啊！

…………

锦衣卫还没赶到，一路走来，季家一切如常。

他们穿过后花园的时候，有几个看园的婆子还聚在一起晒太阳，根本不知道即将到来的滔天大祸。

他们转眼间便到了后门，朱青先一步跨出去，见远处已经有兵马疾驰而来，忙道："晏姑娘，快，左边。"

三人从后门离开，急匆匆地贴着墙角走。

马蹄声越来越近，朱青低声道："两位姑娘把头压低一点。"

晏三合和李不言虽然不明白为什么，但都照做了。

朱青在前面走得太快，晏三合有些追不上，一时连气都喘不匀了。

数匹快马与他们擦肩而过，带出阵阵尘灰，那尘灰涌进晏三合嘴里，她重重地咳嗽了几声。

骑在最后的那人听到咳嗽声，好奇地扭头一看。而恰好这时，朱青转过身想去看一眼晏三合有没有事。一个扭头，一个转身，四目相对。

马上的人眼神先一亮，接着有凶光露出，立刻勒住缰绳，大声喊道："来人，这里有季家的人。"

朱青的心狠狠往下一沉，完蛋了。

"季家的人？谁是季家的人？"

李不言刚嘀咕一句，朱青已经挡在她面前。

李不言："怎么——"

朱青低呵道："别说话，照顾好你家小姐。"

他语气实在太沉重，沉重得让人心里有一丝恐慌，李不言的手下意识地往腰上摸，飞快地往晏三合身前一站。

晏三合这时才将将止住咳，抬起头，正好看到那人下马，立刻明白过来为什么刚刚那道声音她听着有些耳熟。

冤家路窄啊，来人正是刑部左侍郎徐来。此次查抄季家，锦衣卫为主，刑部为辅；锦衣卫从正门进，刑部从后门入。

徐来一扭头，其实并没瞧见晏三合她们，只看到了朱青。朱青这人他是见过几回的，谢府三爷身边最得用的人。

京城上上下下都知道，谢三爷和太医世家的裴笑是光屁股时就在一起的好兄弟。而裴笑的母族就是季家。

这会儿朱青带着两个人鬼鬼祟祟地从季府后门出来，莫非是事先得到消息，要藏匿什么人？

宁肯错杀，不可放过。徐来这才不管三七二十一先喊了一嗓子。

他一喊，刑部数位侍卫便纷纷勒住缰绳，掉转马头，将三人里三层外三层地围住。

朱青抱了抱拳："徐大人，这两位女眷是我们谢府的人，和季家的人没有关系，还请徐大人行个方便。"

这话一出，徐来立刻就知道抄家的消息走漏了，越发肯定了朱青身后的两人有猫腻。

"谢府的女眷怎么会从季家出来？"徐来轻蔑一笑，"你闪开，本官要验明正身才能让你们走。"

朱青跟在谢三爷身边多年，太清楚眼下的状况，对着干只会把事情闹大。他往边上大大方方地让了一步："徐大人请查看。"

徐来没见过李不言，问："叫什么名？"

"李不言。"

"册上可有她的名？"

"回大人，没有此人。"

"嗯！"徐来一抬下巴，"还有一个呢，站出来，叫什么名？"

李不言见自己没事，也就大大方方地往边上让出一步。

身后的人缓缓地抬起头："晏三合。"

她这一抬头，徐来满心震惊。竟然是她！

他阴恻恻地盯着晏三合，心说：老子正愁没有机会报复呢，你们倒送上门来，眼下这个局势……哼哼，那就别怪我公报私仇了！

晏三合见徐来盯着她，就知道不太妙，便主动道："我不是季家的人，名册上没有我的名字。"

这由得了你吗？徐来厉声道："你从季家出来，就是季家的人。来人，带走！"

变故就在瞬息之间。旁人还没反应过来呢，李不言腰上的软剑已经握在手中，冲着徐来轻轻一点："我看谁敢！"

姑奶奶啊，你的手怎么就这么快呢？！朱青一颗心都要跳出喉咙了，脸上却异常沉稳："徐大人再仔细看看，晏姑娘额头上的伤还在，我家老爷亲自到刑部领的人，大人难道忘了？"

真不愧是谢老三身边的人，话句句暗藏刀剑，先是提醒他别睁着眼睛说瞎话，再搬出谢道之，警告他别拎不清。

拎不清的，我看是你们谢家吧！伤我儿子，砸我刑部牌匾，这仇正好趁着今天一起算算！

"我管她是晏姑娘，还是别的谁，从季家出来一重罪，青天白日带把剑两重罪，威胁当朝官员三重罪，拒捕四重罪。"徐来怒目圆睁，厉声道，"来人，还不赶紧给我拿下！"

哗啦——所有侍卫齐刷刷地把剑拔出来。

李不言不慌不忙，用软剑在空中画出一道弧线：姑奶奶好久没跟人动手了，正痒着呢，来啊，看我怎么一个个弄死你们！

"李姑娘！"

"李不言！"

两道声音同时喝出。

李不言只看晏三合：怎么，不让我打啊？！

晏三合微微一摇头，冷冷道："李不言是我的婢女，刚来京城没几天，不太懂京里的规矩，不用你们拿，我们跟你们走。"

朱青一听晏三合这样说话，吊在嗓子眼的心瞬间落回原位："徐大人，再不赶到季府，真正在册的人怕是要从后门跑了。"

徐来不是真要拿他们怎么样，就是想仗着这次的抄家行动羞辱报复，让谢家人难堪："带走！"

刑部的侍卫们一听这话，便收了刀，翻身上马，又疾驰而去，留下六个侍卫，押送三人往季家后门走。

晏三合指着前面的徐来："这人是在公报私仇吗？"

朱青没法子正面回答，只好点点头。

晏三合："冲我，还是冲谢家？"

朱青："……"

朱青无声地说了一个"谢"字，晏三合脸上的表情立刻就松下来。

一旁，李不言十分淡定地插了句话："我就说嘛，我和小姐也不是那种惹祸的人！"

你还不惹祸？朱青这个素来沉稳的人，都忍不住想学裴爷翻个白眼。

第十五章 抄家

此刻的季家，锦衣卫鱼贯而入，直奔左、中、右三路。原本安静的府邸一下子炸开了锅，叫声、哭声、呵斥声此起彼伏，听得人头皮发麻，心跳加速。

谢知非看了眼裴笑发青的脸："走吧，这里你帮不上忙。"

"承宇，我突然后悔了。"

"后悔什么？"

"后悔没告诉他们老太太棺材合不上。要是他们都能像我大舅舅一样听到晏三合那句话，应该会拼死撑下去的。"

说到这个，谢知非一阵心虚："现在不是说这个的时候，赶紧走！"

"走！"裴笑一咬牙。

两人一个穿着武将的官服，一个穿着文官的官服，所到之处，无人敢拦，几个锦衣卫见是谢三爷，甚至还冲他打招呼。

谢知非一边回礼，一边压着声道："不知道这次，皇上下旨派谁总领抄家的事？"

裴笑有气无力："你想帮我走走路子？"

"我没这个本事！"谢知非思忖片刻，"回头等见了他，咱们求求他去，至少别让季家人太受罪。"

"对啊！"裴笑一击掌，脸上燃起了一点希望。

说话间，两人已走到了院门口，目光所及之处，是一片黑压压的锦衣卫。不远处的树荫下，则站着数个官员，这些人都围在一人身旁。那人背手而立，浑身上下透着浓浓的贵气。

谢知非目力极佳，一眼就看出那人是谁，不由得用力抓住裴笑的手，惊骇道："快看，皇上怎么会派他来？"

裴笑看过去，人也傻了。竟然是他！

就在这时，远处传来一声娇叱："拿开你的脏手。"

"……"

"听不见我说话吗？拿开你的脏手！"

"老子就摸了，怎么着吧，你是谁啊？滚！"

"我是你姑奶奶，再敢摸她一下，姑奶奶要你死！"

嘭！

咣！！

啊！！！

谢知非脑子里轰的一声："是……她吗？"

"这不是废话吗？！"这声音化成灰裴笑都认得。

"坏事了！"谢知非根本来不及细想，转过身便冲出去。

裴笑看看背手而立的那人，再看看已经跑远的谢知非，一咬牙，也跟了过去。

二门里，季府的女眷们缩在角落里，有人面如死灰，有人无声地落泪。其中有个俏丽的小姑娘，头发凌乱，死死地把头缩在自家亲娘的怀里，瑟瑟发抖。

空地上，七八个锦衣卫将李不言团团围住，大刀、长枪、软剑交缠在一起。

李不言手中的软剑舞得像条游龙，看似没什么招式，却处处透着杀机。

其实一交手，她就发现这些锦衣卫训练有素，个个身手都不错，自己着实不该多管闲事。但……她总带着笑的眼角微微一沉，娘说了，做人别总苟且，时间长了，就真像条狗趴下了，再也站不起来。

朱青在一旁看得心惊胆战，忙低声道："晏姑娘，赶紧止住她。"

晏三合目光冰冷："为什么要止住她？"

怎么这会儿就不聪明了呢？朱青急得直跺脚："七八个锦衣卫不是问题，问题是外头还有七八百个呢！"

"那就任由季家的小姐被人欺负，被人摸？"晏三合迎上朱青的视线，"是男人就去帮忙，要是怕就闭嘴！"

"……"朱青此刻终于体会到为什么自家爷遇到晏三合总接不住话。这人简直不讲道理啊！

就在朱青急得不知道怎么办的时候，突然听见一声惊天动地的怒吼："都给三爷我住手！"

这声吼刚起了个音的时候，朱青便瞬间发动。他身子像箭一样飞快地跃起，几步跃到李不言身边，趁着所有人愣神之际，拽住她的手，用力往后一甩。

李不言就势在空中翻了两个跟头，稳稳地落在晏三合身旁。

这变故发生得极为突然，等那七八个锦衣卫回神时，谢知非已经在他们跟前停下，双手一抱拳，笑得见眉不见眼："诸位官爷，在下北城兵马司指挥使谢知非，我家干妹妹脾气躁，性子急，有什么得罪之处，我替她跟大家伙赔个不是。"

就像四九城里做官的，没有人不知道谢道之一样，在锦衣卫当差的，也没有人不知道谢知非。

这人年纪轻轻坐稳北城兵马司指挥使的位子：一靠他在内阁的老子；二靠他在翰林院的大哥；三靠他见人说人话，见鬼说鬼话的周到；四靠他出手阔绰，挥金如土。

锦衣卫和五城兵马司在很多事务上都有合作。锦衣卫来不及做的事，五城兵马司接手；五城兵马司够不着的事，锦衣卫顶上，属于抬头不见低头见。

两个衙门离得也近，你没事串个门，我有事串个门，锦衣卫里和他称兄道弟的实在不在少数。

众人见他客客气气，倒也不好发作。其中一人和谢知非最要好，他冲三爷使了个眼色，嘴巴又朝一旁的地上努了努。

谢知非低头一看，顿时倒吸一口凉气。

那人一张脸肿得像猪头，鼻孔、嘴巴还在往外冒血，两条胳膊无力地垂着，显然是被人卸下了。

下这么狠的手？谢知非朝朱青看了一眼。朱青立刻走到那人身边，咔嚓咔嚓两声，把两条胳膊先上上去。

这头胳膊刚上上去，那头两张银票就递过来。

"兄弟，真真对不住，我那干妹子的脾气，我爹都管不住，没辙啊。我替她跟你赔个不是，回头咱们春风楼见，把兄弟们都叫上，三爷摆酒赔罪。"

三爷跟你赔不是，三爷给你摆酒赔罪。三爷是谁？就算你不管三爷是谁，但你总得管管三爷身后的人是谁吧！更何况这会儿在兄弟面前，三爷伏低做小，里子、面子、票子都全乎了。

那人抹了一把脸上的血，哼哼道："我张飞给三爷脸面，要是换别人，这事没完！"

"张飞兄弟，够义气！"谢知非一把把他搂住，"你这朋友，三爷我交定了，以后多走动走动。"

谁不知道三爷最喜欢把人往秦楼楚馆里面带，小曲听着，小酒喝着，小美人搂着。张飞心说这顿打挨得值，以后跟着三爷混，还愁没有女人摸："三爷说话算话？"

"嘿，你这人……三爷我什么时候说话不算话过？"谢知非余光往季家女眷那头一扫，嘴角浮现出笑意，心说：三爷我回头给你这孙子找一粒含笑半步癫。

一场不是你死就是我活的恶战化解在谢知非的三言两语中。

李不言看得目瞪口呆："你家爷……真厉害。"

朱青听了，默默点头。

"也藏得深！"晏三合冷不丁地补上一句。

朱青听了，默默往边上挪挪。他要离聪明人远一些。

"都慢着！"你好我好哥儿俩好的氛围中，一道冰冷的声音传过来，徐来踱着方步走上前，"三爷左一个干妹妹，右一个干妹妹，好大的福气。"

"哟，原来是徐大人。"谢知非抬了抬眼皮，"哪阵风把你给吹到季家来了？"

"奉皇上之命，查抄季家。"徐来抬头挺胸道，"在季家后门逮了个拿刀的女贼，三爷说是谢家的干女儿，谢家是诗礼大家，什么时候和女贼扯上了关系？"

这话可就连谢道之都骂进去了。

谢知非急着让朱青把那对王仆送走，就是怕李不言那火暴的性子，在看到抄家惨状时和锦衣卫的人对上。他本来还奇怪朱青他们走半天怎么还在季府，这一下算是有了答案。

"徐大人不要吓我，我干妹妹耍个棍舞个枪是常有的事，贼这活儿，她可不干，也没那个胆子干。"

"没胆子？"徐来皮笑肉不笑道，"那我刑部的牌匾是被风吹下来的？"

"就是被风吹下来的。"一旁的裴笑走过去，表情特真诚，"我亲眼所见啊，徐大人。"

徐来冷哼："大白天的，裴大人这是睁着眼睛说瞎话吗？"

裴笑双手合十，一本正经道："僧录寺都是六根清净的和尚，出家人不打诳语，阿弥陀佛！"

你还跟我阿弥陀佛？徐来冷笑道："裴大人还是多求求菩萨，保佑保佑季家女眷吧，这回是保住了清白，下回入了教坊司，还不是被人糟蹋。"

打蛇打七寸，裴笑瞬间变哑巴，只剩下眼中的熊熊怒火。

徐来的话无异于在季府女眷的头上扔了道响雷，所有人哭作一团。

世间女子嫁鸡随鸡，嫁狗随狗，一辈子所有的天地就在那一方后院；一辈子所有的牵挂都在男人和孩子身上，再无其他。如今天地变了，男人倒了，自己即将沦落成别人胯下的玩物，如此凄惨，除了哭，她们又能如何？

哭声中，徐侍郎得意地看着谢知非："三爷说是干妹妹，我就给三爷一个面子，睁只眼闭只眼把人放了，不过……"

谢知非好脾气，仍微微一笑："不过什么啊，徐大人？"

徐来眼中淬出毒汁："不过，三爷说话前先把舌头捋直。"

谢知非花楼里钻进钻出，怎么会不知道这姓徐的意思？索性装傻充愣，不接这个茬儿。

哪知张飞那个二百五一听，顿时来劲儿了，指着李不言哈哈大笑："三爷啊，你可悠着点！"

"狗东西。"李不言看到季家小姐被辱尚且忍不住，又岂能让那两个畜生连晏三合都骂进去？她身子一跃，纵身飞到那张飞面前，双手左右开弓。啪！啪！

张飞破口大骂的同时，拔刀就向李不言砍过去。

李不言能让这孙子碰着一点边，那就不叫李不言，更何况，她还有一个人没解决。她身子轻巧地一退，人已经到了徐来面前。徐来压根儿没想到这女子的身手会这么快，吓得脸色大变。

就在李不言一脚抬起来时，突然察觉到身后有什么东西呼啸而至。她眼神骤然一凛，飞速地翻了个身，那东西擦着她的脸，咚的一声入了树根。竟是一支长箭。

李不言转身，眼中迸出一团烈烈的火。

射箭男子二十出头，长得孔武有力，他把手里的弓一收，退到一旁，让出了青石路。

一片岑寂中，青石路的尽头，有人漫步而来。

方才还哭哭闹闹的院里，瞬间安静得落针可闻，连呼吸声都不再有。时间仿佛也在这一刻静止。

走来的是怎样的一个人？纯白儒衫，玉冠皂靴，脸上带着沉静又谦和的笑，整个人仿佛是山涧的水、林边的竹，干净至极、温润至极、清贵至极。

什么公子如玉，什么绝世无双；什么如切如磋，如琢如磨……所有这世间最美的词都不够贴切，都不足以形容。

他走近，停步，轻轻一笑，面目顿时如流光溢彩一般："这里好大的动静！"

哗啦啦……所有人立刻跪地行礼，只有晏三合和李不言像两个傻子一样，愣愣地看着他，一动不动。

晏三合：他是谁？

李不言：是神仙！

"神仙"反剪了双手，目光扫过两人，声音温柔道："面生得很，是哪家的姑娘？"

"回皇太孙殿下！"跪着的谢知非忙抬起头，"她们是谢家的亲戚，刚刚从云南府蛮荒之地来，从没学过什么礼数。你们两个还不赶紧跪下，给殿下行礼。"

皇太孙？晏三合心头一惊，不仅没跪下，目光反而暗沉许多。

太孙就是东宫太子的嫡子，前面多个"皇"字，就意味着这人是皇帝钦定的储君，将来是要继承大位的。季陵川是太子的人，季家抄家，皇帝派皇太孙过来主持大局，这到底是故意打太子的脸呢，还是有其他用意？

皇太孙殿下赵亦时察觉到晏三合的目光，嘴角轻轻一牵："礼数没有，胆子倒不小。"

"快行礼啊！"谢知非羞点没急得两眼冒火，口鼻喷烟。

晏三合回神，与李不言一道冲赵亦时抱了抱拳。

这就是行礼了？谢知非没脸再看，只得假装呵斥道："在家规矩没学会，就跑出来丢人现眼，让我说你们什么好？！"

"免了。"赵亦时摆摆手道，"你们也都起来吧！"

"谢皇太孙殿下。"众人纷纷爬起来。

赵亦时半眯着眼睛，似乎有些不解："既然是谢家的女眷，为何会在季府？"

晏三合伸手在李不言肩上轻轻一拍，然后上前一步："我们路经季家后门，有人硬说我们是季家女眷，就把我们带进来了。"

"哦？"赵亦时这一声淡得让人咂不出其中的喜怒。

徐来却心头微震，赶紧急步上前："回皇太孙殿下，是这位姑娘青天白日手持一把软剑，下官才将她们带到季府，准备细细询问。"他的手指着李不言，"哪想到这人一进来就打伤了锦衣卫。"

"哦？"又是让人咂不出其中味道的一声叹。

徐来想着这位爷的身份地位，心跳如雷，"下官看在谢三爷的分儿上，本已放她一马，哪知这人再次行凶伤人。下官悔不该徇私枉法，请殿下责罚。"

"哎呀！"李不言突然扑哧一笑，"徐大人昨天大晚上吃的是啥，怎么嘴一张，就喷出粪来？"

"殿下，你瞧瞧，你听听。"徐来满面皆是委屈之色，"胆大至极、狂妄至极，半点没把大华律例放在眼里。"

"我是没把你放在眼里，长得像块五花肉，煎炒、烹炸、焖熘、煲汤、爆油，喂狗都不值。"李不言腰一叉，眉一挑，"仗着自己做官，就放纵儿子调戏良家妇女，我家小姐打抱不平，你就把我家小姐关进大牢，这大华国的官要是都像你这样，早晚完蛋。"

·201·

"放肆！"跟着皇太孙过来的数位官员齐声高喝。

李不言指着徐来的脸，半点都没有害怕："怎么着，只许他做，不许我说，这天底下还有说理的地方吗？殿下，你来评评理！"

赵亦时微微含笑的脸终于沉了下来。

众人一个字都不敢多说，只是心惊肉跳地看着李不言，心说：这人吃了什么，胆子这么大？疯了不成？

李不言还有更胆大的。

"皇太孙殿下，"她冲赵亦时莞尔一笑，"我要告御状。"

赵亦时活了二十三岁，头一回见有人告御状之前还笑一笑的："你且说来。"

"季家抄家归抄家，雷霆雨露俱是天恩，这些我们小老百姓管不着，但锦衣卫的手能不能放干净点？"

"姑娘这话如何说？"赵亦时眉头微微皱起。

"内宅女子视清白如命，男人的脏手一摸，是在逼她们去死！"李不言头一扭，恶狠狠地看着徐来，"比不得我这种人，长相粗鄙，性格刚硬，谁敢动我，鱼不会死，但网一定破！"

"你你……你……"徐来又是惊又是怒，这会儿只恨爹娘没给他生一张巧嘴。

赵亦时的声音染了点凉意："是谁？"

没有人敢说话，空气中似乎也浸了那股凉意，让人不寒而栗。

"是他！"女眷堆里，满头珠翠的宁氏头重脚轻地站出来，手指着张飞，"就是他欺负我们家九姑娘，我看得清清楚楚，那畜生的手都伸到——"

"三嫂，三嫂啊，别说了，快别说了。"季府四太太抱着女儿，号啕大哭，"给孩子留条活路吧！"

宁氏真想一手叉腰，一手指着四太太的鼻子骂上三天三夜：皇太孙是谁，太子的儿子啊，人家都已经告御状了，你还忍着别说？

"就是因为有你这样的娘，你女儿才会被人欺负，换成我女儿试试，拼着一死，我也要和那畜生同归于尽！"

话落，整个庭院一片肃静。

赵亦时面容仿若冰雪，转过身，目光很淡地看着身后三人。

这三人中，年长者便是今日穿绯袍将季陵川拉下马的老御史陆时。余下两位，一位是锦衣卫指挥使冯长秀，一位是锦衣卫南镇抚司杨一杰。

冯长秀一听告御状，本来没怎么当回事。

抄家这事古往今来都是美差肥差，哪个大户人家的太太、奶奶没藏点私房钱？既然占一个私，那顺进谁的口袋就是你知我知，天知地知，只要不太过分，连龙椅上的那位都睁只眼闭只眼。

他原以为是银钱上的事，哪承想竟然……

真真是蠢货啊！

季家是谁的狗？太子和皇太孙是什么关系？皇太孙都亲自来了，竟然还有人不知死活地去动季家的千金小姐？这不是在生生地打皇太孙的脸吗？

冯长秀赶紧上前一步，表明立场："殿下，下官治下无方，请殿下责罚。"

赵亦时淡然一笑："冯大人打算如何责罚？"

冯长秀轻轻咳嗽一声，心腹侍卫手起刀落。

只听那张飞"啊"的一声惨叫，捏着银票的右手齐腕而断，血喷涌而出，溅得左右几人一身血渍。立刻又有两个锦衣卫上前，一左一右架住已经疼晕过去的张飞往外走，很快便不见了踪影。

事情发生在瞬间，所有人都吓傻了，女眷那头甚至已经有人吓晕过去。

偏那冯长秀仿佛什么也没发生过一样，恭敬道："惊扰了殿下的大驾，下官死罪。"

赵亦时俊美无比的脸上泛起苍白："冯大人辛苦了，去忙吧！"

"是！"

冯长秀转身，抬眼冷冷一扫，锦衣卫个个低眉垂眼，去干抄家的活儿。

赵亦时目光一偏："陆大人。"

老御史陆时上前一步："殿下。"

赵亦时："劳烦陆大人将今日之事如实陈述，上达天听。"

"殿下放心。"陆时沉声道，"本官自会彻查清楚，然后上奏皇上。"

"很好！"

赵亦时又转过身，含笑看着刑部侍郎徐来。

徐来早就吓得腿直抖，见皇太孙笑眯眯地看过来，忙跪地，身子往下一伏："殿下明鉴，事情并非像——"

"徐大人，事情御史台自会查清。"皇太孙打断了他的话，弯腰亲自扶徐来起身，"徐大人此行是为季家而来，季家事大，万不可顾此失彼。"没有一声责备，声音比那拂面而来的春风还要暖上三分。

徐来却没来由地觉得脚下蹿起一股冰寒之气："是，殿下。"

"谢大人，裴大人！"

"殿下。"谢知非和裴笑走上前。

赵亦时看着二人，面色不悦："这会儿还没有下衙，二位怎会在此地？"

谢知非赔笑道："我们就是过来看看。"

裴笑一昂头："是我逼着他过来的。"

赵亦时淡淡道："可看够了？"

谢知非忙笑道："看够了，看够了，臣这就告退。"

裴笑嘟囔："臣也马上告退。"

"慢着！"赵亦时微微叹了口气，"陆大人，这二人无视衙门纪律，岁末考核时，这一笔别忘了记上。"

陆时铁面无私地应道："殿下放心，忘不了。"

你个老东西还忘不了？谢、裴二人脸色同时大变，本来他们这两个官都是花钱捐来的，岁末考核时再记上这么一笔，升迁还能指望吗？

谢知非求助的目光投向裴笑，不料裴笑也一脸期待地望向他。四目相对，自认倒霉吧！

谢知非狠狠地剜了李不言一眼："走吧，姑奶奶。"

李不言嘿嘿一笑，手挽住她家小姐的手："小姐，我们走！"

晏三合深深地朝宁氏看了一眼，主仆二人雄赳赳，气昂昂地从赵亦时面前走过。

谢知非此刻脸上一副"有没有地洞，我要钻一钻"的表情，一边冲赵亦时行礼，一边跟裴笑一道退出去。

角落里，宁氏顶着一头珠翠的同时，也顶着一脑门的糊涂：那个晏姑娘到底是什么人，怎么一会儿是女官，一会儿又是三爷的干妹妹？还有，她刚刚看我的那一眼是什么意思？

…………

他们走出兵荒马乱的季府，谢府的马车等在门口。

晏三合和李不言刚上马车，突然帘子一掀，裴笑和谢知非一前一后跳上来。原本宽敞的马车一下子变得拥挤起来。

晏三合很不舒服，眉头一皱："下去！"

"你闭嘴！"裴笑冲李不言一抱拳，"李姑娘，从前有什么得罪的地方，你大人不计小人过，刚刚的事情——"

"别谢我啊……"

"不言！"

主仆二人的声音几乎同时响起。

裴笑心头一怔，看看李不言，看看晏三合，再想想刚刚那两句话，突然额角青筋直跳：所以，我要谢的人是晏三合？是她暗示李不言跳出来告御状的？可是，她是什么时候暗示的？我怎么什么都没看见？

裴笑盯着晏三合看了许久，然后像个傻子似的用力一拍自己的脑袋。

他想起来了。皇太孙刚开始是问晏三合话的，晏三合回话前很突兀地拍了拍李不言的肩，后面就通通是李不言一个人唱大戏了。

他本来还纳闷呢，明明有晏三合的地方，李不言从不多嘴，怎么今天这姑娘嘴皮子这么利索？

裴笑震惊，谢知非比他更震惊，愣怔了好一会儿，才低声道："第一次动手也是你家小姐示意的？"

"没小姐的允许，我怎么敢呢？"李不言刚说完，就发现上了当，在心里呸了一声，用胳膊蹭蹭晏三合，"小姐，这不能怪我，是敌人太狡猾，而我太天真！"

我狡猾？谢知非死死地看着晏三合，目光灼亮逼人。

晏三合很不习惯被他这么看着，身子往后一靠，闭上眼睛，一副什么都不想多说的表情。

她不想说，偏谢知非有一肚子话要问："晏三合，你知道不知道这么做很危险？要是我和明亭早一步离开季府，你打算怎么办？谁来救你们？"

晏三合眼皮都没抬："你这个'要是'很没有意义，你们不是没离开吗？"

"……"谢知非气得一张俊脸扭曲，他千担心万担心李不言这惹祸精，敢情真正的惹祸精是这位祖宗，"晏三合，我是说万一，万一，懂不懂？"

晏三合被问烦了，黑眸一睁："谢知非，我不懂什么叫万一，我只知道尽人事，听天命。"

"你——"

"还有，"晏三合眼神更冷了，眉宇间是压不住的戾气，"老太太心魔解开之前，我不想让任何一个人出事。万一那什么九小姐就是老太太的心魔，季家人这辈子都别想再有翻身之地！"

谢知非："……"

马车里的气氛冷得跟冰窟窿似的。

谢三爷觉得自打认识晏三合后，这种结成冰的气氛就成了家常便饭，神仙都救不回来。他也真真切切地感受到，这个晏三合已经不是一个谜，而是个宝藏，每靠近一点，都能从她身上挖出一点奇珍异宝来。

"晏三合，我没有任何要责怪你的意思，恰恰相反……"谢三爷放柔了语气，眼神真挚，"我和明亭一样真心实意地感激你，同时，我也不希望你出事，你得好好的，一根汗毛都不能少，你懂吗？"

这话再铁石心肠的人听了，也会心软几分。偏晏三合像没开窍一样，回了他一句："我没少一根汗毛啊！"

"……"

好吧，你厉害，你最厉害！谢知非无话可说，举起两只手表示投降。

"再说，不是还有朱青吗？"

"……"谢知非心说：我能把两只脚也举起来，以示投降吗？

朱青是他谢三爷的人，锦衣卫有多少人认识他，就有多少人认识朱青。朱青真要出手救人，锦衣卫多多少少会给他面子，可问题是……

"晏三合，你怎么知道朱青一定能护住你们？"

"如果他护不住我们，在季府后门就不会任由那狗官把我们带进来，他没反抗，就证明他心里有把握。"晏三合眯缝了眼睛，"既然他有把握，那么我还怕什么？"

"……"

真真是心细如发啊！谢知非表面看着十分镇定，但嘴角还是没忍住微微抽动："明亭，你还有什么要说的？反正我已经无话可说了。"

裴笑咳嗽一声，双腿跪坐起来，冲晏三合深深一揖："好话我不会说，九妹和我最亲，你救她就是救我，姑娘以后有什么事只管开口——"

"现在就有。"晏三合冷冷地打断。

嗯？这么快的吗？

"你说。"

晏三合看着他："为什么皇帝派皇太孙来季家抄家？"

"这个……"裴笑飞快地挠了一下耳朵，难得露出一抹歉意，"这事我和谢五十也想知道。"

晏三合接纳他的歉意，却没放弃问话："皇太孙这是在暗中保护季家的意思吗？"

裴笑又挠了一下耳朵，又露出些歉意："……"

晏三合："如果他就是来保护季家的，那么以裴大人的本事，能不能和皇太孙搭上关系？"

裴笑已经没有歉意可露了，心说：要不我这会儿跳车吧！应该还来得及！

"你要明亭搭上皇太孙的关系，是想做什么？"谢知非突然问。

晏三合直视谢知非："保护好季家的人，这是第一；第二，我回去理一理这两天所听到的，需要再见什么人的时候，必须见到！"

谢知非摸了摸鼻子，一脸为难道："晏三合，这事真的不太好办——"

"皇太孙没道理对刑部那狗官笑容可掬，反而对你们两个没好脸色。裴大人怎么说，还和他七拐八拐地沾着些关系呢。"晏三合身子往前一凑，瞳孔微微一缩，"我提的要求，对你们两个应该不难吧！"

谢知非顿时血都凉了，整个后背的汗毛都立了起来。他看着同样一脸惊色的裴笑，心里只有一个念头——不行了，我也想跳车！

谢三爷但凡心里想做什么，那是一定要做成的。他说想跳车，必须跳。他跳完，裴大人一个人哪敢面对两个神婆，吓得也赶紧溜了。

两人站在人来人往的大街上，你看我，我看你，都有种大白天见了鬼的感觉。裴笑抹了一把脸："你说那晏神婆会不会是文殊菩萨投胎转世啊？"

谢知非越想越觉得有可能。自己这脑子也算得上好使的，反应更是一等一地快，为什么在那丫头面前，总觉得自己不太能看呢？！

就在这时，不知何处突然跑出来一个小叫花，快到谢知非跟前的时候，那小叫花脚下一个踉跄。

谢知非下意识地伸手去扶的同时，听到了六个字："三爷，老地方见！"

…………

晏三合刚进静思居，就被李不言一把拽住，一直拽进里屋。

门一关，李不言迫不及待道："你怎么知道那事对他们两个不难，你分析出了什么？快说，一个字都不许漏！"

晏三合瞳仁却散着亮光："太子、皇太孙是一家人，对吧？"

"对！"

"季家是太子的狗，也是皇太孙的狗，对吧？"

"对！"

"季家是裴笑的母族，没道理舅舅支持太子，外甥不支持，那么裴笑也是皇太孙的狗，说得通吧？"

"完全说得通。"

"那狗官对裴笑说的那句话，你还记得吗？"

"记得。他说'裴大人还是多求求菩萨，保佑保佑季家女眷吧，这回是保住了清白，下回入了教坊司，还不是被人糟蹋'。"

"这话足以证明狗官和裴笑不是一伙的，对吧？"

"对！"

"也证明了狗官和太子、皇太孙不是一伙的，说不定还是政敌，对吧？"

"对！"

"你还记得你去教训狗官的时候差点挨一箭吗？"

"这事谁能忘？皇太孙的侍卫好身手。"

"皇太孙既然和狗官不是一伙的，那为什么出手阻止你？为什么不任由你教训？"

"对啊，为什么呢？"

"那是因为狗官和那张飞不一样。张飞就是个小小的锦衣卫侍卫，残了、杀了都没什么要紧；狗官却是刑部侍郎，一旦伤了他，事情就闹大了。"

"皇太孙不想让事情闹大，所以让侍卫出手，明着是射我，其实是在暗中保护我。"

"你是谁的人？"

"我是小姐的人。"

"小姐现在是谁家的人？"

"谢家！"李不言跳起来，"所以，皇太孙是在暗中保护谢家。"

"保护不保护谢家我不知道，但有一点是肯定的，谢三爷也是皇太孙的狗。"

"我的天啊！"李不言在晏三合的双眸里看到自己惊讶的表情，"绕这么一大圈，他们一个个的不累吗？"

"他们累不累我不知道，"晏三合推开李不言，懒懒地往床上一躺，"反正我快累死了，我先睡一会儿。"

"等一下，我还有一个问题。"李不言扑过去，在床边坐下，"既然是一伙的，为什么皇太孙还要让那个什么陆大人记上一笔？胳膊肘不是应该往里拐吗？"

"可能是做戏吧！"

"这戏做得有什么意义？"

"这个我真不知道。"晏三合眼睛半睁半眯，"等我睡一觉起来再说……"声音越来越弱，最后少女的长睫一动不动，显然已被周公拐跑了。

李不言帮她把鞋子脱了，脚放到床上，又轻手轻脚地帮她把被子盖上。

睡梦中的少女一碰到被子，手就摸到枕头下面，从里面摸出一方帕子，捏在手心，然后把身子和脑袋都缩进被子。

李不言看着她把自己包成个粽子，倏然弯唇，薄薄的笑意中带着一丝无奈："三合啊，你也只有睡觉的时候才像个活生生的人！"

…………

四九城北边有条河，叫永定河。

永定河两岸的风景截然不同，河东边都是秦楼楚馆，最是寻花问柳的好去处。其中最有名的是丽春院。据说丽春院的姑娘个个都是狐狸精变的，最会勾男人的心。

河西边商铺林立，锦绣绸庄、宝玉轩……都在这里安家。

河西边最有名的是开柜坊。开柜坊也能勾住男人的心，不是姑娘勾，而是用银子勾。在这里，你能看到一夜暴富的赌徒，也能看到输得只剩下裤衩的穷光蛋。

妓院、赌场仅一河之隔，这就好比鳏夫的边上住着美艳、风骚的寡妇，得生出多少事情来。

为此，北城兵马司指挥使谢三爷只要有空，就会到永定河巡查。当然，公事办完，三爷也会进开柜坊赌上两把，碰碰财运。

三爷的赌，那可不是混在大堂里跟那帮臭气熏天的老少爷们儿比谁胳膊粗，脖子粗。三爷赌的是一个"雅"字，得上船舫。

船舫可不是什么人都能上的，内里的摆设、吃的、喝的、用的据说都是贡品。偌大的四九城里，也只有那些王侯将相、富贵滔天的人才有资格上船。

船在河里慢慢悠悠地晃着，凭窗而立，一河碧水，半城春色尽收眼底。

贵人们边看景，边聊家国天下，等聊够了才熏香净手上桌赌钱，赌完钱，回程路上见哪个秦楼楚馆的姑娘顺眼，便邀上船来共度一夜。何等风流快活！

今儿晚上，裴爷因为季家的事情心情低落，被铁杆兄弟谢三爷哄到开柜坊。

掌柜梅娘早就等着了，见贵客到，帕子一甩，挺着胸便迎上去："哎哟，我的两位爷，可是有日子没来了。"

"擦的什么粉，熏死爷了，滚开！"裴笑心情不爽，把她往谢三爷怀里一推，自顾自上了船舫。

梅娘就势依偎在三爷怀里，娇滴滴道："三爷，想梅娘吗？梅娘可想死你了。"

谁能料到赌坊的大掌柜竟然是个美艳的女子？

谢三爷手贱贱地捏着梅娘的俏脸："你哪里是想我，你是想我兜里的银子。"

梅娘死死地搂着谢三爷的胳膊，一边上船，一边冲谢三爷抛媚眼："开船啰——"

不远处，有几个赌鬼把两人的对话听了个正着。

"要说女人，还是像梅娘这样的才够味。"

"也不看看人家从前是干什么的，我跟你们说啊，梅娘从前是河东边那头街上的花魁，三爷那短命鬼，东边那条街上传的，说是不太中用。"

"快说说，怎么个不中用法……"

船舫上，听了一耳朵闲话的谢三爷倚着船栏杆，懒懒道："梅娘，你说我中用吗？"

梅娘脸上哪还有半分浪色，垂首站在谢知非面前："三爷是中用的，只是梅娘不中用。"

"怎么说？"

"这个月又有几笔账没收回来。"

谢三爷直起身，轻轻拍了拍梅娘的肩，脸上犹带三分笑："没长嘴吗，不会托人给三爷带个话吗？三爷帮你办了。"

"是汉王世子的。"梅娘低声道。

"这……三爷也没辙。"谢三爷一笑，"要不，咱们就先忍着？"

"是！"梅娘又道，"上个月的账已经盘出来了，爷——"

"交给朱青。"

"是！"

谢三爷摆摆手，梅娘躬身退下去。

就像谁也料不到赌场的大掌柜是个女人一样，京城又有几人知道梅娘身后真正的东家其实就是谢三爷。

"谢五十，"裴笑走近，脚尖踢踢谢知非的脚，"你说那晏三合会不会猜出我们……"

"就算猜不出全部，也能猜出个七七八八。"

"你笃定？"

"朱青。"

朱青从暗处走过来："裴爷，今儿个我在晏姑娘身边听她说了一句话。"

"什么话？"

"她说三爷藏得深。"

裴笑身躯一震，心说菩萨啊，谢五十那演技还能被人看穿？这姑娘火眼金睛啊！

谢知非双手揉着隐隐作痛的太阳穴："以后和她说话小心些，她这人不说废话，每句话都有用意，一不小心就会被她带沟里去，鬼着呢！"

裴笑叹口气："我长这么大，还没见过比她更聪明的女子。"

难道我就见过？谢知非又道："她的身份、季家的事情，待会儿咱们是如实说，还是……"

这一问，裴笑的太阳穴也隐隐作痛："瞒好像是瞒不住，否则也不会约在今晚见面，说不定等咱们一走，就查上了。"

谢知非眼中释杂着一抹异样。

裴笑："怎么，你还想帮晏三合瞒着？"

谢知非发了一阵呆，然后道："不知道为什么，我竟不太愿意让他知道这些。"

"为什么？"

"晏三合太聪明！"

裴笑蓦地一惊："你是怕她……"

"我不是怕她，她那个性子又冷又淡，我们是谁的人，帮谁做事，她就算猜出来，也不会多说半个字。"谢知非叹了口气，"我就是觉得不该把她扯进这些争啊斗的，人家清清白白一个姑娘。"

"不扯进来也容易啊，你们谢家放她走啊，否则……"裴笑冷笑，"还不是早晚的事。"

谢知非脸色变得十分难看。

"得了，别想这些有的没的。"裴笑又踢了他一下，"就算你想放人，可季家的事情不解决，我死活是不会同意的。"

话音刚落，朱青突然咳嗽一声："爷，清风码头到了。"

谢知非："靠岸，接个朋友。"

"是！"

船舫缓缓靠岸，岸边已经等着两人，船板落下来，两人便一前一后上了船。

朱青等他们到了船上，立刻将船板一抽，前前后后不过片刻工夫，船又慢悠悠地在永定河里漂着。

其中一人披着青灰色的斗篷，他没有在舱外逗留，而是径直进了船舱。谢知非和裴笑跟进去。

那人将身上的斗篷脱下来，露出一张白玉般光彩沛然的脸。

李不言如果看到这一幕，定会冲她家小姐傲然竖起大拇指，夸一句："料得不错。"

第十六章 三人

来人正是赵亦时。他冲两人莞尔一笑："坐！"

谢知非和裴笑也没客气，一个坐在他右侧，一个坐在他左侧。谢知非跷起二郎腿："说，皇上为什么派你来？"

裴笑哼道："连我都瞒着，你还是人吗？"

赵亦时："……"

谢知非左手一伸："我要的雨前龙井，拿来！"

裴笑右手一伸："我要的十年陈桑落酒，拿来！"

赵亦时笑出声来："我怎么会有你们这两个活宝？"

李不言如果再看到这一幕，定会拧着细眉，咂着嘴来一句："不对啊，什么时候狗能威胁主人了？"

"沈冲，"赵亦时喊，"赶紧把东西拿出来，再不拿出来，他们俩非生吞了我不可。"

孔武有力的男子听到喊声，走进来，把东西放在桌上，正要转身，手却被谢知非一把抓住："你今天那一箭贴着人家姑娘的脸过去了，你是想吓死我还是怎么的？"

"三爷对不住。"沈冲脸色微变，"实在是那姑娘的身手太快，这一箭我本来是算计好的，如果——"

"得得得……"谢三爷最怕听到沈冲说起射箭啊功夫啊之类的事，头疼，"去和我家朱青说。"

"是！"

沈冲一走，屋里顿时静谧无声，空气也渐渐凝固起来。

苦中作乐，乐也只是一时。三人心里都很清楚，接下来他们要说的话、要面对的事绝对不会轻松。

半盏闷茶喝完，赵亦时先开了口："今日季府抄家由我主事，是昨日我在御书房跪了两个时辰才求来的。"他苦笑，"没通知你们，是因为来不及通知。"

谢知非和裴笑面面相觑，后者勉强扯出笑意："这又何必呢？你的腿本来就——"

"父亲不替季家说话，已让他失信于人，我再不来，只怕寒的是更多人的心。"赵亦时看着裴笑，"更何况季家不是别人，两个时辰算什么，一宿都该跪。"

"赵怀仁！"裴笑只觉得一颗凉了好几天的心嗖嗖嗖地暖起来。

朝廷在查舅舅贪腐的事情，前两天谢五十就得了点信，谢五十能得到信，太子、张家那头不会不知道。两天了，太子和张家毫无动静，可见舅舅已然是一枚弃子，却不承想，这个节骨眼上太孙站了出来。

赵亦时拍拍他的肩，似在对他说，又似自言自语："从小到大，我不知道听过见过多少回抄家灭族，破鼓万人捶，我只是不想连张飞那样的人，都来捶上一拳，不忍心，也看不得。"

裴笑偏过脸，不想让脸上的失态被人瞧去。

"不说这些，你们知道从季家抄出来多少银子吗？"赵亦时收回手，冷笑一声，"白银十万八千两，黄金一万两。"

谢知非在心里飞快地一算计，诧异地看着裴笑："竟然这么多？"

"你说这话能不能不要看着我？"裴笑被他看得一愣，"就好像是我贪了一样，可是一两银子都没进我的口袋。"

谢知非慢慢转过头，目光沉沉地看着赵亦时。

赵亦时明白他眼中的深意。

季陵川这份肥差是通过张家才得到的，他能贪这么多，那么落在张家那头的更不会少。汉王正是瞄准了这一点，所以才会费尽心思，甚至不惜说动陆时那个老御史出山。

陆时这人，做官刚正不阿、两袖清风，明明是三品大官，住的却还是三进小宅子，宅子里也只有三五个忠仆。他一辈子不曾娶妻生子，将自己活成个孤种，为的就是坚守本心，做一个拨乱反正的好御史。也正因为他这般铁骨铮铮，皇帝才格外看重他，被他参上一本的人几乎都是在劫难逃。

想到这里，赵亦时一拳砸在桌上："我竟不知道他们胆子那么大，敢贪那么多！"

谢知非眼明手快，扶住一个快要倒了的茶盏："事情已然这样，这时候再算旧账没有意义，还得想想接下来要怎么办。"

"对，这才是正经事。"裴笑接话。

赵亦时沉默良久，道："这会儿人都被关在北司，皇帝下令刑部、都察院、大理寺三司会审，主审人是陆时和锦衣卫指挥使冯长秀。"

裴笑苦笑："陆时是个硬骨头，别想啃动；至于冯长秀，更没戏，他心里眼里只有皇上一人，倒不如想想怎么让人少受些罪。"

北司就是锦衣卫北镇抚司，专治诏狱，老大叫蔡四，和谢知非有几分交情。

谢知非心念一动，道："蔡四这人我想办法来走走路子——"

"谢五十，"赵亦时打断他的话，"北司我已经命人打点好，他们在里面大罪不会受，小罪免不了。"

谢知非与裴笑对视：他手脚竟然这么快？

"季陵川被罢官，我就感觉不太好，为防万一，便先命人打点了一些。"赵亦时垂下眼睑，"我父亲的性子天下有目共睹，无论是谁，哪怕是张家，他也不会出手救的。"

"贪腐已经坐实，还有什么可审的？"裴笑问。

赵亦时冷冷一笑："项庄舞剑，意在沛公，他们真正要动的是户部，是我父亲。"

谢知非和裴笑虽然猜到了，但依旧愕然。

太子和汉王之争是大华国官场上众人皆知的一桩事。

两人本是同一个娘生，长相、性子却是一南一北，完全不像亲兄弟。太子长相肖母，身形肥胖；汉王长相肖父，英俊非凡。太子喜文，看到刀啊剑啊的就头疼；汉王好武，平日里弓箭不离手，十分擅长骑马、打仗。太子性格平和仁善，做事不缓不急、有理有据；汉王争强好胜，行事雷厉风行，没有半点妇人之仁。

按理说太子居长居嫡，不管哪朝哪代的规矩和律例，他都是妥妥的下一任皇位继承人，但太子有一个致命弱点——腿疾。换句话说，太子走路是跛的，说得更严重一点，他就是个残废。

大华国未来的继承人是个残废，这让皇帝心里生出一重动摇。这第二重动摇，皇帝也是武将出身，半辈子行军打仗，战功赫赫，正所谓英雄惜英雄，皇帝看到一身武将装扮，长相几乎和他一模一样的汉王，就像看到了年轻时候的自己，那么英俊不凡，那么威风凛凛，他能不喜欢吗？能不偏爱吗？

帝王的偏爱，那可不是普通父亲对儿子的偏爱，得滋生出多少人的野心和欲望来。

所以，谢知非和裴笑同时愕然的不是两王之争，因为早在十年前，太子和汉王的局面就已经是你死我活。甚至汉王还一度占了上风，将太子一党大部分都送进了监狱。若不是数位老臣拼死相保，若不是皇帝手下留情，太子早就成明日黄花了。

他们愕然的是好不容易消停了这么些年，汉王又卷土重来……必是来势汹汹啊！

汉王的来势汹汹让谢知非想明白了一点——晏三合的事情哪怕他心里再不想说，这个时候也不得不说了。

恰好，赵亦时放下手中茶盏："五十，那两个姑娘到底是你们谢府的什么人？"

谢知非痛快极了，连个停顿都没有："长得好看的叫晏三合，会功夫的叫李不言，她们是主仆关系,确确实实刚从云南府来京城没几天,也确确实实不太懂规矩。"

"这一点,我做证!"裴笑搓搓手。

赵亦时长臂一伸,钩着裴笑的脖子:"那就你来说说,她们来京城做什么?可是清明快到了,来给你家外祖母上坟?"

天哪,他这都查到了?裴笑冲谢知非抽抽眼角,然后露出一口白牙:"那个……说来话长!"

"没事,我们有一夜的时间。"

裴笑赶紧抱住自己:"裴爷卖艺不卖身,皇太孙可别乱来。"

"五十呢,也是卖艺不卖身吗?"赵亦时若无其事地一偏脸。

谢知非咬咬后槽牙:"三爷既卖艺,又卖身。"

"他卖身,让他说。"裴笑长松一口气,然后又重重地叹了口气,"怀仁啊,不是我不想卖,实在是我口条不好,说不清。"

"还口条,你当你自个儿是猪?"赵亦时敲他的脑袋。

"别敲啊,已经很笨了。"裴笑心说:我在晏二合面前,那就是头猪。

他们你一言我一语地玩笑,是不想让船舱里的气氛再沉下去。

谢三爷眉一蹙,脸一正:"怀仁,这事的确是说来话长,而且最早要从我爹说起……"低沉深厚的声音伴着永定河的夜风响起。

渐渐地,赵亦时狭长的眸子黢黑似夜,里面有各种情绪翻涌上来……

最后一个字落定时,恰好烛焰忽然跳跃起来,发出毕剥一声轻响,赵亦时感觉一股寒气从脚下直冲而上。

"那么也就是说……"他带着些颤声,"只要解开季家老太太的心魔,季家就还有救?"

谢知非点点头,这一点他深信不疑。

"等一下!"裴笑突然出声。

谢知非猛地抬起眼:"怎么,难道不是?"

"她说过一句话,我不知道应该怎么解读。"裴笑回忆道,"她说即使没有老太太棺材合不上这个因,冲季府那片心湖,被罢官也是早晚的果。"

"这话不难解读。"谢知非松了一口气,"她看出那片心湖太过奢华,料到季陵川在官场不会太干净。"

"既然如此,那事分两头走吧。"赵亦时缓缓道,"晏三合那头交给你们,你们两个全力配合;别的事情交给我,如何?"

双管齐下,两条腿走路,这是最稳妥的办法。

谢知非与裴笑不约而同地点点头。

"需要我做什么,让朱青直接通知沈冲。"赵亦时起身,背着手走到窗边,声音透着淡淡的疲惫,"裴明亭。"

"你好好的,突然叫我全名做什么?吓人哩!"

赵亦时转过身,望着裴笑那张略带诧异的脸:"季家的事,我会竭尽全力,倘若结果……你别怪我！"

恍若一记重斧劈在裴明亭的心坎上，他瞬间变了脸色。

他和赵亦时认识，当真是机缘巧合。

七岁那年，他跟着季陵川去张府吃喜酒，酒席上大人们实在太无趣，他又没几个认识的人，于是便趁人不注意溜下了桌。

张家后花园很大，园子里的一处篱笆上还挂着几只刚被剥了皮的兔子。兔子肉多香啊，他向来胆大，就找了个无人的地儿，弄了一堆枯柴火，把兔子架起来，烤上了。

这一烤，没想到引来个漂漂亮亮的小公子。小公子长得真好，皮肤真白，眼睛真大，文文静静的。

裴笑心说：长得再好，也不能让你坏小裴爷的好事。于是他的手在兔子身上蹭了点油，再往那漂亮小公子的脸上一抹："哈哈哈，你也算闻着兔子肉的香味了，回头有人问，我就说你是我的同伙。"

哪知那漂漂亮亮的小公子一点也不怕他吓唬，还厚颜无耻地谈起了条件："成啊。四条腿的肉归我，别的归你，否则……"

"真真是个外行，兔腿有什么好吃的，好吃的是兔头。"

这就算达成了协议。

肉烤好，一个啃头，一个啃腿，吃得满嘴流油。

吃完，那漂亮的小公子掏出一块帕子，擦擦嘴，擦擦手，一脸优雅道："你走吧，这里交给我。"

不仅人长得好看，还挺够义气哈，知道帮忙收拾残局。

"你叫啥？"裴笑问。

"赵亦时。"他答。

"我叫裴笑，笑脸的笑。"

"你爹是裴寓？"

"你怎么知道？"

"下回告诉你。"

"还是想想下回吃什么，才是正经事。"

"可以尝尝烤鸡。"

"就这么说定了。"他刚走几步，又扭回头，"赵亦时，帕子借我用用。"

赵亦时看看他的油嘴，脸上露出一抹嫌弃，但还是掏出了帕子："擦完扔了。"

他"诺"了一声，一边擦嘴，一边风风火火地跑开。

他回到席上，酒席还没结束，戏台子已经唱上了，他和舅舅听了会儿戏，便离开了张府。

他心里惦记着谢府那个病歪歪的小五十，便让舅舅送他去谢府。

他在小五十房里厮混一夜，第二天回家，没想到在门口碰到了自家老爹。老爹昨儿夜里突然被叫去出诊，忙活了整整一夜才回来。

"爹，谁病了？"

"太子府的嫡长子。"

"怎么病的？"

"在张府吃了喜酒，回去便上吐下泻，连皇上都惊动了，命锦衣卫彻查张府的酒席。"

"查到了什么？"

"说是在后花园查到一堆兔骨。"

他心脏都不跳了。

"也没什么大事，太孙说是馋兔子肉了，便趁没人的时候生火烤了点吃，哪知没烤熟，这才吃坏了肚子。"

"他他他……有没有同伙啊？"

"还同伙呢，真有同伙，皇上能饶过，早抓起来大刑伺候了。"

他长长地松了口气，心脏又开始蹦跶："爹，太孙叫啥名？"

"名亦时。"

嚯嚯嚯！哈哈哈！年仅六岁的裴笑两边眼皮同时跳起来。赵亦时，你可真够兄弟、够义气啊！这兄弟，小裴爷我交定了！

小裴爷认定的事情没有做不到的。就像当初他结交谢五十一样，只需要四个字：死缠烂打。如果非要再加上四个字的话，那就是：厚颜无耻。

说来也是巧了，皇帝给太孙找陪读，他立刻怂恿老爹去争取。老爹一看这不成器的长子总算想上进了，哪有不答应的道理，赶紧带着厚礼，拉上季陵川去了张家。

就这么着，小裴爷做了太孙的陪读。后来两人行变成了三人行，再后来，三人行变成了铁三角。

人生苦短啊，他小裴爷文不能安邦，武不能定国，这辈子只想助赵亦时登上大位，然后和谢五十混在一起。混吃等死！还是混吃等死！一直混吃等死！

…………

晏三合是被活活饿醒的："不言，我要吃饭，没力气了。"

李不言过来伸胳膊一捞，把她提溜起来，又冲外头喊道："汤圆，你家姑娘快饿死了，赶紧的。"

饭菜一直在红泥小炉上温着，汤圆三下两下就摆好。

李不言把人提溜到椅子上，又将筷子塞到晏三合手里："吃吧，我已经吃过了。"

晏三合接过筷子："我睡了几个时辰？"

"三个！"

"现在是……"

"子时已过。"

"我累狠了！"晏三合说完这一句，便开始用饭。她嘴里喊着快饿死了，吃得却慢条斯理，每一口都细细嚼，慢慢咽，半点不急。

·215·

汤圆看在眼里，记在心里，又故意问道："姑娘，可是饭菜不合胃口？"

李不言见晏三合嘴里含着饭菜，便笑眯眯道："她吃饭就是这样子。"

"我去给姑娘沏壶热茶来。"

"不必。"晏三合把饭嚼透咽下，道，"你去传个话，我要见三爷。"

"这个时候？"

"不用怕，你只管去。"

"是。"

她一走，李不言便两手托着腮，看着晏三合笑道："这丫头刚刚一直盯着你看。"

晏三合皱眉："吃个饭有什么好看的？"

"我也想知道。"李不言头一歪，"我更想知道，这么晚了，你叫三爷来做什么？"

晏三合一点也不瞒她："我想见一见宁氏那个嫁得好的女儿，老太太为了她和张家对上，这事非常蹊跷。"

李不言点头："的确很蹊跷，但不至于成为心魔。"

"是不至于，但我必须知道为什么。"晏三合凝神想了想，"我有种预感，老太太的心魔怕是还得往前推。"

"往前推，要推到什么时候？"

"进季家之前。"

"这么久？"

老太太进季家之前，算算得有整整五十个年头，五十年前的心结成魔，这……李不言一时间说不清心里是个什么滋味。

晏三合也不再开口，很认真地吃着面前的饭菜。碗里还剩下最后一口时，外头传来脚步声，她抬头看了李不言一眼，咬咬牙将那一口饭菜咽下去。

李不言眼底浮现出一丝几不可见的笑。这人就是这样，在外人面前又冷又傲，最后一口明明吃不下，也会硬着头皮吃下去，哪怕吃下去这一晚上胃里都不舒服。只有在她面前的时候，才会把最柔软的一面露出来。那只刺猬其实又何尝不是三合她自己。

进来的并非谢三爷，而是谢胖子。谢胖子顶着一个鸡窝头，显然是刚刚从周公的怀里挣脱："晏姑娘，三爷还没有回府。"

"去把他找回来，我有重要的事，耽误不得。"

"三爷今日怕是不会回来了。"谢总管面露难色，"姑娘放心，老奴明儿一早就等在府门口，三爷只要回来，老奴就立马请他过来。"

季家刚被抄，他就一宿不归，是风流去了，还是……晏三合意味深长地看了谢胖子一眼，转身走进里屋。

谢胖子暗下松了口气，无意间一偏头，与李不言看了个正着。

李不言唇勾了勾："谢总管，京城的勾栏让不让女人去啊？"

谢总管："……"

李不言："有没有清秀的相公作陪？"

·216·

谢总管："……"

李不言："对了，像三爷这样玩一宿得花多少银子？"

谢总管："……"

有的人活着，他已经死了。嗯！是被生生吓死的！

…………

清晨，天刚微微亮。

谢三爷从马车上跳下来，脸煞白，眼煞黑，脸上有两个红唇印，一副被妖精吸干了精血的样子。

"三爷啊！"望眼欲穿的谢总管赶紧迎上去，"你可算回来了，晏姑娘昨儿晚上命老奴找你哪。"

本来昏昏欲睡的谢三爷被这一嗓子惊醒："知道了，我先回房里洗漱一下。"

谢总管一闻他身上这浓浓的脂粉味，心说三爷什么都好，就是爱往永定河跑这一样忒不好。

男人两样东西沾不得：一个赌，一个色。三爷倒好，赌也沾，色也沾，老爷、大爷也不管管，再这么下去，当真要掏空身子，成短命鬼了。

"老三！"

真是说曹操，曹操就到。谢而立一身官袍站在廊下，他身旁是怒目圆睁的谢道之。

谢知非打了个哈欠，甩着两条胳膊上前行礼："父亲，大哥，这么早就去衙门了？"

谢道之恨铁不成钢，偏又舍不得骂，袖子一甩扬长而去，来了个眼不见为净。

老子不管，做大哥的总要说两句。谢而立看着老三脸上的红唇印，忍不住呵斥道："衣冠不整的，像什么样子？"

"大哥！"谢三爷把手往前一伸，皮糙肉厚地嘿嘿一笑，"昨儿输了两千两，穷死了，你江湖救急一下？"

谢而立一听这话，怒气便忍不住往头顶冲，猛地抬起手。

谢三爷主动把半边脸凑过去："你打归打，银子可一两都不能少，你是我亲哥，我只有你这一个亲哥！"

还能打下去吗？谢而立手指冲他狠狠地点几下："等我回来再收拾你！"

"大哥，我就知道你最心疼我，大哥慢走，大哥早些回来！"谢三爷眼一斜，笑得像个二赖子，"谢胖了，我大哥同意了，一会儿让账房送两千两过来。"

谢胖子："……"

"还不赶紧去！"谢三爷见他愣着不动，一脚踹过去。

谢胖子闪得快，撇撇嘴，心说：连声骂都没有，这真是宠得没边了！

宠得没边了吗？轿帘一落，父子二人目光对视，两人都看出对方脑子里想的事。

良久，谢道之沉声道："晚点拿我的帖子，请裴太医来一趟，给你三弟搭个脉。"

"气色瞧着是不大好，只怕是一宿没睡。"谢而立勉强笑了下。

老三昨晚去了哪里，见了什么人，他和父亲知道得一清二楚，戏是演给别人看的，

·217·

为的是谢家。

父亲身为内阁大臣，一举一动都在别人的眼皮子底下，这些年能得帝心，靠的是说话、行事不偏不倚。

皇帝对汉王的偏爱，世人皆知；但太子的知礼贤德，也世人皆知。其中的微妙之处不是三言两语就能说清的。也正因为这个，老三和皇太孙之间的一切交往、走动，他和父亲都只能睁只眼闭只眼，不反对，不赞同，不说话。

好在老三自个儿心里也明白，凡事不露在明面，只在暗处帮衬着。

想到这里，谢而立道："父亲，我有一事不明。"

"说！"

"皇上这次任由汉王动季家，难不成又起了废立的心？还是说，太子最近又做了什么惹皇上不开心的事情？"

这话胆大至极，若被旁人听去，便是一个"死"字，但这也是谢道之百思不得其解的事。他摸着汗湿的手心，良久感叹了一句："老大，君心难测啊！"

……………

就在谢道之感叹君心难测时，他家老三也同时感叹了一句——女人心，海底针。

不过是一夜没见，那张原本就没什么温度的脸这会儿冷若冰霜。

"那个……"谢三爷赔着小心，像煞有其事地开始解释，"明亭心情不大好，我陪他到外头消遣消遣，也没干什么，就是游游船，听听曲，赌赌牌——"

"你不必跟我解释这些。"晏三合声音更冷，"我要见一见宁氏的女儿，老太太反对做妾的那位。"

"这事简单，我来安排。"

谢三爷还想再说几句，晏三合已经不耐烦了："汤圆，送客。"

这就送客了，那谢三爷就想赖着不走了。

三爷的脸皮压根儿就不知道"薄"字是怎么写的。他给门外的朱青递个眼色，将自己衣袍一撩，往圆桌旁一坐："汤圆，今儿早饭我也在静思居用，你叫人多送些吃的来。"

汤圆看看晏三合，没敢动。

三爷怒了："怎么着，差使不动你？"

汤圆："是！"

晏三合面无表情地看着主仆二人演戏。汤圆这丫头的演技到底稚嫩了些，有些生涩，至于姓谢的……给他搭个戏台，说不定能唱一天。

谢三爷并不知道自己的底裤都被别人穿了，很是一本正经道："今儿那个陈妈怕是有消息来。"

这么快？晏三合微微一怔。

"晏姑娘叮嘱的事，不敢不快！"谢三爷双手抱臂，皮笑肉不笑道，"这两日我不往衙门去，和明亭一道，专门陪着你把季老太太的事情了结了。"

晏三合摸了摸耳朵，以为自己的听力出了问题："你说什么？"

"我和明亭陪着你，把季老太太的事情了结了。"

晏三合的目光从谢三爷脸上扫过，这人虽然脸色像隔夜饭，但眼神明亮，不像开玩笑的样子："季家的事情，你们不用管了？"

听听，听听，这话又是在试探。谢知非打着十二万分的小心，故意一耸肩，道："我们小老百姓，哪管得了抄家这种天都要塌下来的大事。"

装吧你就。晏三合心中冷笑一声，看向谢知非的眼神很有几分微妙。

谢知非大大方方，任由她打量。

一个人涵养好的好处就在于，就算心里清楚是那么回事，也不会多问一句，大家就在闷葫芦里面摇啊摇。

边上，李不言看完这幕，不由得生出了疑问：一只公狐狸和一只母狐狸斗法，谁胜？

就在这时，汤圆拎着食盒进来，她身后还有刚刚去而复返的朱青。

谢知非见朱青回来，脸色一变："是不是那个陈妈有消息了？"

"爷猜准了，人已经在来京城的路上，怕是要后天才能到。"

"后天？"

"我们迎上去。"晏三合当机立断，"这样节约时间。"

"这次坐马车，天塌下来都不准骑马。"谢知非手指着她还没掉痂的额头，"不要跟我讨价还价，没得商量。"

还没得商量？晏三合眼皮腾地跳了一下，脸便沉了下来，他以为他是谁？

"晏三合！"谢知非一脸的情真意切，"不要仗着年轻，就不把身体当回事，你不心疼自个儿，我家老祖宗还心疼呢。你说你要是出点事，我家老祖宗怎么活？！"他嘴上说着老祖宗怎么活，脸上的表情却是"三爷我也活不下去，三爷我也十分心疼"。

"……"晏三合手指用力抠着桌角。她抠一次，不够，再抠！

李不言看着晏三合吃瘪的样子，心里乐了：这一回合，公狐狸胜，胜在皮厚。

"小姐，就坐马车吧。"李不言赶紧把"梯子"递过去，好让吃瘪的晏三合能顺着下来。

"吃饭，半个时辰后出发。"晏三合瞪谢知非一眼，算是应承下来。

谢三爷难得占一次上风，心里也乐："朱青，你速去准备，顺便通知裴大人，让他赶紧的，别总磨磨蹭蹭，耽误时间。"

"是！"

朱青转身就走，到院门口的时候，脚步一顿。

院门外的人也随之一愣。

"二爷。"

谢不惑皱皱眉头："三爷在？"

朱青："在和晏姑娘一道用早饭。"

谢不惑脸色微微一变，冲朱青一点头，走进院子。

汤圆早就听到院外的动静，急步迎出来："二爷来了。"

谢不惑把手里的瓷瓶递过去:"晏姑娘的伤口快掉痂了,等痂掉了,让她擦这个去疤膏,早晚净面后各一次,连擦一个月就好。"

"多谢二爷。"

"我先走了!"

"二爷喝盏茶再走吧。"

"不必了。"谢不惑目光向堂屋投去淡淡一瞥,便转身离开。

"二爷留步。"

清冷的声音自背后响起,谢不惑身形一顿,转过身,眸里含着一抹柔色:"姑娘的伤可好些了?"

"嗯。"晏三合点点头。

"那去疤膏是宫里的配方,姑娘试试看。"

"多谢。"

"姑娘脸色不大好,多休息。"

"好!"

"那……告辞!"

"不送!"

谢不惑微微一笑,沐着朝阳离开。

晏三合等他走远,方才转身。倏地,她撞进一双似笑非笑的黑眸中,黑眸的主人倚着门,抱着臂,笑得贱兮兮的模样。

晏三合面无表情地从他身边经过,坐回原位,拿起筷子低头吃饭。

谢知非从汤圆手里拿过瓷瓶,左看看,右看看:"晏三合,最好的去疤膏不是宫里的。"

晏三合头也没抬,倒是李不言好奇地问了一句:"那是哪里的?"

谢知非不知为何,觉得李不言插这一句嘴插得让人心烦意乱:你脑袋又没磕着,多什么话?!

他咳嗽一声,才道:"百药堂的去疤膏最有效,回头我让裴笑——"

"留不留疤,都无所谓。"晏三合开口,"不必费那个事。"

谢知非把瓷瓶往汤圆怀里一扔,坐到桌前,拿起筷子:"晏三合,举手之劳而已,费什么事?"

晏三合:"……"能不能好好吃饭,不说话?!

"三爷,"李不言盯着谢三爷看了半响,忽然莞尔一笑,"前头也不见你送我家小姐去疤膏,怎么二爷一送,你也要送了呢?"

谢三爷:"……"

李不言:"你们兄弟俩是在别苗头吗?"

喀喀喀……谢知非猛地咳嗽起来,咳得脸都红了,食欲都没了,一扔筷子,道:"这粥没味道,哪个厨娘烧的,扣月银。"

·220·

李不言嘿嘿乐："白粥啊，要什么味道？"

谢知非一听就知道这人是故意的："姑娘这就不懂了吧，白粥也是有味的，比如说啊……"

李不言哪有心思听他胡扯啊，桌下的脚碰碰晏三合的脚。

晏三合抬头看她。

李不言眨了下眼睛：瞧见没有？谢府的二爷和三爷不和呢！

晏三合：瞧见了。

李不言：应该是嫡庶矛盾。

晏三合：和我们无关。

的确和我们无关，李不言笑眯眯地移开视线，喝了一口碗里的稀饭，但我确认过眼神——和你有关！

…………

离静思居越远，谢不惑的脚步越慢，最后在游廊尽头停下。

心腹乌行悄无声息地走上前。

谢不惑见是他，眉头才终于皱了起来。

乌行很清楚主子心里在烦什么：那位神秘的晏姑娘从哪里来？为什么谢家千方百计要把她留下来？为什么她能像男人一样往外跑……

很多事情都打听不到，老太太、老爷他们将事情瞒了个滴水不漏。若都瞒着也就罢了，但大爷和三爷显然是知情的，独独瞒着二爷。

"爷，昨儿晏姑娘由裴爷带着去了季家，在季家待了大半天的时间才回来。"乌行，"三爷一夜未归，和裴爷去了永定河，一回府就被谢总管拉来了静思居。"

谢不惑："季家的事情怎么样了？"

乌行："抄出了不少金银珠宝，现在人都被关进了北司，听说由陆大人亲审。"

谢不惑皱眉不语。

乌行又道："爷，咱们还盯着吗？"

盯？谢不惑只觉得这个字分外刺耳："你以为我愿意盯着吗？这偌大的府邸，有谁把我当成谢府真正的二爷？他们都把我当成乱臣贼子来防了。"

乌行一个字都不敢多说。

爷这委屈也不是一天两天了。远的不说，只说近的。

府里三个爷，大爷走科举走仕途；三爷文不文武不武，老爷却帮他谋了个五城兵马司的差事。二爷呢？

二爷从小读书就好，好得连先生都夸他有出息。偏偏老爷怕他抢了大爷的风头，不允许他走科举这条路，只将谢府外头的铺子、田庄、买卖一股脑儿地扔给他。

士农工商，商为末等。二爷心里的委屈大了去了。

"真要是乱臣贼子便好了。"谢不惑心里的不甘尽数化作怒意，"一狠心、一咬牙，什么都能放下，什么都能做出来。"

·221·

"二爷！"乌行一听这话，吓得脸色都绿了，忙低声喝住。

"你说……"谢不惑垂在身侧的手慢慢攥紧成拳头，"人的心脏为什么只长在左边？"

"这……"

"因为天生就是偏的。"谢不惑唇边浮上一抹冷笑，"既然天生就是偏的，那我还能指望什么呢？"

"二爷！"

"我没事，说几句牢骚话罢了。"谢不惑惨然一笑，"除了你，这话我还能说给谁听！"

"二爷啊！"乌行急得眼泪都要落下来了。

…………

晏三合说半个时辰，那就真是半个时辰，天王老子迟了都不等。她掀开车帘，冷冷地吩咐道："出发！"

朱青双手勒着缰绳，心有余悸地看着自家三爷：怎么办？裴爷还没有赶来。

谢知非一咬牙："出发。"

马车在小巷子里驶不快，晏三合一看这速度，心里便后悔答应了谢纨绔坐马车。

驶出小巷子，车速上来，很快就到了北城门。这时他们身后传来急促的马蹄声，不用想也知道是裴笑那家伙带着心腹追来了。

"对不住，半路拿了药，还买了些吃的。"许是要出城了，裴笑一脸兴奋，"晏三合，隆兴记的烤鸭我还买了两只，回头你尝一口，香不死你！"

他这是赶路呢，还是游山玩水去？晏三合朝李不言看一眼，李不言忙掀帘，道："朱大侠，鞭子抽起来，马跑起来，你要是不行，就换我来。"

我不行？朱青一抽缰绳，马车便如离弦之箭一样冲出去。

"还有你裴大人……"李不言的声音随着扬起的灰尘飘过来，"出门在外干粮是首选，你带两只烤鸭……嘿嘿嘿！"

马背上，裴笑喉结滑动："谢五十，她嘿嘿嘿什么？"

"不知道！"谢知非双腿用力一夹，马鞭一抽，"赶紧的，别让人家姑娘看笑话。"

笑话我？裴笑气得翻白眼，一会儿裴爷让你们看看什么是真正的人马合一。

"驾——"

人马合一是不存在的，人仰马翻倒是真的。四个时辰后，僧录寺堂堂六品官员裴大人像只死狗一样趴在草地上。

杀千刀的谢五十，就不能提醒一句，快马奔驰千里是会把人的屁股磨破的。可真疼啊！

黄芪颠颠地跑过来："爷，吃饭了，我扶你起来。"

"滚开！"

"让谢五十过来，爷有话和他说。"

黄芪又颠颠地跑过去，叫来了三爷。

谢三爷往他面前一蹲，看着那张痛苦不堪的脸，是又好气又觉得好笑。

"你还笑？你怎么有脸笑得出来？"

谢三爷看了看小溪边围着的几人，压着声道："我扶你起来，一会儿你坐马车，我让李不言骑马。"

"不行！"

"为什么不行？"

"你让我的脸往哪儿搁？"

"脸和屁股保一个，你就说吧，保哪一个？"

裴笑嘴角抽抽半天："我保屁股。"

谢三爷笑笑，没说话，弯腰把他扶起来。

溪边这会儿已经生起两堆火，一堆烧水，一堆烤干粮。黄芪手里烤的是烤鸭，烤鸭遇火滋滋往外冒油，香气直往鼻子里钻。

裴笑没法坐，就倚着树干站着，目光掠过晏三合她们主仆手里的干馒头，心说：这是人吃的吗？

一只烤鸭烤好，黄芪抬头看看自家主子，主子目光朝晏三合瞟了瞟，黄芪忙把烤鸭递过去："两位姑娘先用。"

晏三合的回答不留情面："不必。"

嫌弃我的烤鸭？裴笑怒了："拿来，我吃。"

黄芪掰了一条鸭腿递过去。裴笑咬一口，满嘴流油："真香，谢五十，你来一条腿。"

谢知非看了晏三合一眼："你吃吧。"

"嘿，敢情我这烤鸭有毒还是怎的？"

"裴大人，"李不言说道，"出门在外，还是当心一些好，你刚刚喝了半壶冷水，这会儿又吃这么油腻的，当心拉肚子。"

"裴大人的胃是铁胃！"裴笑冷笑一声，用膝盖碰碰谢知非，故意提醒道，"谢五十，我们还有几个时辰能碰到陈妈他们？"

"最少还得再跑四个时辰。"谢知非咳嗽一声，冲李不言笑道，"李姑娘，一会儿劳烦你骑马，让明亭坐车吧。"

李不言很痛快："我没意见，就看我家小姐乐意不乐意。"

所有人的视线都集中在晏三合身上。

未婚男女同坐一车，说出去怎么都不合适。晏三合神色淡淡地看了裴笑一眼："你定亲了没有？"

裴笑不知道她是什么用意，诚实地摇了摇头。

"行！"

什么意思？难不成我定亲了，她就不乐意和我同乘一车？未婚男子岂不比已婚男子让人觉得瓜田李下？裴笑默默地拿起一条鸭腿，转身往远处走。神婆啊！不懂啊！我还是离她们远一些好！

这时，谢知非走到晏三合身边，咳嗽一声。

干什么？晏三合乜斜着眼睛看他。

谢知非从怀里掏出一个瓷瓶，塞到晏三合手上："用这个。"

"什么东西？"

"去疤膏，百药堂的。"

"我用不着。"晏三合递还给他。

被拒的谢三爷面不改色心不跳，一双桃花眼笑得坏兮兮："晏三合，不带你这样的。"

哪样的？

"做人不能厚此薄彼啊！"谢知非笑得露出一口白牙，很淡定地把瓷瓶又塞到她手里，"得一碗水端平。"

晏三合："……"

"小姐，三爷的意思是让你雨露均沾。"李不言插话。

谢知非脸色一变，歪着头冲李不言冷笑。

李不言很无辜地一耸肩：我没说错啊！

谢知非收回视线，低头看着晏三合，态度十分真诚："没别的意思，就是想让你的额头不留疤痕，你好歹试试，觉得没啥用再扔也不迟。"

这话说得要多委屈有多委屈，再配着三爷唇边的两个酒窝……晏三合觉得自己要是再把那瓷瓶扔回去，她就是个不知好歹的恶人。

"多谢！"她生冷地回了一句。

"和我客气什么？！"谢知非冲李不言挑了挑眉，笑眯眯地走了。

李不言看着这人得意扬扬的背影，也笑了。

得，这一回又是谢狐狸胜出，还是胜在那张脸上。这脸长得太俊了，容易让人心软。

第十七章 废物

休整完，所有人活动活动筋骨，继续赶路，还有四个时辰的路程，得一鼓作气。

晏三合站在马车前，冲裴笑一点头："你先上。"

裴笑纳闷："为什么我先上？"

晏三合："关爱老弱病残。"

"……"裴笑咬牙。算了，好男不跟恶女斗。

他扶着黄芪的手刚要往上爬，突然肚子咕噜咕噜两声，所有动作都停住了，脸上露出痛苦的表情。

"裴大人，铁胃呢？！"晏三合冷冷一笑，转身走到朱青跟前，从他手里抽走缰绳，身子轻轻一翻，人已经骑在马上，"谢三爷，我和不言先走！"言外之意，我没工夫和你们这帮人磨蹭，一会儿屁股疼，一会儿拉肚子，玩呢！

两匹马飞驰而去，谢知非的脸色前所未有地难看："裴明亭，你有点数没有？"

"别骂，别骂。"裴笑捂着肚子一拐一拐地走进草丛里，"很快，很快！"

"也不知道我们这是在帮谁办事！"

"老子错了还不行吗……哎哟……疼……你还骂，还不赶紧帮忙把药拿来。"

"朱青，给他拿药去。"谢知非愤怒的脸上又透着几分一言难尽。

这一幕让他想到了日夜不停直奔云南府的那一趟，那次拉垮的是他，吃吃喝喝的也是他。他原来还闹不明白，为什么晏三合从不与他们同桌，宁肯缩在角落里一个人啃着冷馒头，现在……

谢知非的心没来由地怦怦跳了两下。

真的没来由吗？谢知非很想沉下心来认真地思考一下这个问题，奈何一旁的草丛里又传来裴大人"哎哟哎哟"的惨叫声。

"这王八蛋！"他怒吼道，"黄氏，给你家爷多喂两颗药。朱青，把剩下的烤鸭扔了，通通扔！"

"谢五十，你个败家子……"

"扔吧，扔吧……"

"菩萨啊，爷在晏神婆面前丢的脸还找得回来吗……"

…………

四个时辰不带喘息地疾驰，再下马时，晏三合腿软了一下。

李不言正要去扶，一只大手抢在她前面。

谢知非动作很轻，手指尖带着颤："是不是腿麻了？"

"有一点！"晏三合察觉到手臂上男人掌心的热度，脸色有些不自然。

谢知非笑了一下："你动动脚，能站稳了我就放开。"

"可以了。"

谢知非放开手，顺势一指前面的小客栈："陈妈就等在里面。"

此刻已近子时三刻，小客栈里还点着灯，门口一左一右两个侍卫，瞧打扮像五城兵马司的人。

纨绔归纨绔，但办事相当稳妥，晏三合心里做了句总结："你们先进去，我活动活动手脚再来。不言。"

"来了！"李不言把缰绳扔给朱青，三跳两跳就跳到晏三合身边。

两人慢腾腾地在小客栈附近踱着步。

"谢五十，"裴笑从马车上爬下来，看着远处两道身影，眉头皱起，"人不是已经等在客栈了吗，怎么她们俩不进去啊，这不是……嗯！"

裴笑嘴巴被捂住了，眼睛表示强烈抗议。

"祖宗啊！"谢知非压着声道，"她在想事情，别去打扰。"

·225·

裴笑挤挤眼睛：你怎么知道？

谢知非：猜的。

裴笑：好了，谢神棍，麻烦把你的脏手拿开。

谢知非警告地看他一眼，拿开手，正色道："你和陈妈熟，先去交代几句。"

裴笑挺胸："这事简单，我来办。"

谢知非呵呵两声："这一趟，你也就这点用处了！"

裴笑脚下一个踉跄。

…………

晏三合并没有想事情，身体颠簸的同时，脑子也在颠簸，里面是乱的，她必须慢慢冷静下来。

五圈走下来，晏三合走进小客栈。

客栈里灯火通明，没有一张脸是陌生的，显然已经清了场。

四方桌上摆着几杯热茶，陈妈一脸呆滞地坐在椅子上，神色很是茫然。

谢知非和裴笑，一个坐在方桌前，一个屁股朝天趴在躺椅上，两人的眼睛都盯着刚进来的晏三合。

晏三合咳嗽一声："我先洗把脸，哪里有冷水？"

"晏姑娘，水已经备好了。"朱青接着又补了一句，"三爷让准备的。"

晏三合看谢知非一眼，走到脸盆前，往自己脸上泼了几下水，没擦干，就往四方桌前一坐。

水珠顺着她苍白的脸往下滴。谢知非喉结滑动，装作若无其事地移开眼："需要纸笔吗？"

"不用！"晏三合没急着开口，一边喝口热茶润润嗓子，一边仔细打量眼前的陈妈。

陈妈六十岁左右的年纪，头发梳得一丝不乱，脸上都是皱纹，可能是因为掉了牙，嘴巴有点瘪进去。她脸上神色虽然茫然，但并不拘谨，坐也很有坐相。

陈妈活了一把年纪，还是第一次看到有年轻的姑娘敢这么肆无忌惮地打量她，心里不免发怵："表少爷！"

"陈妈，你别怕。"裴表少爷奋力抬起上半身，"晏姑娘就是问一些关于老太太的事情，问完就让你回去。"

陈妈是看着裴笑从小长到大的，他这么一说，她多少安心了些。

一盅茶喝完，晏三合开了口："陈妈，老太太生前和你说起过一条黑狗吗？"

话落，别说陈妈吃惊，便是谢知非他们也暗暗吃惊。单刀直入啊！

是的，晏三合就是想单刀直入。陈妈陪在老太太身边多年，主仆二人朝夕相处，如果连她都没听过那条黑狗的事情，这事情就不好办了。

"你若一时想不出来，那就想想老太太有没有和你提起过，她为什么禁止季府养狗。"

说到这个，陈妈一拍大腿，显然记得很清楚："老太太说做狗可怜，替人看了一辈子门，结果不是被杀，就是进了人的肚子里，不如不养。"

屋里几人的眼睛都亮了起来，好像有戏啊！

谢知非甚至有种心脏被揪住的感觉，他看着晏三合，却见她的脸上什么都没有，还是那样平静和淡定。

就在所有人以为晏三合还要接着问下去时，她突然一偏脸："谢三爷。"

"啊？"谢知非惊了一跳。

晏三合："谢府养狗吗？"

谢知非："养。"

晏三合："杀狗吗？"

谢知非："杀！"

晏三合："吃狗肉吗？"

"这么说吧，京城十户人家，九户人家养狗，狗类甚多，其用有三。"谢知非知道晏三合不说无用的话，便尽量回答得详细一点，"田犬长喙善猎，王侯将相、达官贵人家养得比较多，打猎的时候，一般用狗开道；吠犬短喙善守，普通人家会养，用来看家护院；食犬体肥供馔，穷人家养了用来打牙祭。"

晏三合："所以，京中贵族从不食狗肉？"

谢知非："极少极少。"

晏三合："所以，季家杀狗吃狗的是下人？"

谢知非："下人、护院居多。"

一个人看不得别人杀狗吃狗，那就只有一个解释：她从前养过狗。而养狗这事只可能发生在老太太嫁到季家之前。

"陈妈！"晏三合冲她微微笑了一下，"你虽然不是老太太从娘家带来的，但你侍候她这么长时间，多多少少应该听她提起过一些从前的事，你能不能说给我听听？"

"老太太从前的事？"

"对。"晏三合轻声道，"不急，你慢慢想，想到什么说什么。"

陈妈两只手死死绞着，垂首不语。

"是不是老太太很少说起从前？"

陈妈脱口而出："姑娘怎么知道？"

晏三合："老太太娘家不显，她又是从妾扶正为妻，有些过往做妾的时候能提，做了当家太太再提就失了脸面。"

"姑娘料得半点不错。"陈妈终于叹道，"不是我老婆子不想说，真真是老太太很少提起从前的事。主子不提，我们做下人的，哪敢多嘴问。"

她这么一说，谢知非和裴笑眼里的亮光一下子暗沉。完了，看来从这个陈妈身上也问不出什么东西来。

晏三合也慢慢蹙起了眉，沉默片刻后话锋一转："陈妈，老太太最喜欢吃什么？"

·227·

说到这个，陈妈话便多了："老太太爱吃甜食，每年正月十五吃汤圆，都说馅儿不够甜。她年轻的时候最爱啃甘蔗，年纪大了啃不动，就命我们把甘蔗绞出水给她喝。"

晏三合又问："老太太脾气怎么样？心思重不重？"

"晏姑娘，人哪能没有脾气？旁人都说老太太脾气好，性子软，其实老太太的脾气都收着呢。"说至此，陈妈重重地叹了口气，"收着收着就收成了习惯，慢慢地也就没了脾气。至于心思……"她缓了语调，"老太太的心思是真的深，老婆子我侍候了她这么些年，都摸不透，看不清。"

这话便有些假了。一个人的心思再重，一日两日透不出来，一年两年透不出来，十年八年难道还透不出一点来？

晏三合声音微冷："她深在什么地方？"

这话问得陈妈一下子卡住了，两条眉毛打结在一起，半天都没分开。

"是不好说，还是说不上来？"

陈妈胸膛起伏几下，眼眶发涩，道："姑娘这话问得，叫老婆子我怎么答？"

"陈妈，"一旁的裴笑突然插话，"我就不信老太太的心思你一点都摸不着。"

陈妈脸色忽地一变。

"我们这么紧赶慢赶，连夜过来找你，一定是有大事。"裴笑想着季府如今的惨状，"您老就别瞒着了，照实说吧！"

陈妈背过身抹了把泪："老太太的心思其实有两处，一处是前头的那位；一处就是大老爷和二老爷。"

原来是难以启齿！晏三合问道："前头那位是什么心思？大老爷、二老爷又是什么心思？"

"前头那位老太太常说自己比不过，至于大老爷、二老爷……"陈妈慢慢地摇了摇头，"老太太说她后悔了。"

"后悔了？"晏三合眼前一亮，"后悔什么了？"

"老太太只肯露个话头，我暗下寻思，两位老爷和老太太不亲，她多半是后悔把孩子记到了前头那位的名下。"

"陈妈，两位老爷和老太太不亲到什么程度？"

"倒也不是不亲，但总像隔了一层，母子之间客客气气，不像三爷、四爷，老太太还常常指着鼻子骂几句。"

"别人的孩子，她当然骂不得；不仅骂不得，还得敬着。"

"姑娘这话说得在理。"陈妈叹气，"我也常劝老太太要想得开，儿孙自有儿孙福。"

"老太太因为和大老爷、二老爷不亲，所以想不开？"晏三合一下子抓住了她话里的漏洞。

陈妈吓一跳，赶紧摇摇头。

晏三合目光一沉："那是因为什么想不开？"

陈妈被她问得一时失声，足足想了好一会儿："老太太年岁一大，不知道为什么就管得有些多，两位老爷从小养在嫡母跟前，岂是受她管的。"

"所以你才劝她儿孙自有儿孙福？"

"晏姑娘，年岁大的人为什么眼睛也花，耳朵也慢慢聋了？那是因为老天爷让他少管闲事。"陈妈苦笑，"少管闲事才不讨人嫌，你说是不是这个理儿？"

"是这个理儿。"晏三合话锋又一转，"所以宁氏女儿要给太子做妾，老太太出声反对，也属于多管闲事？"

陈妈没有料到她会突然提起这个，想了想，摇摇头，又点点头。

裴笑看得急死了："陈妈，你怎么又摇头又点头，几个意思？"

"表少爷啊，"陈妈低叹一声，"这事老太太和老婆子我说过，宁做平民妻，不做富家妾，做妾难啊！"

陈妈何尝不知道做妾难。旁人只看到老太太步步高升，只有她瞧得明白，老太太这一路走来受了多少委屈，遭了多少罪，流了多少泪。

别的都不说，太夫人临终前两个月屙屎屙不出，都是老太太用手一点一点帮着抠出来的。这腌臜事，亲生儿女都做不到。

"正因为老太太心里知道难，所以你看季府的姑娘，哪个不是堂堂正正用八抬大轿抬进夫家门的。"陈妈用帕子抹了把泪，"可那是太子府，老婆子我就劝了：老太太啊，太子府那可不叫妾，叫侧妃。将来太子登位，那就是宫里正经的娘娘，再生下一儿半女，这前程，这泼天的富贵，天底下有几个女人能摊上？再说了，五姑娘做了侧妃，季府与太子府可就真正地扯上关系，这不比拐弯抹角地巴结着张家要强吗？这对大老爷、二老爷的仕途也是个助力啊。"

最后一个字落下，连晏三合在内，所有人的眼睛都死死地盯着陈妈。此刻，他们终于明白，为什么老太太身边只有她一个贴心的？这老婆子看得透啊！

晏三合很轻地眯了一下眼睛："好处这么多，老太太为什么还是强烈反对？"

陈妈对上晏三合的视线："老太太说：顺风账谁都会算，娘娘生下一儿半女，儿万一入了太子的眼，那咱们季家岂不是更富更贵？"

这话把谢知非和裴笑都吓了一跳。

不等他们反应，只听陈妈又道："她说：季家祖坟没冒这个青烟，就算冒了，季家的人也没那个大富大贵的命，还是安安稳稳地过太平日子，别把五丫头往火坑里推了。"

晏三合问："她就半点都不在乎得罪张家吗？"

"晏姑娘，老婆子我也是这么问的，老太太说，张家没安什么好心，否则为什么不把自家的姑娘送进去？"陈妈，"老太太还说，大老爷、二老爷对张家还有用，一时半刻得罪不了，怕什么？！"

晏三合一听这话，下意识地抬头去看谢知非。谢知非回看她，脸上的表情一点一点开裂。

一个大字不识的内宅老太太，大门不出，二门不迈，却一针见血地说出了季、张两家的关系。这……

·229·

他不由得苦笑了一下，怎么现在的女子一个个的都比男人还聪明？这里头有什么玄机？

这里头太有玄机了，晏三合此刻心里也在想。

"谢三爷。"

"你说。"

"谢府的人会和老祖宗说一些朝廷大事吗？"

"不会！"谢知非果断道，"我父亲说：妇道人家，头发长，见识短，说多了反而会坏事。"

"京中的风气都如此？"

"不是京中风气如此，而是世情如此。"男主外，女主内，内外隔着一堵墙，很少会有夫妻逾越半步。

谢知非伸手碰了碰裴笑："季府应当也如此吧？"

"必须如此啊！"裴笑又补一句，"除非我舅舅他们的话被我外祖母听去，但也不可能啊，我大舅舅那人多谨慎啊！"

"表少爷啊，老太太聪明着呢，虽然不识字，但谁都没她记性好。"陈妈叹道，"老太太常说一句话，人啊，一定要多看，多听，少说话，话一多，不仅显得蠢，心事也都被人瞧去了。"

裴笑脸色有些发白，眼神茫然了好一会儿：大舅舅、三舅母、陈妈嘴里说的老太太是我认识的那个人吗？为什么我像个傻子一样，竟然什么都不知道？

晏三合此刻也是心思百转。

季陵川嘴里的老太太心怀算计；宁氏嘴里的老太太人前人后两张面孔；陈妈嘴里的老太太通透世故。三人角度不同，所说不同，但足以证明一件事：老太太绝对不是一个普通内宅的老太太。

这人要心机有心机，要手段有手段，要狠辣有狠辣，段位比谢府的老太太不知道高出多少倍。这样的人，她横看竖看、前看后看，都和渔家女扯不上关系啊。

"晏姑娘，还有什么要问的吗？"陈妈捂着嘴打了个哈欠，"年纪大了，觉就浅了，可也熬不得夜，比不得年轻的时候，能一宿一宿地守着。"

问什么呢？晏三合自己都不知道，该问的不该问的都问完了，所有人能说的不能说的，也都说尽了，可还是没有碰到关于老太太心念成魔的东西。

"陈妈，你再撑一撑。"晏三合不能放她走，"你再和我说一些别的关于老太太的事情。"

"要我老婆子说什么呢？"陈妈也糊涂。

晏三合随口问道："老太太为什么喜欢在心湖边坐着？"

陈妈："她说那边安静。"

晏三合："以前季府没有心湖，她喜欢去哪里溜达？"

"老太太哪里都不喜欢去，就喜欢在菜园子里转转。"陈妈不知道想到了什么，忽地笑了一下,"老太太有时候还嫌小红种的菜不好,喜欢亲自动手。"

"是吗?"

"是啊!尤其蹿嫩芽的时候,她恨不得一天往菜园子里跑三五趟,还左一遍右一遍地叮嘱小红,要看好了,别被人偷去。"陈妈笑道,"老婆子我在边上听了直乐。"

"可不得乐吗?"晏三合也跟着她笑,"谁敢偷老太太种的菜,胆子肥了吗?"

陈妈眼神忽地有些发愣。

她这一愣,晏三合下意识地觉得不太对:"陈妈,你是不是想到了什么?"

陈妈睁大眼睛,直勾勾地看着晏三合,看了片刻后,她突然一拍大腿:"姑娘,我想起来一件事。"

"快说。"

"有一回她半夜做梦,不知梦到了什么,连衣裳都没披,就往外头跑。"说到这里,陈妈突然心绪激荡起来,"我就睡在榻上,听到动静爬起来一看,吓得魂都没了,赶紧追出去。"

"老太太去了哪里?"

"料谁也想不到,老太太竟然跑去了菜园子。"陈妈又一拍大腿,"我当时也顾不得上下尊卑了,冲老太太大喊了两声,可她竟然像没听到,跟梦魇了似的。"

"然后呢?"

"然后我就慢慢地靠过去,想去扶她,她猛地回头,对着我说有人要偷她的菜,还说要是有小黑在就好了。"

小客栈里所有人的眼神都直了,连大气都不敢喘一声,生怕惊扰了陈妈的回忆。

晏三合心头一跳:"陈妈,小黑是谁?"

小黑是谁?陈妈想半天后,哭丧着脸道:"晏姑娘,我没敢问啊!"

"为什么没敢问?"

"老太太突然哭了。"

"怎么哭的?"

"号了两声,落了两滴泪下来,然后人一下子就清醒过来。"陈妈回忆道,"老太太回神后说她是梦魇住了,让我扶她回房。"

晏三合:"回房后呢?"

"我就服侍老太太睡了,第二天起来,老太太跟没事人一样,我也就没放在心上。晏姑娘……"陈妈问得小心翼翼,"那小黑,是不是就是姑娘提到的那条黑狗啊?"

晏三合沉默着。

谢知非再次有种心脏被揪住的感觉:"晏三合,对得上吗?"

晏三合拧着眉,还是一言不发。

裴笑忍着屁股上的剧痛,猛地站起来,目光如炬道:"姑奶奶,求求你倒是说话啊,想急死我吗?!"

晏三合抬头看了裴笑一眼,然后轻轻一点头:"黑狗,小黑,看家护院,我想……"

应该是对上了！"

如晏三合所料的那样，老太太心魔发生的时间要往前倒推五十年，在她十六岁进京之前。

五十年的心魔？晏三合简直不敢往下深想："朱青，你安排陈妈先去休息。"她屈指敲了敲桌面，"你们两个谁能做主，谁就跟我出去一下。"

谢知非和裴笑对视一眼。

谢知非：你做主，还是我做主？

裴笑：按理是我，但我怕对付不了晏三合。

谢知非想吼人：祖宗，你对付她干什么？

裴笑瞪他一眼：你懂什么？这叫……

喀喀喀……

两人抬头。

李不言抱着臂，下巴朝门外抬抬，晏三合的背影已经走进夜色中。

谢知非和裴笑头皮发麻，同时一点头：都做主！

…………

小客栈前不着村，后不着店，荒凉得像一座孤坟。

万籁俱寂中，有凉凉的夜风吹过，晏三合走到树下，站定，听到身后有人追来。她转过身冷冷地开口，没有一个字是废话："季老太太的娘家在广西，我和不言准备立刻出发赶过去。"

谢知非人还没站定，这话无异于一阵飓风掀过来，把他掀得思绪凌乱。

"你和李不言？"裴笑惊得声音都劈了，"去广西？"

谢知非把裴笑往后一拨，自己上前一步："晏三合，这可不是闹着玩的。"

晏三合目光一压："我像跟你闹着玩的吗？"

"……"谢知非深吸口气，"晏三合，从这里到广西，你知道有多远吗？就算快马加鞭，一来一回最少也得两三个月。"

晏三合："所以呢？"

谢知非被她问得一噎："所以得从长计议啊！"

裴笑一脸忧国忧民地插话："这一路我们吃什么，喝什么？还有我们只知道老太太的娘家在广西，广西那么大，各府各州各县，要怎么找？"

"我们？"晏三合冷笑。

"可不得是我们吗？"裴笑脸上的忧国忧民立刻换成了怜香惜玉，"难不成让你们两个弱女子孤身上路？"

"弱女子？"晏三合朝裴大人腰下看一眼，这人是在寒碜谁？

裴笑见她盯着自己腰下的部位看，脸都臊红了，赶紧把谢知非往前一推，挡挡臊。

几次交道打下来，谢知非太清楚晏三合是什么性子，语气立刻软下来："明亭的担心是对的，广西那边连着大齐国，那边草寇、暴徒层出不穷，兵部往年拨军款，除了西北、沿海这两处外，就数那边最多。"

"所以呢？"晏三合还是这几个字。

谢知非："所以，我们真的要从长计议。"

晏三合："如何从长计议？"

"先回京，干粮备足，银钱带够，我从五城兵马司调动百来人的兵马，带上五城兵马司的文书……"

"要不要跟谢老爷、老夫人，还有你大哥再道别一下？"晏三合冷冷一笑，"顺便再去什么百药堂配些药，或者买两只烤鸭？"

谢知非："……"

干吗总是哪壶不开提哪壶啊？裴笑无声地吐槽。

晏三合："我没有那么多的从长计议，也来不及从长计议。"

谢知非："晏三合，其实——"

晏三合："你是男人吗？"

谢知非再好的脾气，也隐隐有暴怒的趋势："这事和我是不是男人有什么关系？"

晏三合："是男人就不要唠叨个没完，一口唾沫一个坑，哪那么多废话？"

谢知非："……"

"留两匹马下来就行，别的不用你们管。"

晏三合抬步，胳膊上却多了只大手，再往上看，谢知非脸色前所未有地冷。

这是非要逼她说真话吗？她迟疑片刻，开口道："我之所以赶这么急，原因有三。"

谢知非："第一？"

"第一，孤魂野鬼不是那么好当的，地府不收，投胎不能。"晏三合冷冷地看着他，"那其实也是一个恃强凌弱的世界，老太太年岁那么大，她斗得过谁？"

谢知非在裴笑变脸之前又问："第二呢？"

"第二，李府上上下下数百口入了牢狱，谁能保他们一个个都平安无事？谁能保姑娘、丫鬟们不受丁点欺负？"晏三合冷笑，"谢三爷或许手眼通天，但总有眼睛看不见的地方，也总有手够不着的地方。"

谢三爷呼吸一滞，全身上下都跟着僵住了："第三呢？"

"我收了季陵川两千两，拿人钱财，替人消灾，这是化魔人的义；老太太让我看到她的心魔，是信任我，我得为她拼尽全力，这是化魔人的道。"晏三合低下头，低喃，"这些，你都不会懂的。"

"你不说，我自然不会懂。"谢知非居高临下地看着她，目光灼灼似火。这丫头明明心软心善，却非将一层冰冷挂在脸上，傻不傻？

"晏三合，下面你能不能听我把话说完？"

"你能不能先放手？"

这丫头矮他足足一个头，气焰却足足高他一个头。他轻轻一笑，松开了手："这样，我们兵分两路。"

"哪两路？"

"朱青和黄芪手脚功夫快，我让他们立刻赶回京城。"

"你和那个废物……"晏三合十分诧异，"要跟我们走？"

谢知非点头："必须跟着。"

晏三合："没有商量的余地？"

谢知非看着她，摇摇头："没有！"

晏三合看了眼废物，再看了眼谢知非不带丁点玩笑的神色，冷冷一笑："在客栈休整三个时辰，三个时辰后出发。"

裴笑瞪大了眼睛，指了指晏三合的背影，再指指自己，不太确定地问："谢五十，她说的废物是指——"

"你！"

"……"废物一脸的生无可恋，想去死。

谢知非推他一把："得了，别愣着了，三个时辰，我们要做的事情太多。"

裴笑还没从羞辱中还魂，嘟囔道："做什么，你们不是已经都安排好了吗？"

这回轮到谢三爷一脸的生无可恋。这祖宗怎么当废物还当上瘾了呢？！

…………

谢知非走回客栈，目光一扫，晏三合和李不言已经不见了："人呢？"

朱青道："两位姑娘在房里休息。"

"陈妈呢？"

"也已经睡下。"

谢知非暗暗吸了口气，告诫自己不要慌，事情一件一件安排下去，一定要稳妥，也必须稳妥。

"你们两个等陈妈睡醒，负责把她安全送回去。"

兵马司两个侍卫齐声道："是，三爷。"

"上楼找个房间休息去吧。"

"是！"

"朱青，黄芪，你们两个过来。"谢知非一撩袍，在四方桌前坐下，"都坐。"

朱青和黄芪不知道是什么事，相互看了一眼后坐下。

"事情紧急，我长话短说。"谢知非道，"你们两人辛苦一点，连夜往京城赶。"

朱青脸色大变："三爷，那你呢？"

三爷摆摆手，示意他先不要说话："黄芪回到京城后，先跟你家老爷说一声，就说明亭被我拉着出门办差事去了，让你家老爷帮明亭去衙门里请个长假，然后你去梅娘那里取三千两银子。"

黄芪问道："三爷，银票还是现银？"

"都要！"谢知非扭头看着朱青，"回去跟老爷、老太太说一声，还有我大哥。"

朱青："兵马司那头呢，请假吗？"

"请！"谢知非道,"你暗下在司里挑五六个身手好的兄弟……"

话还没说完,裴笑便姿势别扭地冲过来:"谢五十,五六个怎么够?你自己说要挑百来个的,你出尔反尔。"

谢知非被他搅和得火大,噌地站起,一把揪住他的前襟:"我倒是想找一百来个,可这事能声张吗?"

"啊?"

话像一把铁锤夯在裴笑的脑门上,对啊,这事不能声张,万一被汉王那头的人知道了,岂不是危险重重?裴笑眼珠子一转,计上心来:"谢五十,我有个主意,你想不想听?"

"祖宗啊,都这个时候了,有屁快放吧,算我求你了,成不?"

"僧录寺在大华有成千上万座寺庙,南直隶、北直隶我裴善世都亲自考察过,两广两湖因为山高路远,一直拖着。"

"你是打算……"

"既然不能让人怀疑,那就戏做全套。"裴笑冷笑道,"全京城都知道你谢二爷是个短命鬼,你也甭找什么借口了,直接称病不出;我就说去两广巡查。"

"那兵马司的人一个也不带?"

"一个也不带。"裴笑朝黄芪一点头,"帮我跟左善世大人知会一声。"

黄芪犹豫道:"爷——"

"你个废物。"裴笑劈头就骂,"我裴大人去了,他就能不去,他谢我还来不及呢。"

"爷!"黄芪一脸委屈,"小的是想问,官印什么的都得带上吧?!"

我骂错了?裴笑绝不承认:"没这些东西,你家爷怎么在寺庙里混吃混喝,怎么找武僧保护安全?十足的蠢货!"

黄芪被骂得人都矮了三寸,撇撇嘴,委屈呢。

"谢五十,你就说这主意怎么样?"

谢五十想把这人往天上抛一抛,一把接住,然后再往天上抛一抛。

"这个主意极好。"谢知非松开手,一本正经地帮他揉揉衣服上的褶皱,赞赏道,"非常好。朱青,磨墨。"

"是!"

就夸我这一句?裴笑头昂半天,无奈地垂下,凑过去问:"给谁写呢?"

谢知非拿起笔,蘸了蘸墨水,落下两个字:怀仁。

"你有什么话要带给他吗?"他抬头问。

裴笑敛了笑:"话很多,你能让我说几句?"

"一句。"

"谢五十,你就是个浑蛋,一句,老子这会儿心里有一百句话想对他说。"

"你到底说不说?"

"两个字：保重！"

"你说保重，那我就写身体，省得你说我写信不押韵。"就在裴大人脸色一变，张嘴就要开骂的时候，谢知非踢了裴笑一脚，"收回前面那句话，这一趟你的用处最大，裴大人。"

裴笑对他翻一个白眼：这话在我面前说有什么用，说给晏神婆听啊，让她好好听听！

…………

房间里，晏三合躺在床上，身体已经疲倦到了极致，但脑子还在不停地运转。

李不言撑起半个身子看她："心不定？"

"你怎么知道？"

"你心不定的时候，身体便僵得跟死人一样。"李不言下床，从包袱里找出一方干净的帕子，塞到晏三合手里。

晏三合攥紧了，翻身抱住李不言的胳膊，轻声道："五十年的心魔，我从未解过，怕自己力不从心。"

"瞎说，我娘的心魔不就是你解的？"李不言轻轻拍拍她，"她那多少年了，她的心魔多离奇，说出来有几人能信？你不也帮她把棺材合上了？"

李不言的娘叫李由，是她解的第一个心魔，李由死前最后看到的是一片深邃的夜空。

这个心魔她花了整整一年的时间，才找到根源。原来，夜空的尽头还有另一个世界——

那个世界女人能和男人一样，走进学堂读书，读完书，还能出门赚钱；那个世界的男人只能有一个正妻，女人可以选择嫁人，也可以选择不嫁人，嫁了人还能选择离婚，离婚后还能再嫁……

李由到死都想回到那个世界去。

"三合，别怕。"李不言呢喃道，"你那么聪明，这世上就没有你解不开的心魔。"

"可我解不开自己身上的谜。"晏三合脸上难得茫然，"我是谁？我从哪里来？父母是什么人？为什么我没有从前的记忆？为什么我的体温比别人低？为什么我一点都不怕冷……"

"打住！"李不言轻笑道，"我说晏三合，软弱和你的性格不符，我娘说做和性格不符的事情容易变态。"

"变态是什么意思？"

"就是不正常，会发疯。"

"我只会把别人逼疯。"

"我的小姐，这就对了。"李不言帮她披了下被子，"睡吧，三个时辰后又得没日没夜赶路了。"

晏三合把怀里的胳膊抱紧了一点。

人间三月，暖风吹，燕归来，一树一树花开，她不觉得有什么好，可是在李不言身边……千好万好！

…………

三个时辰不到，天色已微微亮。

楼梯上有响动。趴在桌上打瞌睡的谢知非抬起头，一时心里乱糟糟。

楼梯上，晏三合她们主仆一前一后走下来，两人头发高高束起，都是一副男子打扮，身后各背着一个包袱。

晏三合额头上的血痂已经掉了，留下一道很浅的疤痕，颜色还有些粉嫩。因为刚刚睡醒，脸上带着从未有过的一点迷糊。

不得不承认，这丫头长得真好。谢知非掩饰地咳嗽一声："吃了早饭再出发。"

"好！"晏三合坐过去，把包袱放在椅子上，然后低头捂嘴打了个哈欠。她再抬头时，双眸里含着一点因为打哈欠而渗出的泪水，泪水将清冷遮住，只余柔软。

谢知非好一会儿才把气息调匀："那个……"

话起了个头，谢知非心中便对自己大怒：还没想好说什么就这个那个的，你是没见过漂亮女子，还是怎么的？

"你想说什么？"晏三合皱眉。

"是这样，朱青和黄芪早就出发了，陈妈也已经离开，我们四人一匹马、一辆车，谁来骑马，谁来驾车？"谢三爷装出一副为难的样子，"这个得好好商量。"

晏三合用眼神询问李不言。

李不言托着腮道："我不驾车，累得慌；裴大人屁股不好，不能骑马，那就我来骑马。"

听李不言这么说，谢知非没有太多意外："那好，我来驾车。"

晏三合："你会？"

谢知非瞪了晏三合一眼，没说话，那一眼的意思是：晏姑娘，你是看不起谁？

晏三合因为这一觉睡得好，不想对他摆脸色，只当没领会那一眼的意思。

就在这时，客栈掌柜拎着食盒走过来："客官，下了四碗阳春面，还有八个肉包、八个葱油饼，你们看看还要些什么？"

晏三合："你们厨房的干粮我都要了。"

"啊？"掌柜一愣，伸手指了指谢知非，"都被这位官爷买走了。"

这回轮到晏三合瞪谢知非一眼。

谢知非也故意没领会她眼里的意思，自顾自拿起筷子吃面。

晏三合愣了片刻，才后知后觉地想到一件事，当时，自己劫持谢而立离开谢家，挑了家客栈住下，又把客栈厨房里的干粮通通买走。他这是在学我呢，倒是长进了。

晏三合刚在心里夸一句，突然又想到自己那次在巷子里被他瓮中捉鳖的场景。吸气……呼气……

"咦，裴大人呢？"这时李不言突然问。

谢知非指指外头。

他手指还没放下来，却见裴笑得意扬扬地跨进门槛："谢五十，我在马车里又垫了两床被褥，这回总不该再颠着我的屁股了吧！"

再吸气……再呼气……晏三合狠狠地咬着一口面条：本来就垫了两床，现在又垫两床，我能一脚把这废物踢下车吗？

第十八章 路途

北司。

诏狱。

甬道阴森、逼仄，烛火跳跃，如同鬼火，扑鼻的血腥味、怨魂似的哀号声充斥着整个牢狱。

赵亦时背手站在门前，神色淡然。

门吱呀一声打开。老御史陆时从里面走出来，冲赵亦时行了个礼："殿下，季陵川死活不招。"

赵亦时冷冷道："那便用刑吧。"

陆时摇摇头："刑要用，但不是现在，在我手上没有屈打成招之事，更没有冤案。"

"陆大人！"赵亦时身子一躬，冲陆时浅浅行了一礼，吓得陆时脸色大变："殿下，万万使不得啊！"

"老大人，这一礼是为我父亲。"赵亦时神色悲戚，"父亲手掌户部多年，却不承想手下竟出鼠虫之辈，纵容是一重过，失察是另一重过。"

陆时叹气："太子脾性，天下人都知道，最是仁慈不过。"

"慈不掌兵，义不掌财，他这性子也难怪皇上……"赵亦时声音哽咽着将头转向别处。

"殿下，"陆时劝慰道，"掌兵不必慈，掌财不必义，但为君者，若有仁心慈义，实乃江山之福、社稷之福、百姓之福啊！"

赵亦时猛地回头，难以置信地看着他。

陆时："殿下还有什么交代？"

"老大人，我并无交代，秉公办案吧！"

"是！"陆时行完礼，刚要转身，突然想到一事，终是上前一步，低声道，"季大人有句话让我转告殿下。"

赵亦时："老大人请说。"

陆时："他说谢过殿下呵护深恩。"

"这话于私，该谢；于公……"赵亦时愣了片刻，苦笑道，"于公，我辜负了皇上的信任和栽培，暗藏私心。"

陆时不接话，躬身行礼后，再次推门走进去，开始了新一轮的审讯。

赵亦时一点点收起苦笑，直到脸上看不出一丝喜怒，才转身走出诏狱。

树荫下，贴身侍卫沈冲仰着头，见主子出来，忙迎上去。

赵亦时双目往边上一瞄。

沈冲心领神会，当即改了口道："殿下，车马已经备下。"

北司的长官们一听说皇太孙要离开，纷纷上前行礼，北司老大蔡四则亲自送到门口，扶赵亦时上车。

皇太孙仪驾比太子仪驾略逊一筹，却也是浩浩荡荡。

马车行到北司巷口时，沈冲把马交给了手下，身子轻轻一弯，便钻进了马车。

赵亦时陡然睁开眼睛："说吧，何事？"

"殿下，两件大事。"沈冲压着声道，"张家一个时辰前求见了太子妃。"

"母亲见了？"

"太子妃拒而不见，但张家人不死心，又在咱们府上等着。"

"倒是好钻营。"赵亦时冷笑一声，"说第二件事。"

沈冲从怀里掏出一封信："殿下，这是刚刚朱青送来的。"

赵亦时把信看完，嘴角才算勾起了一点笑意。

"爷，是好事？"

"算是！"赵亦时看了沈冲一眼，"北城兵马司的位子，惦记的人多不多？"

沈冲道："惦记那个位子的人和惦记谢府三爷的人一样多。"

赵亦时思忖片刻，道："三爷病了，怕是要两三个月才能痊愈，那位子你帮他看牢了，谁也甭惦记。"

"是。"

"明日上朝，找人参僧录寺左善世一本。"

"殿下，参他什么？"

"两广寺庙的和尚人数含糊不清。"赵亦时右手的大拇指和食指互捻着，捻了好几下，他轻声道，"参他亏空朝廷饷银。"

沈冲心头大骇："殿下！"

"不这么做，又如何能帮明亭掩饰？"赵亦时，"左善世，右善世，明亭做着也没什么差别，一样都是个闲差。"

"是！"

"对了，刑部左侍郎的独子叫什么来着？"

"回殿下，叫徐晟。"

"三爷在信里特意交代了，要你断他一条腿，做得干净利落些。"

·239·

沈冲:"……"

"他病了,明亭又不在京中,时机把握得恰到好处。"赵亦时低笑了一声,"这小子看着脸上笑眯眯,内里有仇必报记仇得很呢!"

…………

午后的翰林院,所有人吃饱了饭,都在自个儿房中小睡。

谢而立想着老三一夜未归,翻了两次身,又从榻上爬起来,刚要唤人,朱青便闪身进来:"大爷。"

"老三人呢?"

朱青上前附在谢而立耳边低语。

几句话一说,谢而立脸色大变。

朱青不等他说话,急道:"三爷和裴爷身边没人,银子也带得不多,我得立刻追上去。"

"等一下"三个字还在谢而立的喉咙里,朱青人已经到了院外。

"手脚真快!"他咕哝了一句,在太师椅上坐下来。

人已经在几百丈外,追是追不回来了,眼下就看怎么把事情给他掩过去。

装病?亏那个傻小子想得出来。谢府三爷一病,京城探病的有多少?不行,这事还得和父亲商量商量,请他老人家拿个主意,看看这病怎么装得滴水不漏。

至于晏三合……老太太那头也得找个理由搪塞过去,否则又是一场闹。

谢而立只觉得一个头两个大。

…………

此刻,比谢而立更头大的人是裴大人,四层被褥垫在马车里,身体上是舒服了,但精神上很遭罪。

瞧,晏神婆如刀刃一样的眼神又看来了!姑奶奶,你看什么看啊?我裴大人卖艺不卖身的。

"你看什么看?"晏三合也终于忍无可忍。

这人坐进马车,就开始这儿动动,那儿动动,没片刻是安生的。要是光动也就算了,他还瞄她,东瞄一眼,西瞄一眼。

"我们俩到底谁看谁?"裴大人"哎"了一声,"你不看我,怎么知道我在看你?我不看你,怎么知道你在看我?不能仗着你是个姑娘,就欺负人。"

我不想欺负你,我想打你。晏三合:"谢三爷,停车。"

谢知非一勒缰绳,马车稳稳地停下来。

"怎么了?"李不言翻身下马。

谢知非也跟着跳下马车:"出了什么事?"

"车里闷,我骑马透口气。"晏三合一个字都不多说。

"行,我和你换。"李不言把鞭子往晏三合手里一塞。

谢知非扭头看一眼马车:"他欺负你了?"

"谢五十，我哪敢呢？！"车帘一掀，露出裴大人十分诚恳的一张脸，"我的人品，你还信不过吗？"

你有人品？谢知非眼神透着警告："你给我老实点。"

晏三合翻身上马，鞭子一扬，一人一马疾驰而去。谢知非看着前面那道肆意的身影，嘴角轻轻勾起。

马车里换了人，谁看谁一目了然。

李不言盯着裴笑看了半响，突然咳嗽一声，然后手摸到怀里，抽出软剑，放在两人中间，那剑在颠簸中散发出一道锋利的寒光。

裴笑："……"

李不言笑得一脸人畜无害："裴大人，我这人能动手绝不废话，能挖眼绝不剁手。"

野蛮！粗俗！裴笑磨磨牙，翻身留了个后背给李不言，心说，老子连个眼风都懒得瞧你！

赶路到傍晚，天色突然暗沉下来。

谢知非看着天际的黑云，喊道："晏三合，怕是要下雨了，找个地方歇歇脚。"

马上的晏三合扭过头："成！"

"小姐，你上车，我去前面探探路。"李不言从车里探出半个脑袋，"最好能找个驿站，找不到驿站，找个村子也行。"

"好！"

这一声"好"刚刚说完，黄豆大的雨点便噼里啪啦地砸下来，砸得所有人都有些措手不及。

谢知非一边稳住马车，一边直起身四下看看。四下一片荒芜，连棵遮挡的树都没有。

"晏三合。"他大喊。

晏三合听到他喊，收了缰绳，等他把车赶上来。

快并肩的时候，谢知非喊："前面的路不熟悉，雨又太大，不能往前走了。"

晏三合已经看到前面有个小土坡，风雨是从西北面砸过来的，往土坡的东南面一躲，马能少受些罪。她当机立断："你们先停下来，我去前面看看。"

"小姐，我去！"

"没时间换人了。"晏三合头也不回，"我很快就回来。"

"晏三合！"谢知非急得大叫，"前面什么都没有，我不允许你单独行动。"

这么大的雨，眼前一片白茫茫，什么都看不见，这鬼地方又这么荒凉，万一……

轰——

嘶——

"哎呀——"谢知非只觉得一颗心在这三声声响中和半边的车身一道往下沉。

晏三合听到身后的动静，扭头一看，眼睛都直了。马车翻了！

她赶紧掉转马头，飞奔过去。到了近前，她才发现左侧的车辘辘陷在沟渠里，一匹马跟着掉下去，发出阵阵哀号；另一匹马听到同伴的呼叫声，不安地踢着前蹄。

"怎么回事？"她问。

"不知道。"谢知非狼狈地跳下车，"晏三合，你帮我安抚一下马。裴明亭，李不言，你们两个有没有事？"

"还活着。"李不言手脚并用地从车里爬出来，顺势趴在地上看了看，顿时怒火中烧，"哪个有娘生没爹教的龟孙子，在这鸟不拉屎的地方挖了一条暗渠，真是缺了个大德。"

车里，裴笑爬到一半停下来，这人怎么和我一样，骂人是一绝？

谢知非蹲下来："怎么样，有没有受伤？"

李不言摇摇头，从地上爬起来。一转身，她看到裴笑爬得像只乌龟一样艰难，便伸手拽住他身后的衣裳，像拎小鸡一样，把他拎出马车："裴大人有没有受伤？"

我心灵受伤能说吗？你怎么这么会拎呢？裴大人身子晃了好几下才站稳："现在怎么办？"

谢知非抹了一把脸上的雨水："无论如何都要先把马车弄上去，晏三合，你说呢？"

晏三合拍着马背："没错。"

谢知非："明亭，我们两个下去。"

"谁都别动，我先看看。"李不言围着马车转了两圈，然后冲谢知非道，"把缰绳斩断，先把马弄上去。"

谢知非："你确定？"

李不言抽出身上的软剑，一剑砍下去："必须确定。"

马卸下了身上的重负，在沟渠里跳了几下，没跳出来。

"抬马！"李不言和谢知非眼神一对，一个抬前蹄，一个抬后蹄，终于把马抬了上去。

"小姐，你牵住马，别让它跑了。"李不言一口气没喘，跳下沟渠，又指挥道，"三爷在前，我在最后，裴大人在中间，我喊一二三后，大家一起使劲儿。"

风大雨大，裴大人还有心情问问颢："为什么我要在中间？"

"前车最重，这里除了谢三爷，谁也扶不起；车尾是关键，我会点手脚功夫；至于中间……"李不言也懒得说了，"自己想。"

裴笑气得想冲过去掐死她。

"行了。"谢知非身子往下一蹲，"都别废话，干活儿！"

裴笑忍气吞声地走到中间。

李不言喊："听我指挥，一二三。"

"起！"

"一二三。"

"起！"

"一二三。"

"起！"

吧嗒！车轱辘落地，所有人的心也跟着落了地。

雨势越发大，他们身上几乎都被淋湿了，谢知非碰了碰晏三合的肩："上车避雨。"

晏三合手里牵着两匹马："那马呢？"

谢知非一把抢过缰绳："你不用管，我来想办法，快上去。"

晏三合没和他客气，用衣袖抹了把脸上的雨水，第一个钻进去。

"等一下，等一下，脱了鞋子再上去。"裴笑急得大喊，"我的被褥……哎呀，你们这帮败家子！"

…………

片刻后，最后一个败家子谢三爷钻进车里，车里原本就狭小的空间一下子逼仄起来。

其他三人默默看一眼后，抱腿蜷缩起来。

晏三合下巴磕在膝盖上，耷拉着眼皮，问："马安顿好了？"

谢知非摇摇头，甩了三人一脸的雨水："没地方安顿，车上有两件蓑衣，将就挡一挡吧。"

扑哧！李不言轻轻笑了一声。

裴笑看着屁股下面湿透的被褥，心都在滴血："都这样了，你还笑得出来？"

李不言不理他，用胳膊碰碰晏三合："看，他们俩像不像两只被拔了毛的落汤鸡？"

晏三合下巴微抬，猝不及防地对上谢知非的眼睛，那双眼湿漉漉的，睫毛上都沾着雨水。

那人唇角一弯，也跟着笑起来："李不言，你眼神不好，我们三个在泥堆里滚过，算叫花鸡；你家小姐干净些，是只白斩鸡。"

裴笑眼睛扫一圈，直摇头："谢五十，你眼神也不好，明明是两只公鸡和两只母鸡。"

"裴大人眼神更不好。"李不言乐得嘴都合不拢，"明明两只是童子鸡，两只不是童子鸡。"

谢知非："谁是童子鸡？"

裴笑："谁不是童子鸡？"

扑哧！晏三合再也忍不住，轻轻笑了。

车外，暴雨如注，夜幕暗沉；车里，夜明珠搁在角落，散发着幽幽暗暗的光。

少女浑身湿透，脸色苍白，头发还在往下滴水，一双黑沉沉的眸子随着她的一笑明亮起来，如同枯井中照进一抹光，如同遍布浓雾的森林里刮过一阵清风，谢三爷看傻了。有无数的声音涌进他的耳朵，但他能听见的只有一句：她笑起来，可真好看呀。

·243·

一旁，裴笑无声地转过脸，神婆竟然也会笑？

马车里有一瞬间的安静。

这安静让晏三合突然意识到，自己从来没有在外人面前这样笑过，心里的别扭劲儿还没涌上来，另一个念头抢先冒出来：不对，官道上为什么会有暗渠？

她脑海中有什么闪过："这雨躲不下去了，我们得赶紧走，马上就走。"

马车里的气氛从安静一下子变成紧张，所有人的脸色都变了，除了裴笑。

裴笑一脸不解："晏三合，为什么要赶紧走？"

晏三合却像没听见一样，目光一抬，直逼谢知非："在官道上挖暗渠，一定是人为。"

谢知非反应堪称敏捷："能用得起马车的都不是小户人家。"

"荒郊野外，看来是有人想劫财。"李不言一边说，一边手摸上腰。

裴笑刚要说话，晏三合已接话道："这会儿雨大，他们也被困住了，雨一停，就会行动。"

谢知非："所以，我们要趁现在先逃一步。"

李不言挑挑眉："不想逃也行，反正我一个打十几个锦衣卫没问题，山上的毛贼嘛，那就更不用怕了。"

晏三合："敌情不明，我们不打，逃。"

谢知非："只怕前面还有暗渠，车不能要了。"

李不言："三匹马，四个人，怎么分配？"

晏三合："我和不言骑一匹。"

谢知非："明亭骑马不行，我和他骑那匹壮的。"

什么叫我不行？男人能说不行吗？

裴大人再次张口，却被李不言抢了先："我打头，有危险，我吹哨示警。"

晏三合："事不宜迟，立刻行动。"

"等一下！"谢知非道，"轻装前行，银票、干粮带着就行，其他的，一律弃了，撑两天，朱青他们就会追上我们。"

李不言："同意。"

晏三合："同意！"

谢知非一锤定音："行动。"

裴大人："……"啊啊啊啊，能不能让我说句话啊？

没人听到裴大人心里的呐喊，谢知非第一个跳下马车，冲过去，拔出剑，割断马身上的缰绳，将两件蓑衣扔给晏三合一件，李不言一件："你们两个穿上，挡挡雨。"

裴笑下意识地问："哎，我的呢？"

晏三合把手里的蓑衣往他怀里一扔："你穿，我不用。"

"裴明亭！"谢知非抬手抽了裴大人头皮一下。

裴大人惨叫一声："嗷，谢五十，你袭官！"

"闭嘴，想招来山匪吗？"谢五十头一回生出想把这位祖宗埋进土里的冲动。

裴大人又想挠头皮，又想捂嘴，手上还拿着一件蓑衣，忙不过来了。

"上马。"晏三合把包袱用力一系，"出发。"

李不言把蓑衣披上，冲晏三合一点头："跟着我。"

谢知非见两人动作迅速，也赶紧牵过马，一扭头，见裴笑抱着一件蓑衣还愣怔着，顿时怒吼道："祖宗，穿上啊！"

"我穿什么穿？给你这个短命鬼要的。"裴笑把蓑衣往谢知非怀里一塞，嘟囔道，"谁打小一淋雨就生病啊？还打我……是人吗？"

"……"不是人的谢三爷抹了一把脸，把蓑衣往身上一披，声音放柔，"回头上了马，你也钻到我的蓑衣里来。"

废话，裴大人，我就是这么想的，又下雨，又骑马的，这是想冻死谁？

两人上马，裴笑往蓑衣里一钻，突然问道："对了，李不言平常护主护得紧，怎么这会儿倒不谦让了呢？"

谢知非双腿一夹马腹，只在心里答了一句：不是不谦让，是那丫头根本不怕冷。

三匹马在暴雨的夜里狂奔。

除了前面那道纤细的影子，耳边的风雨都在谢知非感官中渐渐褪去声音。很奇怪的感觉，他觉得自己追那道影子似乎已经很久很久了。

也不知道狂奔了多久，最远处传来李不言的惊叫声："快看，前面有官驿。"

所有人抬眼去看，远处隐隐约约有一点灯光。

"菩萨啊！"裴笑激动得眼泪喷涌出来，"我的屁股有救了！"

这祖宗能惦记些别的吗？谢知非咧嘴苦笑。

…………

四人翻身下马，驿站的伙计听到动静赶紧跑出来。

裴笑从湿漉漉的身上拿出腰牌，往伙计眼前一亮："要四间上好的房间、热水、热饭，赶紧的。"

"还有，四套干净的衣裳、鞋袜。"晏三合补充，包袱里的衣裳都湿透了。

小伙计一眼就看出晏三合和李不言是女扮男装，为难道："怕是没有两位客官的尺寸。"

"废什么话！"谢三爷身上的那股狂傲劲儿又来了，"让你拿四套，你就拿四套。一会儿再生个火，我们自个儿把衣服烤干。"

裴笑一瞪眼："还不快去准备。"

"几位官爷里面请，小的这就去准备。"伙计一边跑一边喊。

李不言笑眯眯："三爷、裴爷的官威可以啊！"

"你懂什么？"裴笑将湿发一甩，"官驿的伙计最会看人下菜碟，你不对他厉害点，他都不会朝你多看一眼。"

李不言笑道："如果我把刀架在他脖子上，他岂不是对我终生难忘？"

"别动不动就刀刀刀，我们是官，不是匪。"裴笑一甩湿袖，先走进去。

"官匪一家没听过啊？！"李不言回了句嘴，刚要跟上去，后颈的衣服就被人拎了一下，她身子往后一仰的同时，晏三合已迈进了门槛。

李不言扭头见是谢三爷拎住了她，半点没恼，反而压低了声："三爷，不是我要抢先，身为丫鬟就得走在主子前面，挡刀呢。"

"这会儿轮不到你挡刀。"

"怎么，怕我家小姐在冷风里多站一会儿着凉？"

谢三爷短促地笑了一声，头也不回地扔下两个字："是啊！"

李不言看着这人的背影，不怒反笑。

在马车里她说"两只是童子鸡，两只不是童子鸡"的话，就是在试探谢三爷：当我李不言眼瞎吗？没事就偷瞄我家小姐，哼，就冲你三天两头勾栏听曲的劲儿，你就甭想追到我家小姐！

谢三爷压根儿不知道自己在李不言心里已经是个坍塌的形象。

"晏三合。"上到楼梯上的时候，他突然喊了一声。

晏三合顿足，回首看着他。

谢知非咬咬唇，硬着头皮道："你们身上还有多少银子？"

晏三合没隐瞒："出来一共带了八百两。"

谢知非四下看看，上前一步，道："我和明亭身上只有五十两。"

所以，刚刚耀武扬威的官老爷实际上兜里没几个钱？所以，以后吃饭、住宿的银子还得我来掏。不对！晏三合陡然睁大了眼睛。

谢知非见她眼睛睁大，长长地松了口气。

和聪明人说话就是省劲儿啊，这趟出来，朱青他们都以为见完陈妈会连夜赶回京城，身上就带了一百多两银子。而谢府三爷和裴家大爷出门，身上向来只带几两打赏的碎银子。官威是摆上了，明儿个结账，万一掏不出那么多银子，那不是会被人瞧笑话？

"退掉两间房，银子一会儿给你送去。"晏三合扔下这一句，便摇摇头离开。穷家富路，这帮官宦子弟也不知道脑子里是怎么想的。

怎么想的？还不是事赶事，被逼的！谢知非若无其事地摸摸下巴，半点没有愧疚。

…………

四间房变成两间，小伙计的脸色一下子难看起来，上菜的时候，脸也臭，手脚也重，就差鼻孔朝天了。

还不等两位官爷发作，李不言便抽出软剑对着柱子一掷。

剑身入了一半，伙计吓得腿发软，态度一百八十度大拐弯，殷勤得恨不得叫四位一声"爷爷"。

谢知非和裴笑互看一眼，达成共识——比狠，还得是那位姑奶奶！

晏三合却由此想到了一件事。去云南府那一趟路过的几个官驿，伙计个个都赔着笑脸，除了谢知非不大不小的官威外，只怕银子起到了关键的作用。

她咳嗽一声，把包着银子的小包袱往桌上一放："都在里面。"

谢知非微怔，他可没说都要啊！

桌下，裴笑踢踢他：还愣着干什么？先拿着！

谢知非接过包袱，放在身侧，深深地看了晏三合一眼，那一眼里有感谢。

晏三合并不在意谢三爷的感谢，谢家家大业大，这银子还怕不还她？

"叫半斤烧酒来，大家都喝一点，去去寒气。"她说。

谢知非这会儿才发现，李不言拔回那一剑后就蔫蔫地趴在桌上，脸色不大好看。

"伙计，上半斤烧酒。"转过身，他垂首问，"可是着凉了？"

李不言笑道："没事，喝几口热酒就好。"

桌下，裴笑又踢了踢谢知非：怎么功夫好的反而生了病？奇怪啊！

谢知非踢回去：在这两人身上无论发生什么奇怪的事情你都给我憋着。

酒上来，四人分一分，每人分半碗。

晏三合把自己的半碗倒给了李不言。

李不言一口气喝下后，又喝了碗热汤，便起身道："小姐，我先去睡了，焐焐汗。"

"被子盖严实，我吃完把衣服烘干就去。"

晏三合看着她上楼，等传来关门声后，才拿起筷子低头吃饭。

官驿的饭菜远没有小客栈的好，有几道菜都凉了，但出门在外，谁也不能多讲究。吃着吃着，晏三合察觉不对，有道视线一直落在她身上。

晏三合冷不丁抬头，谢知非来不及收回视线，两人目光对了个正着。

"谢三爷看着我做什么？"

"你吃饭一向这么慢吗？"

晏三合纳闷："有问题吗？"

谢三爷勾唇一笑："慢点好，易消化，不伤胃。"

那你看什么？晏三合觉得这人一上饭桌就有些说不出的奇怪，在春风楼是这样，在季家用午饭那回也是这样。

谢知非收回目光，却不甘心，又瞄了晏三合一眼。

桌下有人踢，他掀开眼皮，见裴笑眼睛一眨：你盯着人家姑娘吃饭做什么？

谢三爷：怎么哪儿哪儿都有你，吃你的饭！

裴笑：你刚刚又看她了。

谢三爷磨牙：你赶紧瞎吧！

气氛不对，晏三合再度抬起头，边上两人一个扒饭，一个吃菜，神色异常坦然、淡定。

都是世家调教出来的儿孙，虽然平常狂的狂，痞的痞，但饭桌上该有的规矩一样不少，两人再没发出丁点用饭的声音。

在一片安静中，晏三合终于吃到最后一口。她蹙了下眉，微微一噘嘴，然后深吸

·247·

口气，一闭眼，硬是把最后一口塞了进去。

将米粒嚼透，咽下，她放下筷子，道："你们慢慢吃，我——"

"晏三合！"谢知非突然叫住她，"你刚才吃最后一口的时候，为什么要深吸口气？为什么要闭眼？"

又在看她？她有些恼了："谢知非，你管着我吃饭做什么？"

谢知非被问得一噎，眼神闪烁了几下："不做什么，就是刚刚好看到，随口一问。"

晏三合最恨别人把她当成个稀罕物，问这问那。她站起来，冷冷道："谢三爷，我不去探你的深浅，你也别随口一问，给彼此留点脸面，对谁都好。"

说罢，她袖子一拂，转身离开，身上那套男子的衣裳明显偏大，套在她身上像僧袍，袖子一摆一摆的，显得有些滑稽。

谢知非收回视线，又与裴笑撞了个正着。

桌上少了两人，裴笑终于可以光明正大地说话："谢五十，你有点不对劲儿啊！"

"哪里不对劲儿？"

裴笑身子往前一凑："你实话跟我说，是不是对晏神婆她——"

"别瞎想！"谢知非向来含笑的脸陡然阴沉，"我对她没那个意思！"

"当真？"

"千真万确！"

"真的千真万确？"

谢知非把筷子一拍，剑眉竖起来："裴明亭，你——"

"好了，好了，算我多嘴。"裴笑举起双手算投降，"我去后头烘衣服，这身破衣裳要料子没料子，要做工没做工，还是穿自个儿衣裳舒服。你吃饱了没有，一起？"

"吃饱什么吃饱，酒还没喝完呢！"

谢知非把裴笑的剩酒倒进自己碗里，灌了一大口。酒顺着喉咙一直烧下去，烧到五脏六腑里，烧出一把烦躁的无法明说的干火。

他把碗重重一搁，径直走到屋檐下。

雨还在下，并没有停止的迹象，夹着冷风，身上有些瑟瑟，他清楚地知道自己在烦躁什么。

她看着那口饭要吃不吃的样子，像极了那个人。先是蹙眉，再是微微翘嘴，然后脸上露出一抹豁出去的神情，最后两眼一闭，筷子一扒。每一个步骤都一模一样，人却分明不是那个人，那个人早就……

他身后传来脚步声。

"裴明亭，你就不能让我——"谢知非猛然转身。

晏三合往后退了半步，僵着脸道："我来和你说一声，明天稍晚点出发。"

谢知非迅速敛了神色："你是怕李不言她——"

"是。"

"这种小事不用和我说，你决定就好。"他声音有些冷。

但晏三合的声音比他更冷:"在我看来,影响进程的事都不是小事,不打扰谢三爷沉思了。"

好了,更烦躁了,冷风都压不下去,谢知非胸口上下起伏。

…………

炉子在厨房。

晏三合搬了张长凳,把两人的衣服一件一件搭在上面。衣服容易干,鞋子却不容易,两双锦鞋她拿在手上,在炉子上方翻来覆去地烤。

"晏三合,"裴笑声音落下来的同时,人也蹲下来,手上拿着两双皂靴,"挪点位置给我。"

晏三合手往后一缩,裴笑的手就势伸出去。

相安无事!无事是无事了,但也无话。

裴大人最怕无话,多尴尬啊。他咳嗽一声:"那个……吃饭的事情,我替谢五十跟你赔个不是。"

晏三合连眼皮都没抬。

"他平常也不这样,平常小嘴跟抹了蜜似的,要多甜有多甜,我都说他是蜜蜂精投胎。"裴大人嘿嘿干笑两声,"这不是出门在外,脑子淋多了雨,不太正常吗?"

晏三合冷冷地抬眼。

"真的,我没说假话。"裴大人认真地一点头,"这人从小只要一淋雨,脑子就立马不正常,回回得病,还不是小病。"

"和我有关系吗?"

"嘿,你这人怎么这样?"裴大人不喜欢听了,"都说百年修得同船渡,我们几个一起躲过雨,一起逃过难,在一张桌上吃过饭,还在一个火上烤鞋子,这缘分怎么样也得修他个五百年吧。"

晏三合真不知道这人东一榔头,西一棒槌地想要说些什么:"所以呢?"

"所以,你要大人不记小人过啊!"裴笑一脸语重心长,"你别看这小子上天入地好像挺能的,但说到底也就是个短命鬼。"

"他得的是什么病?"

看吧,看吧,我把"短命鬼"一抛出来,这晏神婆果然起了好奇之心。裴笑忍住心里的得意:"胎里的病,治不好的。十一岁那年淋了点雨,差一口气人就没了,是硬生生被我给哭回来的。"

晏三合:"……"你还有这能耐?

裴笑看着她迷茫的小眼神。

"你猜他脑子不正常到什么程度,他连我都不认识,还让我滚蛋,我伤心啊!"裴笑一脸的痛苦,"但我能跟他计较吗?必须不能啊,我们两个穿开裆裤的时候就在一起玩了……"

空气里有什么不对劲儿,晏三合抬头,只见门框边上,那个曾经穿过开裆裤的男子抱臂懒懒地靠着，眼神却是杀人的眼神。

"哎，你不好好听我说故事，你看什么……"裴笑扭头，"嗷"的一声跳起来，破口大骂，"谢五十，三更半夜装什么神，弄什么鬼？我看你脑子又不正常了。"

谢五十："……"

裴笑把鞋子往他怀里一扔："好好跟人家姑娘道个歉，一个爷们儿跟个娘们儿一样爱管闲事，你说你像话吗？"

谢五十："……"

"撇什么嘴啊，我不打你都已经是看在过去穿开裆裤的分儿上了。"裴笑走到他身边，冲他一挤眼睛：兄弟，梯子都帮你搭好了，赶紧顺着爬下来。还有，那个是神婆，咱们得罪不起，得供起来！

谢五十：我怎么会有又想打死他又想叫他一声"祖宗"的复杂心情？

祖宗甩甩手就走了。剩下两个人，一个冷着脸蹲着，一个尴尬地站着。

谢知非蹲下去，坦荡荡道："刚刚是我不对，跟你道个歉，明亭说得对，我脑子不太好。"

晏三合垂着眼帘，不吭声。

谢知非咬咬唇，也不知道怎么往下说了。

"这就是你抹了蜜的嘴？"

"啊？"谢知非先一怔，随即脸色变了几变，正挖空心思想再哄几句时，只听晏三合声音冷冷道："那一口饭我习惯性剩下，这个习惯从小就养成了，改不了。"

谢知非若有所思地看着她，良久，都没有说话。

晏三合又有点被他看恼了："已经在改了，不劳三爷再操心。"

"以后不想吃就别吃。"谢知非眼神柔柔的，"咱不差那一口，也不逼自己。"

不知道为什么，晏三合听到这话心尖骤然酸涩，她想到了祖父。

也是在饭桌上，也是那一口饭，她眼眶含着泪，硬逼自己把那一口饭吃下去。怎么能不吃下去呢？家里的每一粒米都来之不易，祖父身上那件旧衣裳都快洗破了，都没钱换。

"孩子，"晏行揉揉她的脑袋，"人生在世，吃多少饭、享多少福、受多少罪都是有定数的，咱不逼自己。"

能不逼吗？这么风雨兼程，这么不畏生死，除了季老太太、季家的原因外，她还有一点自己的私心，她想早一点把这个心魔解开，然后知道更多一点过往。

手里突然一空，晏三合抬头。

谢知非晃晃手里的锦鞋，调笑道："嘴上还是不抹蜜的好，抹多了，这鞋子都要烧着了。"

关你屁事！晏三合一把夺回，冲他翻了个白眼，偏过头。

"晏三合，你还会翻白眼？"谢知非哈哈大笑，笑得放肆又无礼。

"不许笑。"

"凭什么？"

"……"

"凭你会化念解魔吗？"

"……"

"化念解魔也得让人笑啊！"

"……"

谢知非低头看着她，声音带着些讨好："晏三合，我们不闹脾气了，和好吧？！"

谁跟你闹过，是你谢三爷无理取闹好吧？！晏三合心里撑得热闹，嘴上却无言，只是轻轻地点了一下头。

她这一点头，谢三爷便不烦躁了，心里还有点喜滋滋的，不动声色道："你去看看李大侠，鞋子放那儿，我来烤。"

"不用，她睡着了，你银子收好没有？"

银子？谢知非脸色一变，把手里的鞋子一扔，夺路而跑。

长凳上哪还有什么小包袱？

"裴明亭！"他大喊一声。

裴大人衣服都脱了一半，开门探出半个脑袋："怎么了？"

"长凳上的那包东西你拿了吗？"

"没有啊，不是晏神婆给你的吗？"裴大人完全没意识到自己嘴瓢了，"怎么，不见了？"

的的确确不见了！谢知非怒极反而冷笑，五城兵马司头一个职责就是巡捕盗贼，竟然还有人偷到他头上？

"应该是店里哪个小伙计，或者是客人。"晏神婆的声音在他背后响起，"敢下手，就不可能还在驿站里，多半是趁着所有人不注意的时候跑路了。"

谢知非心咯噔往下沉，僵硬地扭过头："晏三合，现在怎么办？"

这话说出来，谢知非自己都觉得没脸。

"找到掌柜，用非常手段逼他确认少了谁，如果是伙计拿的，让掌柜赔；如果是其他客人拿的，自认倒霉。"晏三合抬头看了看那个从门里伸出来的脑袋，"神婆只能帮你们到这里了。"

说完，她抱着衣服、锦鞋噔噔地上楼，在谢三爷和裴大人目瞪口呆的表情中，轻轻掩上了门。主要是怕吵到李不言，否则这门，她非要摔得震天响。

门外，谢知非回神，理了理思路，道："明亭，把我的剑拿下来。"

"这就来。"裴笑赶紧穿衣服。

先礼后兵是不可能的了，他直接学李不言把刀架在伙计脖子上。

伙计颤颤巍巍地叫醒掌柜，两人一盘店里的人数，一个没少，再去清点客人……少了一个。

这就没法找驿站说理了，只怪你自己没把银子收好。

·251·

谢知非不管，一把揪住掌柜的衣襟："这里是官驿，你们吃的是官家的饭，住进来的就应该是官家的人，什么阿猫阿狗都放进来，我不找你要银子找谁？"

掌柜哀号："官爷啊，那人不是阿猫阿狗啊，人家也拿着官文的。"

"拿着官文的人会是贼？"

"这……"掌柜急了，"官爷，做人不能不讲理啊，你要是把银子收妥当了——"

啪！一支金簪子重重地搁在桌上。

"掌柜，最多两日，两日后我们会有人来接应，这支金簪足以抵两日的饭钱和房费，先押着。"晏三合神情冷漠地看了谢知非一眼，"别争了，回房睡觉。"

谢知非怔怔地看着她。

"不是什么大事，就当花钱买个教训。"晏三合与他对视，"天道有轮回，那人深更半夜跑出去，盗匪自会帮我们收拾他。"

谢知非沮丧地松了手，心里难过极了，原以为自己怎么样都比裴明亭强一些，结果……一样是个废物。

…………

深夜的房间，谁也没有睡意，谢知非和裴大人一人抱一床被子，默默地看着对方。一个骑马伤了屁股，没脸；一个弄丢银子，更没脸。

过了好久，裴大人说："谢五十，你有没有发现，其实晏神婆真的……挺好的？"

谢知非心道：这还用你说，我没长眼睛看吗？

"脸是冷了点，脾气是臭了点，"裴大人自顾自道，"但心地柔软、出手大方、做事认真，比那些养在深闺里的大姑娘小媳妇不知道强多少倍。"

谢知非不说话。

"咱们就说丢银子这事。"裴大人特认真地跟他分析，"一句埋怨的话都没对你说，还安慰你不是什么大事，听听，听听，这格局……小爷我都没有。"

谢知非眼底露出一丝不耐烦。

"再看看你啊。"裴大人伸手点点他，"平常大姑娘小媳妇都能哄得妥妥的，怎么到了晏神婆这里，就有些失常呢？"

谢知非别过脸："得了，别说了，睡觉吧！"

"你要好好反省你自己。"裴大人身子一倒，将被子一蒙，"做错事的人灭灯。"

谢知非一声不吭地灭了灯。黑暗中，他看着帐顶的眼睛慢慢湿润，泅红。

第九个年头了，他还能因为有人像她不吃那一口饭，而彻底乱了心神，弄丢了银子。

这辈子，我还能好吗？三爷在心里轻轻问自己。

第十九章 大齐

雨下了整整一夜,到天亮的时候将将止住,李不言焐了一夜的汗,第二天起来生龙活虎。

她一听谢三爷把银子弄丢了,第一个反应不是愤怒,而是和晏三合一样:"得,这下三爷花钱买教训了。"

晏三合裹着被子:"我不出去了,午饭让人送房里来。"

"好!"

李不言轻手轻脚洗漱好,掩门下楼,走到外头一看,已经有人比她更早地起来练功了。

"哟,三爷,早啊!"

"你身子好些了?"

"托你的福,又是女汉子一条。三爷昨儿睡得怎么样,有没有辗转难眠?"

明知故问是吧?

"托你的福,睡得很好,一觉到天亮。"谢知非一脸淡定,又道,"回头和你家小姐说,不用等两天,最多今天晚上,朱青他们一定赶到,到时候把银子还她。"

李不言笑笑,不说话。

"你笑什么?"谢知非觉得这人莫名其妙。

"能让我家小姐把那支金簪子拿出来的人,了不起。"

"……"谢知非还是没明白她是什么意思。

"那簪子是我送她的生辰礼物。"李不言一边走,一边道,"不到关键时候,她是不会拿出来用的。"

谢知非灵机一动:"你家小姐生辰是几月几日?"

"三爷,回头把簪子赎回来了,我再告诉你。"李不言挑眉一笑,开始活动手脚。

谢知非磨磨后槽牙:做丫鬟做到这么嚣张的份儿上,你李大侠才了不起!

谁都知道耽搁一整天是需要接下来日夜不停地赶路补回来的。

谢知非晨练完,去马厩喂了会儿马,然后回房继续睡觉,午饭也是让伙计送到房里。

吃完,两人又接着睡。裴笑感叹,这是老天爷见他屁股没养好,故意安排了昨天晚上那一出,好让他的屁股多休息休息。

落日时分,一阵急促的马蹄声由远及近,谢知非一听这声音,惊得从床上跳下来,猛地推开窗户。

果然,是朱青。朱青比预料中足足快了两三个时辰,翻身下马的时候,他和黄芪不约而同地跟跄了几下。

·253·

谢知非居高临下看得一清二楚，想了想，去敲晏三合的门。

门打开，李不言脑袋探出来："我家小姐说，索性让朱青他们休整一夜，明日寅时一刻出发。"

谢知非如今对晏三合能猜到他的心思半点也不稀奇："问一下你家小姐，晚饭在哪里吃？"

"房里。"

"请她下去吃，接下来怎么走、怎么安排，需要她来定夺。"

"我家小姐也说了，走官道，所有人都骑马，没有特殊，还请三爷帮裴大人再想办法弄匹马。"

谢知非："……"

李不言笑眯眯道："三爷，还有让我家小姐下去吃饭的理由吗？"

"有！"谢知非慢悠悠，一个字一个字往外迸，"那支簪子，还有八百两银子，我要亲手还给她，以示感谢。"

李不言笑得像一只小狐狸。

这个理由，可！

…………

"爷，太孙和大爷那头的信都已经送到。"朱青舔了舔干裂的唇，"梅娘从账上支了五千两，她说穷家富路，让爷多带点在身上。"

谢三爷没看银子，反问道："季家现在情况如何？"

朱青看了眼一旁的裴笑："我去的时候，太孙正在北司，听沈冲说季老爷死活没松口。"

裴笑急道："用刑了吗？"

朱青如实道："裴爷，对不住，时间太匆忙，我没顾得上问。"

"明亭，陆时审讯最不喜欢用刑。"谢知非拍拍裴笑的肩，"再说还有怀仁在，就算看在他的分儿上，陆时多少也会顾及些。"

"当真？"裴笑捏着茶盏的手一顿。

当真个屁，听不出这是安慰人的话吗？一日两日不用刑，十天半个月也不用吗？谢知非手上用了点力道："京城我们已经鞭长莫及，现在最要紧的就是广西那头，这一路我们都不能再出纰漏了。"

裴笑察觉到肩上的力道，将茶盏往桌上一放："朱青，黄芪，你们两个先休息。五十，帮我去驿站挑匹好马。"

"顺便把晏三合的金簪子赎回来。"谢知非想了想，又叮嘱道，"朱青，银钱好好收着，千万别被人顺去，吃饭的时候带八百两下来，我要还给晏三合。"

朱青一听这话头，再一听赎晏姑娘的簪子，不由得大惊："什么人敢顺走爷的银子？"

"一个贱人！"谢知非一提这事就火大，"等回了京，我得和怀仁提一嘴，吏部岁末考核不能光考核政绩，也得考核考核人品。"

黄芪脱口而出："三爷，那贼是个官？"

"估计是哪个犄角旮旯里的小吏。"谢知非不想再惦记了，"说不定像晏三合预料的那样，早就死在盗匪的刀下了。"

…………

官驿有马，一匹匹都养得膘肥体壮。以马易马的价格非常便宜，银子是男人的底气，谢知非索性把其他五匹也都换了。

检查好马蹄、马鞍，两人还没开口，掌柜已经屁颠颠地拿出了簪子。

他在这官驿干了二十几年，迎来送往，见过不少大小官员。面前这两位年轻的公子，一口京城的官话，十有八九是从京里来，而且瞧谈吐、气势，多半是高门出来的，得罪不起。

"晚上这一顿饭算小的给两位官爷送行，不收银子。"

谢知非一点都不客气："再交代厨房，帮我们备好两天的干粮，还有六件蓑衣。"

掌柜："官爷放心，一定备得妥妥的。"

两天？裴笑后臀肌肉一紧。

得！爷的屁股两天得不到安生了。

…………

晏三合她们主仆下楼时，谢知非和裴笑已端坐在桌前。他们身后，朱青、黄芪背手站着。

晏三合走过去："你们两个去坐。"

主子吃饭，哪有和下人同桌的？那李姑娘没规没矩，他朱青可不敢："姑娘先用饭，我们稍后——"

"那大家都别用了。"晏三合口气不善。

谢知非和裴笑一对眼。一个喊："朱青，坐！"一个喊："黄芪，坐！"

主子发话，两人不得不颤颤巍巍地坐了。

晏三合这才和李不言坐过去。晏三合咳嗽一声："喊你们同吃，一是节约时间，二是有话要说。"

朱青见爷懒洋洋地坐着，没有接话的意思，忙道："姑娘请说。"

"朱青，黄芪，你们两个骑最好的马，先一步赶到广西南宁府。"晏三合道，"到了南宁府，立刻打听季老夫人的娘家在何地，这样一来最节约时间。"

黄芪急了："晏姑娘，怎么打听？"

晏三合目光一斜，看向谢知非。

谢知非思忖片刻，道："季家官居户部侍郎，这般显贵，应该能打听到，真要是打听不到——"

"不会打听不到。"晏三合接话道，"一个渔家女嫁到京城，做了官家的奶奶、太太、老太太，此等荣耀之事，旁人不说，老太太的娘家人也忍不住。"

她这么一说，朱青豁然开朗："姑娘放心，定不辱使命，只是打听到以后，在哪里和姑娘会合？"

晏三合目光再一斜，看向裴大人。

这一眼，裴大人居然心领神会了："在南宁府最有名的寺庙会合。黄芪，你让那帮秃驴准备好菜好饭等着本大人视察。"

黄芪："是！"

晏三合手指在桌上叩叩："银子呢？给我！"

谢知非朝朱青递了个眼色。朱青忙抽出几张银票："晏姑娘，你清点一下。"

"通通拿来。"

朱青气虚："晏姑娘，这银子——"

"你和黄芪留一千两在身上，余下的都给我保管。"晏三合对着三爷眼神一凝，"放心，饿不死你家三爷。"

三爷心虚地摸摸鼻子，冲朱青眯了下眼睛。

朱青立刻从里面抽出几张银票，余下的都递给了晏三合。

裴笑暗戳戳地用膝盖碰碰谢知非的膝盖：兄弟，身无分文的男人很惨的，确定不造反一下吗？

谢知非掀掀眼皮：造反？簪子还在我手上呢！他从怀里掏出簪子，递给晏三合："检查一下有没有损坏？"

晏三合把簪子放在手上拨弄了几下，话锋一转："接下来这一路全程听我指挥，身上有这个疼那个疼的咬牙忍住，忍不住，就想想季家，想想牢狱。"

裴笑："……"这晏神婆收拾完谢五十，接着收拾我来了？

晏神婆把簪子往桌上一放，拿起了筷子："吃饭！"

谢知非拿起筷子的同时，主动用脚碰了碰裴大人的脚：明亭，要不你造反一下吧，这丫头气势太盛了！

裴大人嘴角抽了抽：我的七寸捏在她手里，怎么造反？

"二位对我家小姐有什么意见只管提，不需要用眼神来抗议。"李不言笑道。

"没意见！"两位爷同时咬出三个字，同时低下头吃东西，同时在心里骂了一句：就数你眼尖！

最后一顿饭菜味道很不错。

晏三合慢条斯理地吃到最后一口，大大方方地拨给了李不言，然后用茶水漱了口，等所有的筷子都停下后，她轻轻咳嗽一声："听说三爷在打听我的生辰？"

谢三爷正在喝茶，噗的一口喷出来："那个……也不是故意打听，就是和李姑娘话赶话地说到了，随口一问。"说完，他赶紧用膝盖碰了碰裴笑的膝盖。

裴笑忙打圆场道："万一你的生辰就在这两天，我们也好帮你庆生一下。"

晏三合不紧不慢地拿起茶壶，给自己续了点水："儿女出生日，母亲受难日，我从来不过生辰，谢三爷还有什么想知道的？"

我问，你就答吗？答的会是真话吗？连个生辰都瞒着的人……谢知非勾唇一笑："没有了，我们各自回房休息吧。"

这饭吃得他快噎死了！

…………

寅时一刻，六匹马驶出官驿，扬出阵阵尘土。其中两匹马的速度极快，几乎是一骑绝尘，渐渐地与身后四匹马拉开了距离。

太阳升起的时候，前面的两匹马早已跑得不见踪影。

而等太阳落下的时候，谢知非和裴笑两位官爷才吃到这一日的第二顿饭——一人两个干冷的馒头。

谢知非看着手里的馒头，心中万分感慨：三爷果然饿不死。

吃完，四人背靠背休整一个时辰，然后继续上路。

等两天的干粮全部吃完后，他们终于住进了官驿，沐浴更衣、吃饭、住宿、换马，再备足两天的干粮……如此周而往复。

半个月过去，谢知非和裴笑才后知后觉地发现两件事——头一件，晏三合总会在他们崩溃的临界点让他们休息；第二件，这一路李不言没让他们操半点心，无论是找官驿还是采买四人替换的衣服，都安排得妥妥当当，一点幺蛾子都没出。

当然，裴大人还有一个惊奇的发现——经过半个月的摩擦，他的屁股已经到了皮糙肉厚的地步，别说疼了，连痒都不会有，甚至还隐隐有不在马背上蹭两下就心里不舒坦的趋势。真是感天动地啊！

一个月后，四人顺利进入广西地界。

一入广西地界，天气陡然转热，如同京城六七月的天，燥热难当。晏三合素来怕热不怕冷，立刻就受不住，头也昏，眼也花，几乎要从马上一头栽下来。

谢知非瞧得分明："李不言，停下休息。"

李不言扭头，便看到晏三合惨白如纸的脸："三爷，你们照看下小姐，我去前头看看有没有客栈。"

谢知非一夹马腹，与晏三合的马头齐平："你可是中暑了？"

晏三合点头："我怕热。"

谢知非："到了南宁府先头儿买几件单薄的衣裳。"

裴笑骑马赶上来："买完衣裳去吃顿好的，要有酒有肉，再这么下去，老子都快成和尚了。"

"小姐，三爷，"李不言冲他们疾驰过来，"前头有家凉茶铺，歇歇脚去。"

…………

凉茶铺安置在树荫下，通风口已经坐满了人。

晏三合找了棵树席地靠坐着。

谢知非刚想上前提醒一句"地上凉"，就见她抬手去解衣领的扣子，忙一个急转身，移开了视线。

他若无其事地往边上挪半步，两条笔直的大长腿将将好挡住所有人的视线。大庭广众之下，也不注意一点，没看到这铺子里都是老爷们儿？

李不言端着茶碗过来："小姐，润润嗓子吧！"

一碗凉茶喝下去，燥热顿时消了不少，晏三合朝李不言点了一下头，靠着树闭目养神。

"店家，"李不言笑眯眯地走过去，"这里离南宁府还有多远？"

店家是个五十出头的小老汉，黑黑瘦瘦的："不远啦，骑马还有两三个时辰。"

李不言："那……南宁府最有名的寺庙在哪里？"

老汉哈哈笑道："我们南宁府最有名的寺庙在青秀山，叫观音禅寺，姑娘也是为求姻缘而来吧？得赶早啊，抢第一炷香，灵着呢！"

"老汉，你眼瞎了，就这位姑娘的姿色，还用求，门槛都要被媒婆踩平了。"

"就是，脸蛋是脸蛋，小腰是小腰的。"

"皮肤嫩得能掐出水来。"

啪！李不言腰间的那把软剑往桌上重重一搁。

凉茶铺所有人齐刷刷地闭嘴，其中一个布衣中年男子扔下二文钱就走。

"周大人，我哪能要您的银子啊？周大人，周大人……"老汉追出去。

那人摆摆手，翻身上马，头也不回地走了。

"好官啊！"老汉把钱收进钱袋，一边往回走，一边感叹道，"这世道能多几个这样的好官，咱们百姓的日子就好过了。"

一抬头，老汉傻眼了，刚刚还满座的凉茶铺，走得就只剩下四个客人了。

"姑娘哎，你把我的客人都吓跑了。"他跺脚。

"赔你的。"李不言从怀里掏出二两银子，扔过去，"小姐，三爷，裴大人，我们歇会儿也出发，两三个时辰的路，一口气赶完得了。"

谢知非见晏三合似乎睡着了，忙主动应一声："好。"

晏三合没睡着，只是不想睁眼，身上怕是要来葵水了，不得劲儿得很。

一盏茶的工夫后，她站起来，刚走两步，突然脚下一顿："谢知非，你过来看。"

"怎么了？"谢知非走过去，顺着她手指的方向　看，脸色大变，"这是你的——"

"我装银子的那个小包袱。"

"怎么会在这里？难不成……"谢知非瞬间有了答案，"小偷就在这些茶客里。"

裴笑凑过去一看，随口道："会不会就是刚刚那个什么周大人？"

"哎哟，我说客官！"老汉脸沉下来，"你怀疑谁都可以，怀疑我们周大人，那可真会被天打雷劈的，周大人是好官。"

裴笑不服："好官就不会偷东西了？"

"他要是会偷东西，我就能上天！"老汉彻底怒了，"他一年四季季季施粥，我这凉茶铺还是他掏钱帮我张罗的，我们南宁府的百姓，十个有五个受过他的恩惠。"说罢，他把二两银子往地上一扔，"谁要你们的臭钱，滚，都给我滚！"

裴笑正要再辩，被谢知非一个眼神止住："老汉，你别生气，我这兄弟不大会说话，你说得对，谁偷也不可能是周大人偷。"

"本来就不可能！"老汉急得面红耳赤。

谢知非捡起树丛里的小包袱，又捡起银子："银子你收着，跟谁置气也别跟银子置气，这大热天的，做买卖不容易。"

"就你还是个明白人。"老汉讪讪地收了钱。

"对了，他是你们南宁府的什么官？"

"我们的父母官。"

"原来是知府大人，可这个时候知府大人不是应该在衙门里吗？"

"要不怎么说他是好官呢，周大人在衙门里坐不住的，三天两头往那田庄和山上跑。"

"他就一个人啊，这么大的官也不带几个衙役？"

"衙役有几个受得了这么热的天？"

"随从也没有吗？"

"周大人的钱都用来帮助我们老百姓了，别说随从，听说府里连仆人都没几个。"

"真真是好官。"谢知非把小包袱往晏三合手里一塞，"走吧。"

凉茶铺远远地落在身后。

谢知非将马骑到晏三合边上："你说……是他吗？"

晏三合看他一眼："无凭无据。"

"就算是他，那也是劫富济贫，大侠所为，这种好官咱们大华国太少了。"李不言说完，扭过头，"三爷，最后一点路程，我们比一比如何？"

谢知非被她这么一挑，瞬间起了兴趣，他早就看出这丫头的骑马技术十分了得："什么彩头？"

"输的人帮赢的人去观音禅寺抢头炷香。"

谢知非哈哈一笑："成交！"

两人一对眼，鞭子同时高高扬起，然后疾驰出去。

"晏三合，"裴笑看了头直摇，"你说那两个人是不是傻，头炷香不是我这个右善世一句话的事吗？"

晏三合不理他，一抽马鞭："驾——"

…………

观音禅寺在清秀山，寺建在半山腰。

不知道是李不言技高一筹，还是谢三爷压根儿不想求什么姻缘，李不言头一个跑到山脚下。

余下三人陆陆续续赶来，谁也没力气开口说话，四脚朝天地躺在草地上，心里都在想一句话：累惨了。

"三爷！"

"爷！"

两道身影疯了似的冲过来，一个扑倒在谢知非身旁，一个扑倒在裴笑身旁。

朱青常年棺材板一样的脸总算露出一点笑容："三爷，就猜到你们这两天会到。"

黄芪也忙不迭道："爷，季老太太的娘家我们已经打听到了。"

裴笑喉咙冒烟："在哪里？几个时辰的路程？"

黄芪："在东兴县，临北仓河的下游，几个时辰是赶不到的，最起码得五天五夜。"

"还得五天五夜？"裴笑头一歪：就当我死了吧！

"晏三合，"谢知非扭过头，看到晏三合莹白的耳朵上有一层细小的绒毛，柔软极了，和她的人大相径庭，他喉头一紧，赶紧把头摆正了，"你拿主意。"

晏三合肚子已经开始隐隐作痛，却还是坚定道："休整一夜，明日一早出发。"

裴笑现在听见"出发"两个字就腿软："老子是走不动了，叫几个山上的秃驴来抬他们的裴大人吧！"

"爷，不用抬，马车已经备好，半个时辰的路。"黄芪殷勤道，"三爷、晏姑娘、李姑娘也一道上车吧，那马车宽敞得很，寺里什么都预备下了。"

宽敞？还不是两条腿要蜷缩着，四个人八只眼睛大眼瞪小眼？但半个时辰，那就真是半个时辰。

观音禅寺的住持是个法号叫长青的老和尚。

按道理说，能坐到住持之位的，不都应该十分仙风道骨吗？这位不。长青老和尚肥头大耳、满面油光，整个人胖成一个球，活脱儿一个土财主。

见到裴大人，"土财主"笑得眼睛都眯缝住了："裴大人大驾光临，观音禅寺蓬荜生辉，老衲——"

"别打官腔，裴大人现在只剩下半条命，我现在要沐浴更衣、吃饭、喝酒、吃肉、睡觉。"裴笑厚着脸皮道，"最好还能有一两个唱小曲的长得好看的尼姑来助助兴。"

"土财主"急得直皱眉。尼姑？和尚庙里哪来的尼姑？

"皱什么眉？尼姑不要，别的都要。"裴笑伸手指指他，"别当我不知道你们这寺里的猫腻，回头等我缓过劲儿了，我要好好和你说道说道。"

"是是是。""土财主"一边应声，一边眼睛往裴笑身后瞄。

裴笑让出半步："这位是我的好兄弟，那两位是我兄弟的好妹子。"

好兄弟、好妹子一起行礼。

"人中龙凤，都是人中龙凤啊！""土财主"一边夸，一边恭恭敬敬地做了个请的手势，"裴大人，请！"

裴笑趾高气扬地一扬手："前边带路。"

几十个和尚齐呼一声"阿弥陀佛"，把裴大人簇拥在中间，缓缓入寺。

李不言有些看呆了，用胳膊碰碰晏三合：裴大人好大的官威啊！

晏三合却用余光扫了谢知非一眼。一个五城兵马司，一个僧录寺，这两人的官看着都不起眼，内里却似乎另有乾坤！

"谢三爷！"她喊。

"嗯？"

"是不是整个大华国的僧人都归僧录寺管？"

"是。"

"僧人都领朝廷俸禄？"

谢知非一挑眉："是领朝廷俸禄的僧人才算真正的僧人。"

晏三合点点头，一副若有所思的样子。

谢知非一看她的样子，突然浑身的鸡皮疙瘩都冒了出来．

北城兵马司和僧录寺的差事，真正的幕后推手是赵怀仁。否则，他不会吃饱了撑的，跟一帮叫花子混成熟人；明亭也不会整天对着一群光头和尚，吃饭连油星子都寻不着。

这里头的门门道道极为复杂，不是聪明人根本看不出来、想不出来，但这个丫头……

谢知非苦笑连连，看来以后和她说话更得多留几个心眼才行。

…………

沾了裴大人的光，长青老和尚把观音禅寺里最安静、最阴凉的一处院子给腾了出来。

晏三合一走进去，顿时感觉一阵清风扑面而来："我和不言住哪一间？"

朱青忙道："两位姑娘住东院，衣衫、鞋袜都已备妥，姑娘是先吃饭，还是先沐浴？"

晏三合："沐浴、吃饭、睡觉，老时间，寅时一刻出发。"

朱青："是，我这就去准备。"

晏三合拉着李不言进了斋房。房里更是清凉，衣架上挂着几件男式长衫，一摸料子，很丝滑。衣架下面有两双绣花鞋，试一试，大小也正合适。

晏三合这会儿才明白过来谢知非为什么到哪儿都带着朱青，这人话不多，但细致入微，且事事妥帖。

身下突然有什么东西涌出来，晏三合脸色一变："不言，我来葵水了。"

李不言解下包袱："你赶紧先沐浴，我这就让人给你煮红糖生姜汤，吃完饭，你就睡觉。"

饭没吃几口，晏三合就已经痛苦地倒在床上。

李不言细心地帮她把头发擦干："下辈子咱们投胎做个男人，不受这份罪。"

…………

下辈子投胎做个女人，老子不受这份罪——这是裴大人此刻的心声。

男人入了官场，场面上的事情就不是随随便便应付几句能完事的。哪怕你的官位高人一等，在有求于人的情况下，该寒的暄、该说的好话、该赔的笑脸一样都不能少。让裴大人骂人简单，让他赔笑脸……累！

气氛烘托到了一定程度，裴大人再也忍不住，把自己的要求一提。

长青住持虽然满脸诧异，但半个字都没有多问，六匹马、四个武僧、几天的干粮马上就安排妥当。

裴大人看着这人的一身肥肉，心中感叹：真是上道！

送走住持，朱青和黄芪侍候二位爷沐浴、用饭。

谢知非见对面的东院里没有半点动静，有些不大放心，朝朱青递了个眼色。

朱青料到三爷会问，低声道："李姑娘让人煮了一碗浓浓的红糖生姜汤，好像是晏姑娘不大舒服。"

"那还不赶紧请郎中。"

"请什么郎中啊？！"裴笑一脸"你是不是傻"的表情，"你家妹子每月不也要喝一碗这汤？"

谢知非这才意识到是什么，脸微微泛红，道："别扯我家妹子，我看你是勾栏听曲听多了。"

"还用勾栏听曲？"裴笑气得又想骂人，"老子出身医家，五岁就明白女人那是怎么回事，哪像你这么浑不懔？"

"轻点声，祖宗！"谢知非想去捂他的嘴，"别被对面听去了。"

裴笑被他吓得脸色一变，然后又贱兮兮地凑过去，轻声道："你说，像神婆这样的姑娘，将来谁会娶她？"

"你还有心思关心这个，先想想你的季家吧！"谢知非烦躁地把他往边上一推。

…………

寅时一刻，天际还是一片黑蒙蒙。在和尚晨课的诵经声中，精神抖擞的六个人骑马离开了观音禅寺。而此刻，善男信女们的第一炷香还没有点上。

按裴大人的认知，五天的路程咬咬牙的话，只需要休息两三次，就能一口气跑完。哪知这一路几乎没有平坦的官道，都需要翻山越岭，速度根本上不去，累却是更累了。

再看晏三合她们主仆，那个不是人的李大侠就不说了，晏神婆明明身子不舒服，爬起山来却是健步如飞，也不是人！

领头的武僧叫智通，很体贴地从怀里掏出一本手抄的《金刚经》："大人累的话，读读《金刚经》，就能消疲解乏。"

还《金刚经》？你给老子吃金刚丸都没用。裴笑翻了个白眼，继续拄着拐杖爬山。

李不言头一个爬到山顶，喊道："智通师父，这样的山还有几座？"

智通："李姑娘，翻过七座这样的山头，就到东兴县了。"

七座？裴笑腿一软，差点没滚下山去。

晏三合扭头看看裴笑，再看看天色："不言，你先下山，找个能落脚的地方，在山下过夜安全。"

"好。"李不言三下两下便跑得不见了影子。

谢知非目光闪了闪，爬到晏三合身边："累不累，要不要这会儿就休息？"

晏三合侧过脸看他，轻描淡写道："我没事。"失血的原因，她的脸惨白惨白的，额头、鼻尖都是密密的汗。

谢知非心里说不出是什么滋味，只觉得堵得慌。

谢家两位小姐来葵水只管卧床休息，房里几个丫鬟贴心侍候，小厨房这个汤那个羹日日换着花样。老祖宗说了，女儿家要娇养，这样养出来的小姐才千娇万贵。

谢知非默不作声地往前走了两步，定定地站在晏三合前面，下山是快，但也容易打滑，他挡在她前面……

晏三合看了他片刻，什么都没有说，轻轻地嘘出口气。

两个时辰后下山，正好天色大黑，休整一夜后继续赶路……翻到最后一个山头时，连李不言的速度都慢了下来。

裴大人则瘫倒在黄芪身上，像条死鱼一样，只有进气的份儿，没有出气的份儿。也难怪外祖母十六岁进京后就再也没回过娘家，这鬼地方，怎么回啊？

黄芪趁人不注意偷偷在主子耳边说："爷，一会儿下山我背你。"

"滚！"裴笑偷偷看了眼晏三合，"爷不要面子啊？"

晏三合其实是在咬牙死撑。来葵水连续五天翻山越岭，这滋味谁试谁知道，可她不习惯嚷嚷，嚷嚷了也不会有人在意。什么大户人家的庶出，什么门第不输给季府，就冲自己这份吃苦耐劳的劲儿，出身就不会高。

智通和尚见一个个要么脸色惨白，要么奄奄一息，为了振奋人心，他爬到最高处，指着山下，朗声道："大人，三爷，快来看啊，东兴县就在咱们的眼皮子底下。"

大人已入土半截，三爷还有气喘，只是喘得跟头牛一样。他挣扎着站起来，一抬头，发现晏三合已经站到了智通边上。

智通一看是她，赶紧让出位置，这几天他算瞧出来了，六人中最沉默寡言的晏姑娘其实才是说一不二的老大。

晏三合举目远眺。一条绵延千里的河流将广袤的天地劈成两半，即便离得那么远，她也依稀能感觉到那河流的宽广和湍急。

"智通师父，那条河就是北仓河？"

"是的。"智通手往更远处指了指，"北仓河的另一头就是大齐国的老街，姑娘，你看，两边的房舍都不太一样。"

"大齐国？"晏三合脸上浮现出一点惊色。这一路赶得急，她竟忘了谢道之曾经说过大齐国与郑氏一族被灭有关。

"那么，北仓河就相当于边境线？"她问。

"也算不上边境线，朝廷在此设了布政使司，可直接上书给皇上。"

温热的气息落下来，晏三合扭头，发现谢知非就站在她身侧。大概是胡楂长出来的原因，他的脸色看上去比平常要沧桑一些。

晏三合弯了下眼睛："如今是，那也就意味着曾经不是，能具体说说吗？"

"感兴趣？"他学着她的样子，也弯了下眼。

学我干什么？晏三合不动声色地往后退了半步："感兴趣！"

"其实大齐国自秦朝开始，至汉唐，便一直是咱们华夏的领土，五代十国后几经战乱，便脱离了华夏的统治，成了一个独立的小国。"谢知非目光看着远处，"虽说是小国，但从来都依附于咱们华夏，算是一个藩属国的所在。"

晏三合不懂就问："什么是藩属国？"

"所谓藩属国，便是你和李不言的关系，你说李不言是你的朋友、同伴，但实际上她极为听你的话，你让她往东，她不会往西。"谢知非扭头看看李不言，"她有什么好东西，头一个想到的是给你；而李不言一旦有什么危险，能求救的也是你。"

李不言竖着两只耳朵听，一个字都没漏，心说：这比方也亏你谢三爷想得出来。

"而你看到她有事也绝不会见死不救，明白了吗？"

"有一点不明白，李不言的事情，我由着她自己决定，藩属国的内政，谁做主？"

问得漂亮。谢知非："藩属国的内政，小事可以自己做主，大事则由依附的大国做主。"

有自己的王侯将相，有自己的军队，有自己的百姓，却还要听从大国的政令……晏三合的眉头微微一皱："三爷接着往下说。"

谢知非沉默了会儿，道："先帝早年册封了大齐国皇帝陈氏，陈氏每年向华国朝贡，还常常派官员来华国学习、交流，两国关系十分融洽。"

这话旁人没听出滋味来，晏三合却听出了一些言外之意。所谓大事，便是藩属国谁做皇帝这样的大事，旁人说了不算，大国的皇帝说了算。

"先帝晚年，大齐国悄无声息地发生了一件惊天动地的大事，陈氏皇帝的外甥吴关月谋权篡位。"谢知非的声音陡然一沉，"因为两国离得远，先帝至死都被蒙在鼓里，华国上下无一人知道。"

吴关月？晏三合心神一凛，谢道之说过，这人和他的儿子就是屠杀郑氏一族的罪魁祸首。

"后来是怎么被发现的？"

"先帝驾崩，新帝继位，按照惯例，新帝继位后，藩属国国王会派使臣来朝贺。"谢知非向京城方向看了一眼，语调依旧很低沉，"礼部官员这时才在朝贺文书上发现，大齐国国王不再姓陈，而是改姓了吴。这文书的末尾还写了一句，吴关月由百姓拥立为王，望得到华国皇帝册封。"

晏三合接话："山高路远，皇上不知道大齐国内发生了什么，必定会派人去巡视。"

"没错。"谢知非道，"皇上派了礼部右侍郎去大齐国内探访实情。右侍郎回来后上书称情况属实，皇上便下了册封的文书。"

裴笑冷哼："这右侍郎十有八九是收了贿赂，银子还不会少。"

"后来呢？"这回催促的是李不言。李不言听得眼睛一眨不眨，心说这么精彩的故事，要是换个说书人来说该多好。

"永和二年，大齐国的老臣孙斌突然来到南宁府，说有紧急事情要向皇上禀报。南宁府的知府察觉到不对，立刻派兵马护送他到京城。"谢三爷从头到尾都一个语调，"孙斌看到皇帝，一边哭，一边痛斥吴关月血洗陈氏皇族、血洗朝堂、谋权篡位的卑劣行径。"

淡淡两语，所有人听得心都怦怦直跳。晏三合却十分淡定："皇上雷霆大怒，于是派兵出征。"

"这一回，你料错了。"谢知非目光一转，低头看向晏三合，"皇上九五之尊，岂能只听信一面之词，更何况还有前头户部侍郎的证词。只是，还没等皇上派人去大齐国打探，又有一人赶到了京城，你们猜是谁？"

裴笑是什么性子，道："谢五十，你再卖关子，我就掐死你。"

谢知非瞅了裴笑一眼："是陈氏国王的庶弟。"

晏三合皱眉："他在血洗中活了下来？"

谢知非点头："侥幸逃过一命。"

晏三合："这也就证实了老臣孙斌的话是真的，这回皇上该派兵了吧？"

谢知非摇摇头："册封文书已经诏告天下，君无戏言，这是其一；打仗耗费的是国力、财力，这是其二。"

"难道还有更好的解决办法？"晏三合思忖片刻，抬头直视谢知非的眼睛。

"有，让那个吴关月主动让位，一来可保全皇上的脸面，二来不费一兵一卒。"谢知非看着她轻轻一笑，双眼亮得不像话。

他笑什么？晏三合默默地偏过视线。

"于是皇上发诏书到大齐国，对那吴关月恩威并施。"谢知非依旧看着她，"晏三合，如果你是吴关月，你会如何？"

晏三合被他问住了，吴关月的下场是被灭族，然后逃亡，那么也就是说："他宁死不从？"

"这一回，你又料错了。他派使臣来京递上诏书，称愿意让出王位，并诚心诚意地接受华国的一切惩罚。"

晏三合脱口而出："缓兵之计吗？"

谢知非既没说是，也没说不是，而是将语气放缓了一些："皇上大喜，召群臣商议，决定免除吴关月的一切责任，并给他封地，以示安抚。"

裴笑摇头："皇上此举实在大度，大度得有些妇人之仁。晏三合，你说呢？"

晏三合不说话，静静地等着谢知非的下文。

"皇上派使臣和五千精兵护送陈氏国王的庶弟回大齐国，准备从吴关月手中接过王位。哪知……"谢知非剑眉一挑，语气突然异乎寻常地愤怒，"哪知刚过北仓河，就遭到了吴关月的埋伏，使臣和陈氏的庶弟当场人头落地，五千兵马死三百，伤一千，余下的人仓皇逃过北仓河，回到了华国境内。"

最后一个字落下，所有人的脸都变了，两国交战，尚且不杀来使……

裴笑勃然大怒："一个小小的藩国，竟然如此放肆，就是不知道那姓吴的王八蛋是吃了什么，胆子肥成这样。"

"谢三爷，"李不言额头青筋暴出，"快往下说啊，后来怎么样了？"

"永和三年，皇上派郑玉将军出兵平大齐，此战大胜，吴氏一族被血洗，但吴关月父子二人趁机逃脱了。"

"晏三合，你怎么会知道？"裴笑惊得眼睛差点掉地上。

"对啊，小姐，你怎么会知道？"

"我还知道，永和八年，吴关月父子派杀手潜进京城，血洗了郑玉将军府。"晏三合轻描淡写道，"郑将军府上下一百八十口人，无一人生还。"

"你你……你……"裴笑惊得说不出话来，难道神婆还有掐指一算的本事？

"晏三合，"谢知非看着她苍白的脸庞，将所有翻涌的情绪往下一压，"我父亲把吴关月父子的下场告诉了你，却没告诉你中间的是非曲直，眼下可都明白了？"

"多谢你帮我解惑。"晏三合对上谢知非的眼睛，"其实，这件事情我已经放下了。"

"能放下就好。"

这世界上最容易的，是放下，但最不容易的……也是放下！谢知非偏过脸，看着远处那绵延不断的北仓河，再不说一句话。

晏三合定定地看着谢知非，不知道是不是她的错觉，总觉得此刻的谢知非和从前的谢知非有些不大一样，似乎太过深沉。

"阿弥陀佛！"智通和尚双手合十，"三爷的故事既然已经讲完，我们此刻便下山吧。"

"下山，下山，做正事要紧。"裴笑扶着黄芪的手站起来，"谢五十，你来扶我一把。"

"你不是有黄芪吗？"

"老子就要你扶，不行吗？"

谢知非不知道他哪根筋又搭错了，只得走过去，伸手扶住的同时，低声问："把我叫来做什么？"

裴笑的声音几乎是从鼻腔里出来的："你刚刚怎么了？"

"什么怎么了？"

"你少打马虎眼。"裴笑磨磨后槽牙，"别忘了咱们俩是穿一条开裆裤长大人的，你屁股一撅要拉什么屎，都瞒不过我的眼睛。"

谢知非被他逗笑了："那你说，我要拉什么屎？"

"你有心事。"

"我有什么心事？"

裴笑撇嘴冷笑，手指着晏三合的背影："你为了她把八百年前的旧事打探得一清二楚，还说没那个意思？"

谢知非："……"

"来吧！"裴笑嘴角浮现出小小的得意，"跟兄弟彻底交代了吧。"

谢知非稳得一动不动："太医院哪个圣手治病最好？"

"那必须是我爹啊!"

"回去后,让你爹帮你诊诊脉。"

"我有什么病?"

"神经病!"

第二十章 珍姐儿

背后是东兴山,前面是北仓河,东兴县的风水相当不错。

县城不大,朱青一打听,轻轻松松就打听到了季老太太的娘家。

既然已经在眼皮子底下,晏三合就更不愿意耽误时间:"智通帅父,这县里可有寺庙?"

"有,叫关帝庙,"

"你们先去关帝庙休息,晚点我们过去和你们会合,劳烦帮我们留三间斋房。"

智通师父一点头:"姑娘放心,斋房和斋饭都会安排妥当。"

"多谢!"晏三合看向朱青、黄芪,"你们俩先去探路。"

"是!"几天下来,两人都不用再去看自家爷的脸色,反正晏姑娘说什么就是什么。

不过小半个时辰,老太太的娘家就出现在眼前。一座四四方方的宅子,正门上方挂着一块牌匾,上面写着:"胡宅"。

朱青敲门。

略等片刻,门吱呀一声打开,有个妇人走出来,妇人手里还抱着一个奶娃娃:"你们找谁?"

晏三合看了裴笑一眼。裴笑忙开口:"我们从京城来。"

妇人纳闷:"京城?"

"京城,季家,户部侍郎。"

妇人愣了片刻,突然扭头就跑,一边跑,一边尖声喊:"当家的,可了不得了,京城的季家找上门了……哎呀,就是咱们家的老姑奶奶……"

这嗓门……裴笑刚要掏掏耳朵,忽听晏三合对他说:"一会儿进去,先找老太太那一辈的人,再见过老太太的小辈。"

请入内宅,进到堂屋,端茶倒水……这茶还没喝上,堂屋里便拥进十来个中年男子。

为首的是个五十出头的中年人,身形很干瘦,目光在裴笑和谢知非身上打转:"两

·267·

位贵人,你们当真是京城季家的?"

裴笑来了个先声夺人:"你是老太太什么人?"

男人忙道:"我是她大侄子啊。"

大侄子先往后放放。裴笑咳嗽一声:"把你们家长辈喊出来,这事和你说不着。"

大侄子哭丧着脸:"贵人啊,我爹我娘,我二叔、三叔、四叔他们都走了,如今我是当家的。"

裴笑一挥手:"小时候见过胡氏的人留下,余下的人出去。"

贵人的话,谁敢不听?哗啦啦,本来还拥挤的堂屋里,一下子走得只剩下大侄子一个人。

裴笑心有余悸地看了晏三合一眼,心说好险,还有根独苗,没全军覆灭。

晏三合指了指一旁的座位:"坐。"

大侄子蒙了,好好的,怎么突然有个女人插话,这不合规矩吧?

"让你坐,你就坐!"裴笑一拍桌子,气势摆得十足,"她问什么,你答什么,一个字都不许少。"

大侄子腿一软,啪嗒跌坐在地上,脸上更蒙了。千盼万盼,总算把季家人给盼来了,怎么突然一下子就凶上了呢?难道不是替老太太送钱来的?

晏三合:"你叫什么?"

大侄子颤颤巍巍道:"胡勇。"

晏三合:"老太太在家中排行第几?"

胡勇:"我姑妈排行第三,上头两个哥哥,下头两个兄弟。"

晏三合:"胡家就她一个女儿?"

胡勇:"就她一个。"

晏三合:"她离开东兴县的时候,你几岁?"

胡勇:"四岁。"

晏三合一听四岁,顿时心凉半截:"四岁记事了吗?"

胡勇不明白:"记啥事?"

裴笑又一拍桌子."你姑妈的事。"

胡勇被他吓成一只惊弓之鸟。

晏三合并没有制止裴笑耍官威,一个多月的风餐露宿,别说裴笑了,就是她都已经没有耐心和胡家的小辈们慢慢聊,慢慢耗。

"你姑妈以前是不是养过一条黑狗?"

"养过养过,小时候我还跟那狗玩过呢,叫什么名来着?想起来了,叫黑蛋。"

晏三合:"她是不是很喜欢那条狗?"

胡勇连犹豫都没有:"宝贝得不得了,到哪儿都带着,狗跟她也亲,听我老爹说,我姑妈睡觉,它就在床边守着。"

晏三合:"那狗后来呢?"

"死了，姑妈一走，它不吃不喝十天，自己把自己给饿死了。"胡勇小心翼翼地看了眼晏三合，"虽然我那时候小，但黑蛋死的那件事记得特别清楚，我还哭了呢。"

晏三合目光几乎第一时间与谢知非的目光碰上，两人都从彼此的眼神中看到惊骇。狗虽然认主，但也不至于主人一走，就把自己活活饿死，可见这狗和老太太的缘分不浅！

晏三合皱眉："黑蛋这么忠心，哪来的？"

胡勇挠挠下巴，回忆了半天，才道："听我老爹说，好像是我姑妈从外头捡回来的。"

晏三合："她是怎么捡回来的？从哪里捡的？"

胡勇两只眼睛眨巴眨巴，想半天，还是眨巴眨巴："我……我真的不知道啊，反正从我记事起狗就在了。"

晏三合"嗯"了一声："你姑妈去京城做妾，是她自愿的，还是被逼的？"

"这……"

"别和我说这事你不知道。"晏三合冷冷道，"你虽然只有四岁，但家里出了这样个了不得的人物，老一辈的人不可能不谈起。"

胡勇偷偷瞄着晏三合，心里刚要盘算一下季家的人为什么会千里迢迢来胡家，为什么问这些奇奇怪怪的问题……突然，一把亮闪闪的长剑丢过来。

扔剑的人是跷着二郎腿面色冷峻的谢知非。

李不言看着那把剑，心说：三爷啊，你怎么把我的差事给抢了？

胡勇吓得嘴唇发抖："我姑妈本来不愿意去的，可是家里穷得叮当响，她不去做妾，我二叔、三叔、四叔怎么娶婆娘？"

晏三合："你姑妈为什么不愿意？那可是京城，季家是做官的，别说是个妾，就是服侍人的婢女，怎么样也都比做渔家女强！"

"听我爹说，我姑妈以前有个相好的。"

如同一道天雷劈在晏三合几个人身上，劈得他们浑身的血液都狂奔起来了。

不等晏三合开口，裴笑便等不及地一拍桌子："她的相好是谁？"

"这……"胡勇痛苦地摸摸脑袋，想半天，突然眼睛一亮，"想起来了，我娘从前提过一嘴，说好像是对岸的人。"

又如同一道天雷当头劈下，这一回，所有人都被劈了个外焦里嫩。对岸？大齐国？

一片死寂中，咕噜咕噜两声声响不合时宜地冒出来。

"那个……"谢知非外强中干，"它要抗议，我就是再扔三把剑，它也照样抗议。"

裴笑赶紧附和："我也饿了。"

晏三合看向胡勇："劳烦府上去准备饭菜。"

胡勇磕磕巴巴道："我能不能问一下，各位到底是季家什么人？姑妈她老人家的身子骨还好吧？"

这种事情不归晏三合管，她咳嗽一声，示意该管的人赶紧吱个声。

裴大人理理衣裳，敛了脸上的惊色："我叫裴笑，是京城僧录寺右善世，正六品，老太太是我外祖母，去年末，外祖母她老人家无疾而终。"

"啊——"胡勇想号儿声，又号不出来，嘴巴大张着，黑瘦的脸涨得通红，怎么就死了呢？！

"生老病死，乃人之常情。"裴笑耐着性子，"你先去准备饭菜，有些事情我稍后再和你说。"

"是是是！"胡勇作势抹了一把泪，从地上爬了起来。

等他离开，谢知非这才把二郎腿放下，扭头看着晏三合，道："事情似乎已经明朗了。"

晏三合与他对视，然后微微一点头，示意他往下说。

"这黑狗多半是老太太的相好送的，说不定还是定情信物，所以老太太到哪儿都带着。再后来，老太太被家里人逼着进京，劳燕分飞，又听说黑蛋为了她绝食而死，就成了心里长久化不掉的念想。"

裴笑觉得谢五十分析得十分有道理，但还少说了几句话："外祖母不让府里养狗，是因为看一眼，就会想到黑蛋，想到黑蛋，就想到以前的相好。晏三合，你看事情是不是都说通了？"

扑哧！

裴笑瞪着李不言："你笑什么？"

李不言："事情要是这么简单，那谁都能化念解魔了，还要我家小姐做什么？"

裴笑朝谢知非挤挤眼睛：这丫头在嘲笑我们俩蠢。

谢知非没理他："晏三合，你怎么看？"

晏三合揉揉眉心："我觉得方向是对的，但还得再了解了解，打听打听。"

他说我的方向是对的！谢知非强忍住心中的喜悦："嗯，吃完饭，我们再了解了解。"

怎么光说谢五十是对的，那我的呢？裴笑顿时有些鼻子不是鼻子，眼睛不是眼睛的感觉。

"裴大人。"

裴笑一看是晏三合叫他，赶紧把胸挺起来，等着她夸自己。

晏三合："你去向大侄子打听打听，隔着一条北仓河，两岸通婚不通婚？"

裴笑一怔："就这？"

"还有，"晏三合皱眉，"胡家的老宅在哪里？街坊邻居有没有长寿的？如果有，我们必须去一趟。"

所以，她压根儿就没打算夸我？裴笑一脸憋闷地走了出去。

"不言。"

"小姐。"

"去打听打听胡家人的风评，问问好坏。"

"这简单，使银子的话，一盏茶的时间就能搞定。"

"快去快回。"

"等我回来吃饭。"

李不言一走，谢三爷起身走到外间，见只有朱青一人，便问："黄芪呢？"

"跟着裴爷走了。"

"那你去帮李姑娘。"

"是！"

谢知非交代完，刚转身，迈出去的脚又收了回来。

少女趴在桌上，后背微微弓起，弯成一根柔软的弦，与远处烛火的光融在一处。谢知非静静地看了会儿，走到院门口，背手站着。

站了片刻，有几个妇人拎着食盒走来，谢知非做了个噤声的动作，示意她们把食盒放下。

食盒是放下了，但妇人们盯着谢知非就是不走：多么俊俏的小伙子啊，咱们这地儿少见呢。

谢知非被看烦了，脸一沉，周身一股杀气往外溢。

妇人们吓得扭头就跑，俊归俊，但脾气太差，这种男人要不得哩。

她们刚走没多久，裴大人便小跑过来，一边跑，还一边喊："谢五十，你站在这里做什么？"

就你长了嘴？就不能喊小声些？谢知非看都不看他一眼，拎起食盒便往堂屋里走。

"干什么？"裴笑一脸蒙，"我得罪他了？"

屋里，晏三合已经直起身子，或许因为太累，她的头低垂着，有些无精打采。

谢知非："累了？"

晏三合双手抹了把脸："还好。"

谢知非："累了再趴会儿，朱青他们还没有回来。"

"我回来了。"裴笑颠颠地跑过来，"晏三合，两岸是通婚的。还有，老宅在北仓河边，赶得再急也得两三个时辰，村里也就剩下一两个年纪大的。"

两三个时辰？那看来今天是赶不过去了。晏三合正在心里盘算着，李不言和朱青便一前一后回来了。

"小姐，问过了，胡家人没啥毛病，就是爱吹牛，总说京城有一房做大官的亲戚。"

朱青："晏姑娘，我这头还有一个消息，胡家这些年一直没有分家，据说是在等京城的姑奶奶送钱来。"

"送钱？"裴笑诧异，"我外祖母在暗中贴补娘家？"

"先吃饭。"晏三合也饿了，"吃完饭再说。"

这五天赶路，所有人吃的都是冷冰冰的干粮，肚子里半点油水都没有。热饭热菜端到手上，连素来举止优雅的谢三爷都有些狼吞虎咽，哪怕味道没那么好。

晏三合还是不紧不慢的，一口接一口。

谢知非已经习惯她这么慢，也不催，用完了饭就跷起二郎腿，一边喝茶一边等她。

晏三合喝完最后一口汤，用茶水漱了口，道："再把大侄子叫来。"

大侄子早就在外头探头探脑，听到有人叫他，赶紧跑进来："姑娘还有什么话要问？"

"不言，把饭钱先给了。"

"这，这……哪能收你们的银子？都是家常便饭，不值钱，不值钱的……"

李不言把一百两银子往桌上一放："我家小姐让你收你就收，少废话。"

一百两，疯了吗？这顿饭二两银子都不会有。裴笑刚要把眼珠瞪出来，突然膝盖一疼。他眼睛瞪向谢五十：踢我干什么？

谢五十勾了勾唇：这一路可曾见过晏三合出手这么大方？瞧好吧，大侄子只怕没那么容易把银子揣进兜里。

大侄子瞧瞧银子，脸上的兴奋根本藏不住，又装出一副为难的样子："那……那我就厚着脸皮收下了。"

"慢着。"

大侄子吓得手一缩，忙不迭地去看晏三合。

"坐！"晏三合手指着边上的椅子，"我再问你几个问题。"

胡勇看着银子咽了口口水："不坐了，贵人还有什么要问的？"

"这些年，老太太给你们家捎过年礼、给过银子吗？"

这话应该是戳到了胡勇的痛处："从前倒是有的，什么缎子啊，人参啊，银子啊，这几年不知道为什么，啥都没有了！"

"这几年是哪几年？"

"就……近小十年吧！"

晏三合皱眉："那么也就是说，前四十年，老太太一直往家里贴补东西？"

"这不应该吗？！"胡勇拍拍胸脯，一脸理所当然，"我们可都是她嫡亲的侄儿，一条藤上下来的。"

晏三合："听说你们家从前是打鱼的，如今进了县城，靠什么为生？"

"靠我姑母啊！"

"所有人都不干活儿？"

"干什么活儿，她老人家手指缝里露一点出来，足够我们一大家子一年的嚼用。"

你个不要脸的，三爷我听了都犯恶心！这一回，谢知非比裴大人还想骂人！

晏三合也犯恶心，也想骂人，但更多的是替老太太不值。一个女人在深宅大院里苦苦挣扎，到头来便宜了这么一帮混账狗东西。

"这些年老太太没寄银子过来，你们吃什么，喝什么？"

说到这个，胡勇一脸伤心欲绝："家里还有十几亩水田，放个租子一年也能赚几个小钱，只是苦了小一辈的。"

"你们给老太太捎信了吗?"

"捎啊,年年捎,年年没回音。"胡勇暗地里掐自己一把,终于开始号了,"姑母啊,你好好的,怎么就走了呢,你走了,老胡家靠谁去啊?!"

晏三合朝李不言看看。

李不言厉声喝道:"号什么号?明天寅时一刻,在关帝庙门口等着。"

胡勇忙问道:"贵人这是要……"

"领我们去胡家老宅。"李不言说完,大大方方地把银子往怀里一收,"这银子我先替你收着,等从老宅回来,再给你。"

胡勇傻眼了,怎么银子拿出来,还有收回去的道理?

晏三合站起来:"裴大人,三爷,我们回吧!"

"回!"谢知非收起二郎腿,朝裴笑轻描淡写地看了一眼,与晏三合并肩离开。

裴笑太清楚那一眼的意思,他慢悠悠地走到胡勇身旁,重重地叹了口气:"按辈分,我得叫你一声舅。"

"可不是吗?你娘和我是嫡亲的表兄妹呢。"胡舅舅赔着笑脸,"妹妹这些年身子骨可好啊?"

裴笑拍拍他的肩:"一切等明天去胡家老宅看完再说。"

再说什么?老太太是不是临终前给胡家人留了东西?胡勇心头一喜,对到手又飞了的一百两银子也不心痛了:"表外甥放心,明儿寅时我一定准时到。"

谁是你表外甥,给老子滚远点!裴笑在心里骂得热火朝天。

…………

又是寅时一刻,又是那几匹马、几个人,只是多了个大侄子,一颠一颠地在前头带路。两个半时辰,便到了胡家老宅。

小小的一个村落依山傍水,山上成片成片的竹林,这里家家户户都靠打鱼为生。

晏三合心想:老太太喜欢那个院子的原因找着了,因为她从小的生活环境就有竹林。

见到有陌生人进村,村民们纷纷跑出来瞧热闹。

胡勇得意极了,昂着头冲看热闹的村民吹牛皮:"这是京城来的贵客,就是我们老姑奶奶家的,都做着大官呢,正六品。"

晏三合听不下去了:"胡勇,去把人请来。"

胡勇点头哈腰:"是是,这就去。"

晏三合朝朱青、黄芪递了个眼神,两人立刻跟着胡勇去了。

晏姑娘说的请,那就是真正的请,胡勇这人有些欺软怕硬,晏姑娘这是让他们盯着些。

"不言。"

"小姐放心。"李不言把手里的狗尾巴花往嘴里一塞,晃着两条胳膊就走了。

裴笑十分主动地凑到晏三合面前:"我做什么?"

"你和三爷……"晏三合淡淡地看了谢知非一眼,"陪我去河堤上走走。"

这么有闲情雅致吗?谢知非和裴笑一对眼,两人便跟了上去。

北仓河到了这里,河面陡然变宽,十几条渔船停在岸边。举目眺望,岸的那一头是连绵的青山,郁郁葱葱的山林下隐着好几片村落。

"如今我总算明白过来,老祖宗为什么喜欢在心湖边坐着。"裴笑忍不住感叹,"别的不说,只看着这河面,心情就舒畅。"

"裴大人,三爷,"晏三合突然问,"什么样的人能让你们刻骨铭心,至死不忘?"

这问题太过突然,裴大人回忆自己这些年的人生经历,很老实地回答了三个字:"我没有。"

"三爷呢?"

谢知非停下脚步,嘴角的两个酒窝深陷进去,仿佛将那一点心事也暗藏起来。

晏三合见他不说话,转过身去看他。

谢知非随手拔了片叶子,放在手里轻轻捻着,这动作让他看上去有些吊儿郎当:"永远失去的人,让人刻骨铭心。"

"谢五十,看不出来啊,你也会说这么让人牙疼的话?"

"我这是站在你家老祖宗的立场说的话。"谢知非嘴角勾着一点笑,"对她来说,那个相好不就是她永远失去的人吗?不就是让她刻骨铭心了吗?"

"有道理啊!"裴笑伸手点点他,"最近你长进了。"

"是长进了不少!"谢知非垂目看着晏三合,看似随意道,"对了,什么样的人能让晏姑娘刻骨铭心,至死不忘?"

晏三合想着自己空白的人生,也非常诚实地回答了三个字:"我没有。"正因为没有,所以才要问你们。

一个经历千重苦万重难、精于算计、看透世事的老妇人,最后真的会因为年轻时那一点刻骨铭心、求而不得而心念成魔吗?总觉得太过肤浅了一些。

"晏姑娘,裴爷,三爷,人找到了。"远处,朱青的喊声打断了三人的谈话。

…………

胡家的房子早已破败不堪,一些落了灰的竹椅、长凳这会儿派上了用场。

所有人看着竹椅上干瘦枯瘪的老妇人,都在心里说:这胡家老宅,来对了。整个渔村里最长寿的老妇人竟然是季老太太儿时最要好的姐妹。

"胡勇,她没嫁人吗?"晏三合问。

胡勇直摇头:"这老太婆命不好,嫁出去了,不会生蛋,又被休了回来。"

晏三合:"娘家的兄弟妯娌容得下?"

胡勇歪嘴一笑:"谁敢容不下她,这老太婆厉害着呢,你们小心些,她随身藏着刀的。"

"她家人呢?"

"一个个都被她克死了。"

"胡大侄子，"妇人往嘴里塞了粒黄豆，咬得嘎嘣嘎嘣响，眼睛眯成一条缝，"小心下一个轮到你啊。"

"听听，你们听听！"胡勇还要再往下说，晏三合冷冷地看过来，他赶紧老老实实地闭上了嘴。

晏三合把竹椅往前挪挪："老人家牙口这么好，酒量如何？"

老妇人乜斜着眼睛："半斤烧酒没问题，下酒菜得是猪头肉，没猪头肉我不喝的。"

晏三合朝胡勇看过去："哪里有卖的？"

胡勇忙道："村口就有。"

"我去！"朱青人已经跃了出去。

晏三合冲老妇人淡淡一笑："等猪头肉买来了，老人家，我陪你喝两盅。"

"我不和女娃子喝。"老妇人手指着谢知非，嘿嘿一笑，露出几颗黄牙，"这小伙子长得俊，我和他喝。"

所有人的视线都集中在谢知非身上。

谢知非不怒反笑："老人家，你很有眼光。"

"老太婆我活了七十年，还能连这点眼光都没有……你走开！"老妇人嫌弃地瞪了晏三合一眼，又朝谢知非招招手，"小伙子，快来坐。"

晏三合站起来，淡定地看了谢知非一眼。

谢知非冲她一点头，淡定地坐到竹椅上："老太太，贵姓啊？"

"这里是胡家村，你说姓什么？"

"我问你名字呢。"

"按道理女人的闺名不能随便和人说。"老妇人咂了下瘪嘴，"你长得俊，我只和你说，我叫胡珍，年轻的时候，他们都叫我珍姐儿。"

"好名字。"谢知非夸了一句，"珍姐儿，你认识胡勇他姑妈吗，就是嫁到京城季家的那个？"

这一声"珍姐儿"差点没把所有人给喊吐了。干瘦枯瘪就算了，满脸皱纹也算了，身上衣服脏乱也算了，关键是这老太太的眉毛和头发都掉光了。不对，后脑勺还剩下一搓，是整个脑袋最后的倔强。

唯有晏三合微不可察地弯了弯眼睛。

珍姐儿顶着"最后的倔强"笑得浑身乱颤："小伙子，你叫什么？"

谢知非回答得镇定自若："姓谢，名知非，你可以叫我谢哥儿！"

珍姐儿黄牙一露："谢哥儿。"

裴笑扭头：呕！

就在这时，朱青拎着东西急匆匆地回来了。

酒和肉摆上，谢知非帮珍姐儿倒满酒，又夹了一筷子肉放在她碗里。

珍姐儿直接用手抓了一块肉往嘴里塞，嚼巴嚼巴没几下后，就咕咚一声咽下去。

谢知非心说：珍姐儿啊，我都替你噎得慌。

·275·

五块肉、一碗酒下肚，珍姐儿脸上的皱纹都少了两条："你们打听胡三妹，是不是她已经去见阎王了？"

　　原来季老太太的闺名叫胡三妹。

　　谢知非点头："是，她走了。"

　　珍姐儿冷幽幽地看了眼胡勇："我就说嘛，她要是不死，这京城也不会来人。"

　　晏三合伸出手搭在谢知非坐着的竹椅上，修长的食指往前一戳，极轻地碰了谢知非一下。

　　谢知非后背一紧，思忖片刻后，问："怎么，她活着京城就不会来人？"

　　珍姐儿冷笑："三妹走之前和我说过，这辈子再也不会回东兴来，也不会让子孙后代回来。"

　　"我知道。"谢知非道，"她去京城是被逼的，她在这里有个相好。"

　　这话转得极为自然，晏三合忍不住在心里夸了一声。

　　"她的相好是谁啊？"谢知非看着珍姐儿痞笑。

　　三爷的笑与别的男子不太一样。别的男子笑起来，要么嘴角扬一扬，略显矜持；要么哈哈大笑，显得豪迈。三爷不，三爷真正笑起来的时候，嘴也弯，眉也弯，眼也弯。那痞痞的样子，让人觉得眼前这个俊朗的男子是在真心实意地对着你笑。

　　这世上，有几个人能对一个被夫家休弃、被娘家人嫌弃的老妪真心实意地笑？珍姐儿混浊的眼睛像打开了一条缝，透出些亮光："她的相好啊，啧啧啧，长得比你还俊哩。"

　　比我还俊？谢知非心说别逗了。

　　他后背又被人一点，接着，耳边是晏三合很轻的一声嘀咕："胡三妹的长相好像也一般啊。"

　　谢知非心中一动，接话道："就是，皮肤不白，身段也不俏，怎么相好就那么俊呢？"

　　"要不说她命好呢！"珍姐儿打了个酒嗝，"本来该我去的，要不是我腿抽筋，他就先认识我了，哪还有三妹什么事……"

　　谢知非压不住心里的激动，头一偏，余光向晏三合看过去：瞧见没？我把她的故事勾出来了。

　　晏三合轻轻一眨眼：干得漂亮！

　　故事其实很简单。

　　六十年前，胡三妹和珍姐儿刚满八岁，整天跟着大人在船上风里来雨里去。

　　某个夏天炎热的午后，两个小姐妹偷偷跑到河边玩耍，突然河中间传来凄厉的狗叫声。珍姐儿水性好，说要游过去瞧瞧，然而刚游没几下，脚便抽筋了。

　　胡三妹听那狗叫得实在是惨，扶珍姐儿去岸上歇着后，自己便扑通跳进北仓河里。而这时，北仓河的另一边，也有人因为听到狗的叫声正拼命往河中间游。

　　游到中间，两个脑袋几乎同时从水里冒出来，四目相对，打了个照面。他们来不及说一句话，只见那狗扑腾扑腾两下就沉了下去，这时他们才发现，这狗怀了身孕，马上就要生了。于是，一个手忙脚乱地去抱奄奄一息的母狗，一个脱下衣服，闷头潜入水中去接小狗……

"那母狗一口气生了四只崽，最后就活下来一只，活下来的那只，他给取了名，叫黑蛋。三妹养几天，就撑着船给他送过去；他再养几天，又撑船给三妹送过来。"珍姐儿灌了口酒，脸上忽然涌上一股戾气，"你们说，这叫什么缘分？"

谢知非："什么缘分？"

珍姐儿："狗屎缘分。"

"珍姐儿，"谢知非温和道，"你心里也是喜欢他的吧？"

"他那样的人，谁不喜欢？"珍姐儿两只眼睛一动不动地盯着谢知非看，"长得好看不说，说话也像你一样轻声细语，还会写字、画画。"

"他多大啊？"

"比我们大两三岁，个子比我们高好多。"珍姐儿手比画了几下，"对，有这么高。"

谢知非笑了："后来呢？"

珍姐儿抹了抹油嘴："后来，三妹扔下我，一有空就往河对岸去，真是个小贱人哩。"

裴笑好奇地插了句话："她每天游过去啊？"

珍姐儿一看问话的是个也挺俊的后生，咧嘴笑道："河里那么多小船，哪条不能撑一撑？再往下走两个时辰，还有桥，桥上也能见啊！"

谢知非脸上露出惊色："他们就这么好上了？都才几岁啊？"

珍姐儿眼皮也没抬，恨恨道："看对了眼，可不是好上了吗？管他多少岁。"

谢知非："好了几年啊？"

珍姐儿："五六年还是七八年啊，反正就一直这么好着。"

那就是青梅竹马。谢知非故意问："好了这么久，那人怎么不来胡家提亲啊？河这头河那头不是通婚的吗？"

"谢哥儿，你说什么傻话呢？！"珍姐儿阴恻恻地笑道，"做做野鸳鸯也就得了，想八抬大轿抬进门啊，门缝都没有。"

长得好，会读书，会画画，门缝都没有……那就是两家门不当，户不对。想到这里，晏三合刚要用手指戳一戳谢知非，谢知非已经开口问道："那位到底是什么人啊，难不成门第比我们季家还要高？"

"我呸！"珍姐儿朝地上啐了一口，伸出小拇指，在谢哥儿面前比画，"季家算什么玩意儿，我偷偷告诉你，连那人的一根小指头都比不上。"

裴笑不服气："我们季家那可是京里的大官。"

珍姐儿"嘁"一声："大官有什么稀奇，那人可是真正的皇亲国戚。"

所有人脑子里紧绷的弦叭的一下就挣断了。

谢知非猛地回过头，对上的是晏三合同样惊诧万分的眼睛。

皇亲国戚？那就是大齐国的皇族。晏三合深吸一口气，瓮声道："我不太信。"

"就是。"谢知非拿出最平常的神情和语气，"珍姐儿，不带这么吹大牛的，皇亲国戚都在皇城根儿下住着呢，怎么可能跑到河对岸去？"

"谢哥儿，我老婆子是马上就要去见阎王的人了，还跟你吹什么牛？"珍姐儿把干枯的手掌往前一伸，"瞅瞅，五根指头还有长短呢，这皇亲国戚就不能分个得宠的和不得宠的？"

谢知非笑笑："那他是哪个不得宠的？"

"不是你说的吗，得宠的都在皇宫里住着呢，哪能跑到我们这犄角旮旯来？"

谢知非心说：珍姐儿啊，你酒量好，饭量好，抬杠的本事也好。

"对了，他叫啥名？"

珍姐儿努力瞪大了眼睛，笑得有些贼兮兮："我要是告诉你了，回头你背我回家？"

谢知非一拍掌："背！"

珍姐儿不信："真背？"

谢知非硬邦邦道："谁不背，谁是小狗。"

珍姐儿这才信了，撑着椅子慢悠悠地站起来。

谢知非不知道她要做什么，也跟着站起来，试探道："珍姐儿，你这就要回去了？"

"吃饱了，喝够了，不回去做什么？"

"你还没说那人是谁呢。"

珍姐儿伸手摸着脑袋后的"倔强"："放心吧，我留着最后一口气，一定告诉你。"

谢知非拿不定主意，去看晏三合。

晏三合轻轻一点头。他利落地往地上一蹲："来吧，上来！"

珍姐儿着实不客气，往谢知非背上一趴，从喉咙里发出喔喔两声，很是得意。

裴笑不知道要不要跟过去，拼命朝晏三合挤眼睛。

晏三合略微皱了皱眉，道："在这里等三爷回来。"

裴笑："可万一……"

晏三合一挑眉："你不信你的谢五十？"

裴笑："……"这话我要怎么回？我要怎么回？

…………

村间小道上，俊朗的男子背着秃头的老妪，你一言我一语。

"谢哥儿，你怎么也不打听打听我的事？"

"打听了，你不就那几件破事吗？没啥说的。"

"怎么没啥说的？"

"那你说！"

"老天哟，我的命怎么这么苦哟？！"

"让你说，你怎么还号上了呢？！"

"我长得比三妹好看,个子也比三妹高,皮肤还比三妹的白,可我就是命不如她。"

"……"谢知非接不上话。

"谢哥儿,鸡都会下蛋,你说我怎么就生不出个崽子来呢?他们还让我和别的男人睡了,有三个呢,个个都夸我的身子嫩。"

谢知非脚下一顿。

"可身子嫩有什么用,肚皮不争气啊!"珍姐儿重重地叹了口气,"回了娘家,爹也打,娘也骂,哥哥嫂嫂个个不给我好脸色看,我要是不狠点,他们能把我卖到窑子里去。"

谢知非咬咬牙,哑声道:"珍姐儿,听你这么一说,你还真是挺命苦的。"

珍姐儿听了一笑:"你猜,我是怎么留在娘家的?"

"腰里藏了把刀呗!"

"你猜错了。"珍姐儿把头往前够够,声音一下子压下来,"我大嫂没了,我大哥娶不到媳妇,我这才留下来的。"

谢知非脚下一个趔趄,差点摔下去。

"他们哪里是被我克死的?他们一个个都是被我活活气死的……哈哈哈……气死好……哈哈哈……死了好……"笑着笑着,她混浊的眼里流下了泪。

泪光中,她仿佛又看到胡三妹摇着船到河中间:"珍姐儿,你看,就是他。"

他温柔的目光朝她看过来:"三妹总和我说起你。"

她含羞的目光无处安放,手一下一下抚着胸前黑长的辫子:"说我什么?"

他露出一口白牙:"说你水性好,心肠也好,还和她一起照看黑蛋。"

她一时说不出话来。

他手一甩:"珍姐儿,接着!"

她一接:"什么?"

他:"糖,给你吃的,可甜了。"

是真的甜,一直甜到她心里,她笑得眉眼都弯了起来:"你……你叫啥名?"

"读过书吗?"

"不识字,可我记性好。"

"那你记好了,我叫……"

"谢哥儿!"珍姐儿的嘴里像真的含着一颗糖,她呓巴了两声,渐渐地,说话声音越来越含混,"你……记好了……何处最伤心,关山见秋月……他叫……吴关月。"

饶是谢知非做好了心理准备,也被这三个字惊得一口气差点没喘上来。

就在这时,原本搭在他肩上的手突然垂落下来。

"珍姐儿?"

"……"

"珍姐儿?"

"……"

谢知非再也支撑不住，双腿一屈，跪倒在地上。

"三爷！"朱青从远处飞奔过来，"我来背。"

谢知非闭了闭眼，沉默良久后，摇摇头："扶我起来，我送珍姐儿最后一程。"

朱青赶紧伸出手探探妇人的鼻息，愣住了。

"肉吃饱，酒喝足，还有个俊俏的三爷背着回家。"谢知非用力一挣，双膝离地的同时，大喊道，"珍姐儿，你好福气啊——"

这一嗓子吼得极响，远处，晏三合只觉得胸口一哽。

第二十一章 希望

珍姐儿无儿无女、无亲无戚，换身衣服，买具棺材，请村人守夜三天，三天一满，往胡家祖坟一埋，就算完事。

谢知非命朱青给了办事人一百两银子，叮嘱他务必把珍姐儿的后事办得风风光光。

安排妥当，谢知非走到晏三合、裴笑跟前，把那如雷贯耳的三个字一说。

晏三合顿时双眉一凝，前脚刚聊起吴关月，后脚季老太太的心魔就和他扯上关系……果然如珍姐儿所说，这真是狗屁的缘分！

裴笑等不及地问："晏三合，接下来怎么办？"

晏三合无语良久，才道："我做梦都没有想到老太太的心魔竟然会和吴关月扯上关系，这人是死了，还是活着？如果活着，又蹲在哪个角落里？"她微仰头，看向裴笑的表情很无奈。

裴笑不明白她是什么意思，用眼神询问谢知非。

谢知非神色黯然："郑家案子发生后，锦衣卫和大齐国都在查找吴关月父子的下落，至今一无所获。连锦衣卫都找不到的人，就凭我们这几个……"

裴笑的脸坍塌得厉害："晏三合，是不是找不到吴关月，我外祖母的心魔就没办法化解？"

"老太太的心魔是黑蛋，黑蛋是她和吴关月一起救下来的，算定情信物。两人青梅竹马，却因为身份地位的不同，而遗憾终身……"晏三合冷静地分析，"目前看来，老太太的心魔的确和吴关月有关，如果找不到他，也就找不到点香的人，这个心魔便化不了。"

"完了，彻底完了。"裴笑心里愁得慌，"这就是个死结啊！"

谢知非："死结还能用剪刀剪开，这是死胡同，是绝路。"

"谢五十，你能不能说句好话安慰我一下？"裴笑几乎要崩溃了。

"不能。"谢知非冷笑,"锦衣卫的消息网遍布天下,他们的本事,明亭,你应该很清楚。当然还有一个可能。"

裴笑:"什么?"

谢知非一字一句道:"死人是找不到的。"

"死了?"

那也就是说,他们这一路吃的苦、受的罪,都白吃白受了?那也就是说,季家的倒霉不止抄家坐牢这一项,以后还会源源不断?那也就是说,外祖母地府不收,投胎不成,永远只能做一个孤魂野鬼?

裴笑愣愣地看着谢知非,千般滋味万般滋味涌上心头,压不住了,索性往地上一坐,额头抵着膝盖,轻声呜咽:"这都是什么事啊……呜呜呜!"

"裴明亭,你还是不是男人?"

裴明亭抬头瞪着晏三合,怒道:"你这是什么虎狼之词?"

"是男人就给我站起来。"晏三合冷笑道,"吴关月死了,他就没儿子了吗?儿子没了,难道孙子孙女也没了?"

裴笑吸吸鼻子,瓮声道:"万一他断子绝孙了呢?"

"到时候你再哭也不迟。"

"谁说我哭了?小爷我是心里难过。不对,你的意思是……"裴笑赶紧手脚并用地爬起来,"……还有希望?"

"没有希望也要找出希望来。"晏三合转过身,目光看向不知道什么时候回来的李不言。

李不言摇摇头:"小姐,每一户人家都问过了,没什么线索。"

晏三合思忖片刻,道:"不言,朱青,黄芪。"

三人齐齐看向她。

"一会儿让胡勇找艘船,划到对岸去,你们三人分头打听吴关月以前的事情。"晏三合道,"他是乱臣贼子,打听起来不容易,你们只管使钱,有钱能使鬼推磨。"

"是!"

"那我们呢?"谢知非道,"我们做什么?"

晏三合淡淡地扫了裴笑一眼:"我需要你们带我再捋一下思路。"

"晏三合,"谢知非犹豫片刻,"现在做这些还有用吗?"

"有用没用,做了再说。"晏三合目光看向朱青,"都饿了,请村民下几碗面条,给裴大人的面条里卧一个鸡蛋。"

裴笑:"干吗要给我卧一个鸡蛋?"

晏三合:"给你补补脑子。"

这是在说他笨?

"你……"裴大人勃然大怒。

晏三合只当没看见,拉着李不言转身就走。

谢知非看着裴大人脸上咬牙切齿的表情，嘴角无声地一勾：傻小子啊，她一骂一激，可都是在安抚你啊，笨蛋！

…………

一碗面条，吸溜几下就吃完了，李不言他们三人放下碗，一刻不停地走去河边坐船。

晏三合最后一个吃完，用帕子擦擦嘴，然后拎一把竹椅坐到树荫下，弯腰捡起一根小树枝，在地上写了三个字——吴关月。

谢知非抱臂倚着树，黑眸先看了眼字，再看一眼写字的人，开口道："需要我们怎么帮你理思路？"

"三爷对大齐国的事情了如指掌，对吴关月这人呢？"

"你想知道什么？"

晏三合愣了愣，抬眼看他。恰好此时，阳光透过层层树叶落下来，有一缕正打在谢三爷的脸上，光影下，那双桃花眼低垂着，长睫根根分明。这卖相，难怪珍姐儿眼馋。

晏三合移开视线："所有的一切。"

"说起吴关月，就不得不提起大齐国的王室。"谢知非一顿，"齐国很小，就那么几个州几个府。正因为小，就只能依附于大国。谁做王，要看大国皇帝的意思。大国改朝换代，大齐国也随之改朝换代。"

晏三合听到这里，眉头轻皱。

"陈氏王朝的前一任是李氏。李氏王朝晚期，内乱频生，朝政大权慢慢地落到了陈氏手中。"谢知非道，"陈氏为取代李氏发动政变，建立陈朝。"

"那么……"晏三合道，"陈氏取代李氏的同时是不是也是咱们大华国取代前朝之时？"

谢知非瞳孔骤然紧缩。

晏三合："你自己说的，大国改朝换代，大齐国也随之改朝换代。"

谢知非艰难地一点头。

"然后呢？"

"打江山容易，守江山难。陈家人坐稳江山后，便不思进取，开始享乐，再加上连续几年的水灾，百姓颇有几分怨言。"谢知非道，"吴关月的母亲是长公主，是陈氏王的嫡妹，她由陈家人牵线，嫁给了吴家。"

"这个吴家有什么特别之处？"

"李氏王朝的前一任就是吴氏。吴氏祖先也曾做过皇帝，血脉十分高贵，只是改朝换代后没落了。"

晏三合暗暗吃惊，原来这个吴关月的身上流着两代王室人的血液。

"吴关月早年的经历我不了解，更不知道他和季老太太有这样一段缘分。"谢知非道，"只知道他后来被做皇帝的舅舅信任，一步一步成了权臣。"

"所谓权臣，就是和你父亲一样吗？"

"我父亲差他十万八千里。"谢知非耐心地解释，"所谓权臣，是一人之下，万万人之上，甚至可以说是只手遮天。"

晏三合愣了一下，才道："一个人能爬到这个高度，能只手遮天，一定是有真本事的。"

"你说对了。"谢知非看了晏三合一眼，"据说这人非常聪明，也极有手段，掌权后就对陈氏王朝很多的弊病进行了改革，陈家人个个恨他恨得要死，但百姓个个拥护，个个爱戴。"谢知非说到这里，自嘲似的笑了笑，"这会儿你该明白为什么他流亡这么多年，始终找不到了吧？！"

晏三合"嗯"了一声，拿起茶碗喝了口茶压压惊。吴氏王室被李氏灭，李氏王室被陈氏灭，最后陈氏王室又被吴氏灭……这是怎样的一个因果轮回？

放下茶碗，她又问："吴关月的故事还有吗？"

"有！"谢知非似乎站累了，找了把竹椅坐下，顺便也给裴笑搬了一把，示意他坐下来听。

裴笑其实一直就坐在井沿上，竖着两只耳朵，一个字都没落下。他走过去，踢踢谢知非的脚尖："你小子怎么知道这么多，啥时候打听的？"

"你到底听不听？不听，滚边上去。"

"嘿，你吃炮仗了？"裴笑瞪他一眼，"我就感叹这么一句，你至于吗？赶紧的，把你那带酒窝的笑容给爷露出来。"

露你个头！谢知非有种被祖宗调戏了一把的感觉。

三爷不知道祖宗这会儿心情十分复杂，是嘴上不贱上两句就活不下去的那种复杂：我那大门不出，二门不迈的外祖母哎，你怎么就和这么一个人扯上了关系？

"吴关月二十岁娶妻，妻子是长公主挑中的人，后来，又纳了好几房妾室。"

"等一下！"晏三合突然出声打断，"他二十岁的时候，季老太太十八岁，已经进京两年。"

谢知非与她对视："哪里不对？"

"没有不对，我就是在想，他们之间是谁先负了谁？"

"有区别吗？"

"有！"晏三合道，"如果是老太太先负了他，那么老太太的心魔是吴关月的可能性就又加重了一重，因为愧疚。"

"如果是吴关月先负了她呢？"

"对于一个负心汉，我觉得老太太不应该那么执着。"晏三合目光一转，"裴大人，你觉得呢？"

我觉得你话里有话，但我没证据！裴笑清清嗓子："我觉得要是吴关月先负老太太，老太太会很乐意去京城享福，也不会说什么再也不回来这些狠话。"

晏三合："吃了鸡蛋的脑子果然不一样，裴大人聪明。"

裴笑："……"这神婆到底是在夸我，还是在骂我？

我是在哄你！晏三合："三爷继续往下说。"

"很奇怪，他妻妾成群，膝下却只有一个儿子，据说他对这个儿子非常看重，亲自教养。"谢知非眼神一下子变得凉飕飕，"血洗中，最后活下来的好像也只有他们父子俩，这就是我知道的全部。"

话到这里戛然而止。

晏三合在心里勾勒出吴关月的大体形象——聪明、弄权、心狠、爱子、有仇必报，还有杀富济贫！这样一个复杂的人……

晏三合看着裴笑："裴大人，珍姐儿有一句话说得是对的。"

"我知道。"裴笑感慨万千，"这人比我外祖父厉害太多，季家还真比不上。嗯，我外祖母眼光真好。"

"三爷，"晏三合看向谢知非，"如果我想去大齐国，需要准备些什么？"

谢知非对她说这样的话半点也不稀奇。

吴关月是在大齐国失踪的，老百姓又这么拥护他，他们父子最大的可能性就是隐姓埋名藏在大齐国某个不起眼的小地方。

"晏三合，"谢知非如今连名带姓地叫，叫得相当顺口，"很简单，让明亭去南宁府府衙要个路引就行，以明亭的身份，说不定还能拿到知府大人的手书。"

"手书有什么用？"

"大齐国有皇上设下的布政使司，有了手书就能让他们帮着找人。不过……"谢知非轻轻皱了一下眉，"别抱太大希望。"不等晏三合开口，他又感叹了一句，"也许是在浪费时间。"

晏三合很想问他一下——三爷，你怎么了？怎么总说丧气话？你不是最擅长用你的酒窝哄人吗？

"我想去大齐国碰碰运气。"

运气？谢知非别过头冷笑，运气这东西如果能找到人的话，还要锦衣卫做什么？

晏三合站起来，走到裴笑面前："我有一个想法。"

"什么？"

"我觉得你家外祖母一定在我们看不见的地方陪着我们。"

"嗷——"裴笑从竹椅上跳起来，往谢知非怀里一扑，然后头一抬，与谢知非对视。

裴笑：兄弟，神婆她吓我！

谢知非：兄弟，你到底做了什么亏心事，连季老太太也怕？

谢知非把他推开："晏三合，为什么这么说？"

"你不觉得很奇怪吗？"晏三合手指了指珍姐儿坐过的那把竹椅，"如果晚来一步，胡三妹和吴关月的那一点过往就和珍姐儿一起埋进土里了。"

谢知非笑起来："你觉得她冥冥之中在保佑我们？"

"我觉得……她自己也想找一个答案，"晏三合黑冷的眸子看着他，"关于过往的答案。"

谢知非看着她，从上到下，从眼睛到唇，再到垂下的双手。不知道为什么，他突然冒出一个念头：如果那个人能活到她这么大，应该也是这样一副好相貌吧！

"你做什么，我都支持，去大齐国的事情，我和明亭来安排。"

…………

有了谢三爷的承诺，晏三合心安地在竹椅上打起了瞌睡。

边上，谢知非和裴笑你一言我一语，商量问南宁府的知府讨要文书一事。事情并不难，难的是找个合适的理由。

"嗯……就说我要去看看他们的寺庙。"

"裴大人，大齐国的寺庙都是照着我们这头建的。"

"那……我去看看他们念什么经？"

"经也是从我们这里传过去的。"

"要不……我去指点指点他们寺庙的工作？"

"裴大人，你去指点，那得皇上亲自下诏书。"

"这也不行，那也不行……"裴大人怒了，想把谢五十摁到地上揍，"来来来，你说个行的。"

谢知非摸了摸自己的脑门："探亲访友吧！"

"啥？"

"你就说老太太临终前常常提起一个叫珠姐儿的人，那人是她从小一起玩到大的姐妹，嫁去了大齐国。"

才死一个珍姐儿，你又编出一个珠姐儿……

"你借着办公差的机会，想给自己谋个私，去大齐国找找那个珠姐儿，人要是还在，就给她报个丧。"谢知非道，"人要是不在了，你就去给她上个坟，帮老太太了结一桩心愿。"

还别说，这主意不错。

"这么多人一起过去，得找个身份才行，那帮和尚我能搞定，南宁府的知府说不定哪天就进京述职了。"裴大人摇摇头，"你谢二爷这会儿还在京城要死不活呢！"

"也简单！"谢知非看着晏三合，"她是你表妹，马上要嫁人了，嫁人之前带她出来转一圈，以后就困在内宅了。李不言还是她的婢女。"

"这理由勉强说得过去。"

"我和朱青好办，是你裴大人的侍卫。"

"小谢子！"裴笑指指茶盅，"给裴大人倒杯水来。"

"小谢子"拽着裴大人的领子，直接把他扔了出去。

…………

入夜，李不言他们三人才从对岸回来，见到晏三合，她轻轻一点头。

晏三合心领神会，命令道："回去！"

众人翻身上马，连夜往东兴县赶，子时三刻，才赶到县里面。

裴笑冲几乎已经快被颠散架的胡勇道："赶紧回家洗洗睡，有话回头再说。"

胡勇忙点头，心说：一个不相干的死老太婆，他们一出手就是一百两，我是老太太亲侄子，银子能少得了吗？再说了，他们住的地方我都知道，跑得了和尚跑不了庙。

六人进了寺庙，个个饿得饥肠辘辘。智通和尚留了饭菜在桌上，虽然早已冷透，但谁还会在意呢，一个个拿起碗筷就吃。

晏三合又是最后一个吃完。

撤走碗筷，朱青沏茶，给三爷的茶盅里添了些热水，一点茶叶末子都没加。三爷觉浅，这么晚了喝茶一定会失眠。

李不言等朱青坐下，开口道："小姐，北仓河对岸是个村子，村子上有条老街，原先在老街住的人都姓吴，那条街也是吴家的，祖祖辈辈很多年了。"

晏三合："那么现在呢？"

"吴关月流亡后，那条街上姓吴的人都被杀了。现在整条老街空着，没有人敢去住，说是夜里常常闹鬼，能听到哭声。"李不言，"就这些。"

晏三合头一偏："朱青，你呢？"

"吴关月的父亲，人称吴驸马，在老街土生土长，去皇城后这才娶的公主。"朱青顿了顿，"后来不知道为什么，吴驸马带着儿子竟然回老街来住了，住了几年，吴关月被公主接回皇城，驸马一个人在老街住到死为止。"

晏三合："还有吗？"

朱青："还有，吴驸马也是被人杀死的。"

晏三合心头一跳："被谁杀的？"

朱青摇头："时间太久，他们也都是听老一辈人说起的，具体的谁都不知道。"

所有人的目光齐齐向黄芪看过去。

黄芪舔了舔唇，撸了把头发，然后慢条斯理道："我就打听到一个消息，吴家人不吃狗肉。"

"……"这算什么消息？裴笑恨不得把手里的茶盅扔过去。蠢货，一点都不知道给你家爷争口气！

黄芪一脸羞愧，心里却不太服气：怎么啦，这不也和吴家人有关吗？

晏三合起身走到窗户边，看着窗外的夜色，背影很纤细、很好看。

谢知非喉结滑动，挣扎了一下才移开目光："晏三合，你想到了什么？"

"公主和驸马的感情不好，吴关月可能跟驸马更亲一点。"

"还有呢？"

"吴驸马的死，对吴关月的人生影响应该很大。"

"还有吗？"

晏三合转过身，神情很平静："吴关月和老太太之间有很多珍姐儿并不知道的事情。"

谢知非眉心一跳："为什么这么说？"

"珍姐儿对吴关月芳心暗许，一个女孩子一旦陷入感情里，她所看到的很多都是她想象出来的、片面的。"晏三合冷静道，"吴关月在史书上是乱臣贼子；在百姓中却是枭雄一样的人物。"

"这样的人物……"谢知非接话，"一点儿女私情对他来说算什么？"

到底还是男人懂男人。晏三合轻轻一点头。

裴笑摸摸脑门："晏三合，你的意思是我外祖母是剃头挑子一头热？"

"小姐的意思是，你外祖母用情更深一点。"李不言莞尔一笑，"裴大人啊，我真好奇你这官是怎么当上的。"

"这和当官有什么关系？"裴笑不屑地努努嘴，"小爷我最不喜欢这个私情，那个私情，累不累啊？"

李不言笑意更深："是，裴大人喜欢勾栏听曲。"

裴笑赶紧用眼睛去瞄谢五十：她是怎么知道的？

谢五十眉往下一压：稳住，她在试探你！

晏三合瞄了李不言一眼："明天吃过早饭出发回南宁府，要连爬七座山，裴大人的腿不要软，后头的事情都得靠你！"

放心吧，爷靠得住的。裴大人非常郑重地点点头。

…………

他们各自回房，各自洗漱，晏三合虽然身体已经累得不行，脑子里却全是吴关月这人的过往，必须理一理。

她悄无声息地掀开帐帘，一只脚刚跨出门槛，便愣住了。

对面厢房门前，谢三爷一只脚也刚刚跨出去。

三爷心说，这不是巧了吗？再转身回房，就显得有些刻意，二爷索性大大方方地往院外抬抬下巴：走一走？

晏三合心说：我只想一个人走一走。但这会儿再拒绝，就显得有些心虚，她索性也大大方方地一点头：行！

深夜的寺庙静得只有虫鸣声，谢知非想看心事，不想说话。

晏三合脑子里理着各种消息，更不想说话。

临睡前，李不言将她的衣服都洗了，晾晒起来，于是她穿了件男式的僧衣，挂在身上空空荡荡。这本是再难看不过的打扮，却因为她散着的一头黑发，反而微微有惊艳之感。

谢知非哪怕再有心事，余光扫过，也略略有些心浮气躁。但三爷是什么人？三爷最擅长的就是心里风起云涌，脸上不动声色。

"这应该是你解魔生涯中遇到的最难的一个心魔吧？"他说。

晏三合摇摇头。

"还有更难的？"

晏三合点点头。

谢知非不吭声了，安静地陪她走了一段后，小声提醒道："明天还要早起，回去吧。"

晏三合像个提线木偶一样，听话地转过身。

谢知非低头看看她，才发现这人的眼睛是虚空的，没有焦距。

我就这么没存在感吗？谢知非气笑了，这要是在京里，多少大姑娘小媳妇走在他身边，心都要怦怦直跳。

走到院门口，晏三合身子一转："你先回，我再走走。"

话是这样说了，她脚下却没动，谢知非见她有些魔怔，知道她脑子里是在想事情，虚虚地一点头，便转身离开。忽然，胳膊被人拉住，他脚下一顿，偏过脸："怎么了？"

晏三合目光微沉："如果你是吴关月，如果你在流亡，你会藏到哪里？"

谢知非："……"

晏三合："如果吴关月已死，如果你是他的儿子，如果你在流亡，什么事情能让你不顾一切地站出来？"

谢知非："……"

晏三合："咱们能不能想个招引蛇出洞？"

"……"谢知非的心一瞬间怦怦直跳。

…………

翌日，大侄子胡勇一觉睡到天亮，只觉得脚也酸，屁股也疼，浑身不得劲儿，但不得劲儿也得爬起来，要钱这种事情嘴要甜，脸皮要厚，腿要勤快，得让贵人时时刻刻看到你。

胡勇由婆娘侍候着洗漱、用早饭，在胡家人殷切期盼的目光中，大摇大摆地上了马车。

到了关帝庙，他像昨天一样等在树荫下。等半天，不见人影，莫非贵人昨儿个累着了，怕是要多睡一两个时辰；等到中午，还不见人影，他觉得不对劲儿了，赶紧找庙里看门的和尚去打听。

看门的小和尚一听他叫胡勇，忙从怀里掏出一个包袱："拿着，他们让我转交给你的。"

胡勇顿时乐得嘴巴都合不拢，虽然这包袱瘪瘪的，但里面装的肯定是银票，他仔细观察过，裴大人就喜欢使银票。

财不露富，大侄子左右看了看，把马牵到没人的地方系好，这才从怀里把那包袱拿出来打开。

一层布打开，里面还有一层，啧，贵人就是讲究。

他再打开一层，里面还有一层，啧，不仅讲究，而且细心。

他又打开一层，里面竟然还有一层，他紧张得大气不敢出，这一层又一层的，十有八九是笔巨款啊！发达了！

终于，来到了最后一层，咦，怎么就薄薄一张纸，这纸上写的是什么？

胡勇不识字，赶紧骑马又回了关帝庙："小师父，劳烦帮我看看这上面写的是什么，是不是藏银票的地方啊？"

小师父接过一看，双手合十："自力更生，发奋图强。"

"什么自力更生，发奋图强？"

小师父手指着纸，道："瞧清楚了，这上面一共写了八个字——自力更生，发奋图强。"

"……"胡勇大侄子只觉得眼前一黑，一头栽了下去。

…………

回程，五天的山路，他们只用了四天半。

到了观音禅寺，裴大人顶着一堆像鸟窝一样的乱发，神色却非常严肃："智通，看一眼我们六个人的身形，一人两套新衣裳、两双新鞋子，明日一早我要见到。"

智通："裴大人，两位姑娘的衣裳怎么买？"

裴大人指着晏三合，趾高气扬道："一个我裴家的千金大小姐、一个侍候大小姐的丫鬟。"

他们沐浴、吃饭、睡觉……醒来已经是翌日早晨。

李不言洗漱后推开门，一个瘦瘦的小和尚捧着衣裳、首饰盒等在门外："智通师兄让我给你们送来的。"

"多谢。"李不言转身把东西摆在桌上，打开首饰盒，从里面挑出一支步摇，啧啧两声，"三合，换衣裳。"

晏三合阴沉着脸，一动不动。

李不言走过去，用肩碰碰她："昨天裴大人安排的时候，你可没吱声。"

"那是因为我没想到还要戴首饰。"晏三合目光幽怨地盯着那支步摇，真想折断它！

对门，谢三爷看着铜镜前的自己，胡子拉碴，头发微乱，眼神憔悴……不错，很有几分贴身侍卫的样子。"明亭，出发。"

二人在院中略等片刻，门吱呀一声打开。

李不言先走出来，这丫头换了一身俏丽的衣裳，整个人明媚如春。都说佛要金装，人要衣装，这丫头稍稍打扮一下，就已经很出众了。

这时，门里又走出来一人，那人一身杏红色衣裳，眉目若山，眼若星辰。如云般乌黑头发上的步摇来回摆荡，荡出灿灿金辉，而素来苍白的脸和唇因那抹金辉也染上几分血色。

红衣、金辉、血色……轰轰烈烈地撞入所有人的眼帘。

谢知非的心像被什么掐了一下，骤然跳得快起来。他用力深吸一口气，假装去推边上的裴笑:"那个……下面怎么行事,你说句话。"

说什么?裴笑咽了口口水,只觉得喉咙也干,脸颊也烫,还有……腿也软。

活了这么些年,在这个楼那个阁进进出出都坦然自若的裴大人,破天荒地脸上露出了一抹羞涩:要死了,这神婆打扮起来,怎么会这么好看呢?我我……我……

"还愣着干什么?快说啊!"晏三合语气前所未有地不耐烦。

裴笑用力掐了自己一把:"那个……一会儿到了府衙,不要用这种态度对为兄说话,要低眉顺眼,要恭敬,要温和。"

晏三合咬咬牙。

"别咬牙,眼神也要温和一点,千金大小姐的眼神是温柔的,能柔出水来……"

"晏三合,没有那么多讲究。"谢知非在晏三合暴怒前赶紧出声,笑道,"面无表情、目不斜视、沉默就行。"

这个我可以!晏三合冷哼一声,甩甩袖子,扬长而去。她习惯走得快,也记不得脚下有裙摆,一个踉跄。

谢知非:"三合,小心!"

李不言:"小姐,小心!"

裴笑:"神婆,小心!"

三声"小心"中,神婆晏三合扑通摔下去,步摇摔出数丈远。

一片死寂中,谢三爷痞痞地翘起嘴角。

三合?嗯,他叫着很顺口。

…………

南宁府府衙。

衙役接过官印瞧了瞧,忙恭敬道:"裴大人稍等,我这就去回禀知府大人。"

裴笑随口一问:"你们大人今天没有去山间田里?"

衙役一愣,心说:他怎么知道我们家大人有这个习惯?

"大人今儿没出门。"

裴笑朝谢知非挑了下眉:咱们运气还不错。

衙役回来得很快:"裴大人,知府大人有请。"

"前边带路。"

"是!"

一行人进到府衙里,穿过两重朱门后看到有个中年人背手站在屋檐下。

那人四十岁左右的年纪,长相普通,皮肤黝黑,眉心有三道深深的川字纹,瞧着颇有几分沧桑感,要不是身上这身官服加持,根本看不出这人竟然是南宁府的知府周也。

知府是正五品,右善世是正六品,官位的大小决定着谁要先打招呼。

裴笑上前一抱拳,热情洋溢:"久仰周大人大名,打扰了,打扰了。"

周也微微一颔首:"裴大人大驾光临,有失远迎,请!"

官腔打完，进到内堂，内堂摆设简单、肃穆。众人落座，衙役上茶。茶也不是什么好茶，还有几根茶梗浮在上面。

晏三合刚要去喝的时候，只听身后传来谢知非的一声咳嗽。千金大小姐吃得好，喝得好，用得好，这种茶叶是入不了眼的。

晏三合本来就憋着一肚子火，这会儿被三爷一提醒，端着茶盅喝也不是，不喝也不是。

就在这时，周也目光一一扫过六人，最后落在晏三合身上。

"这一位是我家最小的妹子，中秋后便要嫁人，这趟出来……"裴笑重重地叹了口气，"不瞒周大人，那门亲事连我都瞧着不般配……"

啪！晏三合顺势把茶盅往小几上重重一搁，脸阴沉下来。

"周大人，你瞧瞧，你瞧瞧。"裴笑那个愁云惨淡啊，"惯得她都没样了，非要跟着出来，谁都劝不住，一点办法都没有。"

周也对大宅门里的事不感兴趣，正色道："裴大人此趟远差是为了……"

喀！裴笑神色坦然："这一趟原是来查看咱们两广寺庙，顺道再办点私事。"

周也痛快道："需要本官帮着做些什么？"

"简单。"裴笑身子凑近，笑眯眯道，"请周大人给我一个去大齐国的路引，方便的话，再写个手书，我想去大齐国的布政使司拜访一下。"

周也皱眉："裴大人要去大齐国？"

裴笑讪笑："是啊，既然来了，就想过去瞧瞧。"

"裴大人，不是本官不通融，皇上虽然在大齐国设了布政使司，但大齐国毕竟是异国他邦。"周也断然拒绝，"裴大人还是不去的好。"

裴大人皱皱眉，咬咬唇，一副十分为难的表情："周大人，此事说来话长，你且听我一一道来。我外祖母年前去世，临终前几个月总念叨着从前的一些事……"

按照事先商量好的说辞，裴大人说得简直比茶肆里的说书人还要抑扬顿挫，贤子孝孙的形象生动极了。

周知府听完，颇为动容，却没有一口应下："裴大人有所不知，大齐国民风彪悍，老百姓对咱们华国人十分不友好。"

"这又是为什么？"

"这事说来也话长，真不是一句两句话能说得清的。"周知府抬头看看裴笑身后的三个侍卫，"裴大人只有三个贴身侍卫，却还有两位女眷同行，这样吧，我再派八个侍卫跟着，大人意下如何？"

"这……"裴笑踌躇。

侍卫跟着的确是安全，但也就没了自由；若不让跟，这周知府只怕……权衡利弊后，他笑道："如此，下官便多谢了。"

"裴大人无须客气。"周知府摆摆手，"你们千里迢迢来这里，首要的是安全，万一出什么事，我这个南宁府的父母官只怕也做不下去。"

"是是是！"

"裴姑娘生得花容月貌，到了大齐国，还需把帷帽戴好，免得惹来不必要的麻烦。"

晏三合愣了片刻，才反应过来裴姑娘是她本人，赶紧回了两个字："多谢！"

周也起身："裴大人先喝会儿茶，我去去就来。"

"不急，不急。"

周也一走，堂屋里便安静下来。

谢知非生怕场面太冷，被人看出异常，就对边上的李不言道："带小姐去院子里走走，看看景。"

晏三合依旧沉着脸："外头太热，我就在这里坐着。"

李不言冲谢知非一耸肩，表示她听小姐的。

谢知非低头，玩味一笑。这丫头自打早上摔了一跤后，别扭到现在，千金大小姐都不用演，活脱儿就是。

他哪里知道，"千金大小姐"别扭的不是那一跤，而是头上这沉死人的步摇。

趁这会儿没外人，晏三合又要去扶步摇，头一偏，恰好看到某人低头浅笑。

姓谢的还敢笑？晏三合哼一声："小谢子。"

谢知非忙道："小姐有什么吩咐？"

晏三合："外头树上叫的那是什么？"

谢知非："是知了。"

晏三合："太吵，你去粘了。"

谢知非："……"晏三合，你让小谢子很难做啊！

谢知非赔着小心："这不是咱们裴府，小姐将就些。"

不粘？晏三合一昂头："这鬼地方热死了，你打扇。"

打扇？我堂堂三爷？谢知非下意识地看了眼李不言：这是你的事。

李不言眼观鼻，鼻观心：现在是你的事！

裴笑低低地咳嗽一声，来了个雪上加霜："小谢子，小姐说什么就是什么，还不赶紧的！"

朱青同情地看了眼自家爷·爷，爱莫能助啊！

好的，爷知道了，爷错了，笑谁也不能笑"裴家"那个脾气大、脸臭的"三合小姐"。

三爷勾了勾唇，走到晏三合身旁，撩起前襟，扇了起来："小姐，这会儿没扇子，你将就一下。

"小姐，小谢子要不要再用力一些？

"小姐，凉快点没有？"

晏三合："……"小姐想堵上他的嘴。

有脚步声走近，谢知非赶紧退后一步，笔直地站好。

周也去而复返："这是路引，这是手书，裴大人收好。"

裴笑起身接过来，交给身后的谢知非："周大人，实在是感谢啊！"

"举手之劳。"周也颔首，"一路保重，早去早回。"

"周大人，请留步。"裴笑客套完，转身往外走。

晏三合提着裙摆，迈着小碎步跟过去，那样子……

谢知非没长记性，嘴角刚要弯起，却见周知府的目光向他看来，忙脸一沉，冲周大人抱了抱拳。

第二十二章 刺杀

北仓河上架起的桥就叫北仓桥，过了桥，便是大齐国。

下桥后，朱青递上路引，大齐国守桥侍卫一一清点过桥人数，清点无误后，在路引上盖了印章，这才打开关卡，让车马通行。

晏三合回到车上，掀开帷帽，拔了步摇，然后挑起车帘往外看。

虽然只是一桥之隔，变化却很大。树林更密集了一些，官道也渐渐变窄，走了一盏茶的时间，已经分不清这路到底是官道，还是山间小路，颠簸得很。四周无一人行走，却时不时能见到一座又一座的孤坟。

"怎么会这么荒凉？"晏三合皱眉。

"小姐有所不知，胡家村咱们瞧着已经够破够穷，但一河之隔的老街更破更穷。"李不言叹了口气，"别说掏钱打听消息，就是给个馒头，他们都愿意抢着说。"

晏三合觉得自己忘了一件事："如今大齐国的王是谁？还是姓陈的吗？"

李不言耸耸肩："这事得问三爷。"

三爷这会儿正骑在马上，用他那无敌俊朗的笑容和几个侍卫套着近乎："兄弟，你们平常来这头吗？"

侍卫甲："没事谁往这边跑？鸟不拉屎的地方。"

侍卫乙："就是，都是布政使司的人得空了往咱们那头跑，咱们南宁府虽不比京城繁华，可该有的都有。"

侍卫丙："听说这头连个逛窑子的地方都没有。"

"哈哈哈哈……"众侍卫一阵大笑。

谢三爷话锋一转："对了，兄弟们，大齐国的百姓为什么对咱们有敌意？"

侍卫甲："还不是因为那吴关月父子。"

侍卫乙："这边的老百姓都不相信他们杀了郑老将军一家，都说是污蔑。"

侍卫丙："这两人也不知道给人齐国的老百姓灌了什么迷魂汤，这都多少年过去了，还念着这父子二人的好。"

谢知非冷笑道："我堂堂华国何至于污蔑一对流亡的父子。"

侍卫甲："谁说不是，可他们哪会信呢？！"

侍卫乙："大齐国就是个蛮荒之地，这儿的人不讲理的。"

侍卫丙："要不是知府大人压着，我们几个也不会走这一趟。"

"辛苦兄弟们了！"谢知非反应极快，"等事一完，我做东请大家喝顿大酒。"

侍卫中领头的男人叫三胖，三胖一看谢哥儿这么识相，故意道："大酒怎么个大法呢？"

"自然是兄弟们想怎么大就怎么大。"谢知非冲三胖挤了挤眼睛，"这事我替我家大人做主了，咱不怕花银子，就怕没乐子。"

乐子是什么，男人们都懂的，不仅懂，而且都很想，侍卫们相互一递眼色，都暗自偷乐。

谢知非哄完这帮人，一勒缰绳，马车慢慢落后，与裴笑并行。

这些荤话一字不少地落在裴大人的耳朵里。他冲谢知非眨了下眼睛：一会儿找个地儿休息，等休息完了，接下来就得快马加鞭，否则照这个速度走下去，得到猴年马月。

谢知非：还用得着你交代？三爷哄着他们，就是为了"快马加鞭"这四个字。

又行了半个时辰，一行人到了一片小树林，林边有个浅浅的小湖，正适合让马饮水。

马都凑在一起饮水，人却分成了两拨。一拨围着谢知非，听他讲四九城里永定河两边的奇闻异事；另一拨则围着裴大人，默默啃干粮。

也不知道三爷又说了句什么，逗得侍卫们哈哈大笑。

李不言感叹："没瞧出来，三爷竟有这本事！"

朱青："我家爷走到哪儿，和谁都能打成一片。"

黄芪："真话，我去五城兵马司，只要说找三爷，个个恨不得领着我过去，倍儿有面子。"

裴笑："他打小就讨喜，长得又好，小嘴又甜，脸蛋轻轻一掐，能掐出水来。"

"怎么？"晏三合冷不丁来了一句，"他小时候还是个小白脸？"

小白脸？裴笑愣了片刻，哈哈大笑："真别说，他小时候还真是，病病弱弱的，动不动就哭鼻子，几步路一走，累了，伸手就要人抱，柔柔弱弱的。"

晏三合怎么也想不明白柔柔弱弱的谢三爷怎么就长成了如今这副高高大大的纨绔样。

她抬头，迅速向侍卫那头一瞥，恰好这时，谢知非也正扭过头。视线相交，两人同时一怔。

谢知非：你偷看我？

晏三合：你想多了。

晏三合淡定地收回视线："朱青，一会儿你和黄芪把行进的速度带起来。"
"是！"
"不言，一会儿你……"晏三合见李不言脸色忽地一变，"你怎么了？"
"嘘！"李不言一摆手，示意她不要说话，并飞快地去看朱青。
朱青与她对视的同时，脸上的线条骤然紧绷，这是一种非常微妙的感觉，好像有什么东西在靠近，越来越近！
这种紧绷感让一旁昏昏欲睡的裴笑都察觉到了："黄芪，发生了……"
话没说完，李不言、朱青、黄芪三人几乎是同时拔出了身上的剑，又几乎是同时声嘶力竭地大叫——
"爷小心！"
"小姐小心！"
"大人小心！"
声音刚落，七八个黑衣人已从天而降，手里俱是明晃晃的刀。
谢知非噌地站起来，瞳孔微缩。
三胖还一脸淡定："别紧张，几个毛贼而已。"
毛贼？谢知非冷笑一声，心说，三爷我活到现在，还没见过身手这么敏捷的毛贼。
"保护大人，保护小姐！"他大喊一声，毫无惧色地迎上去。
裴大人脸色煞白，见晏三合还呆愣在原地，赶紧伸手把她往自己身后一拽。
这时，李不言和朱青已经和黑衣人缠打在一起。
裴笑见黄芪没动，气得一脚踢过去："上去帮忙！"
"我听三爷的，保护大人和小姐。"
"你是谁的侍卫？三爷要是有个闪失，我弄死你，还不快去！"
黄芪咬咬牙，如箭一样冲到谢知非身边。
饶是这样，裴笑还是急得大喊："谢五十，你给老子小心，别伤着了。"
晏三合看着裴笑的后背，心念急转直下。怎么会有黑衣人？他们是谁？
没有人知道他们是谁，但所有人都知道这些黑衣人的身手实在非同一般。
李不言已经很久没有遇到过这样的对手了，浑身的血液直往头顶冲。朱青以一敌二，所有的情绪都掩在他那张没什么表情的脸皮下。黄芪眼观六路，耳听八方，既要顾着三爷，还得忙里偷闲看裴笑和晏三合一眼。
谢知非与黑衣人一交手，心就猛地往下沉。他的功夫比上不足，比下有余，但在对方大刀的逼迫下，手臂竟然如千钧般沉重。
三胖几个人一看谢哥儿快不行了，想着他许诺的一顿花酒，又想着知府大人的交代，顿时大喝一声："兄弟们，上！"
头儿一发话，侍卫们赶忙提刀迎战。花酒是次要的，裴大人是京官，他要是出点事，谁都不会有好果子吃，说不定连脑袋都得丢。
侍卫们身手一般，但胜在人多，几个围着一个打，一时竟然还占了上风。

晏三合把裴笑往边上一拨，眼一眨不眨地看着面前的战况。

这些黑衣人并不高，身形甚至有些精瘦，他们手上使的都是刀，那刀并不长，也不宽，非常称手。他们使的招式……

"姑奶奶，别看了，快到我身后来，刀枪无眼，万一——"

"你能不能给我闭嘴？！"晏三合真想拿布把这裴大人的嘴塞上，吵死了。

"可以。"裴笑往前一步，又挡在她身前，"这样我就闭嘴。"他就这么站着，背挺直。

晏三合无声地呼了口气，来不及说什么，那头又起变化。

谢知非不知道是不是对上的人太厉害，已经招架不住，就势一滚，堪堪避开一记重击。那黑衣人又追过去，抬刀就砍。

"黄芪！"裴笑急得跳脚，大喊。

黄芪一剑逼退面前的黑衣人，跃身跳到谢知非那头，长剑轻轻一挑，挡在了两人中间："三爷，我来！"

谢知非趁机喘了几口粗气，刚要骂一声，突然，所有黑衣人脚下飞快地移动起来，几乎是在瞬间就变换了阵形。

谢知非的心一下子狂跳起来，这是战场上的阵法。这些人竟然还懂阵法？

他心里说不出是什么滋味，啐出一口带血的唾沫，提剑又迎上去。既然懂阵法，那便是绝杀，除了血战到底，没有第二条路可走。

他破釜沉舟的决心刚起，耳边便响起一声破空声，一支冷箭横空而出，直奔着裴笑射去。

谢知非目眦欲裂："明亭，小心！"

裴明亭还没意识到发生了什么，就觉得身后有人往他背上重重一扑。

他重心不稳，一头栽下去，身体落地的同时，一股少女特有的幽香钻进鼻子里，他刚要挣扎一下，温热的气息便落在耳边："危险，别动！"

裴大人瞬间郁闷：别人都是英雄救美，怎么到了我这里，就是美救英雄了呢？！

树林里还藏着弓箭手——这个现实几乎让所有人惊了一跳，连素来淡定的朱青都变了脸色。

令人始料未及的是，那一箭过后，黑衣人纷纷使出一记杀招，逼得他们不得不后退半步。就在这半步之间，黑衣人几个跃身，一眨眼，便消失在密密的树林里。

"小姐！"

"爷！"

李不言和黄芪一前一后奔过去。

晏三合手撑着裴笑的后背爬起来，又用脚踢踢他："没事吧？"

人没事，心受伤了。裴大人趴在地上，一动不动，心说：这让我裴大人的脸往哪儿搁？

黄芪把自家主子扶起来。

这时，所有人都赶过来。三胖气喘吁吁道："裴大人，有没有受伤？"

裴笑摇摇头，目光落在谢知非身上。

谢知非轻轻一眨眼睛，示意他没事。

裴笑这才抹了把脸上吓出来的虚汗，冲身后的晏三合咆哮："还愣着干什么，给我躲车上去，不要命啦？！"

这怒气并非冲晏三合而来，晏三合低眉顺眼了一回，迈着碎步就往马车走去。

李不言忙跟过去，扶住她的胳膊，低声道："小姐——"

"上车再说。"

这头主仆二人上了车，那头裴大人表情十分严肃道："你们给我四处找一找，看看那帮黑衣人有没有落下什么线索，敢刺杀朝廷命官，大齐国的人好大的贼胆。"

三胖几个人吓得不轻，哪还敢四处找一找？万一那些黑衣人还没走完，还在哪里埋伏着，这不是要命吗？

谢知非压住裴笑的肩："大人，兄弟们刚刚死里逃生，让他们喘口气吧。"

裴笑急促道："在这里喘气，万一——"

谢知非看着四处的密林，冷静道："三胖哥，咱们找一处宽敞的地方歇脚如何？"

"这——"三胖故意拖着调子不应声。

谢知非清楚地知道他在犹豫什么："我和大人要商量一下，接下来还去不去大齐国。"

好兄弟，还是你拎得清，可不能再往前走了，弄不好连小命都保不住！三胖冲身后的侍卫们一声令下："赶紧的，都回到官道上去。"

…………

众人找到一条空旷的官道，一眼望过去，除了远处的高山，连个阻挡都没有。

能在衙门里当差的，个个都贼精贼精的，三胖他们故意走得远远的。

李不言、朱青、黄芪各自走到一处高地，观察官道四周的情况。

剩下的三人，脸上都落下了寒霜，谁也没有开口，都被刚刚那惊心动魄的一幕惊着了。

裴笑两眼失神："你们俩有什么想法？"

谢知非看着晏三合苍白的脸："铁定是冲着咱们来的。"

晏三合没有说话，倒是裴笑声音沙哑道："我们来这里没有和任何人结仇结怨。"

"说得好。"谢知非道，"那么，这些人是谁？为什么要杀我们？为什么最后又突然撤退了？"

一连串三个问题像鞭子一样拷打着三人的灵魂，没有人能答上来。

谢知非："晏三合，我们得分析一下。"

"对！"裴笑神色严肃，"分析不出来，咱们没办法往前走，前面还有多少埋伏、多少杀手……都未可知。"

"来，分析。"晏三合习惯用提问的方式来一点一点找到真相，"谢知非，我们来这里的目的是什么?"

"给季老太太化念解魔。"

"前面都平安无事,为什么一过北仓桥,一到大齐国境内,麻烦就来了?"

谢知非看着晏三合如深潭一样的眼睛,长久地沉默。这个问题,他想过一遍又一遍,没有答案。

晏三合目光一偏,倏地看向裴笑:"你说。"

裴笑咬牙不语,半晌,他伸出脚尖轻轻碰了碰谢知非的脚。

谢知非知道他是什么意思:会不会是京城的人?会不会是汉王的人?

汉王擅长打仗,擅长兵法,身后也的的确确养了一批死士,但……没有动机!他们不是太子,不是皇太孙,俩人就算死几百次,对江山社稷都不会有任何改变。

谢知非非常坚定地摇了摇头。

排除了京里的那一位,裴笑心里的猜测便大胆起来:"会不会是有人不想让我们找到吴关月?"

"谁?"晏三合眼前一亮,"谁不想让我们找到吴关月?"

谢知非凝眉:"只有吴关月本人,或者是他的后代,不想让我们找到他。除此之外,没有第二个选择。"

裴笑沉吟:"那样身手的杀手,也只有位高权重的人才能养得起,一定是吴关月父子。"

晏三合吸了口气,又问:"我们来南宁府,根本没有人知道我们的真正目的,去胡家村也是打着探访老太太祖籍的旗号,可对?"

谢知非:"对!"

裴笑:"对!"

晏三合:"入南宁府到今天,整整十一天时间,我们都平安无事,一切顺顺利利,可对?"

谢知非:"对!"

裴笑:"对!"

晏三合:"除了我们六个人,谁知道我们此行的目的?"

裴笑:"知道我们今天出发的只有两拨人,一拨是观音禅寺的人;另一拨就是南宁府知府衙门的人。"

谢知非:"我们在府衙前前后后待了不过半个时辰。"

裴笑:"那就只剩下一个可能。"

话到这里,晏三合一锤定音:"那么也就是说,吴关月父子很有可能藏在寺庙里?"

谢知非声音微微发颤:"寺庙和尚众多,在册的、不在册的,如果真想藏一个人不是难事。"

这回裴笑有不同意见:"我有一个疑惑。"

谢知非："你说。"

裴笑："我们落脚在寺庙，他们真要杀我们，大可在饭食中下手，何必大张旗鼓？"

谢知非看着他："因为有你裴大人在。"

裴笑心里突地一跳。

对啊，有他在。他在那帮秃驴的眼里，是京城皇帝派来专门巡察南宁府寺庙的，他要是在寺庙里出点事，那事情就闹大了。

过了北仓河就不一样了，大齐国民风彪悍，百姓对大华国的人又有偏见，如果他在这里出事，所有人都只会以为是大齐国的人下的毒手，除此之外，不会再想到有别的可能。

而巧就巧在，李不言他们三人身手极好，再加上周知府给他们派了八个侍卫……

想通了这一点，裴笑道："我没有任何疑问了，你们继续往下分析。"

还有什么可分析的呢？事情已经很清楚了。晏三合平静道："接下来，是商量我们要怎么办。"

"晏三合，我觉得这是好事。"谢知非的声音隐隐透着一丝欣喜，"你前面才和我说想引蛇出洞，结果蛇自己就出来了。"

"的确是好事。"晏三合点头，"从另一个角度证明了吴关月父子的的确确还活着。"

谢知非："他们就隐藏在我们身边，离我们很近，或者说正在窥探着我们。"

晏三合又点点头："正是如此。"

裴笑看看这个，看看那个："但是……你们还是没有说后面应该怎么办。"

谢知非用难以言喻的眼神看了晏三合好一会儿："晏三合，你说怎么办？"

我得好好想想。晏三合转过身，看着远处的青山和白云，沉默很久，才开口："与其去大齐国大海捞针，我想不如揪着这一点线索，来个一暗一明，如何？"

谢知非和裴笑同时骤然看向她。

裴笑："暗如何，明又如何？"

晏三合："吴关月父子是郑家灭门惨案的凶手，南宁府那边一定有他们二人的头像。"

裴笑："然后呢？"

晏三合："拿着他们的头像，让不言、朱青两人暗中去观音禅寺调查，这为暗。"

裴笑："明呢？"

晏三合："向吴关月父子示好。"

谢知非一听这话，如同遭到了雷击，等不及裴笑问，便脱口而出："怎么个示好法？"

"想办法告诉他们，我们不是锦衣卫，也不代表大华朝廷。"晏三合道，"我们对他们父子没有任何恶意，就是想帮老太太圆个念想。"

谢知非脸色发青："怎么告诉他们？"

晏三合缓缓地转身，眼睛看向裴笑："你去。"

"我？"裴笑心说：神婆，你开什么玩笑，我又没长三头六臂，怎么可能……

一个念头突然劈进脑海里，他两只眼睛瞪得跟青蛙眼一样大："晏三合，你的意思是？"

"裴大人！"晏三合一字一句道，"观音禅寺是你的地盘，你去清点在册和尚名单，然后趁机跟他们讲一讲黑狗以死绝食，老太太死不瞑目的故事。如果他们真的藏在观音禅寺，如果吴关月对老太太还有那么一丝旧情，我想……他们会来找我们。"

裴笑若有所思地问道："他们会信我这个华国官员说的话？"

"拿出你对周知府说起老太太时的十分热忱，再添七分伤感、八分痛苦、九分孝心，余下的……"

裴笑："什么？"

晏三合："就看你外祖母保佑不保佑我们了！"

有那么一瞬间，裴笑差点脱口而出：神婆哎，你这脑子是怎么长的？但理智告诉他，这话不能说。

"谢五十，这主意你觉得怎么样？"

"……"

"谢五十？"

"……"

"谢五十，你聋了吗？"

"啊？"谢三爷一副怔怔的样子。

裴笑真想一拳头挥过去："这么关键的时候，发什么愣啊，兄弟？！"

"我在想……"谢三爷不动声色地吸了口气，"还有没有比这一明一暗更好的办法。"

裴笑："有吗？"

"没有。"谢知非由衷道，"这应该是最好的办法。"

裴笑："那就决定了，立刻打道回府，理由就是本大人虽然有孝心，但怕死得很。"

谢知非："这个理由顺理成章。"

晏三合又提出一问："寺里不安全，回去后住哪里？"

谢知非："知府衙门有专门的院子给客人住，那里最安全，没有人敢到衙门里杀人。"

"这事我来安排。"裴笑看看远处的三胖他们，"又到本大人摆官威的时候了。"说罢，袖子一甩，大摇大摆地走过去。

马车边安静下来。

谢知非垂着眼，手有一下没一下地点着大腿，似乎在盘算着什么。

晏三合问："是有哪里不妥吗？"

谢知非抬眸："其实，我有一个担心。"

"你说。"

"你前头也说过了，吴关月是枭雄一样的人物，他会为着从前的一点儿女私情而上钩吗？"

"不上钩也无妨。"晏三合眼中闪过意味不明,"至少能打草惊蛇吧。"

谢知非胸口一震:"所以,明线其实是虚晃一枪,暗线才是真刀真枪?"

晏三合:"三爷聪明。"

三爷直勾勾地看着她,突然伸出手,颇有些放肆无礼地摸了下她的头发。

肉眼可见地,晏三合瞬间脸红到脖子根,怒气涌上来:敢调戏我?

"别误会!"谢三爷的手一摸即放,"老话说聪明的脑袋不长毛,我就纳闷了,怎么你的头发这么多?"

趁着晏三合还没回过味来,他已经朝裴笑跑去:"我去帮大人忙。"

纨绔就是纨绔啊,调戏都能找出这么清新脱俗的理由?晏三合暗暗生气。

…………

南宁府府衙,周也闻讯匆匆出来:"裴大人,受伤了没有?"

裴笑惊吓过度,脸色惨白如纸:"多亏了周大人调派给我的八个侍卫,否则这一趟怕是有去无回了。"

周也叹道:"我常年在这里,听得、见得太多了。对了,叫曾看清楚那些黑衣人长什么样子,身手如何?"

"这——"裴笑扭头看一眼谢知非。

谢知非忙上前一步:"回周大人,这些黑衣人的身形普遍不高,身手十分灵活,一进一退都很有章法,使的是刀,刀不长,也不宽,握在手上十分称手。"

周也眉头紧皱:"这么说,是训练有素的?"

谢知非:"不仅训练有素,他们甚至懂兵法布阵。"

周也听到这话,惊得都不知道说什么好。他沉吟片刻,扭头冲裴笑道:"裴大人,为了安全起见,你们就在府衙里住下吧,我多派些侍卫在外面守着。"

裴笑苦笑:"周大人真是太贴心了,我正有此意。"

周也:"我这就书信一封给布政使,让他务必帮忙好好查一查。"

裴笑:"多谢周大人,只是下官还有一个不情之请。"

周也:"请说。"

裴笑:"我想看看吴关月父子的卷宗以及他们的画像。"

周也勃然变色,惊谔:"裴大人怎么会知道吴关月父子?"

裴笑撒谎不用打草稿:"这二人在京城做下惊天大案,我岂能不知?"

"这……"周也踌躇道,"裴大人是怀疑遇袭与吴关月父子有关?"

"我初来乍到,并无与人结怨,为什么会有人要我的性命?而且还懂兵法布阵。"裴大人脸上的表情说不出地一言难尽,"若是些普通的小贼小匪,我还能说自己时运不济,偏偏对方来势汹汹……总之,先查了再说!"

"按理这些东西都是朝廷机密,不能对外……"周大人一咬牙,豁出去了,"但事关重大,裴大人请跟我来。"

说罢,他冲身后的贴身侍卫道:"领裴姑娘他们去客院,交代下去,一应吃食衣物

·301·

都用最好的。"

"是！"

府衙的客院虽然比不上观音禅寺的曲径通幽，但条件显然要好很多。

李不言一边收拾床铺，一边道："小姐，这周大人可真不错，也难怪凉茶铺的老汉夸个不停，我现在可以确定，那银子绝不可能是他偷的。"

晏三合正和自己身上的裙子较劲儿。谁规定千金大小姐就一定得穿这玩意儿，一层又一层的，也不嫌热。

李不言见她不说话，扭头一看，扑哧乐了，赶紧放下手上的活儿，从包袱里挑出了一套简便的男装："换上吧！"

晏三合抓着衣裳，像抓住了救命稻草。她心想：为什么女人这一辈子只能在内宅里待着？就冲这衣裳，她们都跑不远！

脱下累赘，换好衣裳，晏三合才感觉自己活了过来。

有人敲门，门一打开，是谢知非。

谢知非一垂眼，笑了："你这样穿，我们看着也舒服些。"否则眼睛都不知道往哪里放。

晏三合自己给自己找借口："对外就说，我在家就是个假小子，常常女扮男装跟着兄长在外头玩，所以心才玩野了。"

"这个借口不错。"谢知非道，"明亭喊咱们过去。"

晏三合："吴关月父子二人的画像拿到了？"

谢知非："无法外借，明亭叫你去临摹一下。"

"走！"晏三合走几步，见谢知非还站在原地，不由得眉头一皱：三爷，别耽误时间啊！

谢知非倚着门框："我就不去了，在这里等你们回来，朱青陪你一道去。"

案卷在库房。晏三合看到画像的时候，微微一惊。

哪怕这画像已经有些年头，哪怕作画的人手笔很一般，也能看出这父子二人的长相都极为出众，尤其是吴关月。珍姐儿说对了，若是吴关月再年轻三四十岁，三爷与他站在一起，只怕也会被比下去。

"拿纸笔来。"

朱青递上纸笔，晏三合又看了几遍后，落笔一气呵成。

夕阳透过窗户折射进来，少女的眉眼落在光里，裴笑原先还看着画，后来就光顾着看人了。

不得不承认，晏三合男装清冷，女装明艳，各有各的动人之处，这样的人要是娶回家……裴笑被脑子里冒出来的念头吓得打了个激灵，让我娶个神婆回家……

"裴爷。"

"啊！"裴笑回过神来，不明就里地看着朱青。

"你脸怎么红了？"

"热的，热的。"裴笑装模作样地擦擦汗，赶紧将自己那点猥琐的心思压下去。
　　…………
　　两张画像临摹好，裴笑去跟周大人道谢，顺便再套一波近乎。
　　晏三合和朱青拿着画像，回了客院。
　　客院里，谢知非这会儿正在树荫下闭目养神，听到声音，睁开眼："回来了？"
　　晏三合冲他一点头："进屋说。"进到屋中，她把画像展开来。
　　朱青和李不言赶紧围上去。
　　谢知非却懒洋洋地往边上的椅子上一坐，又懒洋洋地跷起了二郎腿。
　　朱青招呼："爷，快来看啊。"
　　谢知非："又不是我去找，我看什么看？"
　　怕是懒劲儿又犯了，晏三合心中冷笑，指着画像道："这两张画像是十几年前画的，十几年后，脸要再往下塌一些，皱纹要多一些。"
　　李不言："小姐放心，什么地方变了，眼睛都不会变。"
　　晏三合抬头："观音禅寺有身手好的武僧，你们两个小心些，别被人发现了。"
　　李不言问："裴大人什么时候会去？"
　　晏三合："今天晚上。"
　　李不言："那正好，我们先到寺里去探一探方向。"
　　"朱青。"谢知非突然喊了一声。
　　朱青："爷有什么吩咐？"
　　谢知非："记着爷的话，先保命，再做事，最后……照顾着些李不言。"
　　"哟，三爷！"李不言笑容灿烂，"看不出来啊，你还挺怜香惜玉的。"
　　"嗯！"谢知非摸摸鼻子，"勾栏听曲听得多了，自然就会。"
　　李不言："……"我被撑了？
　　朱青和李不言前脚刚走，裴笑后脚就回来。
　　黄芪给他穿上官服，揣上官印。
　　一切妥当后，裴笑冲晏三合一点头："还有什么要交代的？"
　　晏三合摇摇头。
　　"谢五十，你呢？"
　　谢知非有些不大放心："就黄芪跟着行不行，要不要我……"
　　"我问周大也要了一队人马，有他们跟着，你放一百个心。"裴笑伸手点点他，"你和晏三合商量商量下一步怎么办，这一天天的，也不知道京里怎么样了，心慌得很。"
　　谢知非微微一怔，有些不太习惯他这么一本正经地说话。
　　…………
　　夜色袭来。
　　两个衙役拎着食盒进院，谢知非接过的同时，随手塞了二两银子给他们。
　　屋里已经掌灯。他打开食盒，满满当当十来个菜，摆了整整一桌。

晏三合上前帮忙，一边摆碗筷，一边说："给不言他们留点。"

谢知非没有异议，盛了一碗饭，递过去："吃得下吗，要不要拨出来一点？"

晏三合干巴巴道："不用，应该吃得下。"

谢知非听她这么一说，把手缩回来，用筷子将饭拨了一口到自己的碗里，再递过去："吃吧！"

晏三合："……"

谢知非："谁知盘中餐，粒粒皆辛苦。"

晏三合接过碗坐下，什么话也没有说。

四方小桌，谢知非坐在她对面，伸手夹一筷子菜，放在她的碟子里。

晏三合抬头与他对视。

谢知非玩味一笑："这筷子是干净的，我没用过。"

我是这个意思吗？晏三合真想把这一筷子菜糊到那张俊脸上。她胸口起伏几下，什么也没做，默默地拿起了筷子。

"按理说，食不言、寝不语，只是就咱们两个吃饭，不说点什么好像气氛很怪。"谢知非喝完一口汤，道，"我就随口问你个事。"

"吃完饭再问。"晏三合头也不抬。

"事情不问出口，这饭我吃着没滋没味。"谢知非放下筷子，"吴关月父子是杀害郑老将军一府的罪魁祸首，而你弟弟、你父母又是因为那个案子白白丢了性命。"

晏三合手一顿，抬头看着他。

谢知非脸上再无半丝笑容："如果找到了人，你除了帮老太太化念解魔外，就不想做点别的？"

晏三合："比如说？"

谢知非轻轻地说出两个字："报仇！"

现在，轮到我吃着没滋没味了。晏三合放下手中的碗筷："想听真话，还是想听假话？"

"真话怎么说？假话……"谢知非挑挑眉，"又怎么说？"

"真话是，我压根儿没想过。"

谢知非淡淡地笑了。这话容易理解，晏三合做起事情来，风不怕，雨不怕，生死不怕，心里眼里就只有眼前那一件事情，不会再有其他。

晏三合抿了下唇："假话是，我不想报仇。"

不想报仇是句假话，那她的意思是——想报仇！谢知非看向她的瞳孔瞬间紧缩。

"李不言的母亲生前曾说过一句话，我觉得很对。她说，既往不咎太虚伪，我喜欢风水轮流转，往死里转。"晏三合的脸色在灯下更显苍白，"不咎是原谅，能原谅的都是小事，而亲人的性命，在我这里不是小事，是深仇大恨。既然是深仇大恨，就得报！"

这话摧枯拉朽般摧毁夷平了谢知非这些年来固守的心房，他死死地盯着晏三合，掌心慢慢渗出了汗。

"但，事分轻重缓急。"晏三合看着他，"我必须先化解季老太太的心魔，然后再去想报仇。三爷只管把心放回肚子里，安心吃饭，我分得清轻重。"

我哪是不放心你，我是不放心我自己！谢知非嘴角噙着一点笑意，掏出帕子，慢腾腾地擦着掌心的汗，然后轻声道："如此甚好！"

一男一女在一间房里一个桌上吃饭。这饭吃着吃着晏三合就后悔了，早知道气氛会尴尬成这样，她怎么样也得耍耍大小姐的脾气，跟着裴笑一道去观音禅寺。

晏三合心里在后悔，谢知非心里比她更后悔。他甚至萌生出一个不可思议的念头——这么些年，自己之所以容忍裴明亭的种种，大概就是因为有他在，自己没必要挖空心思找话题，只负责懒和笑就行了。

一顿饭，两人都吃得有些消化不良。

晏三合收拾碗筷，谢三爷烧水沏茶，两人全程无交流，各干各的活儿。活儿不多，三下两下就干完。接下来做什么？

晏三合是个沉得住气的人，但谢三爷不是啊！

三爷在心里无奈地直叹气。怎么自己对谁都能滔滔不绝，上至天文，下至地理，雅到诗词歌赋，俗到勾栏赌坊，无所不说，无所不谈，独独对她……就不知道说些什么好了呢？！

喝了口茶，三爷的声音还是有点干："明亭让我们商量商量下一步怎么办。"

"用不着商量。"

"为什么？"

"因为我们俩谁都不知道他们那头的事情顺利不顺利。"

谢知非听她这么一说，心一下子提了起来："会有意外吗？"

晏三合端起茶盅："我不怕有意外，就怕一点意外都没有。"

…………

裴大人那边有意外吗？有。

长青这个胖和尚对裴大人的"反目成仇"感到很意外。要吃要喝，都招待了；要马要人，都满足了。怎么到头来，裴大人还是要把观音禅寺查个底儿朝天呢？

正所谓民不与官斗，长青和尚立刻让人敲响大钟。连敲九下，是让所有人紧急集合的意思，不消片刻，大雄宝殿便挤满了光头和尚。

裴大人亲自坐镇，一只手握笔，一只手拿名册，一个和尚一个和尚地检查。

查完，多出二十个和尚不在名册内。很好，不在名册的再查一遍。

他的身后，黄芪眼观六路，耳听八方，两只眼睛像两簇火苗，吴关月父子的画像像刻在了脑子里。

而另一边，李不言和朱青二人早在裴大人清点名册的时候，就已经趁机在大雄宝殿通往几个斋院的路两边撒了一层薄薄的石灰粉。但凡有人想通风报信，必定是趁夜走小径。

除此之外，几个斋院的门口也都撒了薄薄的一层石灰粉。

大雄宝殿那头结束后，时辰已经不早了，和尚们都习惯早睡，一般人们进到斋院就不会再出来。哪个斋院发现有脚印是往外走的，多半有问题，需要重点排查。

撒完石灰，李不言和朱青立刻分头行动。

不管是在名册的，还是不在名册的，这会儿都集中在大雄宝殿，那么此刻硬是缩在斋房不出来的便大大地可疑。他们两人必须在这两个时辰内把观音禅寺所有的房间一一查看⋯⋯

⋯⋯⋯⋯

有人忙死，有人闲死。

谢三爷无事可做，先在自个儿屋里喝了半天的茶，坐不住，又去院里踱了会儿步。

他的心总不定，总觉得有什么事要发生。他心想这样干等着也不行，必须和晏三合再商量商量。他一抬眼，发现晏三合的房间不知何时已经熄了灯。

睡了？她竟然还能睡着？谢知非心里一个大写的字：服！

晏三合这会儿平躺在床上，双手放在脑后，眼睛在黑暗中闪着光亮，毫无睡意，脑子里把这些天查到的一点点梳理，再一点点抽丝剥茧。

子时不到，院外传来说话声，晏三合一骨碌爬起来，冲到门口，猛地拉开了门。

门外，裴笑和谢知非正在说话。

裴笑见她起来，一边叹气，一边摇头。

晏三合并没有对他抱以太大的希望，十分平静地问道："黄芪呢？"

裴笑："忙完我这头，去帮朱青忙了。"

晏三合："那就先睡觉，等不言和朱青回来再说。"

谢知非看似很随意地多了句嘴："你能睡着？"

"不睡哪来的精力和吴关月父子斗智斗勇？"晏三合扔下这一句，便关上了门。

谢知非神色微动，冲裴笑低声道："走，睡觉。"

裴笑："⋯⋯"怎么就睡觉了呢？怎么也不问问我在观音禅寺的情况？算了，睡就睡吧，反正我这头也没啥情况。

第二十三章 引蛇

天微微亮的时候，李不言、朱青、黄芪才回来，三人眼圈黑重，眼睛里全是血丝。

"怎么样？"裴笑忙不迭地问。

三人同时摇摇头。

裴笑一屁股跌坐在椅子上，这一暗一明几乎是布下了天罗地网，为什么到头来一个猎物都没有网到？

"晏三合，怎么办？"裴大人深受打击，想死的心都有。

晏三合看也没看他："不言、朱青、黄芪，你们三个什么都不要想，先去睡觉。"

一声令下，三人都听话地离开。

晏三合这才看了眼被打击成一根蔫黄瓜的裴笑："劳烦三爷安慰安慰他，我出去透口气。"

"不用，他自己会好。"谢知非揉揉裴笑的脑袋，看着晏三合道，"我陪你走走。"

晏三合皱眉。

"放心，我跟在你后面，不打扰你。"谢知非说不打扰就真的不打扰。事实上，从解晏行心魔那会儿起，他就发现晏三合有一边走路一边思考的习惯，而且喜欢一个人。

晏三合走得很慢，仿佛迈出去的每一步都有千斤重。一无所获是整个方向错了吗？吴关月父子根本不在观音禅寺，还是说有别的可能性？

"有一步棋可能我走错了。"她自言自语。

身后的谢知非却听得很清楚，忍不住问道："哪一步？"

"不应该住到知府衙门来。"

谢知非有些意外，他本来没想着晏三合会回答他的问题。心中一动，他快步走上前，与她并肩："为什么这么说？"

晏三合停下脚步看着他："真正的猎人往往是以猎物的形式出现的。"

谢知非狠狠地战栗了一下，透过晏三合的瞳孔，他看到自己惊惧的表情。这话，她怎么能想到？

"住知府衙门是下下策；住客栈是中策；回到观音禅寺才是上上策。知府衙门保护了我们，但也拦住了他们。"

提议住知府衙的人是谢知非："我没想那么多，就想着咱们几个人一起出来，就得一起回去，谁也不能出事，所以——"

"不怪你。当时那种情况下，只要是人，都会选择先保命。"晏三合垂下眸子，"错过的事不提，看看有没有什么补救的办法。"

"有吗？"谢知非心急地问。

有吗？晏三合想了一路，答案是：没有。

正所谓机不可失，时不再来，这会儿再从衙门里搬出去，傻子都知道是怎么回事，而吴关月父子绝对不是傻子。

"会不会有一种可能？"谢知非咽了下口水，"藏在观音禅寺的人是吴关月父子的手下，或是曾经的忠仆，而吴关月父子就在大齐国内，他们怕我们找到，所以半路拦截。"

"有这个可能。"晏三合迟疑了片刻，"但我想不明白的是，为什么那一箭后黑衣人突然撤退，难道树林里只藏了一个人，一支箭？"

不等谢知非开口，她又自顾自道："他们设下埋伏，既没伤我们，又没杀我们，这不是等于无功而返？"

谢知非呼吸一滞。当时，他一度以为连阵法都摆出来了，必定是绝杀，除了血战到底，没有第二条路可走。

"你在怀疑什么，晏三合？"他问。

她没有立刻回答，想了很久，才慢吞吞道："我怀疑，他们是在试探我们。"

"试探？"谢知非只觉得浑身的汗毛一根根竖了起来，"试探我们什么？我们有什么可试探的？"

"不知道。"晏三合垂首看着自己的脚尖，眼底是深深的失望。

不是只有裴笑深受打击，她也一样，甚至她受的打击更大，因为一明一暗的计划是她提出来的，所以，一无所获是她的责任。

谢知非目光掠过她低垂的睫毛，莫名地涌上一股心疼，手也下意识地想去揉一揉那耷拉的深感无力的脑袋。

倏地，晏三合抬头，眼中迸出两道锐光。干什么，又想调戏她？

三爷到底皮糙肉厚："头发上刚刚有只苍蝇，我帮你赶一赶。"

我看你才是那只苍蝇！晏三合冷哼一声，刚要折回去，忽然不远处传来呵斥声，这时，她才发现两人不知不觉已经走到府衙的门口。

"什么人，一大早的就往衙门里闯？出来，出来，出来。"

"官爷，我找周大人，我给他送两只老母鸡来。"

"周大人还没上衙呢，在外头等着，出去，出去！"

"别推啊……哎哟哟……我腿脚不好啊，官爷。"

"放开他！"

衙役转身一看，见是谢知非，笑了："怎么了，谢哥儿，你认识这老头？"

"嗯，打过交道。"谢知非手一抛，二两银子被抛到衙役手中，"我带他到里头等，他年纪大了，这天又热，别站出个好歹来，周大人要是知道，说不定会拿你出气！"

衙役又得银子，又能在上司面前做做好人，还能给谢哥儿一个面子，何乐不为呢？！就是不知道这个面子给了，谢哥儿请喝花酒的时候会不会把他也捎上。

"老头儿，进去等吧！"

老汉腰间别着两只鸡，兴冲冲地跟谢知非道谢："小哥儿，你心肠真好啊。"

谢知非笑："老汉，记不得我了？"

"你是……"老汉看看他，又看看晏三合，摇摇头，表示不记得。

"我们说周大人是偷儿，你气得要跟我们打架，忘了？"

"噢，我想起来了。"老汉瞪眼，"以后可不能瞎说，周大人是好人。"

"是是是，绝对是好人。"谢知非道，"走吧，我带你去内堂等着，给你倒杯凉茶喝。"

"你也是个好人，我瞧得出来的。"老汉嘿嘿一笑，"我活了大半辈子，就没看走眼过。"

你现在就看走眼了，真正想帮你的人是我身边这位女扮男装的姑娘。谢知非侧过脸冲姑娘使了个眼色，让她别跟得太近，这老汉身上一股鸡屎味，难闻死了。

"鸡绑在身上多久了？"谢知非有些好奇，"会不会闷死啊？"

"我出门多久，这鸡就绑了多久，哥儿，你放心，我养的鸡，绑上三天三夜，下地都活蹦乱跳的。"

"你什么时候出的门？"

"子时三刻。"

谢知非大吃一惊："走了三个时辰，就为给周大人送两只鸡？"

老汉还是嘿嘿嘿地笑："送一只，还有一只不是我的。"

"谁的？"

"我们村金老太婆的。"老汉滔滔不绝，"周大人好久没去村里钓鱼了，金老太婆就让我捎只鸡来，给大人补补。"

这话说得没头没尾、没逻辑，钓鱼和补补有关联吗？谢知非越发好奇了："周大人常去你们村钓鱼？"

"是啊！"

"为什么呢？"

"小哥儿啊，你这话就问到点子上了。"老汉脸上那个骄傲啊，"那是因为我们村的鱼比别的地方的鱼好吃。"

谢知非一听这话，就更纳闷了："那金老太婆为什么要捎只鸡给大人补补？"

"大人辛苦啊！"

"大人辛苦和她有什么关系？"

"瞧你这话说的。"老汉一个白眼翻得惊天动地，"金老太婆几年前得病，是周大人掏银子给她看的病。他儿子娶不上媳妇，也是周大人帮衬着娶上的。大恩人呢，你说有什么关系？"

谢知非这一回是真心实意地感叹："周大人这官做的，可真是让人佩服。"

老汉一听这话，简直比夸他儿子有出息还得意："瞅瞅我这鸡，肥不肥？"

"嗯，真肥。"谢知非随口应了一声，快走几步，跟正堂门口守着的小衙役低声交代了几句，又随手塞了点银子。

小衙役瞅了老汉一眼："谢哥儿，他身上绑着鸡，内堂就算了，我给他搬把椅子，倒盅茶，让他坐在外头，你看如何？"

"成啊。"

"谢哥儿，你也忒好心了，要是个个都放进来，那我们这衙门成什么了？"

"怎么，还有别的人给你家大人送鸡呢？！"

"鸡啊、鱼啊、蛋啊……送什么的都有，最离谱的，还有人巴巴地牵了头牛来。"小衙役压低了声，手指朝天上戳戳，"有什么用啊，上头的人谁能知道这些？"

"总会知道的。"谢知非拍拍小衙役的肩，"去吧，给他搬把椅子。"

小衙役颠颠地去了。

谢知非对老汉叮嘱几句，才走回晏三合面前："算不算送佛送到西了？"

晏三合撇撇嘴，送没送到西她不知道，她只知道一件事：这年头，有钱能使鬼推磨。

"走吧，明亭还等着呢。"

晏三合"嗯"了一声。

平心而论，谢三爷在为人处世上是挑不出错的，只是……忽地，脑海中有什么一闪而过，晏三合停下脚步，猛地转过身，盯着那老汉。

谢知非被她吓一跳："怎么了？"

晏三合恍若未闻，径直走到老汉面前："老人家，周大人多久去你们村钓一次鱼？"

谢知非和老汉同时一惊：她问这个做什么？

晏三合见老汉不作声，故意道："周大人这么忙，怕是两三个月去一次吧。"

"乱猜什么？"老汉哼一声，道，"周大人半个月就会去一趟，去得很勤快哩！"

晏三合："那……这回几个月没去了？"

老汉哼一声：我凭什么说给你听啊？

晏三合声音淡淡的："回头我好提醒提醒大人，什么都能忘，就钓鱼这事不能忘，有人巴巴等着呢！"

老汉立马兴冲冲道："就是就是，大人两三个月没去了，大家伙心里都惦记呢。"说到这里，他自个儿又和自个儿恼上了，"哎呀，上回我怎么能收他的钱呢……好不容易见着大人……不行，肯定不行……见着大人，我一定要把钱还给他。他要是不肯收怎么办……那我就跪地不起……金老太婆就常常用这法子，这法子灵光得很……"

什么胡言乱语？谢知非听不下去，一转身见晏三合若有所思，忙问道："怎么，有问题吗？"

晏三合不理他，自顾自垂着脑袋走了。

谢知非顶着一头雾水追上去，可就在这时，晏三合突然转身。

咚的一声，晏三合脑袋重重地磕在谢知非胸口，顿时眼冒金星，她怒道："你就不能看着点路？"

谢知非被她的倒打一耙给逗乐了，索性不说话，抱着臂意味深长地看着她：咱俩到底谁撞谁，你自己说吧！

"那个……"晏三合也知道自己有点无理取闹，神色讪讪的，"用你的银子让鬼推一下磨，打听打听知府大人这几个月去了哪里？"

谢知非纳闷："打听这个做什么？"

晏三合："八百两呢！"

谢知非气绝："你怎么还在怀疑周——"

"谢知非！"晏三合突然连名带姓地喊，"先别问，先打听回来再说！"

这话里似乎隐隐透出一些别的意思，谢知非反应过来："你回斋房等着，我马上就去。"

　　…………

　　谢三爷的马上是真的马上。晏三合前脚回到房里，刚给自己倒了盅茶，后脚他便推门而入。

　　天又热，跑得又快，喉咙像着了火，谢三爷走到晏三合面前，抢过她手里的茶盅，一口气灌下。

　　晏三合："……"

　　在太师椅上躺尸的裴明亭："……"

　　"问清楚了。"谢知非喘着粗气道，"周也已经有两个月没来衙门，十天前刚刚把假销了。"

　　裴笑撑着椅子扶手坐直了，一脸蒙地问："你们打听周也干什——"

　　晏三合："可打听到他去了什么地方？"

　　谢知非："没有人知道。"

　　晏三合皱眉："那你有没有问一问，周大人常常会不知所终几个月吗？"

　　谢知非抹抹额头的汗："说是头一回，以前从来没有过。"

　　裴笑："喂，你们打听——"

　　晏三合："你能想起来那天周大人在凉茶铺有没有穿官服吗？"

　　"没有。"谢知非十分确定，"如果他穿了，我一定会多看几眼的。"

　　晏三合重新给自己拿了个茶盅："他每半个月就会到老汉的村子钓鱼，按理说应该和老汉很熟悉，为什么那天走得那么匆忙？"

　　谢知非拎起桌上的茶壶，帮她倒了半杯茶："可能有什么急事吧？"

　　晏三合捏着茶盅，抬眼看着谢知非道："说一句话的工夫都没有？"

　　谢知非愣住了，一时竟不知道怎么回答。

　　"那个……"裴笑见缝插针，"可以让我说句话吗？"

　　"闭嘴！"两道声音同时喊出来。

　　裴笑："……"

　　谢知非看着晏三合："你在怀疑什么？"

　　晏三合："你还记得官驿掌柜的话吗？"

　　谢知非："记得，他说那人也是个官。"

　　晏三合："周也是官，这是一重巧合；凉茶铺同时出现他和那个装银子的包袱，这是第二重巧合。"

　　"第三重巧合，"谢知非道，"他扔下银子，跟老汉连招呼也不打一个就匆匆走了，但明明是很熟的人。"

　　晏三合点点头。

　　"我说……"裴笑这会儿总算听明白了，"在这个节骨眼上，你们怎么还对那八百两银子耿耿于怀啊？想点正事吧，二位！"

晏三合上前一步，黑沉的目光逼视着裴笑的眼睛："你有没有想过，如果那个小偷真的是他，那么谢三爷的身份还瞒得住吗？"

裴笑浑身一僵，全身的血都涌到了头顶。

"既然瞒不住，那他对三爷就没有怀疑吗？对我们此行的目的没有怀疑吗？"晏三合语气加重，"……为什么还那么痛快地让我们去大齐国？"

空气僵成冰块。

过了好一会儿，裴笑才从僵硬中挣脱出来，吸了一口凉气，问："晏三合，你是不是怀疑他和吴——"

"不是。"晏三合非常坦诚地摇摇头，"我只是觉得事情有点诡异，想查一查……"

"那就好！"裴笑长长地松口气，一脸心有余悸道，"我差点被你活活吓死，毕竟人家好歹也帮过咱们，做人可不能恩——"

"毕竟，"晏三合冷冷地打断，"知道我们去大齐国的另外一拨人，只有他！"

"……"裴笑一屁股跌坐回太师椅上，继续做一根蔫黄瓜，就不能一下子把话说完吗？这样断句……真的会要人命的！

"谢知非，"晏三合当机立断，"我们分头行动吧！"

谢知非神色凝重："你安排。"

晏三合深吸口气："我和'我哥'带三个侍卫去观音禅寺，周知府就交给你了。"

谢知非几乎在她话落的瞬间就明白她这样安排的用意：又是一明一暗。观音禅寺依旧是重点怀疑对象；周也是南宁府的父母官，调查他不能明着来，得旁敲侧击，而旁敲侧击这种事是他谢三爷的拿手好戏，勾栏听曲就行！

裴笑再度挣扎着站起来："去观音禅寺，我们还能做什么？"

"能做的很多。"晏三合没有急着回答，而是不紧不慢地喝完手里的一盏茶后，才开口道，"裴大人敢不敢把官威耍得再风生水起一点？"

裴笑一昂头："要怎么个风生水起法？"

"裴大人遇刺，侥幸捡回一条命，经初步查证，幕后黑手是吴关月父子二人。而坊间有个传说，吴关月父子其实就藏在观音禅寺。"

裴笑眯起了眼睛："你是让我大大方方地逼老秃驴把吴关月父子交出来？"

"软的不行，就只能来硬的了。"晏三合余光瞄了眼正在喝茶的谢知非，"你们当官的不都擅长用这一套吗？"

噗！一口热茶喷出来，谢知非不怒反笑："晏三合，你翻旧账前能不能提前吱一声？好让我有个心理准备。"

晏三合："吱！"

谢知非："……"

裴笑："……"

仅仅相隔半个时辰，那种走到绝路、死路的无力感便消失殆尽，生机在每个人心里再度燃起。

　　这世上有两件事是千金难求的，一是情谊，二是信心，而后者几乎决定了一件事情的成败。

　　谢知非看着晏三合，心跳得有些快。

　　而一旁的裴笑看着晏三合，心跳彻底乱了节奏。

　　…………

　　观音禅寺，大雄宝殿。

　　锋利的刀架在长青老和尚的脖子上，所有人都听到他喉咙里发出一声害怕到极致的呜咽声。

　　"窝藏朝廷重犯，长青，你个老秃驴胆子真不小啊。"

　　"这这……这……"长青眼睛一翻，几乎要昏厥过去。

　　"识相的，赶紧把吴关月父子交出来，否则……"裴笑一拍桌子，厉声道，"本官先斩后奏，头一个拿你开刀。"

　　就在裴大人几乎要把长青逼死过去的时候，谢知非正搭着三胖兄弟的肩，商量着晚饭在哪里吃，勾栏听曲在哪里听。

　　三爷的宗旨很简单——钱不重要，兄弟们吃好喝好玩好最重要。

　　三胖把胸脯拍得砰砰响："谢哥儿，包在我身上，保证帮你把晚上的事情安排得漂漂亮亮。"

　　"不让胖哥白辛苦，衙门里但凡和胖哥要好的，通通带上，人多才热闹。"

　　看，这才是真正的大手笔。胖哥二话不说，立刻就去安排。花别人的银子，攒自己的局，拉拢自己的兄弟，安慰自己的小兄弟……哈，天底下还有比这更美的事吗？

　　谢知非看着这人的背影，笑意渐渐沉了下去。他不紧不慢地回到客院，将门一关，倒头就睡，勾栏听曲是个体力活儿，他必须养足精神。

　　…………

　　夜幕降临，酒楼的包房里，一张大圆桌围坐着整整十个爷们儿。

　　谢三爷坐北朝南，端起酒盅："这第一杯酒，敬三胖哥，那天要不是他出手，我这条小命可就算交待了。"

　　三胖里子面子都有了："哪里哪里，一起干了。"

　　"这第二杯酒，敬兄弟们，头一回来这南宁府，多亏了兄弟们照应，回头要是有机会到京城，给谢哥儿一个表心意的机会。"

　　"谢哥儿，太讲义气了！"

　　"谢哥儿，干！"

　　"这第三杯酒，我得敬没到场的周大人。周大人是个好官啊，对百姓真的没话说……"

　　就在谢知非把话题扯到周大人身上时，裴大人一行筋疲力尽地回到了客院。

　　晏三合进门就发出命令："朱青，你去接三爷回来。"

·313·

"是!"

"黄芪,侍候你家大人沐浴更衣、用饭。"

"是!"

"裴明亭,咱们这头没进展,不等于谢三爷那头也没有,收起你的丧脸,给我打起精神来!"

"小姐,裴大人打不起精神了,你没见他脸上写着一行字吗?"

"什么字?"

"大人已死,有事烧纸。"

一句话让本来像条死狗一样躺倒的裴大人——起死回生!

....

两个时辰后,谢知非带着一身浓浓的酒气进了门。从门口到椅子前这两三步的距离,他走得跟跟跄跄。

裴笑心疼死了,赶紧把自己的茶盅递过去:"快,喝点茶水解解酒。"

"不要。"谢知非略带嫌弃地看一眼,"倒杯新的来。"

还嫌弃上了?裴笑冲朱青道:"快,给三爷倒新茶来。"

朱青赶紧倒了杯新茶,谢知非接过来刚要喝,突然往桌上重重一搁:"想烫死谁?"

谢府三爷这人脾气一向是好的,笑脸一向是有的,唯有一件事情例外——酒后。酒过七成,他脾气上来了,性子也上来了,比谁都难侍候。平常他叫裴笑"祖宗",这会儿裴笑得叫他"祖宗"。

"乖,先喝我的。"裴大人哄着骗着。

"拿走!"谢知非眼一斜,手一指,"晏三合,把你的拿来给我喝,我就喝你的。"

晏三合眼里迸出愠怒:发酒疯发到我头上来了?我呸!

"姑奶奶,你就给他喝一口吧!"裴笑一脸哀求,"这人酒喝多了就这德行,你不答应他,闹得更凶。"

朱青也帮自家爷说话:"晏姑娘,三爷的身子其实不太能喝酒,喝多了会非常难受。"

"晏三合,给不给啊?麻利地说句话。"谢三爷一歪脖子,一脸"不给?不给我就去抢"的无赖表情。

晏三合已经累了一天,没力气再跟一个醉鬼折腾,直接把茶盅往他面前一放。

谢三爷拿到茶盅,开心了,得意了,桃花眼一挑,咕咚咕咚两口就喝光了。他喝完,将茶盅往晏三合面前一放:"还要!"

"……"晏三合见所有人的目光都落在她身上,这才意识到那王八蛋是要她亲手倒茶。

美得他。她沉着脸,一动不动。

裴笑和朱青急死了,一个用力挤眼睛,恨不得把眼珠子都挤出来;另一个沉默地看着她，控诉全在眼神里：三爷都醉了，倒杯茶怎么了呢？

晏三合深吸一口气，拎起茶壶，给他续了半杯，也不知道哪个人把他惯成这样，简直没王法了！

还有更没王法的呢，谢知非修长的手指端起茶盅，得意地一挑眉："晏三合，你这不是挺乖的吗？"

"谢五十，你就赶紧说吧！"裴笑真的要被他活活吓死了，敢对晏神婆说这样的话……疯了吗？不想活命了吗？"祖宗，别闹了成不成？算我求求你！"

"行啊，你跪下来求？"

我能不能现在就掐死他？裴笑咬牙切齿。

晏三合噌地站起来，手摸到那个茶盅，想泼醉鬼一脸水时，醉鬼突然抹了一把脸，说话了："周也今年四十岁，没有娶妻，没有纳妾，无儿无女，还是光棍一条。"

四十岁打光棍？所有人的眉头齐刷刷地皱了起来。

"不仅如此，他还没爹没娘，没亲没眷，像从石头缝里蹦出来的一样。"谢知非手撑着下巴，眼睛越发迷离，"他从不和同僚、卜属喝酒，也从不邀请同僚去他家里，不赌钱，不听小曲，不逛妓院。每天都是独来独往，身边连个贴身的小厮都没有，什么事情都是亲力亲为。三胖他们都说，周大人活得比和尚还像和尚。"

"这……"裴笑倒吸一口凉气，"这不正常啊！"

谢知非懒洋洋地抬眼，看了晏三合一眼："还有更不正常的。他对百姓格外好，谁有难事愁事，他都肯出钱出力帮忙。但他对衙门里的人十分苛刻，哪个人偷个懒耍个滑，他都要骂上半天，三胖他们没有一个不害怕他的，背地里都想让他调走。"

晏三合避开谢知非的目光："还有吗？"

"还有一件事情让人匪夷所思。"谢知非冲晏三合勾唇一笑，"他在知府这个位子上已经连续坐了九年。"

九年？同一个官位？晏三合立刻问道："裴明亭，正常的话，应该几年一调？"

裴笑："做官政绩三年一小考核，六年一大考核，正常来说，六年就一定要挪地方了。"

晏三合："谢知非，你可曾打听清楚，他做九年知府的理由是什么？"

谢知非嘘了口气；"百姓联名上书，上血书，死活不肯让周大人调走，你说神奇不神奇？"

官要做到什么份儿上，才能让百姓如此爱戴？一个让百姓如此爱戴的官，怎么可能是小偷？这是屋里每个人都想不明白的事情。

裴笑定了定神，发出来自肺腑的质疑："晏三合，会不会是咱们搞错了？"

李不言十分难得地站在裴大人那一边："是啊，小姐，怎么看都不像啊！"

黄芪挠挠脑袋："好人哪！"

朱青没说话，却重重一点头，给出了自己的立场。

手撑着下巴的谢三爷脸色水红水红的，冲晏三合痞痞一笑："说周大人是小偷的那位好看的姑娘,来,和三爷详细说说,你心里到底是怎么想的?"

裴笑:"……"调戏上了?

李不言:"……"狗男人!

黄芪:"……"好尴尬!

朱青:"……"没脸看!

晏三合冷冷一笑,起身走到谢知非面前,做了一个谁也料想不到的动作。她伸手钩起了谢知非的下巴,逼着他的目光与她对视:"敢问三爷,有几个人是从石头缝里蹦出来的?"

谢知非:"……"

裴笑:"……"反调戏?

晏三合:"敢问三爷,一个男人没妻没妾,不逛妓院,不勾栏听曲,怎么疏解欲望?"

谢知非:"……"

李不言:"……"太监还找宫女对食呢!

晏三合:"敢问三爷,你少了朱青,什么事情都亲力亲为,能活几天?"

谢知非:"……"

黄芪:"……"反正我家爷活不过三天。

晏三合头又往下低了一点,眼中寒光四起:"最后再问三爷,他爱民如子这一点,你不觉得很熟悉吗?"

谢知非:"……"

朱青无奈地别过脸:"……"真心看不下去了。

下巴上的手指很凉,面前的那双眼很亮,就算谢三爷的内心已经是江水、湖水、洪水、海水一起把他淹没,但脸上还是装出十分淡定的神情:"晏三合,你怎么能这样?一晚上我被他们灌得都五音不全了呢,硬撑着回来见你的呢!"

裴笑:"……"撒上娇了?

李不言:"……"什么意思?

黄芪:"……"三爷不容易啊!

朱青:"……"心疼我家爷!

晏三合的手指像被什么烫着了,倏地缩回来:风流纨绔!我败了!

她手指在身侧的衣服上擦擦,目光一偏:"不言,朱青,你们帮我做件事。"

李不言斜睨了眼还在呆愣中的谢三爷:"小姐,你说。"

晏三合:"我想知道周也的身手。"

"他会功夫?"裴笑惊得脱口而出。

晏三合不理他:"你们一个掩护,一个试探,穿上夜行衣,速战速决。"

李不言:"小姐,我没带夜行衣。"

黄芪:"我有,我去。"

·316·

朱青道："我先去打听一下他住哪里。"

"不用打听！"说话的人已经趴在了桌上，脸埋进手臂间，声音很含混，"三胖他们说公务积攒太多，周大人这几日都宿在衙门里。"

黄芪与朱青对视一眼，两人一前一后离开。

屋里安静下来，裴笑默默地实在撑不住地偷偷看了晏三合一眼，欲言又止。他暗戳戳地踢了踢李不言，然后眼睛眨几下。

李不言："裴大人的眼睛怎么了，抽抽了吗？"

你才抽抽！我是让你问问你家小姐，为什么要试探周也会不会武功。

"裴大人！"李不言学着谢三爷托下巴的样子，"小姐做任何事，我从来不问，问了容易自取其辱。"

裴笑："……"

"明亭！"醉趴下的人这时突然冒出一句，"她在说你蠢。"

就你长了嘴巴？难道我听不出来吗？裴笑磨磨牙，起身，一把扶起谢知非："醉得厉害，走，我扶你回房。"

"滚边上去！"醉鬼挥开他的手，双手用力一撑，身子努力直起来，刚要开口，先打了个酒嗝，"晏三合，我自取其辱一下，如何？"

晏三合面无表情，既不说好，也不说不好。

"那天，你在官驿对我说过一句话。"谢三爷语气懒懒的，"你说天道有轮回，那人深更半夜跑出去，盗匪自会帮我们收拾他。"

晏三合脸上有了一些波动，然后轻轻一领首。

"你说这话是因为我们来的路上碰到了盗匪，所以你肯定这一路各个山头的盗匪不会少，而且会在夜里出来'觅食'。"

晏三合又点点头。

"那个小偷连夜逃走，怀里又揣着八百两巨款，能避开盗匪，除了命好外，还有一个可能就是他身手好。"谢知非勾唇，"如果周也会武功，那他一定就是那个小偷。"

晏三合再度点点头。

扑通！谢知非又趴了下去，头朝着晏三合的方向，被酒气晕染的桃花眼有魂有魄，分外勾人："晏三合，我聪明吗？"

聪明，聪明得都要上天了。晏三合淡淡地"嗯"了一声。

"嗯一声怎么够？得夸啊！"谢知非撇撇嘴，还一脸的委屈，跟要不到糖吃的孩子没两样。

晏三合磨磨后槽牙，朝裴笑看过去。

裴笑按照以往的丰富经验用力地点了几下头，不够，再点几下；赶紧夸，往死里夸，否则这醉鬼又要闹事，而且是闹大事！

晏三合想了想，伸出手在醉鬼的头上摸了摸："老话说聪明的脑袋不长毛，我就纳闷了，怎么你的头发这么多？"

这话她原封不动地还回来了。谢知非满意了，知足了，餍足地咂咂嘴，眼睛一闭，不闹事，乖乖地睡了。

余下三人，你看我我看你，都有种劫后余生的感觉，谁能想到人高马大、威风凛凛的谢三爷喝多了酒是这样一副德行。

"他喝多了都撒娇吗？"李不言捂着嘴问，怕又把醉鬼吵醒了。

裴笑捂着嘴回答："这还是轻的，重的……啧，没脸听，没脸看。"

晏三合冷哼一声，还真是大开眼界呢！

四更更鼓敲响的时候，客院的院门被敲得砰砰砰直响，李不言去开门，探进一张严肃的脸。

"姑娘，衙门里进刺客了，你们多加小心。"

"什么？快派人保护我们家公子啊！"

"姑娘放心，院外已经加派了人手。"

"多谢多谢，我立刻去把我家公子叫醒。"

门一关，闩上门闩，李不言走到花坛边，捡了颗石子，用力往远处一扔。

"那边好像有声音。"

"过去看看。"

脚步声远去的同时，两条黑影跃进院子里。

李不言迅速上前："快进去，小姐一直在房里等你们回来。"

朱青扯下蒙着脸的黑布："我家爷怎么样？"

李不言冷笑："好得很！"

屋里，一灯如豆。

晏三合捏着茶盅怔怔地出神。

裴笑嘴里叼着半根黄瓜，嘎嘣嘎嘣咬着。

桌上趴着谢三爷，身上披着裴大人的官袍，正睡得香甜。

见朱青他们进来，裴笑把黄瓜一扔，顾不得嘴里还没嚼干净，含混不清地问道："怎么样，探出来没有？"

朱青不急着说，而是看了自家爷一眼："要不要叫醒爷？"

叫醒了，我再哄他？晏三合不干："你先说！"

朱青正打腹稿，裴笑已经等不及了，拿起桌上的半根黄瓜，狠狠地砸过去："我叫你一声'朱爷爷'，你倒是快说啊！"

"朱爷爷"接住黄瓜，一连串说了三句话，每句话都像在屋里扔下一个响天炮仗。

"他会武功！

"而且是个高手！

"在大齐国的小树林里，我应该和他交过手，除了出手的招式熟悉外，那个黑衣人的眉间也有三道深深的竖纹。"

死寂！

死寂!

还是一片死寂!

朱青回味着刚刚那一幕,依旧震惊。

他落到院子的时候,心里还在犹豫要不要出杀招,倘若周也不懂武功,自己又收不回来,事情就麻烦了。所以他破窗而入,第一剑刺出去没有尽全力,收着几分劲儿呢。哪知周也不仅避过了他这一剑,还立刻从书案边摸出一把刀,与他缠打在一起。

跳动的烛光,锋利的刀剑,两条快过疾风的人影。朱青越打越心惊,这人出的每一招都是杀招,没有半点拖泥带水。

刀和剑在空中一碰,朱青飞快地瞟周也一眼。

一般人到了这个时候,脸上的表情要么震惊,要么愤怒,要么豁出去,但周也的脸上什么都没有,好像遇刺、杀人或者被杀对他来说都是一件极为普通的事情。

朱青当下就做了一个决定,使出绝招,试一试他的功夫到底厉害到什么程度。

然而就在这时,周也先他一步,刀光如电,慌乱之中,他被迫往后退了一大步。

熟悉的招式,熟悉的后退,朱青再次飞快地看了周也一眼,顿时心头大震,眉间三道竖纹,他依稀记得那个黑衣人脸上也有。哪里还敢再逗留片刻?他跃窗而遁。

"晏姑娘,"朱青艰难地开口,"接下来该怎么办?"

晏三合被问了个猝不及防,她对周也只是起了疑心,想试探一二,压根儿没有再往下深想,谁能料到……

"小姐,"李不言的脸上没有一点笑意,"快点做决定,这地儿是周也的地盘,咱们现在很危险。"

李不言一提醒,屋里除了那个还趴着的醉鬼,余下的人脸色通通变了。

没错,既然他是黑衣人中的一个,那么那些杀手此刻应该就藏在衙门里,真要是有什么,不就等于关门打狗、瓮中捉鳖?而他们,绝对插翅难逃!

晏三合嘴唇刚动了一下,却听到外面有人砸门。砰砰砰——

黄芪吓得后退半步:"晏姑娘,会不会是周也他们发现了我们,然后杀过来了?"

晏三合没来得及说话。李不言冷哼一声:"真要是,咱们也杀出去。"

朱青:"我殿后,黄芪和李姑娘打头阵。"

"都闭嘴!"关键时候,裴笑异常冷静,"都不要乱来,我先出去看看情况。"

"你是大人,哪有大人亲自去开门的?"不知何时,醉鬼的一双桃花眼睁开了,眼里蒙着一层水光,似乎酒还没有醒,他打了个哈欠,"我去看看。"

"三爷!"

"谢五十。"

谢知非撑着桌角站起来,手指在茶盅上一点:"喝了晏姑娘倒的一杯茶,总不能什么事情都不做吧!"

晏三合飞快地抬起眼,却见谢知非冲她一笑:"好好在屋里待着,想想招,没我的命令,不许到外头去。朱青,我们走。"

晏三合再次磨了磨后槽牙，这回她想真心实意地夸一夸那醉鬼。好样的！

....

谢知非打开门闩，拉开门，装出一脸的惊讶："呀，周大人，怎么会是你？"

"你们家大人呢？"周也背着手，脸很阴沉。

他身后跟着数名衙役，都是些陌生的面孔。

朱青看着他们手里的刀，心里狠狠一颤，这不就是小树林里那帮黑衣人行凶的武器吗？这下要命了！

谢三爷却像没有察觉到一样，努力撑开发困的眼睛："我家大人听说又有刺客，气得不行，这会儿正在给京城写信。周大人，那些刺客是不是又是黑衣人，是不是又是冲我家大人来的？"

周也眼珠轻轻一转，寒光及时地隐了下去："告诉你们家大人，这回刺客是冲我来的。"

"谁这么大的狗胆？"谢知非勃然大怒道，"连知府大人都敢动，吃熊心豹子胆了？"

"我也想知道！"周也面色突然一沉，"我们南宁府虽然地处边塞，但从来民风朴实，百姓安居，不知道为什么最近却连连不太平起来。"

"我们家大人也是，顺风顺水这些年，也没得罪过谁，最近也不知道怎么了，没一件好事，昨儿个去观音禅寺找人，鬼影子都没找到。"谢知非话锋突然一转，"周大人，你说这吴关月父子到底藏哪儿了，为什么非要跟我们家大人过不去呢？"

我的三爷啊，你可真敢问，朱青垂在身后的手微不可察地颤了下，万一打草惊蛇怎么办？

屋里，贴在门缝边的晏三合却在心里叫了一声：好！说裴大人给京里写信，是让你周也掂量掂量分寸；主动提起吴关月父子，是为先声夺人。

周也静静地盯着谢知非的脸："你们怎么就确定那些杀手一定是吴关月父子派出来的？"

"不是他们，难不成还有别人？"谢知非揉着额头，一脸的难以置信，"周大人，你说会是谁呢？"

话随着夜风飘过来，这回是晏三合心头狠狠地咯噔一下，这话他竟然也敢问？